여자치고 잘 뛰네
Good for a girl

여자치고 잘 뛰네
Good for a girl

남자들의 세상 속 여자들의 달리기

로런 플레시먼 지음

이윤정 옮김

글항아리

처음으로 전인적인 코치가 되어준 엄마 조이스와

가장 훌륭한 동료인 제시

그리고 선수들을 위해

머리말

젊은 여자들이 무릎을 구부리며 몸을 풀고, 손목시계를 초기화하고, 트랙의 느낌을 알기 위해 제자리에서 몇 차례 뛰어오르는 등 달릴 준비를 하고 있다. 내가 출발점의 자리에 다다르자 다섯 명으로 구성된 팀이 일렬종대로 정렬했다.

"준비됐나요?" 질문이라기보다는 신호였다.

"네!" 뒤쪽에서 새디가 대답했다. 어린아이처럼 웃는 모습이 마음에 들었다.

"좋아요, 어떻게 할 거랬죠?" 모두에게 말했지만, 사실 맨 앞에 서 있던 베테랑 선수 멜에게 물은 것이었다.

"제가 먼저 반을 이끌고 리베카가 이어받습니다." 유산소 운동에 강한 장거리 달리기 선수인 멜에게 트랙 운동의 시작을 알리는 약 3200미터 구간은 식은 죽 먹기였고, 모두 그가 페이스를 잘 유지할 것이라고 믿었다. 멜은 오늘 여자 슈퍼히어로가 그려진 행운의 상의를 입고 있다. 끝까지 해보겠다는 뜻이다. 훈련이 끝날 무렵 멜을 조금 더 세게 밀어붙일 것이다.

"계속 부드럽게, 긴장하지 말고." 나는 말한다. "흩어지지 말고." 멜이 왼발을 출발선에 올려놓고 손가락으로 시작 버튼을 누를 준비를 한 채 나를 바라본다. 나는 고개를 끄덕인다.

"준비…… 출발." 그가 조용히 말하자 몸을 앞으로 기울이고 있던 팀원들이 일제히 출발한다. 그들이 내 앞을 지나치자 시계에서 삐삐 소리가 울린다. 나는 그들이 첫 번째 커브를 돌아 직진 코스로 접어들 때 리베카가 멜 뒤에 바짝 붙는 모습을 지켜본다. 모두 안전 궤도에 진입했다는 확신이 들자 나는 8번 레인 가장자리의 벽 쪽으로 걸어가 누군가의 운동 가방을 베개처럼 부풀린 다음 등을 기대고 앉는다. 두 다리를 앞으로 쭉 뻗고 심호흡을 하며 햇살에 몸을 맡긴다. 선수들이 줄지어 지나간다.

"좋아!" 나는 시계를 확인하지도 않고 말한다. 코치로서 내가 하는 일 대부분은 상황을 파악하는 것이다. 간격이 얼마나 일정한지, 멜의 얼굴이 얼마나 평온한지를 보면 팀원들이 페이스를 잘 지키고 있는지 그렇지 않은지를 알 수 있다. 기대고 있던 가방을 좀더 편안한 위치에 맞춘다. 적어도 10분은 이 자리에 있어야 하니 그 시간을 즐기고 싶다. 올림픽 선발전이 코앞으로 다가왔고 모두들 생애 최고 기록을 향해 달리고 있다. 선수들의 몸은 경기 전 목표했던 것만큼 강해졌으니 이제 내면을 코치할 때다. 단체 훈련을 통해 혼자가 아니라는 사실을 상기시키고, 개인 훈련을 통해 개인의 힘을 일깨워주어야 한다.

나는 선수들이 뛰는 모습을 보는 게 좋다. 탁 탁 탁, 규칙적인 소리는 선수들의 마음을 활짝 펼친다. 그 리듬을 몇 분 즐기다보면 다리를 내려다보게 된다. 나는 2016년에 프로 육상계에서 은퇴했다. 그립지는 않다. 내 차례는 지났으니까. 하지만 내 몸은 20년 넘는 시간 동안 경쟁적인 스포츠가 가져다준 능력과 가능성의 느낌을 기억하고 있다. 감사하는 마음으로 손을 뻗어 허벅지에 대고 부드럽게 흔들어본다. 오늘 아침 향나무와 산쑥 덤불 사이를 달릴 때 묻은 흙먼지가 발목 안쪽에 아직도 남아 있다. 더 이상 프로로 뛰지는 않지만 달리기는 언제나 내 몸과 마음의 고향이다. 내가 코치로서 역할을 잘 해낸다면 이 여자들도 그렇게 될 것이다.

동기화된 발소리가 점점 더 커지자, 다가오는 여자들을 보기 위해 다시 고개를 든다. 이제 선두를 달리고 있는 리베카는 믿을 수 없을 만큼 멋진 모습이다. 그는 게임을 즐기는 선수다. 달리고자 하는 열망이 뿜어져 나온다. 멜과 다른 대부분의 선수처럼 리베카도 여러 차례 육상을 그만둘 위기에 처했지만, 포기하지 않았다. 내가 오리건주 벤드에서 코치를 맡은 프로 여성 달리기 그룹, 리틀윙애슬레틱스에 영입하기 전까지 많은 사람이 이 선수들을 포기했다. 하지만 나는 스무 살 혹은 서른 살까지 달성한 것을 기준으로 여성 선수를 평가해서는 안 된다는 것을 잘 안다. 나는 여성을 잘 알며, 우리 스포츠 시스템이 여성의 재능을 제대로 육성하지 못한다는 사실도 잘 알고 있다.

나는 최고의 스포츠가 여성의 삶에 미치는 영향을 보며 끊임없이 놀란다. 우리는 스포츠의 이점에 대해 계속 이야기해야 한다. 미국 여성에게 평등한 스포츠 참여의 기회를 보장하는 타이틀 나인Title IX 연방법이 제정된 지 50년이 지났지만 아직 해야 할 일이 산더미다. 대부분의 공립학교(특히 유색인종 커뮤니티에 서비스를 제공하는 공립학교)가 규정 준수에 한참 못 미치는 등 여전히 기본 사항을 제대로 지키지 않고 있다. 미국, 캐나다, 호주, 뉴질랜드, 영국과 같이 여성 스포츠 기회가 충분한 곳에서도 스포츠 프로그램에 참여하는 여학생의 수는 의외로 많지 않다. 참여하는 경우에는 심각한 비율로 신체적, 정신적 건강 문제가 발생하고 학대도 너무나 흔하다.

여성의 사춘기가 운동 성과에 위협으로 인식되면서 많은 여성이 사춘기가 오는 것을 막거나 몸을 그전으로 되돌리려고 시도한다. 그 과정에서 월경이 끊기고 건강한 뼈와 신체를 형성하는 데 필수적인 호르몬 작용이 방해를 받는다. 많은 여성이 신체 발달 단계에서 불가능에 가까운 이상적인 몸을 만들라는 코치의 압박에 시달리며, 또래 남성의 세 배에 달하는 비율로 피로골절stress fracture을 경험한다. 수많은 여성이 자신을 위해 여러 일을 하는 자기 몸을 싫어하게 되고, 65퍼센트가 음식을 불편하게 느끼는 섭식장애를 겪으며 때로는 돌이킬 수 없을 정도로 증세가 악화되기도 한다. 수백만 명의 여성이 스포츠에 대한 긍정적인 기억을 많이 갖고 있지만, 보이지 않는 상처도 함께 간직하고 있다. 우리 여성들은 이러한 상처들을 당연한 것으로 보거나 이에 대한 책임이 우리에게 있다는 믿음을 내면화해왔다.

스포츠 시스템에는 문제가 있으며, 우리 모두 이를 잘 알고 있다. 여성이 동등하게 접근하기 위해 그토록 열심히 싸워온 스포츠 환경은 남성에 의해, 남성과 소년을 위해 만들어졌다. 우리는 양성평등을 '남성이 가진 것, 그들이 가진 방식을 얻는 것'으로 정의해왔는데, 이러한 정의가 역효과를 낳고 있다. 우리는 여성과 소녀들을 남성 중심의 인프라에 끼워 맞추면서 같은 문제가 반복되면 머리를 긁적이고 있다. 스포츠에서 여성의 근본적인 신체적 경험은 남성의 기준과 다르다는 이유로 무시되거나 지워지거나 문제로 간주되고 있다. 이를 인정하지 않으려고 하면서 엄청난 피해가 양산되고 있다.

현재 많은 헌신적인 연구자가 섭식장애부터 심리적 스트레스, 사춘기와 관련된 운동 성과 저하까지 여성이 직면한 무수한 문제를 규명하기 위해 열심히 연구하고 있으며, 주의를 환기시키는 새로운 연구 분야가 계속 등장하고 있다. 나는 정확한 문제와 해결책을 제시하는 수백 편의 논문이 발표되는 날이 오기를 고대한다. 지식으로 무장한다면 피해를 줄이고 스포츠의 가장 좋은 부분이 안전, 건강, 역량 강화라는 약속을 이행하도록 길을 열어줄 새로운 모범 사례와 정책을 더 잘 준비할 수 있게 될 것이다. 하지만 기다리고 있을 수는 없다.

이것이 내가 이 책을 쓴 이유다. 엘리트 선수, 팀원, 코치, 엄마로서 27년간 스포츠계에 몸담아온 개인적인 이야기를 통해 뭔가 잘못되었다는 증거를 충분히 발견했고, 해결책의 단초도 발견할 수 있었기 때문이다. 내 이야기가 모든 여성과 소녀를 대표하는 것은 아니다. 여성 스포츠의 변화에 관한 포괄적인 논의에는 유색인종 여성, 장애가 있는 여성, 성전환 여성, 성별 이분법에 맞지 않는 사람들을 포함하여 스포츠에서 경쟁하는 모든 이의 목소리가 포함되어야 한다. 나는 여성과 여학생 스포츠의 흐름을 바꾸기 위해 이야기를 공유하라고 사람들에게 강력히 권장한다. 평범한 사람들이 열정을 표현할 때 실질적인 변화가 우선순위를 차지하는 것을 우리 모두 목격했다.

이 책을 통해 독자들이 딸, 운동선수, 환자, 친구, 혹은 자기 자신을 새롭게 바라볼 수 있기를 바란다. 이 책은 스포츠에 관한 이야기이자 달리기 인생에 보내는 러브레터지만, 무엇보다 남성을 위해 만들어진 세상에서 성장하는 한 소녀의 이야기다. 그리고 그 여정에 내재된 모든 마찰과 혼란, 고통과 기쁨에 관한 이야기다. 또한 미래에 대한 희망을 열정적으로 표현한 이야기다.

차례

약속

"넌 뭐든 할 수 있어, 로런. 뭐든지!"

굳은살 박인 아빠의 손이 내 어깨를 움켜쥐었다. 얼음처럼 파랗고 강렬한 아빠의 눈동자를 보자 내 눈도 더 커졌다. "듣고 있니?" 나는 눈을 깜빡이지 않으려고 애를 썼다. 여덟 살 때였다.

"쟤네는 네가 무서운 거야. 너한테 질 수 있다는 걸 아니까. 여자애한테 지고 싶지 않은 거지. 거참 안됐군! 돌아가서 너도 끼겠다고 하고, 골탕 먹이려고 들면 불알을 걷어찬 다음에 귀를 잡아 끌고 와라. 나머지는 내가 알아서 하마." 아빠는 당장 일을 처리할 것처럼 두 손을 탁탁 털고는 음모의 윙크를 날렸다. 격려와 허세가 적절히 섞인 아빠의 말에 목의 긴장이 풀리고 미소가 지어졌다. 아빠가 의도한 바였다.

아빠는 늘 큰 소리로 말했다. 다른 사람을 편안하게 하려고 성격과 언어를 바꾸기는커녕 그 어떤 것과도 타협하지 않았다. 아들을 원했던 아빠는 딸 둘을 얻었지만, 육아 계획을 수정할 마음이 없었다.

"맙소사, 프랭크!" 이런 상황에서 엄마는 평화적인 해결을 위해 부드럽게 간청하곤 했다. 하지만 엄마의 소극적인 친절함은 아빠의 카리스마나 단순해 보이는 해결책에 가려 잘 들리지 않았다. 그래서 나는 동네 남자애들의 불알을 걷어찼다. 그러자 남자애들이 날 끼워줬다.

내 세상은 엄마의 세상과 많은 면에서 달랐지만, 가장 눈에 띄는 차이는 삶에서 스포츠가 맡은 역할이었다. 내가 태어나기 3개월 전인 1981년에 미국대학스포츠협회NCAA 여자 육상 선수권대회가 처음으로 열렸다. 엄밀히 말하면 타이틀 나인은 엄마가 고등학교에 다닐 때 통과되었지만, 스포츠에서 여성과 소녀에게 동등한 기회를 부여한다는 약속이 실현되기까지는 시간이 걸렸다.

타이틀 나인이 통과되기 한 해 전인 1971년, 고등학교에서 스포츠에 참여하는 여학생은 30만 명이 채 되지 않았다(남학생은 360만 명). 엄마는 스포츠를 하는 여학생을 한 번도 만나본 적이 없었다. 엄마와 중학교 때 사귀기 시작한 아빠의 말에 따르면, 엄마는 체육 시간에 탁구 치기를 좋아했고 치명적인 커브를 구사했다. 파티에서 탁구를 치는 엄마 모습을 몇 번 보긴 했지만, 엄마는 이상하게 수줍어했고 실력을 발휘하지 못하는 것 같았다. 동작을 당당하게 구사하는 걸 어려워하는 것처럼 보였다.

엄마는 운동에 소질이 있었을 것이다. 아빠도 마찬가지다. 아빠는 고등학교 때 싸움질을 하고 대마초를 피우고 다니느라 바빴지만, 소품 제작자로서 건축물 세트를 만드는 육체노동을 했고 항상 힘차게 몸을 움직였다. 그러니 아빠가 운동신경이 좋다는 것쯤은 알 수 있었다.

엄마의 몸은 살림살이를 하고 정원을 가꾸는 데 익숙해져 있었지만, 나는 고등학생 때 함께 달리기를 하러 가자고 엄마를 설득했다. 엄마가 중족부에서 힘을 완전히 빼고 무릎을 들었을 때 나는 거의 숨이 막힐 뻔했다. 달리는 특유의 모습이 나와 똑같았다. 달리기는 힘든 운동이기 때문에, 기초 체력이 없었던 엄마는 몇 분밖에 달리지 못했다. 하지만 그 이후로 나는 엄마의 몸을 달리 보게 되었다. 다른 수백만 명의 여성과 마찬가지로 엄마에게도 아직 발견되지 않은 운동신경이 있었다.

한 지붕 아래 살면서도 엄마의 세상과 나의 세상은 여전히 달랐다. 1990년대에 스파이스 걸스로부터 시작된 '걸 파워' 혁명은 온 세상을 휩쓸었고, 여성에게 열심히 노력하면 모든 것을 가질 수 있다고 말했다. 하지만 엄마의 일상은 1950년대에 멈춰 있었다. 집에서 제일 좋은 의자, 첫 번째 순서, 마지막 발언은 모두 아빠의 몫이었다. 아빠는 우리에게 남들 뒤치다꺼리나 하지 말라고 했지만, 정작 본인은 하나부터 열까지 엄마의 손이 가야 하는 사람이었다. 아빠는 여동생 린지와 나의 뒷배가 되어주었지만 엄마에게는 그렇게 하지 않았다.

안 그래도 혼란스러운데, 아빠는 술에 취하면 완전히 딴사람으로 돌변했다. 매일 밤 우리 가족은 식탁에 둘러앉아 엄마가 요리한 음식을 함께 먹었다. 대개 저녁 식사는 엄마의 요리에 대한 칭찬, 학교 일과에 관한 질문, 최근 아빠가 세트 제작을 맡은 영화의 출연진과 제작진에 관한 재미있는 이야기로 채워졌다. 하지만 아빠가 폭발할 가능성은 언제나 도사리고 있었고, 아빠가 해고되는 날이면 그 위험은 더 커졌다. 엔터테인먼트 업계에서 해고는 비일비재했다. 아빠가 버드라이트 맥주를 마시고 터지는 날이면 우리 중 누구라도 번개에 맞아 바싹 타버릴 수 있었다.

가끔 뺨을 때리거나 머리를 툭툭 치는 것 외에 아빠가 내게 물리적인 폭력을 가한 적은 딱 한 번뿐이었다. 아빠는 내가 스파게티를 '돼지 새끼처럼' 먹는다며 내 겨드랑이에 손을 넣고 식탁 의자에서 끌어내린 뒤 거실로 던져버렸다. 포크를 쥔 채 소파 옆에 떨어진 나는 한쪽 구석에서 공처럼 웅크리고 있었다. 팔이 욱신거렸다. 엄마는 고릴라 우두머리처럼 부풀어 오른 아빠에게 그만하라고 소리를 질렀다. 나는 엄마가 최후통첩을 내리는 모습을 지켜보았다. 그건 아빠가 유일하게 심각하게 받아들인 엄마의 말이었고 이후로도 엄마가 그렇게 분노하는 모습은 다시 볼 수 없었다. "프랭크, 우리 애들을 한 번만 더 건드리면, 신께 맹세컨대, 나는 당신을 떠날 거고 아이들도 데려갈 거야."

그 후로 나는 아빠를 관찰하는 새로운 방법을 터득했다. 아빠가 긴 시간을 달려 퇴근한 뒤 트럭에서 내릴 때면 아빠 손에서 빈 맥주 캔이 깡통 압축기로 옮겨지는 걸 눈여겨보았다. 식탁에서 숙제를 하면서 알루미늄 캔의 갈라지고 찌그러지는 소리를 계속해서 셌다. 그 소리는 서라운드 스피커에서 나오는 스틸리 댄의 요란스러운 연주에 예상치 못한 타악기 소리를 더했다. 엄마가 양파를 다지는 소리에 다른 소리가 끼어들면 아빠가 냉장고 맨 아래 선반에 있는 스물네 캔들이 박스에서 하나를 더 꺼내기 위해 주방에서 엄마 등 뒤를 지나고 있다는 뜻이었다. 나는 깡통 압축기 쓰기를 좋아하는 척하면서 아빠가 내게 빈 캔을 직접 건네주게 했다. 그래야 캔 개수를 확인하기 쉬웠다. 네 개나 다섯 개가 넘어가면 자세히 관찰했다. 나는 아빠의 눈 깜빡임, 발음, 앉은 자세 등이 어떻게 다른지 구별할 수 있었다. 저녁 식탁에 어떤 아빠가 등장할지 알아야 했다.

나는 저녁 식사를 하는 동안 완벽하게 행동하는 법을 터득한 덕분에 두 번 다시 물리적 폭력의 표적이 되지는 않았다. 아빠를 관찰하고 필요한 행동을 하면 됐다. 아빠의 농담에 웃어주든, 좋은 성적을 받아와 감동시키든, 슬그머니 자리를 피하는 것이든 말이다.

그러나 내가 아무리 조심한다 해도 엄마가 실수하는 경우가 있었다. 아빠는 엄마가 토미 삼촌의 칠리 요리 레시피에 카옌 고추를 넣지 않았다거나, 베프 스트로가노프에 크림을 지나치게 많이 넣었다거나, 저녁 식사가 너무 이르다거나, 혹은 늦는다거나, 너무 뜨겁다거나 차갑다고 트집을 잡았다. 장녀인 나는 로데오 황소의 주의를 끄는 광대 역할을 자발적으로 도맡았다. 그럼에도 덜렁거리는 트럭 열쇠를 들고 현관문 밖으로 돌진해 나간 아빠가 철제 스크린도어를 쾅 하고 닫는 날이 있었다. 아빠는 15분 뒤에 다시 들어와 패스트푸드로 가득 찬 종이 봉지를 내동댕이치고 말소리가 들리지 않을 정도로 미식축구 경기를 크게 틀어놓았다.

아빠가 거친 파도였다면 엄마는 해변이었다. 조용히 안정적으로 가족을 받쳐준 엄마 덕분에 린지와 나는 아빠의 요란한 성격과 사랑에서 좋은 것을 많이 흡수할 수 있었다. 아빠는 친구와 가족을 위해서라면 자신이 변하는 것만 빼고는 무엇이든 하는, 마음이 넓고 충실한 사람이었다. 술에 취하지만 않으면 사랑하는 사람들 앞에서 밝게 빛나는 아빠를 보고 우리도 그 환한 빛 속으로 나아가려 많은 노력을 기울였다. 탁월함을 마주하는 것만큼 아빠를 반짝이게 하는 것은 없었다. 공을 던지는 존 엘웨이의 팔, 보니 레이트의 가창력, 「터미네이터 2」에서 아널드 슈워제네거가 보이는 연기 등 아빠는 뭔가에 압도되면 다른 사람들도 하던 일을 멈추고 그것을 인식하게 했다. 특정 장면으로 되감기를 하고 특정 노래를 반복 재생하곤 했다. 아빠는 우리도 그런 탁월함을 달성할 수 있다는 사실을 알려주고 싶어했다.

"너희 엄마하고 나는 어릴 적에 가진 게 아무것도 없었어. 우리는 열심히 일해야만 겨우 살아남을 수 있었지만, 너희는 더 많은 걸 할 수 있단다. 사람들은 대부분 열심히 노력하지 않지. 하지만 너희는 플레시먼 가문 사람이고, 플레시먼은 노력하는 것을 두려워하지 않는다." 아빠는 가슴을 탁탁 두드리며 강조했다.

아빠의 비위를 맞추려는 의도도 있었지만, 어쨌든 내 성격상 열심히 하는 것에 강박증이 있었기에 고개를 끄덕였다. 나는 학교에서 단어 철자와 구구단 외우기를 정말 좋아했다. 숙제에 별을 받으면 짜릿한 흥분과 만족감을 느꼈다. 놀 때도 주의를 집중했다. 동네 친구들이 소꿉놀이를 하거나 바비인형을 가지고 놀 때 나는 근처에서 코 위에 공작 깃털을 올려놓고 몇 시간이고 균형을 맞췄다. 요요의 공회전 시간을 늘리거나, 물구나무선 채로 좁은 복도를 넘어지지 않고 걷는 법을 익히기도 했다. 나는 몸의 움직임을 정교하게 다듬는 일을 좋아했고 끝내는 통달한 기분을 느꼈다.

하지만 내가 그런 것을 좋아한 이유는 아빠의 음주나 변덕스러운 성격과도 상관이 있었다. 아빠가 퇴근해서 돌변하기까지 90분이라는 시간 동안 연습한 묘기를 선보이는 것은 아빠의 애정을 듬뿍 받을 수 있는 가장 확실한 방법이었다. 나는 철봉에 거꾸로 매달려 윗몸일으키기를 하면서 개수를 세는 동안 아빠에게 다리를 잡아달라고 부탁하곤 했다. 여덟 살에 소프트볼을 시작했을 때는 아빠가 손이 얼얼해 놀라는 모습을 보고 싶어서 더 정확한 강속구를 던지려는 욕구가 자연스럽게 커졌다. 덩치는 리그에서 가장 작았지만 성적은 매년 더 좋아졌다. 경기에서 처참할 정도로 당하고 있더라도 매회, 매순간 열심히 뛰었다. 경기가 끝나면 관중석에서 다이어트콜라 캔으로 위장한 버드라이트를 든 아빠가 캔을 내려놓고 나를 안아주면서, 사랑이 가득 담긴 눈으로 너무 자랑스러워 가슴이 터질 것 같다고 말했기 때문이다. 아빠는 내가 재능보다 더 중요한 것을 갖추었다고 했다. 진정성이 있다고 말이다.

우리는 매년 여름 컨강에서 캠핑을 했는데, 수영을 하는 웅덩이 위로 매끄러운 절벽 바위가 있었다. 절벽은 올라와 다이빙을 하라며 용감한 사람들에게 손짓을 보냈다. 아빠는 매년 절벽에서 뛰어내리면서 매번 즐거워했다. 일곱 살이 되던 해에 나보다 나이 많은 네 명의 아이가 한 명씩 절벽으로 올라가 고민만하다가 결국 다시 내려오는 모습을 보게 되었다.

아빠가 내게 말했다. "겁쟁이들. 넌 할 수 있어. 아무것도 생각하지 말고 뛰는 거야." 순간 가슴에 벌새가 들어와 있는 듯한 기분이 들었지만, 나는 웅덩이를 가로질러 반대편에 있는 바위

틈으로 헤엄친 다음 최대한 빨리 절벽 위로 올라갔다. 젖은 손가락으로 몸을 일으켜 미끄러운 바위에 올라서니 정강이가 덜덜 떨리기 시작했다. 양 볼의 솜털이 삐죽 서고 정신이 혼미해지려 하자 곧장 석회암의 가장자리로 걸어가, 푸른 물의 가장 깊은 부분을 향해 몸을 던졌다.

수면 위로 고개를 내밀자 미식축구의 터치다운 자세로 손을 들고 서 있는 아빠의 모습이 보였다.

"방금 봤어?!" 아빠는 함께 캠핑 온 친구들을 향해 소리쳤다. "우리 딸은 불알이 텍사스만 하다고!"

물장구를 치면서 나는 혐오감을 느꼈다. 여자아이에게 그런 말을 하는 것을 한 번도 들어본 적이 없었기 때문이다. 남자 어른들이 아들의 허벅지를 치며 "겁쟁이pussy처럼 굴지 마!"라고 놀리는 모습을 지켜보면서, 나는 불알이 있다는 것이 최고의 칭찬이라는 사실을 알 수 있었다. 여자가 아니라는 뜻이기에 최고의 칭찬이라는 사실도. 내가 그냥 불알도 아니고 텍사스만 한 불알을 가졌다니, 다른 아이들도 가만있을 수가 없었다. 나로 인해 세워진 기준에 아이들이 자극받아 행동에 돌입하는 모습은 놀라웠다. 아이들이 다시 다이빙을 시도하려고 바위를 향해 빠르게 헤엄칠 때, 나는 아이들을 앞지르려고 필사적으로 그 뒤를 따라갔다. 나는 아빠의 눈, 힘을 가진 자의 눈, 남성의 눈으로 스스로를 바라보는 법을 배우고 있었다.

학교에서도 마음만 먹으면 어느 분야에서든 최고가 될 수 있다는 말을 들었다. 신체적 외모와 '아기를 가지는 것', 두 가지

작은 차이를 제외하면 남자와 여자는 모든 것이 똑같다고 배웠다. 사소한 차이라고 말이다. 남성이 우월하다고 생각한 것은 예전이고 이제는 그렇지 않다는 사실을 알게 되었으며, 억압이 한때 있었지만 이제는 끝났다고 했다. 여성도 남성만큼 능력이 있었다. 남성이 할 수 있는 거라면 무엇이든 할 수 있었다. 곳곳에서 최초의 여성들이 등장하고 있었고, 꿈을 꾸는 사람들에게는 무수한 기회가 주어졌다.

최초의 여성들은 내게 중요했다. 나는 학교에서 첫 여성 대법관 샌드라 데이 오코너에 대해 배우며 그의 법복을 검은색 크레파스로 칠했다. 여섯 살 때 어리사 프랭클린이 여성 최초로 로큰롤 명예의 전당에 선출되자 아빠는 블라인드가 흔들릴 만큼 큰 소리로 "존경합니다"라고 외쳤다. 로스앤젤레스 집 앞에서 여성 최초로 올림픽 마라톤 금메달을 따러 가는 조앤 베노잇을 향해 손을 흔들었던 기억은 잘 나지 않지만, 엄마가 그 이야기를 들려줬을 때 흥분했던 기억이 난다. 나는 내가 어느 페이지에 등장할지 상상하며 역사책에 실릴 내 모습을 꿈꿨다.

클린턴 대통령의 취임식이 있던 해에 나는 열한 살이었는데, 엄마가 "네가 사는 동안 미국 최초의 여성 대통령을 보게 될 거야"라고 말씀하셨던 기억이 난다. 나는 그날 밤 내가 미국 최초의 여성 대통령이 되리라 확신하며 두근거리는 마음으로 잠자리에 들었다. 열한 살에 선거에 출마할 수는 없었지만 운동장에서 남자아이들과 달리기나 테더볼 게임을 할 수는 있었다. 나는 몸을 사용해 운동할 때 강해지는 기분을 느꼈고, 단순히 몸 쓰기를 즐기는 사람에서 어떤 일이든 이기기 위해 몸을 사용하는 사람으로 바뀌어갔다. 특히 남자아이들을 이길 때마다 인생에서 무엇이든 할 수 있다는 확신이 들었다.

중학교 때는 소프트볼 올스타 선수였지만 여자 스포츠에서 잘하는 것은 큰 의미가 없었다. 나는 선수라기보다 체육 시간에 남학생들을 이길 수 있는 여학생으로 여겨졌다. 달리기만큼 내 우위가 분명한 분야는 없었다. 일주일에 한 번, 우리는 학교 운동장 가장자리에 나무와 원뿔로 표시한 약 1600미터 코스를 똑같이 달렸다. 잡초가 무성한 운동장 한가운데를 깎아 만든 먼지투성이 트랙을 한 바퀴 도는 것으로 1600미터를 완주했다. 매주 확성기 소리에 맞춰 무리와 함께 출발한 나는 혼자 2분도 안 돼서 운동장 저 끝에 늘어선 나무들을 따라 미끄러지듯 달렸다. 이제는 나이가 들어 올라갈 수 없는 그 나무들 밑으로, 날아갈 듯이.

빠르게 달리는 동안에는 다른 어떤 활동도 가져다주지 못하는 방식으로 내 몸을 통제할 수 있었다. 눈이 지형을 훑는 동안 몸에 집중하면 몸은 스스로 각도를 조정해, 속도를 늦추지 않고 커브를 돌 수 있는 완벽한 각도와 움푹 팬 곳을 피할 수 있는 착지점을 찾았다. 나는 달리기 외에는 다른 생각이 나지 않을 때까지 속도를 높였다. 나는 더 이상 여학생도, 중학생도 아니었고, 체육 시간이라는 것도 잊었다. 그저 몸으로, 팔다리와 피와 숨과 힘으로 이루어진 존재였다. 황홀감은 로커룸에서부터 복도까지 이어지며 나를 사로잡았다.

다른 운동도 원초적인 느낌을 조금은 줬지만 달리기만이

그 느낌을 지속시켜줬다. 나는 수업 시간 외에 달리기를 하는 것은 생각해본 적이 없었다. 여가 활동으로 달리기를 하는 사람을 본 적도 없었고, 달리기가 아이들이 참가할 수 있는 공식 스포츠라는 사실도 몰랐다. 하지만 매주 체육 시간에 1600미터를 달렸고 매주 우승했다. 기다리는 동안 운동화 끈에 붙은 보풀을 떼며 다른 아이들이 서서히 다가오는 모습을 지켜봤다. 처음에는 한 명, 그다음에는 무리가, 뒤이어 뛰는 사람과 걷는 사람이 계속 밀려들었다. 7분 내에 들어오는 사람은 거의 없었다. 별다른 노력 없이도 내 기록은 6분 30초에 가까워지고 있었다. 매주 각 반에서 가장 빠른 사람의 이름이 체육관 벽에 게시되었다. 나는 여자 친구들이 창문에 비친 자기 모습을 확인하는 것처럼 결과를 확인하며, 모든 것이 제대로 되고 있다는 증거를 찾았다.

봄방학이 끝나고 중학교 졸업이 몇 주 앞으로 다가온 어느 날도 명단을 확인했다. 맨 위에 다른 아이의 이름이 있었는데, 그애의 기록은 내 기록보다 거의 1분이나 빨랐다.

분열

"얘야, 로키는 남자가 된 거란다." 거실 의자에 앉은 아빠가 의자를 돌리면서 축구 경기와 나를 번갈아 보았다.

"그게 무슨 말이에요?" 나는 심판의 호루라기와 아나운서의 중계 소리보다 더 큰 목소리로 물었다.

"사춘기. 로키는 남자로 변하고 있는 거야." 중력의 존재만큼이나 단순한 사실이었다.

성인이 되는 과정에 있던 로키가 갑자기 내 최고 기록보다 1분을 단축한 것이다. 전에는 아이가 어른이 되는 모습을 본 적이 없었다. 어른이 된 남녀의 외모가 다르다는 사실은 알고 있었지만, 외모의 차이는 어떤 것에도 영향을 미치지 않는다고 들었다. 능력의 차이는 재능, 노력, 마음에서 비롯된다고 생각했다. 되고 싶은 것은 무엇이든 될 수 있다고 생각했다.

"그러면 이제 모든 남자애들이 나를 이기기 시작할 거라는 얘기예요?" 내가 물었다. 그렇게 생각하니 숨이 가빠지고 속이 쓰렸다.

아빠는 내 쪽으로 의자를 돌렸다. "모두 그렇게 되는 건 아니야. 계속 열심히 노력하면 대부분 다 이길 수 있을 거야. 아마 그럴걸."

그럴 거라고? 아빠도 모르는 건가? 나는 계산을 하고 있었다. 이 모든 아이들 그리고 내가 한 달 후나 1년 후에 어디에 서 있을지 전혀 알 수 없었다. 정확히 말하면 승부가 아니라 공정성에 대한 문제였다.

"여자애들은요?"

"여자애들은 여자가 되지. 엉덩이랑 가슴이 생기고, 차 뒤에 숨어서 애정 행각을 벌이고. 너도 알잖니."

몰랐다. 여성의 몸이 어떻게 생겼는지는 알고 있었지만, 그 몸이 외모 말고 어떤 영향을 미치는지는 생각해본 적이 없었다. 아빠가 농담을 한 건가? 남자애들도 차 뒤에서 그런 짓을 하는데 그게 무슨 상관이지?

엄마는 진실과 거짓을 섞어 말했다. "우리 딸, 남자랑 여자는 그저 다를 뿐이야. 그렇다고 해서 네가 하던 일을 못하게 되는 건 아니지."

그 전까지만 해도 사춘기는 내게 큰 의미가 없었다. 동네 친구들이 더 긴 청바지와 더 큰 브래지어를 입는 것을 봤고, 골목에서 술래잡기를 할 때 손으로 가슴을 누르며 통증을 호소하고 시간이 지날수록 게임에 열정을 잃어가는 모습을 봤다. 약국까지 걸어가는 것 이상의 신체 활동에 참여하겠다는 친구를 찾는 일이 어려워지고 있었다. 여자 친구들과 같이 걷다보면 캣콜링을 들었고, 나는 볼거리가 되는 데 익숙해져가는 친구들의 표정을 살폈다.

내 몸은 시간이 지나도 변하지 않았다. 운동할 때면 몸에서 안정적이고 믿음직스러운 힘을 느꼈다. 같은 반 여학생들에게 호감을 가진 남자아이들의 눈에 띄지 않아도 운동선수로서의 자신감 덕분에 쉽게 떨쳐버릴 수 있었다. 남들이 보기에는 매력적이지 않은 몸이지만, 이 몸으로 승리를 쟁취할 수 있다고 스스로를 위로했다. 하지만 로키에게 진 뒤로 모든 것이 다르게 보이기 시작했다. 소녀의 몸이 변한다는 사실은 나의 우정과 사생활에 영향을 미쳤다. 그리고 이제 변화하는 소년의 몸이 내 정체성을 위협하고 있었다.

체육 수업에 들어간 나는 집에서 아빠의 맥주를 관찰하며 익힌 방식으로 주변 여학생들을 관찰했다. 체력 측정을 하는 동안, 그저 어린아이에 불과했던 아이들이 소년 소녀가 된 모습을 보았다. 시간제한이 있는 윗몸일으키기를 하는 동안 같은 반 친구의 발을 잡고 있었는데, 친구는 월경이 걱정되었는지 재빨리 다리 사이를 확인했다. 친구는 선생님이 호루라기를 불기 전까지 몇 번 더 윗몸일으키기를 했는데, 가슴 무게만큼 더 힘들어진 듯했다. 마지막 측정을 위해 체육관에서 나와 밖으로 나가면서 나는 여학생들이 엉덩이 사이에 낀 체육복 반바지를 빼거나 남녀 공용 회색 티셔츠를 가슴 위로 당기는 모습을 보았다. 몸을 계속 자각하는 것이 당연해졌다.

2016년에 발표된 연구에 따르면, 미국 여학생은 14세가 되면 또래 남학생의 두 배에 달하는 비율로 스포츠를 그만두고 17세가 되면 절반 이상이 완전히 그만두는 것으로 나타났다. 2020년에 발표된 연구에서는 캐나다 청소년의 경우 10대 후반이 되면 스포츠를 하는 남학생 10명 중 1명이 운동을 그만두는 반면 여학생은 3명 중 1명꼴로 그만두는 것으로 나타났다. 인생에서 이 시기는 여학생의 스포츠 평등을 위한 노력에서 가장 크고 완고한 누수가 발생하는 시기다. 여성스포츠재단이 25년간 조사한 바에 따르면, 여학생이 스포츠를 그만두는 여섯 가지 주된 이유는 접근성, 안전 및 교통수단의 차이, '동성애자' 꼬리표와 같은 사회적 낙인, 경험의 질 저하, 비용, 긍정적인 롤모델의 부재 등이었다. 하지만 경쟁 스포츠를 떠나는 근본적인 요인 중 하나인 사춘기는 언급조차 되지 않고 있었다. 운동과 관련해서 여성 신체를 가진 사람들이 경험하는 사춘기에 대한, 그리고 청소년을 위한 체육 및 경쟁 스포츠에서 사춘기를 충분히 다루지 않거나 지원하지 않는 현실에 대한 학문적 관심은 거의 없었다.

사춘기는 현실이다. 여자아이의 사춘기에서 유방의 발달은 평균적으로 10세 이전에 가장 먼저 일어나는 신체적 변화다. 이유가 완전히 밝혀진 것은 아니지만 전 세계적으로 여아의 사춘기 시작 연령은 지난 30년 동안 10년에 약 3개월씩 빨라졌고, 미국 내에서는 유방 발달의 평균 연령이 인종에 따라 1년 정도 차이 나는 것으로 나타났다. 여성의 유방은 일반적으로 17세나 18세까지 발달하며, 일부는 20대까지 성장하기도 한다.

예로부터 사춘기의 시작을 알리는 신호로 착각해왔던 월경은 유방 발달이 시작되고 약 2년 후인 12세 무렵에 시작된다. 하지만 그때는 사춘기가 한창 진행 중일 때다. 여자아이들은 움직임이 달라지는 경험을 하게 되고 변화하는 신체에 어떻게 적응해야 하는지 잘 모른다. 2016년 영국에서 11~17세 여학생 2000여 명을 대상으로 실시한 연구에서 무려 73퍼센트가 스포츠 및 운동과 관련하여 유방과 관련된 고민이 한 가지 이상 있다고 대답했다. 46퍼센트는 유방이 운동에 참여하는 데 영향을 미친다고 답했다. 87퍼센트는 유방 발달에 대해 더 알고 싶다고 답했고 그중 절반은 특히 스포츠에서 유방과 스포츠 브래지어에 대해 더 알고 싶다고 답했다. "적합한 스포츠 브라를 찾을 수 없다"와 "가슴이 과도하게 움직여서 부끄럽다"라는 응답은 스포츠 참여에 대한 장애물과 관련이 있는 답변이었다. 설문 조사에 참여한 여학생의 절반 이상이 스포츠 브라를 착용하지 않고 있었다.

보건 수업에서는 몸에 대해 배우지만, 스포츠에서는 몸을 느낄 수 있다. 젖샘의 도해를 보는 것과 가슴이 있는 몸으로 줄넘기를 하는 것은 완전히 다른 경험이다.

이제 여자아이들은 함께 뛰놀던 또래 남자아이들과 움직임이 달라졌다는 사실을 느끼지만, 여아들의 신체는 성애화의 대상이 되기 때문에 이 사실을 어른들에게 이야기하기 어려워한다. 가슴이 존재하지 않는 양 행동하는 것은 끔찍하거나 더 나쁜 오해를 피하는 가장 좋은 방법이지만, 어쨌든 가슴은 계속 존재한다. 윗몸일으키기를 할 때 성장기 소녀는 움직임을 어렵게 만드는 신체 변화에 대한 본인의 감정과 타인의 감정 등 여러 요소를 관리하고 있는 것이다. 운동은 어린아이의 몸과 함께 남겨두고 가야 하는 것일까?

8학년이 되었을 때도 나는 늘 그렇듯 옷걸이처럼 몸에 옷을 걸고 다녔고, 납작한 가슴 위로 셔츠의 주름을 매만졌다. 나는 여학생 무리에서 뒤처지는 기분과 몸이 영원히 그대로 유지되기를 바라는 마음 사이에서 괴로워했다. 중학교 마지막 주에는 소프트볼 팀원들과 함께 8학년 댄스 파티를 위해 드레스 쇼핑을 가서, 가느다란 어깨끈이 달린 새틴 드레스를 너도나도 걸치고 메이시스 점포의 피팅 룸 뒤쪽 구석을 점령했다. 친구들은 서로 드레스 지퍼를 올려주며 전신 거울에 비친 자기네 모습을 감상했다. 그때 친구들이 느꼈던 흥분을 나는 느낄 수 없었다. 친구들의 몸에서는 내가 양성애자가 '되어가는 것은' 아닌지 걱정될 정도로 성적 매력이 뿜어져 나왔다. 나는 그게 가져서는 안 되는 감정이라는 사실을 직감했고, 양성애라는 개념을 몰랐기에 사춘기가 와서 이 감정을 잠재워주길 바랐다. 감정은 숨길 수 있었지만 몸은 완전히 드러났다. 내 드레스의 윗부분은 떡 벌어져 있었다. 탈의실에 있던 여자애들은 내 가슴이 남자 가슴처럼 납작하다고 놀렸다. 나는 위축되었다. 내게 결함이 있는 것만 같았다. 가슴이 생겨 정상이 될 수 있게 해달라고 기도했다. 스포츠에서 내가 강력하다고 느끼게 해준 몸은 이제 올바른 몸, 여성으로서 자격을 갖춘 몸과 대립하고 있었다.

나와 다른 여성 운동선수들의 삶과 커리어에서 계속 반복되는 현상, 즉 남성 지배적인 시선을 받는 여성의 신체 기능과 외모 사이에서의 충돌, 육체적으로 강한 동시에 성적으로 매력적이어야 한다는 압박감을 처음으로 경험한 것이다. 훈련된 신체는 스포츠의 요구를 충족하기 위해 외모를 변화시키며, 이러한 신체가 아름다움의 이상과 다를 때 다양한 정도의 심리적 갈등이 발생할 수 있다. 이를 여성 운동선수의 '신체 이중성body duality'이라고 부르는 학자들이 많아지고 있다. 하지만 내가 10대였던 시절에는 그런 기분을 표현하는 용어가 없었고, 주변의 그 누구도 그 감정을 말로 표현하지 못했다.

수업에 정시 출석하는 건 힘들었지만 체육 수업만은 예외였다. 하지만 나는 로키에게 패한 뒤 며칠 동안 연속으로 지각했고 그 대가를 치러야 했다. 1990년대 초는 재활용 혁명이 일어난 시기여서 세 번 지각하면 탄산음료 캔 150개를 수거하는 벌을 받았다. 규율을 어긴 학생들은 쉬는 시간이나 점심시간에 커다란 검은색 비닐봉지를 들고 빈 닥터페퍼 캔과 캑터스쿨러 캔을 수거하기 위해 여기저기를 돌아다녔다.

허시버거 선생님은 내가 이례적으로 세 번 연속 지각한 게 이상하다고 느끼셨던 것 같다. 로키 사건 이후 기가 꺾여 있다는 걸 눈치채셨을지도 모른다. 아니면 단순히 경기에서 이기고 싶으셨을 수도 있다. 선생님은 내게 빈 캔 150개를 수거하는 벌을 받는 대신 2주 앞으로 다가온 시 중학교 육상대회에 학교 대표로 출전하는 게 어떻겠냐고 제안했다. 쉬운 선택이었다.

첫 번째 종목은 여학생부 1마일 달리기girls' mile였는데, 경기장 밖에서는 '1600미터'라 불렸다. 육상 경기에 대해 처음 알게 된 사실은 여학생과 남학생이 같은 종목에 출전하지만 서로 경쟁하지 않고 종목마다 성별을 번갈아가며 두 번 경기를 한다는 점이었다. 두 번째로 알게 된 건 이게 미국에서 미터법을 사용하는 유일한 경기라는 사실이었다. 내게 익숙한 마일을 미터로 환산하면 정확히 얼마인지 아는 사람이 없어서, 나는 체육 선생님이 알려준 대로 다른 학교 여학생인 에이바를 따라 네 바퀴를 돌고 가능하다면 마지막 바퀴에 이겨보려고 노력했다.

에이바의 곧은 척추와 나를 향해 번갈아 뒤로 튀어나오던 팔꿈치가 아직도 눈에 선하다. 에이바는 움직임을 낭비하지 않는, 고르게 짜인 짱짱한 니트 같았다. 다른 사람과 그렇게 가까이서 달려본 적이 없었던 나는 뒤에서 그애를 똑같이 따라 했다. 1번 레인의 안쪽 경계를 이루며 반짝이는 알루미늄 연석에 눈을 맞추고, 에이바가 착지할 때마다 왼쪽 신발이 연석에 닿을 듯 말 듯하는 광경을 보았다. 그애는 발을 딛기 가장 좋은 곳을 마법처럼 찾아내게 만드는, 내가 사랑하게 된 바로 그 속도로 달렸다. 하지만 정작 나는 처음으로 그 속도를 넘어버린 채 달리고 있는 스스로를 발견했다. 내 발은 더 세게 착지했고 어디에 닿을지 예측하기 어려웠다. 일정한 리듬을 유지했던 호흡은 혼란스러운 헐떡임으로 바뀌었다.

경기장의 배수구를 돌기 시작할 때쯤 마지막 바퀴를 알리는 종소리가 들렸다. 나는 에이바보다 몇 걸음 뒤처져 있었고, 어느 분야에서든 여자아이는 이길 수 있다는 확신이 흔들리는 중이었다. 괴롭게도 레인까지 흔들거렸다. 주황색 경기장 위에서 오르락내리락하는 에이바의 모습이 흐릿했다. 그 위에 수증기처럼 피어오르는 신기루, 희미한 빛이 보였다. 트랙이 흔들리는 게 정상이 아니라는 것은 알고 있었다. 하지만 결승 지점까지 거의 다 왔고 곧 끝날 거라는 사실도 알고 있었다. 한참 뒤진 2위로 결승선을 막 통과한 순간 시계가 흐릿해졌지만 앞자리가 5인 것은 분명하게 보였다.

한 시간도 채 지나지 않아 800미터 경기에서 다시 만난 에이바는 이번에도 내 앞에서 트랙을 돌았다. 그 경기는 지금까지도 기억에 남을 정도로 고통스러웠다. 기본적으로 매우 긴 단거리 종목인 800미터는 팝콘 한 봉지를 전자레인지에 돌릴 시간 동안 원더우먼을 선충으로 바꿔버리는 코스다. 나는 두 번의 경주에서 모두 2위를 차지했지만, 최선을 다했고 흥분될 만큼 빠른 기록을 달성했다. 우리 팀은 400미터 계주에서 우승하며 대회를 마무리했고, 함께 환호하고 방방 뛰며 승리를 자축했다. 나는 육상이 좋다는 결론을 내렸다. 소프트볼에서 느끼는 팀 에너지도 좋았지만 나는 자율성이 강한 사람이었다.

버스로 돌아가기 위해 짐을 챙기고 있는데 구릿빛 피부에 짧게 깎은 머리, 커다란 보라색 오클리 선글라스를 쓴 남자가 다가와 자신을 캐니언고등학교의 크로스컨트리 및 육상 코치인 들롱이라고 소개했다. 이듬해 가을 내가 신입생으로 입학하게 될 학교였다.

"오늘 경기 정말 멋졌어. 전에 뛰어본 적은 없지?"

"아뇨, 있어요. 체육 시간에 뛰어요. 소프트볼 때도 뛰고요."

그의 눈썹이 실에 걸린 듯 올라갔다. "주니어 올림픽 경기를 말한 거야. 너보다 앞섰던 걔는 주니어 올림픽 출전 선수란다. 경기 출전을 위해 훈련을 받지."

그제야 많은 것이 설명되었다.

"크로스컨트리에 도전해볼 생각은 없니?"

"소프트볼 대표팀에 지원하려고요."

그는 내 몸을 훑어보았다. 나는 이두근이 빗자루 손잡이만 한, 물에 빠진 생쥐 같았다.

"대표팀에 가기엔 몸집이 좀 작다는 생각 안 드니?"

나는 이미 리그에서 가장 작은 선수고, 그게 내 발목을 잡은 적은 없어요. 그렇게 말하고 싶었다. 내가 무슨 말을 했는지는 기억나지 않지만, 얕보이는 것에 대한 익숙한 흥분을 느꼈던 것만은 분명하다.

그는 미소를 지었다.

"쟤는 몇 년 동안 육상 선수로 활동했어. 아주 잘하는 친구지. 그런데 너는 훈련을 제대로 받은 적이 없는데도 두 번의 경주에서 그 뒤를 바짝 쫓았단다. 넌 정말 재능 있어, 로런. 소프트볼도 잘하겠지만 달리기는 훨씬 더 잘할 수 있을 거야."

들롱은 이어서 내 친구들이 될 재미있는 아이들에 대해 설명해주었다. 운동 후 운동장에서 햇살을 쬐며 루트 비어를 즐기는 축하 파티에 대해서도 말했다. 할리우드볼에서 베니스비치까지 편도 22킬로미터를 달린 다음 오후 내내 피크닉을 즐기고 서핑을 하는 현장학습도 있었다. 무엇보다도 구미가 당긴 것은 개학 전 일주일 동안 매머드레이크스에 있는 오래된 스키 로지에서 펼쳐지는 훈련 캠프였다.

그는 내가 소속되어 있는 것처럼 말했고 내게 있어 소속감은 거부할 수 없는 감정이었다. 나는 그의 약속에 전율을 느꼈다. 한 달 후 연습이 시작되었다.

들롱의 성은 데이브였지만 모두 이름으로 그를 불렀다. 시간이 가고 내 속도가 빨라져 포스트 시즌에 훈련할 선수가 나밖에 남지 않았을 때, 달리는 내 옆에서 그가 자전거를 타고 따라

오며 물을 주고 이야기를 해줄 때가 되어서야 나는 그를 코치라고 불렀다. 그때부터 들롱은 두 번째 아버지나 다름없는 존재가 되었지만, 처음 봤을 때는 동기부여 티셔츠 차림에다 선글라스 모양대로 탄 자국 때문에 선글라스를 절대 벗지 않는 서른셋의 건장한 남자였다.

"캐니언고등학교는 챔피언들의 오랜 유산을 가지고 있습니다." 비포장 트랙이 내려다보이는 경기장 계단에 모인 신입생과 학부모들 앞에서 들롱이 큰 소리로 말했다. 그는 자상한 언니처럼 우리를 보살피고 매일 함께 뛰는 트레이시 매콜리를 비롯한 보조 코칭스태프들을 소개했다. "우리 팀은 최고의 코치들을 보유하고 있고, 이기는 방법을 알고 있습니다. 더 중요한 점은 즐기는 방법을 알고 있다는 것입니다. 우리가 여기서 하는 일은 특별합니다. 우리 팀은 아이들이 소속되고 싶어하는 팀이며, 문제를 일으키지 않고 좋은 성적을 받는 아이들이 있는 팀입니다. 학부모들의 지원 덕에 이런 팀이 될 수 있었습니다."

엄마는 도울 방법을 적은 목록을 집에 가지고 왔다. 부모들은 현장학습과 훈련 캠프에 동행하고, 유니폼 비용을 낮추고 스웨트셔츠에 자수를 놓을 수 있도록 기금을 모금했으며, 20년 뒤의 다락방 청소에도 살아남을 만큼 멋진 상을 수여하는 연말 연회를 준비하는 데도 도움을 주었다. 우리는 시간과 돈이 부족한 중산층 가정 출신이 주를 이룬 100여 명의 팀이었지만, 들롱은 참여를 이끌어냈다.

크로스컨트리의 첫 시즌은 사랑에 빠지는 것 같은 느낌이었다. 나는 키 125센티미터가 채 되지 않았고 몸무게는 35킬로그램에 불과했지만, 작은 체구가 경기를 뛰는 데 장애가 되었던 소프트볼과는 달리 새우 같은 체구 덕분에 언니들에게 쉽게 보호받을 수 있었다. 나는 원하던 것을 얻었다. 친구들 말이다.

　내가 처음으로 속한 달리기 그룹이었던 '새내기'에는 성별을 불문하고 모든 신입생과 부상에서 회복 중인 상급생들이 소속되어 있었다. 첫 주에는 학교 주차장에서 시작해 시내 인도까지 이어지는 3~5킬로미터 코스의 달리기를 선배들이 지도했다. 교통 체증과 매연, 주유소로 가득한 코스였지만 상관없었다. 길을 아는 누군가와 함께 새로운 곳으로 가는 것이었으니까. 경험 많은 상급생들은 다른 방향으로 갔다가 돌아오곤 했다. 주변 산으로 이어지는 소방 도로에서 뒤집어쓴 흙먼지가 앞니에 잔뜩 낀 채였다. 돌아올 때 그들의 키는 전보다 커 보였다. 그들은 들롱의 트럭 뒷문이 열려 있는 것을 보고 함께 웃으며 서로의 얼굴에 물을 뿌리고 다른 손으로는 이마에 묻은 먼지를 털었다. 몸에는 스포츠 브라 모양대로 탄 자국이 있었고 타이멕스 시계 아래로는 희고 주름진 피부가 보였다. 그들은 새로 산 서로의 신발을 밟아 첫 얼룩을 만들었다.

　둘째 주에 테니스화와 러닝화가 다르다는 사실을 깨닫고 처음 산 아식스를 신고 나타났을 때, 세 명의 상급생이 달려와 첫 번째 얼룩을 만들어주었다. 그보다 더 기뻤던 적은 없었다. 들롱이 내 어깨를 잡고 초보자 그룹에서 주니어 대표팀으로 체스판의 말처럼 옮긴 날이었다.

　"오늘은 리즈랑 뛰어라, 알았지?"

　리즈는 콘크리트길을 넘어 산길을 달리는 주자 중 한 명이었다. 경험 많은 주자였지만, 나는 그의 페이스를 따라갈 수 있었다.

나는 들롱이 가리키는 지점으로 이동했다. 8킬로미터. 생애 가장 긴 달리기 코스였다. 나는 그 코스를 매일같이 달렸다.

"이 언덕은 얼마나 돼요?" 나는 주근깨 가득한 리즈의 어깨를 보며 물었다. 끝이 보이지 않는 언덕이었다.

"1.6킬로미터 정도야." 그는 아무렇지도 않게 대답했다.

얼마 전까지만 해도 평평한 잔디밭에서 1.6킬로미터를 뛰는 것이 일주일의 목표였다.

"언덕을 반복해서 올라가는 훈련도 있어. 그건 또 새로운 지옥이지."

달리던 사람들을 지나쳐 나머지 언덕을 오른 리즈와 나는 마침내 시끄러운 고속도로를 벗어나 낯선 주택가의 미로 속으로 들어섰다. 혼자서는 도저히 기억할 수 없을 만큼 많이 방향을 바꾸고, 지평선이 탁 트인 막다른 골목에 이르렀다가, 인도가 끝나는 지점부터 흙길로 달리기 시작했다. 그 오솔길에는 세이지와 쑥부쟁이가 가득했고 발밑에서는 먼지가 날렸다. 나는 리즈의 뒤를 따라 자갈밭과 모래 구덩이를 뛰어넘었다. 오솔길은 녹슨 원통형 급수탑을 왼쪽으로 끼고 있었는데, 사다리는 사람 손이 닿지 않는 곳에 올려져 있었다. 그는 속도를 늦추지 않고 몸을 구부려 주운 돌멩이를 물탱크 옆구리에 던졌다. 엄청나게 큰 소리가 났다. "전통이야." 그가 말했다. 나는 몸을 구부려 그와 똑같이 한 다음 돌멩이가 튕겨 나가는 모습을 지켜보며 울림을 음미했다.

급수탑을 지나자 심하진 않아도 심장을 뛰게 할 만큼은 가파른 절벽을 따라 오른쪽으로 이어지는 구불구불한 길이 나왔고, 약간의 위험을 감수하고 달리는 짜릿함을 느낄 수 있었다. 플라세리타캐니언에서 하이킹을 할 때 긴장한 엄마가 옆에 바짝 붙어 있으라고 했던 바로 그 절벽의 옆길을, 이제는 100명의 아이들이 어른의 감독 없이 자유롭게 달리고 있었다. 절벽 너머로 강이 한눈에 내려다보였고, 그 너머에는 솔레다드캐니언 로드 위로 미니카 같은 자동차들이 보였으며, 그 너머에는 산쑥으로 뒤덮인 산들이 높이 솟아 있었다.

부엌 창문을 통해 집 뒤편 이동식 주택의 옥상 위로 솟은 산꼭대기를 올려다본 적이 있다. 그곳 위에서는 산들이 거대해 보였다. 옆구리가 패여 나간 비포장도로의 윤곽이 보였고, 이 길처럼 정상까지 달려 올라갈 수 있는 길이 또 있을 거라는 생각이 들었다. 어쩌면 모든 언덕에는 정상으로 이어지는 길이 있을 터였다. 그리고 그 모든 언덕에는 내가 보지 못했던 마을의 풍경이 있었다. 내게 달리기는 더 넓은 세상으로 통하는 문이었다. 몸은 가벼워졌고 얼굴은 경외감으로 부드러워졌다. 하늘을 나는 건 아니었지만 하늘이 가까이 있는 느낌이었다.

여자치고 잘 뛰네

얼마 지나지 않아 들롱은 그동안 내가 간절히 듣고 싶었던 말을 했다. "오늘은 대표팀이랑 뛰어라." 나는 즉시 달려가, 들롱이 매머드레이크스 캠프의 마지막 훈련을 위해 비포장도로에 그어놓은 선에 모인 여자아이들 뒤로 숨었다.

"오늘은 '프레시맨'인 플레시먼이 함께 뛴다." 그는 자신이 지은 별명에 만족스러워하며 공지했다.

내가 선두 그룹 주자로 부상한 건 놀라운 일이었다.

나는 공기가 희박하고 길이 가파른 매머드산의 높은 고도에서 처음으로 상위 일곱 명의 뒤를 바짝 쫓고 있는 스스로를 발견했다. 이제 들롱은 내가 고강도 구간을 어떻게 견디는지 보고 싶어했다. 훈련은 '실전 속도'로 3분간 달리기를 한 다음 3분간 가볍게 조깅하는 방식으로 8회 반복되었다. 에이바와 경주했을 때처럼 중간 지점에 이르러서는 체력이 달렸지만, 오로지 근성으로 선두 그룹을 유지했다.

"그만하면 됐다." 들롱이 마지막 두 세트를 위해 선배 선수들을 보낸 뒤 내게 옆으로 오라고 한 다음 하이파이브를 하며 말했다. 나는 허리를 숙인 채 쉰 목소리로 모든 선수를 격려하는 그의 모습을 지켜보았다. 목에 걸린 스톱워치가 진자처럼 흔들리고 있었다. 여자 대표팀 선수들이 마지막 구간에 접어들 무렵 그들과 함께 뛰는 내 모습을 상상하려는데, 뒤에서 돌진하는 남자 대표팀 때문에 정신이 산만해졌다. 한 명이 "왼쪽"이라고 외친 덕분에 여자 대표팀은 자연스럽게 오른쪽으로 붙어 지나갈 수 있었다. 그들은 숨을 헐떡이며 서로 "잘했어"라는 말을 주고받았다. 두 그룹이 정면으로 맞붙는 장면은 처음 보았는데, 남자애들은 놀라울 정도로 재빠르게 움직였다. 남자팀은 확실히 우리보다 빨랐지만 틀롱은 여자팀이 더 강하다고, 다시 만나기 어려운 특별한 팀이라며 주에서 우승할 가능성이 있다고 격려했다. 하지만 남자팀이 날아갈 듯 뛰는 모습을 보니 함께 달리고 싶어 좀이 쑤셨다. 그들은 정말 빨랐다. 매우 빨리 성장하고 있었던 나는 어떻게든 예외가 될 수 있지 않을까 생각했다. 세계 최초는 계속 탄생하고 있었다. 훈련하면 남자아이들을 따라잡는 최초의 여자아이가 될 수 있을지도 모른다는 생각이었다.

어린이들 사이에서는 성별에 따른 운동 능력의 우위가 존재하지 않는다. 여자는 12세까지 다양한 스포츠와 분야에서 또래 남자와 경쟁하며 연령대별 기록을 다수 보유하고 있다. 하지만 사춘기 호르몬이 여성과 남성의 신체에 서로 다른 변화를 일으키는 12세가 되면 수행 능력의 경로가 두 갈래로 나뉜다. 남녀 모두 평균적으로는 시간이 지남에 따라 훈련을 통해 능력이 개선되는 모습을 보이지만, 그 속도는 성별에 따라 크게 다르다. 사춘기 남자의 몸에서 분비되는 호르몬은 근골격계 변화, 적혈

구량 증가, 체지방량 감소에 유리한 환경을 조성한다. 남자아이들은 모든 훈련에서 더 많은 효과를 얻을 수 있다. 남성과 여성의 수행 능력 격차는 해가 갈수록 커지다가 20세 전후가 되면 종목에 따라 남성이 10~50퍼센트 유리한 상태로 안정화된다. 훈련, 영양, 자금, 의료 서비스와 같은 요소를 통제하더라도 이러한 패턴은 일관되게 나타난다.

아무도 내게 이런 설명을 해준 적이 없었다. 실제로 나는 대학에서 운동생리학을 수강하기 전까지 운동 능력과 성에 대한 과학적 지식이 전혀 없었기에, 처음에는 희망을 품었다. 누가 이기느냐는 생물학적 성별이 아니라 신념, 즉 명백한 성 불평등의 시대에 남겨진 인간의 상상력 부족 때문일지도 모른다고 생각했다. 나는 도서관에서 경마에 대해 좀 조사해보고 나서 켄터키 더비에서 암말이 세 번이나 우승한 적 있다는 사실을 알게 되었다. 드물긴 하지만, 실제로 있던 일이다. 어쩌면 중요한 건 잘 뛰는 말이 아닐까? 내가 바로 그 말이었다! 하지만 매일 훈련하며 수십 명의 소년에게 뒤처지자 환상은 조금씩 사라졌다.

많은 스포츠에서 성별에 따른 경기력 차이는 시즌이나 경기마다 다르기 때문에 직접 비교할 기회가 거의 없어 선수들도 잘 모르고 지나갈 수 있다. 하지만 크로스컨트리와 육상에서는 일반적으로 여학생과 남학생의 프로그램이 결합되어 있고 모든 성별의 선수들이 코치, 시설, 연습 시간, 경기 일정을 공유한다. 모든 코스와 경주에서 확연히 드러나는 경기력 차이는 내가 여자임을 분명하게 상기시켜주었다. 다행히 불공평함으로 인한 통증은 기회 균능이라는 연고로 금세 진정되었다. 학교에서는 타이틀 나인이 이를 가능케 해주었다. 남학생과 여학생의 육상 경기장이 동일한 기회와 보상으로 가득 차 있다는 사실은 경쟁심 강한 내가 스포츠와 내 몸을 다시 편안하게 느끼는 데 큰 도움이 되었다.

크로스컨트리는 누구나 참가할 수 있다. 선발 시험도 없고 탈락도 없다. 크로스컨트리의 기본 신조는 다른 모든 스포츠의 기본 신조와 같다. 뿌린 대로 거둔다. 노력이 곧 결과다. 아주 단순하다! 그저 나와서 열심히 운동하고 스스로를 믿기만 하면 된다. 이러한 '진실'은 격려가 되고 영감을 주는 냉장고 자석 문구가 되지만, 스포츠의 다른 모든 것과 마찬가지로 여성의 몸을 염두에 두고 만들어진 말은 아니라는 사실을 나는 나중에 알게 되었다.

노력을 보상하는 스포츠 문화는 내가 세상에 대해 믿고 싶었던 모든 것을 대변했다. 열심히 일해도 살림살이가 더 팍팍해지는 형편에 다시 해고당한 아빠가 거실을 서성이며 다음 일자리를 알아봐야 하는 부모님의 세상과는 다른 세상이었다. 아빠는 그런 일을 싫어했다. 일이 없어 부탁할 때 수치심을 느끼고 불안해하는 것이 눈에 보였다. 하지만 그것이 아빠가 몸담은 업계가 돌아가는 방식이었고, 아빠의 교육 수준으로 할 수 있는 최선이었다. 엄마의 검소한 생활 습관 덕분에 우리는 힘든 시기를 견디고 편안하게 지낼 수 있었지만, 아빠가 아무리 능력을 거듭 증명하고 엄마가 아무리 많은 할인 쿠폰을 모아도 우리 운명과 안전은 다른 사람에 의해 통제되고 언제든 사라질 수 있는 느낌이었다.

달리기가 내게 매력적으로 다가왔던 건 바로 자기 결정이 가능한 분야였기 때문이다. 노력은 명확하게 측정되고 보상은 공평하게 주어진다. 크로스컨트리 팀은 소프트볼 팀과 마찬가지로 함께 올라가기 위해 노력하지만, 달리기에는 타점 기록이 없다. 마지막에는 모든 팀원의 등수를 합산하여 그룹별로 순위를 매기지만, 주자는 시간과 거리라는 불변의 사실로 측정되며 모든 코스를 혼자서 완주해야 한다.

내가 처음 출전했던 두 번의 고등학교 크로스컨트리 경기는 신입생들의 경기였다. 두 번째 경기에서는 들롱이 스톱워치가 고장 났다고 생각했을 정도로 빠른 기록이 나왔다. 나는 대표팀에서 세 번째로 빠른 선수였을 것이다.

어느 날 아침, 엄마가 침실 문턱에서 걱정스러운 눈빛으로 지켜보고 있는 가운데 선배 팀원들이 어둠 속에서 나를 깨웠다. 그들은 내 동의 아래 내게 조끼와 의상을 입히고 가발을 씌우고 스카프와 플라스틱 장신구를 잔뜩 휘감아, 의상이 담긴 상자를 뒤집어쓴 것처럼 보이게 만들었다. 내 이마에는 아이라이너로 "신입생"이라는 말이 적히고, 손에는 "대표팀 선발"이라고 적힌 팻말이 들렸다. 새벽부터 월그린과 도넛 가게를 돌아다닌 나는 그 차림새로 학교에 가는 것이 불안해지기 시작했다.

신분증을 제시하고 학교 정문을 통과할 때는 여느 때와 마찬가지로 초긴장 상태였지만 이번에는 팀원들이 옆에 있었다. 팀원들은 교실마다 나를 데려다주었고 내가 나올 때는 문 앞에서 기다려주었다. 사물함에 갈 때도, 피자 베이글을 사기 위해 줄을 설 때도 동행했다. 자칫 굴욕적일 수 있는 상황은 연대의 표현으로 바뀌었다. 팀원들은 무슨 일이 있든, 누가 뭐라고 하든 옆에 서 있었다. 방과 후 나를 데리러 온 엄마가 도로변에 차를 세웠을 때 팀원들은 할 일을 다하고 사라진 지 오래였다. 나는 얼룩덜룩하고 엉망진창이 된 모습으로 조수석에 뛰어들었지만 소속감을 느끼는 소녀의 자신감을 가지고 미소 지었다.

나는 우리 팀의 의식을 배웠다. 달리기 전 스트레칭의 순서. 학교로 돌아오는 마지막 오르막길에서 "주 챔피언들이 계단을 달린다"라는 구호 반복하기. 출발선에서 서로의 어깨와 겨드랑이 위아래로 팔을 꼬아 둥글게 모여 기도한 뒤 "아멘" 하기. 나는 신을 믿지 않았지만 팀원들을 믿었고, 심장이 터질 듯 달리기 전에 함께 만든 어두운 동굴 속에서 서로의 눈을 바라보는 것이 너무 좋았다. 이후 내 달리기 경력의 각 단계에서 모든 의식은 다른 의식으로 대체되었지만, 그중 단 한 가지는 예외였다.

첫 대표팀 경기에 앞서 고참 팀원 두 명이 경기 전 성스러운 의식을 치르러 나갔고, 나는 그들을 따라갔다. 우리는 담요와 가방이 뒤엉켜 있는 곳을 벗어나 나무 아래 탁 트인 공간으로 걸어갔다. 그리고 트랙용 운동복을 입은 채 축축한 잔디 위에 누웠다. 눈을 감고 "풀밭에 스며들라"는 지시에 더 이상의 설명은 필요 없었다.

"얼마나 있어야 하나요?" 내가 물었다.

"일어날 때가 되면 알아." 주장이 대답했다.

나는 크게 심호흡한 뒤 눈을 감고 내 밑의 차가운 땅을 느꼈다. 멀리서 웃음소리, 종소리, 환호가 들렸다. 목소리는 점점 커졌다가 다시 작아지면서 사라졌고, 발밑에서는 참나무 잎이

바스락거리는 소리가 들렸다. 주변의 어둠이 소리와 함께 조화를 이루며 새롭게 볼 수 있는 눈을 주었다. 내가 긴장을 느꼈던 경주는 사람, 희망, 기대, 환희, 실망, 가족, 팀으로 이루어진 교향곡이었다. 우리는 이 모든 것을 만들어 아무런 상관이 없는 곳으로, 어제도 여기 있었고 내일도 여기 있을 이 공원으로 가져온 것이다. 내일 바로 이 자리에서 쉴 누군가는 이런 일이 있었다는 사실을 절대 알 수 없을 터였다.

몸이 납작해지는 느낌이 들었다. 지구보다 중력이 강한 행성에 누워 있는 것처럼 몸이 무거워졌다. 배터리가 부족한 전동 드릴로 누군가 나를 땅에 박아 넣는 것처럼, 땅에 고정되어 있던 몸이 천천히 회전하기 시작했다. 걱정거리가 먼지처럼 흩날리고 회전이 느려지더니 멈췄다. 나는 눈을 뜨고 군데군데 보이는 하늘을 배경으로 거미줄처럼 엮여 있는 갈색과 녹색 나뭇가지들 중 하나에 시선을 집중했다. 색과 질감이 더욱 선명하게 보였다. 평온함이 느껴졌다.

그 후 나는 매 경기마다 풀밭에 스며들었다. 처음에는 팀 동료들과 함께, 나중에는 혼자서, 어느 트랙에서든, 어떤 유니폼을 입든, 어느 나라에서 경기하든 풀밭에 스며들었다. 주변 환경이 어떠하든 나 자신으로 돌아갈 수 있는 확실한 방법이었다.

대표팀 주자로 출전한 첫 번째 대회 시즌, 나는 캘리포니아 역사상 최고가 될 팀에서 꾸준히 세 번째 득점자로 활약했다. 주 우승은 대단한 일이었다. 우리는 신문에 실리고, 집회 때 체육관을 가로질러 퍼레이드를 하고, 학교 강당에서 선배들과의 내기에서 진 들롱의 다리털을 깎기도 했다. 엄마는 고등학교 때 합류할 팀조차 없었는데, 나는 캘리포니아주 최고의 신입생이 되어 시의회 앞에 팀원들과 나란히 서서 표창을 받고 있었다. 기금 모금 행사를 위해 우리 팀의 우승 사진을 전면에 인쇄한 티셔츠가 제작되었다. 아홉 명의 10대 소녀는 남의 눈을 의식하지 않은 채 서로를 부둥켜안고 기뻐 어쩔 줄 몰랐다. 아빠는 내가 30대가 되었을 때도 그 셔츠를 입었다. 셔츠에 인쇄된 사진이 폴록의 그림처럼 변하고도 한참이 지나서까지.

마지막 크로스컨트리 경기를 마친 뒤 버스를 타고 집으로 돌아오던 기억이 난다. 학교 주차장을 향해 마지막 좌회전을 할 때 우리는 버스 안에서 벽을 두드리며 팀 전통인 승리의 노래를 부르기 시작했는데, 처음으로 모든 가사를 제대로 부르고는 전율을 느꼈다. 내가 달리기를 위해 태어났을지도 모른다는 생각이 들었다. 달리기는 몸에 집중하는 법을 알려줬고, 최선의 노력을 기울이는 데 익숙했던 내게 그것을 의미 있는 일로 전환하는 방법을 알려줬다.

"행복해 보이네." 앞줄 동료들이 하차하기를 기다리는데 버스 복도 건너편에서 남자팀 주장이 말했다. 샘은 아주 매력적인 선배였는데 그가 말을 걸다니 믿을 수가 없었다.

"네, 행복해요." 설레는 마음에 덧붙일 말이 생각나지 않았다.

"너는 빠르게 성장하고 있어. 정말 신나는 일이지. 네가 계속 용기를 내면 좋겠다. 많은 여학생이 신입생 때 가장 빠르거든. 하지만 어쨌든 즐기면 돼. 계속 즐겼으면 좋겠어." 그가 말했다.

나는 그가 하는 말을 전혀 이해하지 못했지만, 고개를 끄덕이며 진지하게 "그럴게요"라고 대답했다. 그 후 3년 반 동안 나는 그의 말이 무슨 뜻인지 이해하고 자주 떠올리게 되었다.

트랙 종목의 첫 시즌 동안 나는 1600미터와 3200미터에서 떠오르는 신예 스타로 활약했다. 그해의 마지막 경기였던 3200미터에서 나는 확성기를 통해 역사가 쓰이는 소리를 들었다. 사우전드오크스의 킴 모텐슨이 오랜 국내 최고 기록을 경신한 것이다. 우리 모두를 12초 차이로 거의 한 바퀴 앞서는 놀라운 기록이었다. 경기장을 가득 메운 관중은 환호성을 지르다가 이내 침묵에 잠기며 방금 목격한 광경을 소화하려 애썼다.

휴게실에서 다시 만난 들롱은 들뜬 상태였다. "로런, 너랑 똑같이 생겼는데 키만 약간 더 큰 선수였어." 그는 유니폼을 말리는 건조대처럼 뾰족하게 솟은 킴의 쇄골을 가리키며 말했다. 다른 코치와 부모들 또한 킴의 어린아이 같은 몸과 여유로운 자세, 가벼운 움직임에 감탄했다. 트랙을 정복하는 게 아니라 트랙위에 떠다니는 것 같았다.

그해 미국에서는 2000명 넘는 소년이 킴보다 빨리 달렸지만, 소녀들이 그의 기록을 깨는 데는 21년이 걸렸다. 하지만 그가 소년들의 경주에 영향을 미치지 못한다고 생각하는 사람은 아무도 없었다. 사람들 눈에 킴은 단순히 '여자애치고 잘 뛰는' 선수가 아니었다. 그는 신문 1면을 장식하는 스타이자 존경받는 운동선수였고, 전액 장학금을 받고 UCLA에 진학했다.

킴과 같은 선수들, 그리고 나와 같은 선수들의 앞날이 궁금해진 아빠는 신문을 더 자주 확인하기 시작했다. 프로 여자 선수는 보이지 않았다. 1990년대 후반이었지만 변한 것은 거의 없었다. 오늘날 여성은 미국 운동선수의 40퍼센트를 차지하지만, 스포츠 보도에서 차지하는 비중은 30년 전과 거의 같은 4퍼센트에 불과하다. 스포츠 면의 첫 페이지에는 프로 여성 운동선수보다 남성 스포츠 팬이 등장할 가능성이 더 높다. 여성 선수들에게 돌아가는 후원금은 전체 금액의 1퍼센트 미만이다.

1996년 애틀랜타에서 올림픽이 열리기 전까지는 프로 여자 스포츠를 TV에서 본 적 없대도 놀라운 일이 아니었다. 현대 올림픽은 스포츠 방송국이 마음만 먹으면 성 평등을 촉진하고 보여줄 수 있는 구조를 갖추었다. 거의 모든 종목에 여자 경기와 남자 경기가 있고, 두 종목을 연이어 보도하는 것이 일반적이다. 육상, 수영 등 많은 남녀 스포츠가 하나의 관리 단체를 공유하고 있으며, 마케팅 권한이 스폰서에게 패키지로 판매되는 경우가 많기 때문에 방송에서 한 성별을 다른 성별보다 더 강조할 경제적 이유는 없다. 2021년 올림픽 중계에서 여자 경기는 58퍼센트라는 놀라운 비율을 차지했다.

전에는 그런 적이 없었다. 서던캘리포니아대학과 퍼듀대학이 1989년부터 2014년까지 로스앤젤레스 지역 방송국 세 곳과 ESPN의 스포츠 보도를 조사한 결과를 보면 2014년 여자 경기를 다룬 하이라이트 쇼는 3.2퍼센트에 그쳤다. 시간이 지나도 비율이 개선되지 않은 것이다. 25년 동안 여성 스포츠 참여율이 증가했음에도 이 비율은 오히려 감소했다.

남자 스포츠는 이땠을까? 남자 스포츠는 항상 우리 집 거실을 지배하고 있었고, 중계 소리는 아빠의 탁상 톱 소리를 뚫고 들릴 정도로 컸다. 축구, 농구, 야구는 로스앤젤레스 날씨보다 더 확실하게 계절을 알려줬다.

애틀랜타 올림픽이 매일 여러 시간 방송되고 있었다. 2주 연속으로 여자들이 중계 화면에 섞여 있는 모습을 봤다. 수영장에서. 다이빙 보드에서. 매니큐어 바른 손톱을 트랙 출발선에 조심스럽게 올려놓는 모습. 금발의 백인 여성 중거리 스타가 미소 지으며 트랙으로 걸어 나오는 모습을 본 아빠는 허리를 꼿꼿이 세우고 앉아 "여자 선수들은 대부분 못생겼는데, 저 여잔 되게 매력적이네"라고 말했다.

나는 어떤 여성이 카메라의 관심을 받는지 주목했다. 어떤 여성이 자기 얘기를 하는지. 어떤 여성이 광고에 등장하는지. 그들은 예뻤다. 친절했다. 방긋 웃었다. 자신을 표현하기 위해 노력했다. 올림픽은 여성 운동선수가 유명해질 수 있는 확실한 통로였지만, 출전하면 축하받을 만큼 예쁘고 매력적인 사람으로 내가 성장할 수 있을지는 의문이었다. 혀로 치아 틈새를 가늠해보았다.

그래도 세계 최대 규모의 스포츠 행사에 여성들이 참가했고, 내가 꼭 보고 싶었던 광경이었다. 내가 가장 좋아하는 스포츠는 체조였다. 선수들이 나와 같은 10대였기 때문이었을지도 모른다. 한번 해봤을 때 너무 좋았지만 수강료가 비싸서 계속하기 어려웠기 때문이었을 수도 있다. 하지만 나는 무엇보다도 체조 선수들의 기술에, 몸으로 해내는 그 놀라운 묘기에 감탄했다. 마치 하늘을 나는 것 같았다. 모든 움직임을 정확하고 미세하게 제어하는 모습에 내 몸은 반사적으로 움찔거렸다. 정밀함. 모든 시선이 선수를 주시할 때 느껴지는 무거운 부담감.

남자 선수들은 헐렁한 반바지나 바지를 입는 반면 여자 선수들은 레오타드를 입는 이유가 궁금했던 기억이 난다. 레오타드는 원래 엉덩이를 덮지 않나? 선수들은 루틴 전후에 심사위원들을 향해 미소를 지었다. 하지만 연기를 펼칠 때는 폭발적인 힘을 뿜어내며 경이로움을 자아냈다.

그해 여름, 케리 스트럭은 유명 인사가 되었다(불과 3년 후 나는 대학 동아리 파티에서 그의 옆에서 춤을 추게 된다). 단체전이 절정을 향해 달리고 있었다. 케리는 첫 번째 도마에서 발목을 접질렸는데, 부상임이 분명했다. 코치가 케리와 대화를 나눴고, 케리는 절뚝거리며 다시 시합에 나섰다. 아나운서들도 걱정하는 듯 보였다. 모두가 걱정하는 눈치였다. 나도 마찬가지였다. 나는 엄마에게 물었다. "왜 안 말리는 거예요?" 엄마는 경기를 보기 위해 내 옆으로 왔다.

케리 스트럭은 이전에도 수천 번 그랬던 것처럼 동물적 본능과 몸 상태를 무시하고 마지막 연기를 할 용기를 냈고, 나는 전 세계와 함께 그 모습을 지켜보았다. 한 발로 뛰었다가 착지한 그가 심판들에게 인사한 뒤 고통스럽게 쓰러지는 모습을 지켜보았다. 그리고 코치 벨라 카로이가 그를 어린아이처럼 안으며 자랑스러워하는 모습도 보았다.

누구나 이 영상을 본 적 있을 것이다. 영감을 주는 순간이 담긴 역대 올림픽 하이라이트 영상에 포함되어 있다. 몇 년 후 스탠퍼드대학에서 스포츠와 사회 과목 강의를 들을 때 이 영상을 공부했다. 우리가 생각하는 이상적인 여성 운동선수의 모습을 보여주는 대표적인 영상이다. 「소Saw」의 사운드트랙에 맞춰 재생되었어야 마땅하건만, 평생 내 머릿속에서는 슈퍼히어로로 영화의 배경음악과 함께 재생되곤 했다. 미국 여자 체조 대표팀 주치의 래리 나사르가 저지른 일이 드러나고 학대에 관한 다큐멘터리가 넷플릭스에 공개되었을 때, 꿈같은 삶을 사는 줄 알았던 많은 체조선수가 지옥에서 살고 있었다는 사실이 드러났다. 카로이 부부는 선수들이 체중을 수치스럽게 여기도록 지도하고, 먹는 것을 통제하고, 배고픔을 참지 못해 치약을 먹는 환경을 조성했던 것으로 알려졌다. 어떤 상황에서든 선수들은 코치의 말에 순응해야 했다. 언제 다칠지도 본인이 아닌 코치가 결정했다. 조국을 위한 메달은 어떤 대가를 치르고서라도 받을 만한 가치가 있었다.

순응의 문화에서는 자기 자신으로부터, 그리고 배고픔, 피로, 통증 등 몸이 보내는 신호로부터 멀어진다. 지금 1996년 미국 체조 대표팀의 하이라이트 영상을 보면 케리의 놀라운 결단력과 기술뿐 아니라 나의 친구와 동료들, 자기 이야기를 들려준 다양한 종목의 수많은 여성 선수가 눈에 들어온다. 자아를 재건하고, 배가 고프거나 부르다고 몸이 보내는 신호를 인식하는 법을 다시 배우고, 몸이 속도를 늦추거나 멈추라고 할 때 자신을 신뢰하는 법을 다시 배우고, 래리 나사르 같은 트레이너가 발목을 삐었으니 질에 손가락을 넣어야 한다고 말할 때 스스로를 신뢰하는 법을 다시 배우느라 다년간 얼마나 많은 노력을 기울였을지가 보인다. 500명 넘는 여성과 소녀가 래리 나사르의 치료대에서 성적인 학대를 당했다. 순응하고 코치 내용을 수용하는 문화는 개입할 수도 있었던 수많은 부모와 다른 성인들의 마음

속에서 울렸던 경종을 잠재워버렸다.

열네 살이었던 내가 받은 메시지는 순응하고 수용하는 능력이, 심지어 아름다움까지도, 건강이나 안전보다 더 중요할지 모른다는 것이었다. 꽃다발을 들고 목에 메달을 걸고 있는 체조팀의 모습을 보면 사랑받기 위해 무엇이 필요한지가 명확해졌다.

다가오는 크로스컨트리 시즌을 대비하는 여름 훈련을 위해 모여 있을 때 나는 소속감에서 오는 짜릿한 흥분을 느꼈다. 그리고 열심히 노력하면 얼마나 좋은 선수가 될 수 있을지 기대에 부풀어 있었다. 하지만 점점 사랑에 빠지고 있는 이 스포츠에서 성공은 전적으로 통제 가능한 영역이 아니라는 사실을 자각하기 시작했다. 여성 스포츠에는 다른 어떤 힘들이 작용하는 것이 분명했고 그게 무엇인지 알아내야 했다. 코치받은 내용을 적용하는 능력이, 내게 투자할 만큼 나를 사랑해줄 사람들이 있어야 했다. 그리고 내 계획에 협조해줄 몸이 필요했다. 몸이 변하면 모든 것이 망할 수도 있겠다는 생각이 들었다.

누가 이기는가

어릴 적 집에서 게임 쇼를 많이 봤다. 여동생과 나는 우리와 같은 평범한 사람들이 인생을 바꿀 만한 거액의 돈과 경품이 걸린 게임을 하거나 룰렛을 돌리는 모습에 빠져들었다. 어떤 사람들은 당첨되었을 때 그저 미소를 지었다. 우리는 그런 사람들이 부자일 것이라고 짐작했다. 그들에게서는 흥분을 느끼기가 어려웠다. 소리를 지르는 사람들은? 펄쩍펄쩍 뛰면서 울고 낯선 사람을 껴안는 사람들은? 삶이 바뀐 것이다.

"어떻게 하면 저런 쇼에 나갈 수 있어요?" 〈프라이스 이즈 라이트The Price is Right〉가 방영 중이던 어느 주말에 부모님께 물었다.

"인맥이 있어야 된단다, 로런. 할리우드에서 일하는 사람을 알고 있어야 해."

"아빠도 할리우드에서 일하지 않아요?"

"그렇지, 하지만 나는 소도구 제작자야. 칠을 하거나 캐비닛 교체 같은 일을 하지."

다시 말하면, 내게 그런 행운을 얻을 기회는 오지 않았다. 하지만 결국 스포츠가 내게 그런 기회를 가져다주었다.

"놀라운 소식이야, 로런." 주니어 경기 출전 직후 회복 훈련을 하는 내 옆에서 자전거를 타고 따라오던 들롱이 말했다. "풋 로커Foot Locker 크로스컨트리 전국 선수권대회는 고등학교 육상 경기에서 슈퍼볼 같은 거야. 예선전을 치르는 선수들은 미국 전역에서 비행기를 타고 모여 멋진 호텔에 공짜로 묵으면서 왕족처럼 대우를 받아."

윌리 윙카의 초콜릿 공장을 묘사하는 것 같았다.

"러닝복과 새 운동화를 공짜로 얻고 뷔페도 마음껏 먹을 수 있어. 미국 최고의 선수들과 함께하는 거야. 경기는 TV에서 중계되고, NCAA 코치들이 코스를 따라 줄지어 서서 새로 영입할 선수들을 찾는단다. 풋로커에 출전하면 이 대학 저 대학에서 와달라고 줄을 설 거야."

긴 대회 시즌 동안 홀로 훈련하다 지친 나는 서부 지역 예선에서 간신히 8위 안에 들어 본선 티켓을 획득했다. 그 후 안도감에 쓰러지고 나서야 얼마나 큰 압박을 느꼈는지 깨달았다. 나는 곧바로 언론의 주목을 받으며 여행 준비를 시작했고, 닷새 후에는 가족을 뒤로하고 캐니언고등학교라고 새겨진 재킷을 입은 채 플로리다의 디즈니월드로 향하는 비행기에 몸을 실었다. 처음으로 비행기에서 창밖 구름을 본 순간, 삶을 통제할 수 있는 새로운 사람으로 성장하는 기분이 들었다.

풋로커 선수권대회는 내가 바라던 그대로였다. 나는 호텔 침대에 쏟아놓은 수많은 장비를 믿기지 않는 표정으로 바라보며 학교 운동복이 아닌 폴리에스테르 재질의 진짜 러닝 반바지 위로 손을 뻗었다. 경기 전날 밤 열린 특별 만찬 자리에서 나는 미국에서 가장 빠른 선수들 사이에 속해 있다는 사실에 감탄하며 다양한 사이즈의 포크로 만찬을 즐겼다. 서부에서 온 팀원들과 함께 앉아 각 지역 경기와 우승자 인터뷰가 편집된 영상을 시청하고 경기 당일에 대한 지침을 받았다. 진행을 맡은 프로 선수들(나는 이런 직업이 있는지도 몰랐다)은 우리가 지금 앉아 있는 자리가 자신들이 앉았던 자리이며, 우리가 육상의 미래라고 말했다.

나는 전날 밤의 폭풍우가 디즈니 골프장의 울창한 풀밭 여기저기에 남겨둔 정강이까지 빠지는 웅덩이에서 미끄러지면서, 그곳에 있다는 사실에 기뻐하며 그룹 중간에서 달렸다. 힘든 부분이 끝나서 기뻤고, 결승선에서 숨을 돌리자마자 도시 수영장만큼이나 큰 웅덩이에서 놀고 있는 아이들과 합류했다. 그곳으로 달려가, 거대한 독수리처럼 날갯짓으로 물보라를 일으키며 물속으로 미끄러져 들어갔다. 그날 밤 뒤풀이 파티에서는 틴 스피릿과 CK 원의 음악이 흐르는 이벤트 룸에서 춤을 췄다. 밤이 끝나지 않기를 바랐던 우리는 대부분 복도 벽에 등을 기대고 밤을 지새웠다. 무슨 이야기를 나눴는지는 기억나지 않지만 해 뜨기 전 버스에 짐을 싣고 공항에 도착한 뒤 각자의 비행기에 올라 한숨 자고 나서야 비로소 우리가 떠나왔던 작은 연못으로 돌아갔다. 우리는 이 모든 것을 함께했다. 풋로커 결승 진출자들. 우리는 영웅이 되어 집으로 돌아왔다.

풋로커는 인생을 바꿔놓았다. 추수감사절을 앞두고 전국 각지의 대학에서 온 오퍼 레터가 블랙 프라이데이 광고 전단처럼 우편함을 가득 채웠다. 나는 달리기를 하고, 절친과 공부하고, 기름값을 벌기 위해 인앤아웃에서 햄버거를 뒤집느라 우편물을 읽을 시간이 없었다. 엄마가 모든 레터에 정성스럽게 구멍을 뚫고 3링 바인더에 끼워 스크랩북을 만들어주었다. 엄마는 전문대학에서 경영학 학사 학위를 취득하기 위해 수업을 듣고 있었는데, 아빠는 엄마가 자신을 떠날 수 있다는 자신감을 가지게 될까봐 돕기를 꺼렸다. 엄마는 자신이 상상조차 하지 못했던 기회가 되어줄 우편물들에 관해 나와 이야기하고 싶어했다. 나는 그 얘기를 하고 싶지 않았다. 잠시도 가만있지 못하는 아빠의 열정과 자부심이 더 좋았다. 모두 내가 대학에 갈 거라는 사실을 알고 있었고, 그것으로 충분했다. 오퍼 레터를 볼 때마다 아빠가 하는 말은 "훌륭해, 우리 딸"이었다. 그중에서도 아이비리그나 부유층 아이들이 다니는 학교의 레터를 보면 눈을 크게 뜨고 "오, 여기 좀 봐봐!"라고 말하곤 했다. 엉덩이에 막대기가 꽂혀 있는 것처럼 의자에 꼿꼿이 앉은 채로, 새끼손가락을 뻗은 채 알루미늄 캔을 들어 올려 입술로 가져면서. "일류 대학이네." 아빠가 웃으면 나도 웃으면서, 멀거나 눈이 너무 많이 오는 곳 또는 나와는 절대 어울리지 않을 일류 대학에서 온 레터들과 함께, 그 레터를 폴더 뒤쪽에 넣어두었다.

졸업반이 되기 전인 7월 1일, NCAA 코치들이 신입생들에게 전화를 걸기 시작한 첫날, 우리 집 전화는 하루 종일 울렸다. 이후 6개월 동안 나는 전화를 통해 대학들에 대해 배웠다. 그렇게 많은 전화를 받아본 적이 없어서 거절하는 방법도 몰랐다. 학교의 교육 철학과 전통, 야외 파티, 축제의 모닥불, 한 번도 가본 적 없는 캠퍼스의 기숙사에 대해 듣는 동안 귀에 대고 있던 수화기가 뜨거워졌다. 코치들은 올해 모집한 다른 선수들, 학교의 시설, 전국 랭킹에 대해 자랑을 늘어놓았다. 팀의 신체적, 정신적 건강과 관련된 통계나 선수 이탈률에 대해 물어볼 생각은 하지 못했지만, 그랬다면 훨씬 더 유용했을 것이다.

고등학교의 마지막 해를 준비하기 위해 대략 100킬로미터쯤 달리는 동안, 나는 들은 내용을 들롱에게 이야기했다. 들롱은 분위기가 좋은 대학이 어딘지, 어떤 프로그램이 더 나은지, 어떤 코치가 더 유명한지 말해주었다. 여자아이들보다는 빠르고 남자아이들보다는 느렸던 나는 팀에서 점점 혼자가 되었고, 들롱은 격한 훈련이 있는 날마다 옆에서 자전거를 타며 여자아이들은 해본 적 없는 스플릿 트레이닝까지 하게 했다. 다른 여자아이들과 구별되는 스스로가 특별하게 느껴졌고 우대받는 기분이었다. 나는 경기에서 큰 차이로 우승했고, 코스 기록을 경신했으며, 무적이 된 느낌이었다. 미국 정상으로 가는 길목에서 나를 막아서는 사람은 거의 없었다.

주 선수권대회가 있기 몇 주 전에 아빠는 일하다가 손가락을 잃었다. 술에 취해서 그런 건지 숙취 탓이었는지 궁금했지만, 아빠는 나뭇조각 때문이었다고 주장했다. 거의 석화된 두께 5센티미터, 폭 10센티미터의 재목을 탁상 톱으로 자르다가 나무가 얼굴에 튀었는데, 어찌 된 일인지 손가락이 톱날 아래로 들어가 버렸다고 했다.

사고 후 처음 몇 주 동안은 연습이나 경기를 마치고 집에 돌아오면 안락의자 위에 쓰러져 있는 아빠가 보였다. 아빠는 통증 때문에 진통제를 복용해야 했고 사지가 마비되기도 했지만,

나는 아빠 성격이 변한 게 더 충격적이었다. 아빠는 비가 온 다음날 아침의 모닥불 같았다. 나는 아빠의 반응을 이해할 수 없었다. 손가락 하나로 무너질 만한 사람이 아니었다. 아빠 주변에는 손가락을 잃은 친구가 많았다. 그들은 평생 자기 손가락을 가지고 농담했다. 그러다가 아빠가 전화로 친구에게 그 사건에 대해 말하는 것을 우연히 들었다.

"그래서 하라는 대로 했지. 손가락을 병원에 가져갔어. 그런데 이 허연 가운에 손은 애기 엉덩이 같은 새끼가 안 꿰매겠다는 거야. '외과 의사처럼 미세한 움직임이 필요한 직종이라면 시도해보겠지만, 수술이 소용없을 때도 있다'더라고. 개자식이, 우리 일을 전혀 몰라. 우리가 손으로 뭘 해야 하는지를." 아빠는 자리에서 일어나 냉장고로 가서 맥주를 한 캔 더 꺼내고는 문을 쾅 닫았다. "내 삶이 어떤지 모르지."

취약해진 상황에서 아빠의 삶은 가치가 더 낮아졌다. 아빠에게 필요한 것과 아빠가 받을 것은 더욱 힘 있는 누군가에 의해 결정되었고, 손은 그 증거였다. 손가락이 없는 아빠는 실수로 캔을 넘어뜨렸고 열쇠를 한 번에 집지 못했다. 좌절감에 휩싸인 아빠가 뛰쳐나갈 때 나는 아빠가 원하는 물건을 찾아 조심스럽게 건네주고 도우려 노력했다. 우리 미래가 다른 사람의 평가에 달려 있다고 생각하니 슬프기도 하고 두렵기도 했다. 나는 어떻게 성공해서 힘 있는 사람들에게 영감을 주어 나를 지원하게 만들 것인지 생각했다. 위대함은 일종의 보호를 제공하고 강력한 계급에 오를 명예로운 자격을 부여하는 것 같았다. 우승하려는 동기가 더욱 강력해졌다.

캘리포니아주 크로스컨트리 선수권대회의 결승선을 800미터쯤 남겨둔 상황에서 나는 작년 우승자의 어깨뼈를 뚫어져라 응시했다. 뒤에서는 누구의 발소리도 들리지 않았다. 나는 주 대회에서 우승한 적이 없었고, 우승하고 싶다는 생각이 너무나 간절해서 밖으로 터져 나와버릴 것 같았다. 하지만 제치고 나가기로 결심하자마자 내면이 잡생각으로 가득 찼다. 컨강의 절벽 바위에서 그랬던 것처럼 마음이 바뀌기 전에 도약했다. 앞에 서고 나니 노출된 것 같고, 취약해진 기분이었지만, 용기가 생겼다. 그 용기를 몸에 불어넣어, 코스를 가득 메운 관중과 스스로에게 내가 얼마나 대담한지 온전히 보여줄 수 있었다. 마지막으로 긴 직선 구간에 들어섰을 때는 결승선이 가까워지는 것 같지 않아서 뒤돌아볼 뻔했지만, '이게 네 최선이야? 응? 할 수 있는 건 뛰는 것뿐이야. 충분할 수도 있고 그렇지 않을 수도 있어. 다른 선수가 어디 있든 상관없어. 앞만 보고 가자!'라고 혼잣말을 하며 앞으로 나아갔다.

다음날 오전 11시쯤 눈을 비비며 거실로 나왔다. 여느 때와 마찬가지로 아빠는 경주가 보도된 신문이 있는지 확인하려고 온 동네를 돌아다녔다. 의자에 앉은 아빠는 신난 표정이었다. 내 승리가 힘이 된 게 분명했다. 대회에서 우승한 내 사진이 대문짝만 하게 실린 『로스앤젤레스 데일리 뉴스』가 신문 더미 맨 위에 놓여 있었다. 가슴에 '캐니언'이라고 새겨진 옷을 입은 내가 눈을 부릅뜨고 이를 드러낸 채 불끈 쥔 두 주먹을 휘두르고 있었다. 그런 내 모습을 본 적이 없던 나는 순간 광기 어린 표정이 부끄러워졌다.

"긴 금발 포니테일만 아니었다면 동성애자인 줄 알겠다."
아빠는 커피 옆에 스포츠 면을 펼쳐놓고 농담했다. 아빠가 다른
여자 운동선수들에 대해서도 그렇게 말하는 것을 들은 적 있었
다. 딸이 스포츠를 하면 여성성이 손상되거나 동성애자가 될 거
라는 이전 세대의 깊은 두려움이 반영된 것이었다. 아빠는 잠시
굳은살이 박인 손으로 자기 앞에 펼쳐진 신문을 살폈다. 나는 사
진을 다시 보며 뿌듯한 마음과 사진에 찍히는 것 역시 우승의 일
부라는 사실을 받아들여야 하는 괴로움 사이에서 갈등했다. 나
는 우승의 순간에 느껴지는 동물적이고 순수한 에너지가 정말 좋
았다. 사진으로 보이는 것은 그런 느낌과는 달랐다.

아빠는 신문을 위로 들어 올리고 나를 향해 흔들면서 입이
귀에 걸릴 정도로 웃었다. "이것 좀 봐! 1면에 실렸어! 내 딸 좀
봐요." 나는 부끄러움이 사그라드는 것을 느꼈다. "이게 바로 노
력이야! 이게 바로 심장이라고! 이게 플레시먼 가문이야! 투사!
그거지. 아빠는 네가 정말 자랑스럽다." 아빠는 신문을 탁 소리 나
게 다시 내려놓고 가슴을 부풀리며 그 위에 손을 얹었다. "가슴
이 터질 것 같구나, 로런. 터지겠어." 아빠는 두 팔을 벌려 나를
안아주었다. 낡은 옷에 밴 담배 냄새가 별빛 아래 모닥불처럼 나
를 진정시켰다.

대회에서 우승하고 일주일이 지난 뒤 나는 풋로커 서부 지
역 대회에서 떠오르던 신예 세라 베이(현 미국 기록 보유자 세라 홀)
에 이어 2위로 풋로커 전국 선수권대회 자격을 얻었고 계속 노
력했다. 나는 무패 행진을 가능케 한 세라의 특이한 전략에 경각

심을 갖고 있었다. 그는 모든 경기에서 뒤에서 출발한 다음 중간 구간에서 체계적으로 순위를 올린 후 갑자기 선두로 치고 나와 마지막에 우승을 차지했다. 그는 너무 빨리 내 옆을 지나쳤고, 상황을 파악하고 어떻게 할지 결정하기도 전에 사라져버렸다. 정말 경이로웠다. 전국 대회에서는 세라가 지나갈 때 바로 선두로 치고 나갈 작정이었다.

나는 풋로커 전국 선수권대회에 두 번째 출전하기 위해 플로리다에 도착했다. 경력이 있는 선수들은 서로를 알아보고 대학 입학 전형 얘기에 몰두했다. 대부분 이미 학교를 정한 상태였지만 내 선택지는 아직 스크랩북에 들어 있었다. 들롱과 나는 풋로커가 끝나고 나서 대학에 대해 진지하게 생각해보기로 결정했고, 나는 선택받은 사람들 사이에서 나를 증명하고 싶은 갈증을 느꼈다.

세라와 내가 룸메이트라는 말을 들은 들롱은 "적을 가까이 두라"고 농담을 던졌다. 나는 동조하는 것처럼 윙크했지만 적이라는 말은 어울리지 않았다. 세라와 나는 정말 잘 지냈다. 나는 세라를 좋아하고 존경하기 때문에 이기고 싶었다.

경기 전날, 우리는 사전 답사를 위해 버스를 타고 코스에 갔다. 경기를 지켜보고 응원하기 위해 날아온 들롱은 내 햄스트링을 스트레칭해주었다. 명성 높은 대회를 앞두고 겸허한 마음이 들었는지 평소와 달리 차분한 모습이었다. 나는 5000미터 코스를 처음부터 끝까지 천천히 달렸는데, 다음날 촬영을 위해 자리를 지키는 카메라 스태프들이 있는 결승선에 다다르자 가슴이 벅차오르는 상상을 하며 나도 모르게 페이스를 끌어올렸다.

결승선 너머 양옆으로 깃발이 늘어선 좁은 길을 따라, 내일 경주가 끝나면 모든 완주자가 모이게 될 장소로 걸어갔다. 진정으로 최선을 다했다고 말할 수 있는 사람은 손에 꼽을 정도일 것이고, 나머지는 의구심에 찬 채로 남을 것이다. 나는 조금 더 열심히 했더라면, 조금 더 강했더라면 하는 아쉬움을 남긴 채 그곳 울타리 안에 머물고 싶지 않았다. 내가 이길 만큼 실력이 좋은지 그렇지 않은지는 통제할 수 없지만, 그건 통제할 수 있었다.

다시 가방을 놓아둔 자리로 걸어가면서 우승자가 공식적으로 왕관을 쓰게 되는 연단을 지나쳤다. 그 너머에는 포스터와 월계관을 머리에 쓴 역대 챔피언들의 사진, 커다란 트로피를 마른 팔로 어색하게 든 사진이 걸려 있었다. 나는 신입생 시절 3200미터에서 신기록을 세웠던 킴 모텐슨의 사진 앞에 멈춰 서서, 우승했던 그날에 대해 지금 그는 어떤 감정을 느끼고 있을지 궁금해했다. 지난여름, 들롱이 모텐슨을 다룬 『로스앤젤레스 타임스』 특집 기사를 나와 공유하려고 훈련장에 가져온 적이 있었다. 킴은 우리 집에서 45분 거리에 있는 UCLA에 장학생으로 입학했지만 그 이후로는 아무 소식도 듣지 못했다. 그는 소녀의 가능성을 재정의한 지 불과 몇 년 만에 섭식장애로 인해 선수 생활을 그만두었다.

기사에서 그는 더 빨리 달리고 더 전념하고 싶은 욕망에서 질병이 시작되었다고 설명했다. '더 건강하게' 먹자 체중은 줄었고 기록도 향상되었다. 당시 기록이 좋아진 비결을 묻는 질문에 그는 노력과 집중력을 꼽았는데, 모두 사실이었다. 하지만 대학에 들어가면서 그의 몸은 망가지기 시작했다. 훈련 도중 뼈가 부서지고 골절이 생겼다. 나는 그날 밤 트랙에서 조명 아래 날아다 녔던 그의 가냘픈 몸, 앙상한 어깨, 취재진의 열기를 다시 떠올 렸다. 내 영웅은 고통에 시달렸고, 살기 위해 사랑하는 스포츠를 떠나야 했다. 피할 수 있었던 일이었다.

"왜 그랬을까요?" 들롱에게 물었다.

"체중을 줄이면 더 빨라질 수 있어." 그가 대답했다. "하지만 잘못된 방법으로 줄이면 대가를 치러야 하지." 그가 덧붙였다. 들 롱은 보스턴 마라톤에 출전하기 위해 저칼로리 다이어트를 하고 있었고, 토스트에 마가린을 발라 먹었다.

누군가의 방법이 적합한지 잘못된 것인지는 어떻게 알 수 있을까? 궁금했다. 체중을 감량해야 하는지 그렇지 않은지는 어 떻게 아는 걸까? 나는 그에게 질문하지 않았다. 킴과 그의 기록 에 대한 생각, 그리고 그가 건강했다면 이런 일이 일어나지 않 았을지도 모른다는 생각뿐이었다. 이제 그 기록은 스스로를 해하 지 않고는 쫓아갈 수 없는 불가능한 기준이 되었다.

기사에는 없었지만 킴이 무엇을 극복하려고 했는지 알 것 같았다. 사춘기였다. 팀원들 모두 사춘기를 겪고 있었지만 우리 는 사춘기에 대해 이야기하지 않았다. 몸이 바뀌었다. 더 열심히 훈련하는데도 속도가 떨어지는 여자아이들도 있었다. 몇몇은 진 전이 없었다. 침체기를 겪다가 갑자기 발전하는 아이들도 있었 다. 구성원은 바뀌었고 우리는 1학년을 끝으로 두 번 다시 주 대 회에 팀으로 출전하지 못했다. 개인 자격으로 출전한 내게는 팀 이 타고 다니는 밴 안에서 피오나 애플의 노래를 함께 부를 사 람도, 머리를 땋아줄 사람도 없었다. 주 대회에서 2위로 경기를 마쳤을 때 어른들이 시상대에서 나보다 위에 서 있다가 사라진 소녀들에 대해 이야기하는 것을 우연히 들었다. 그들의 입술에서 연민이 묻어나왔다.

"걔는 어떻게 됐어?"

"엉덩이랑 가슴이 생겨서 끝났어요."

"신입생 때가 정점이었죠."

"사춘기는 여자애들이 회복할 수 없는 부상이에요."

그 후 집에 돌아와서 거울에 비친 내 모습, 젖몽우리가 생기느라 아픈 젖가슴을 보던 기억이 난다. 8학년 때는 가슴을 정말 갖고 싶었는데, 이제는 확신이 서지 않았다. 내 가슴은 어떻게 변할까? 엄마처럼 귤 모양이 될까, 아니면 생일 풍선처럼 될까? 마치 우리 모두가 총살 형장에 늘어서 있고, 사수들 중 한 명만 빈 총을 가지고 있는 것 같았다. 과연 나는 가슴과 엉덩이가 가져오는 혼란에서 벗어날 수 있는 사람일까? 나는 운이 좋을까? 열여섯 살이 되고 겨드랑이 털, 음모가 나는 등 몸이 변할 때마다 두려움을 느꼈다. 성적이 나아지면 안도감을 느꼈다. 경주할 때마다 성적이 좋아졌고 안심했다. 열여섯 살이 되었지만 여전히 월경은 없었고 하고 싶지도 않았다. 걱정이 되었던 엄마는 나를 의사에게 데려갔고, 의사는 여자 운동선수에게 월경이 늦어지는 것은 일반적인 현상이라며 열일곱 살이 되어도 월경을 하지 않으면 다시 오라고 했다. 결국 나도 월경을 하게 되었다. 월경은 여자가 되기 위한 통과의례였고, 여자가 되는 것은 내가 원하는 바가 전혀 아니었다. 월경을 하는 것에 생식 이상의 이점이 있으며, 내 운동선수 생활의 미래는 월경 주기에 달려 있다고 말해주는 사람은 아무도 없었다.

　최근 연구에 따르면 여성 장거리 달리기 선수의 87퍼센트가 코치에게 월경에 대해 말하지 않는다고 한다. 80퍼센트가 남성인 코치들은 이러한 논의에 대한 준비가 부족하다고 답했다. 여성 운동선수의 코치들에게 여성생리학, 사춘기 또는 월경 주기에 대한 교육이 필수가 아니기 때문에, 당연한 결과다. 월경이라는 단어를 돌려 말하지 않는 것이 좋은 시작이다. 자연스러운 생물학적 과정을 성의 상품화와 혼동하여, 남성 코치에게 '여자들의 일'을 담당하는 여성 보조원 고용을 장려하는 경우가 많다. 이 전략은 이직률이 높은 직책에 있는 저임금 노동자를 '월경을 한다'는 자격으로 여성을 보조하는 직책에 계속 고용해야 하는 가짜 이유를 만들어낸다. 여성 운동선수와 함께 일하는 모든 사람은 사춘기와 월경에 대해 말할 수 있어야 한다. 사춘기와 월경은 팀원들 중 절반의 일상을 형성하는 구체화된 경험이자 현실이다. 가감 없이 말하자면, 월경을 외면하는 것은 너무 위험하다.

　월경 이상은 신체적, 정신적 건강에 중대한 영향을 미친다. 하지만 중고등학생 때는 최고의 기량을 발휘하는 선수들에게 가장 큰 보상이 돌아가고 여자아이들은 연간 향상률이 남자아이들의 절반 수준인 1.2퍼센트에 불과하기 때문에, 운동선수와 코치들은 이를 무시하게 된다. 사춘기를 파괴적인 신화로밖에 이야기하지 않는다면 자연스럽고 필수적인 과정이 위협적인 것 또는 두려워하거나 슬퍼해야 하는 것으로 인식되고, 어떻게든 이를 우회하려는 동기가 커진다. 수많은 소녀가 시간을 멈추거나 되돌리기 위해, 여성이라는 증거를 없애기 위해 치명적이고 위험한 전략인 식단 제한을 선택하는 것은 놀라운 일이 아니다. 2021년 콜로라도에서 오브리 아먼토가 평균 연령 17세의 여성 달리기 선수들을 면밀히 조사한 연구에 따르면 4분의 3이 섭식 행동장애 또는 섭식장애를 앓고 있었다. 거의 절반이 무월경(월경이 없는 상태) 또는 기타 월경 이상을 겪었고, 42퍼센트는 골밀도가 낮은 것으로 밝혀져 충격을 주었다. 달리기나 역도처럼 충격이 가해지는 스포츠는 일반적으로 골밀도를 높이는 것과 상관관계가 있지만, 여성 스포츠의 경쟁적인 환경은 그 반대의 결과를 초래해 평생 영향을 미치는 경우가 너무나 많다. 역사상 처음으로 여성 운동선수를 노년기까지 추적할 수 있게 된 지금, 데이터는 전직 운동선수들이 또래들에 비해 골다공증 및 골절 발생률이 더 높다는 사실을 보여주고 있다. 월경 건강은 이 모든 위험에 대한 첫 번째 방어선이다. 하지만 아무도 이에 대해 이야기하지 않는다.

나는 풋로커 경기장에 걸린 대형 포스터 속 킴의 미소와 쇄골을 바라봤다. 길게 늘어선 챔피언들의 포스터를 보며 얼마나 많은 챔피언이 우승을 위해 스스로를 해쳤을지 궁금해졌다. 들롱은 "대가 없는 지름길은 없다. 큰 그림에 집중해. 매년 조금씩 나아지면 돼. 일관성을 유지하면 언젠가는 정상에 오를 수 있어"라고 말했다. 나는 그의 말을 믿고 싶었다.

나는 경기 전 열린 만찬 자리에서 뷔페를 먹기 위해 줄을 서면서 주변 여자 선수들의 몸매를 살폈다. 지름길을 택한 사람과 그러지 않은 사람이 누굴지 궁금해졌다. 모두 평균보다 작은 체격이었지만 그중에서도 몇몇은 어깨가 깡말라 있었다. 탄력 있는 피부, 팔에 잔뜩 난 털, 빈약한 포니테일, 펑퍼짐한 옷. 면, 빨간 소스, 닭다리, 버터롤 등의 음식을 접시에 담다가 샐러드 앞에 잠시 멈춰 서서 고민했다. 샐러드를 좋아하지는 않지만 어쨌든 그릇의 남은 부분에 시금치 잎 두어 장과 튀긴 빵 두어 조각을 쑤셔 넣었다. 이렇게 시작되는 걸까? 샐러드를 먹는 것이 섭식 장애의 시작일까?

맞은편에 있던 여학생은 집게를 들고 접시 전체를 양상추로 채우고 있었다. 그애는 무지방 이탈리안 드레싱을 지그재그로, 선을 벗어나면 알람이 울릴 것처럼 조심스럽게 뿌렸다. 차례를 기다리던 다른 소녀의 접시에는 양상추와 닭 가슴살만 있고 드레싱은 전혀 없었다. 줄에 계속 서 있다는 사실을 깨달은 나는 접시를 들고 테이블로 가서 룸메이트인 세라 옆에 앉았다. 세라의 접시는 정상적으로 보였다. 어떤 아이들의 접시는 우리 접시와 비슷했고, 저녁 식사 내내 자연스럽게 먹고 이야기하고 웃었다. 어떤 아이들은 호랑이와 마주 앉아 식사하는 것처럼 불편해 보였다. 탄수화물은 마치 전기 울타리처럼 조심스럽게 다뤄졌다. 한 소녀는 드라이롤과 방울토마토 두 개만 먹었다. 식습관이 까다로워 보이는 아이들은 예민해진 내 눈에 너무 말라 보일 때도 있었지만, 항상 그런 것은 아니어서 더 불안했다. 편식하는 사람은 누구고 아픈 사람은 누구인지 어떻게 알 수 있단 말인가? 작년에는 전혀 눈치채지 못했다.

나는 음식과 이상한 관계를 맺고 있는 모든 소녀를 이기고 싶은 욕망에 사로잡혔다. 잠시 동안 더 빨리 달릴 수 있는 이 전략은 경기의 결과를 좌우할 수 있었지만, 몇 년 후에는 그만둬야 하는 전략이었다. 나는 우승하고 싶었고, 스스로를 위험에 몰아넣지 않고도 우승할 수 있는지 알아야 했다. 아무도 자기 몸에 신경쓰지 않는 것 같은 상황에서 내 몸을 돌보는 게 가치 있는지 알아야 했다. 행사장에 있던 어른들 중 우리 앞에서 이 문제를 언급한 사람은 없었다. 우리는 최상급 호텔에서 상황에 맞는 화려한 환영을 받았다. 그러나 우리에게 정말 필요한 것은 개입이었다.

그날 밤 호텔 방에서 잠을 청하려는데 독서등 아래에서 성경책을 읽고 있는 세라의 모습이 보였다. 나는 세라가 얼마나 젊고 빠른지 생각했다. 세라도 나를 존경했다. 세라가 나를 따라잡을 때 아무리 속상해도 나는 받아들이고 뒤를 따를 것이다. 나는 그를 이겨야만 그에게 건강한 선배의 본보기가 될 수 있다고 생각했다. 그의 기억에 남을 것이다. 나는 세라에게, 스스로에게, 그리고 모든 사람에게 건강하게 이길 수 있다는 것을 증명해야 한다는 강박관념에 사로잡혀 있었다.

풋로커 경기는 상상했던 대로 펼쳐졌다. 나는 중위권에서 출발해 600미터를 남기고 5위권까지 올라갔다. 맨 뒤에서 출발한 것 같았던 세라가 내게 다가왔을 때 우리는 숨이 가쁜 상태에서 "잘했어"라는 말을 주고받았다. 세라가 지나가기 전에 나는 그의 얼굴을 보았다. 세라는 출발선에서 소리 내어 기도한 신에게 이끌려 나아가는 것처럼 가슴과 턱을 내밀며 힘차게 달리고 있었다. 그가 슬로 보선으로 옆을 지나가자 나는 들롱과 함께 세운 계획을 실행에 옮겼다. 우리는 한 소녀를 함께 제치고 또 다른 소녀를 제친 다음 양쪽으로 흩어졌다. 몸은 비명을 지르고 있었지만 여전히 작동했다. 속도를 늦추고 싶은 마음이 간절했지만 몹시 지친 세라의 모습을 보니 나만큼이나 고통스러워하는 중이라는 걸 알 수 있었다. 나는 스스로와 협상했다. 저 나무까지만 같이 가자. 이제 다음 나무까지만. 저 깃발까지만. 저 코너까지만. 한 번에 10미터씩, 계속 달렸다.

이제 우리 앞에 남은 유일한 주자는 전년도 우승자인 버몬트 출신의 에린 설리번뿐이었고, 그와의 간격은 골프장만큼이나 벌어져 있었다. 너무 멀었다. 하지만 세라는 턱을 더 높이 들어올렸다. 나는 경외감을 느꼈다. 숨소리가 죽기 직전 사람의 것처럼 들렸지만, 세라는 여전히 밀어붙였다. 지평선 위로 결승선이 보였고 에린이 속도를 늦추지 않으리라는 사실이 분명해졌다. 이길 수 없다는 자각이 우리 둘을 동시에 강타했다. 세라가 조금은 누그러지는 느낌을 받았다. 나는 달려들었다. 몸과 호흡, 자세에 대한 의식은 없어지고 앞으로 나아가는 원자 덩어리가 되었다. 나는 마지막 몇 미터를 남겨두고 세라를 제치고 나가 결승선을 통과했다.

체력이 고갈되고 충격받은 세라는 쓰러졌다. 나는 숨을 헐떡이고 비틀거리면서 챔피언이 되는 것이 세라에게 더욱 큰 의미가 있다는 사실을 알게 되었다. 그와 함께 자부심이 밀려왔다. 나는 새로운 무기와 새로운 수준의 고통을 발견했고, 인내했고, 속도를 높이기까지 했다.

부모님과 들롱은 결승선 구역을 경계로 늘어선 깃발을 따라 선 채로 나를 기다리고 있었고, 나는 그들을 차례로 안아주었다. 들롱은 눈시울을 붉히며 감격에 겨워했다.

엄마는 내가 다치지 않고 완주했다는 사실에 안도한 듯 나를 평소보다 더 세게 끌어안았다. 마지막은 아빠였고, 나는 아빠를 향해 발걸음을 내딛기 전에 잠시 아빠를 바라보았다. 아빠의 생각은 여전히 내게 가장 중요했다.

나는 두 팔을 활짝 벌리고 있는 아빠에게 달려들었고, 붕대를 감아서 살짝 구부리고 있는 손가락 하나를 제외한 두 팔이 나를 감싸는 것이 느껴졌다. "바로 그거야!" 아빠가 내 귀에 대고 큰 소리로 말했다. "우리 딸 같은 심장을 가진 사람은 없어." 나는 조금 더 그대로 있으면서 아빠의 심장과 내 심장이 함께 뛰는 것을 느꼈다.

모험

대학을 알아보기 시작했을 때는 콜로라도볼더대학에 가기를 간절히 바랐다. 육체노동을 중시하는 학내 분위기는 고향처럼 편하게 느껴졌다. 마크 웨트모어 코치와 미팅하기 위해 정비소로 착각될 만한 사무실에 들어가 삐걱거리는 의자에 앉으니 낡은 청바지 차림에 머리를 내려 묶은 그가 들어왔다. 나는 그에게 동질감을 느꼈다. 똑똑하고 친절하며 약간 특이했고, 코치로서 길잡이로 삼는 아서 리디어드의 철학만큼이나 문학에 대해 이야기하는 것도 좋아했다. 고도 1.6킬로미터의 이 도시에서 처음 달리기를 시작했을 때는 겨울의 추위와 고도 탓에 폐에 무리가 갔다. 하지만 스스로를 새로운 사람으로 단련시킬 수 있는 곳이라는 사실은 분명했다.

나는 다른 선수들을 살펴보며 그것이 어떤 느낌일지 상상했다. 나를 안내해준 선배는 따뜻한 사람이었는데, 그런 사람은 많지 않았다. 연인들을 제외한 다른 관계에서는 냉정함이 느껴졌다. 경쟁적인 분위기가 사람들을 갈라놓는 것처럼 보였다.

볼더에서의 마지막 날 밤, 여자들 한 무리가 식당에 저녁 식사를 하러 들어왔다. 그들의 농담과 웃음소리를 들으니 여기서 잘 지낼 수 있겠다는 생각이 들었다. 하지만 내가 주문한 음식이 나오자 햄버거와 감자튀김을 향한 그들의 시선이 느껴졌다. 그들의 테이블을 훑어보니 드레싱을 곁들인 샐러드가 보였다. 감자튀김을 입에 가져다 대자 한 명이 뚫어지게 쳐다보는 바람에 나는 혹시 뭐가 묻은 것은 아닌지 확인까지 했다. 두 명은 뼈가 들어 있기라도 한 것마냥 조심스럽게 양상추를 먹었다. 접시 위에서 무슨 일이 일어나고 있었는지는 모르지만, 정적이 흘렀다가 다시 대화가 이어졌다. 그들이 섭식장애를 앓고 있는 것인지는 확실하지 않았지만 지쳐 보였다. 나는 음식을 편안하게 느끼는 내 모습이 더욱 값지다고 생각하게 되었고, 그런 편안함이 건강과 지속적인 성공에 매우 중요하다고 믿게 되었다. 콜로라도는 그런 마음을 지키기 어려운 곳이었다.

스탠퍼드대학은 여러 면에서 달랐다. 우선 베스 앨퍼드설리번 코치는 여성이었는데, 매우 드문 경우였다. 대학 경기 코치의 성별에 관한 연례 보고서를 발간하는 미네소타대학의 터커여성스포츠선수연구센터Tucker Center for Research on Girls & Women in Sport에 따르면, 오늘날에도 여자 육상팀 코치 중 17퍼센트만이 여성이라고 한다. 1999년에는 수치가 훨씬 더 낮았다. 나는 여성 코치를 만나본 적이 없었기에 남성이 코치를 더 잘할 것이라고 생각했지만, 베스는 불과 3개월 전에 여성팀을 NCAA 우승으로 이끈 경험이 있었다. 나는 기꺼이 그와 함께 도전해보고 싶었다.

코치와 선수의 관계는 성별 편향을 바꿀 수 있는 강력한 방법이다. 코치는 선수 육성이라는 목표와 엄격한 규율, 두 임무를 동시에 수행하면서 부모의 역할과 전문적인 안내자라는 두 세계를 아우른다. 여성이 진정한 권위를 지닌 위치에서 스포츠 팀을 이끄는 것을 모든 젊은이가 경험한다면, 여성이 이끄는 회사, 부서 또는 국가라는 아이디어에 수백만 명이 익숙해질 것이다.

타이틀 나인이 통과되기 전까지 여성 스포츠는 동호회와 학교 내에서 하는 것이 대부분이었고, 코치의 90퍼센트가 여성이었다. 타이틀 나인이 통과된 후에는 남성이 이러한 직책의 대부분을 차지했고, 50년 동안 양성 평등을 위해 노력해왔음에도 지난 5년간의 수치는 여전히 42퍼센트에 머물러 있다. 남성 팀 지도부의 양성 평등은 더 희망이 없어 보인다. NCAA 남자 농구 코치들 중 여성의 비율은 3퍼센트에 불과하다. 여성이 남성 스포츠 팀을 이끌지 못할 이유는 전혀 없지만, 남성 중심의 직업에서 여성혐오적 행동이 만연해 있다는 점을 고려할 때, 여성이 일할 기회와 일하기에 안전한 환경을 조성하기 위한 NCAA의 대대적인 노력 없이는 어떤 변화도 상상하기 어렵다.

폴로셔츠에 중성적인 헤어스타일을 한 베스는 키가 크고 여유로워 보였다. 그가 공항에서 나를 데리고 샐러드 바가 있는 레스토랑에 저녁 식사를 하러 갔을 때, 나는 반항하듯 고기와 감자를 접시에 가득 담았다. 잠깐 대화를 나눈 후 그는 내게 대학 생활의 목표가 무엇인지 물었고, 나는 건강을 유지하면서 최고가 되고 싶다고 솔직하게 대답했다. 가능하다면 한 번 이상 NCAA 선수권대회에서 우승할 계획이었다. 내가 한 말에 나도 놀랐다. 마음속 비밀의 장소에서 튀어나온 것만 같았다. 그가 여자라서 그랬던 걸까.

베스도 놀란 듯 보였다. 그는 의자에 기대어 잠시 동안 조용히 나를 바라보았다. 아이도 소녀도 경주마도 아닌, 한 인간으로서 나를 본 것 같았다. 그리고 잠시 동안 나는 그를 여성 이상으로, 스탠퍼드의 전설적인 육상 및 크로스컨트리 감독인 빈 라난나 밑에서 일하는 코치 이상의 존재로 바라보았다. 다른 이가 아닌 베스와 함께하게 되어 기뻤다.

그가 루콜라를 한 입 베어 물었을 때 나는 팀에 섭식장애 문제가 있는지 물었는데, 묻고 보니 금지된 질문을 한 것처럼 어색하게 느껴졌다. 그는 성적에 대한 압박감 탓에 가끔 그런 일이 발생한다고 시인했다. 하지만 스탠퍼드 팀은 전반적으로 건강한 팀이며 앞으로도 그렇게 유지하고 싶다고 말했다.

그때는 잘 몰라서 어떻게 건강한 팀을 유지할 것인지 질문하지 못했다. 설사 물어봤다고 해도 구체적으로 지적할 수 있는 내용이 거의 없었을 것이다. 2022년에도 NCAA는 섭식장애가 확산될 수 있는 환경이 갖춰져 있는데도 여전히 공식 정책을 내놓지 않고 있다. 컬럼비아대학의 국립중독및약물남용센터National Center on Addiction and Substance Abuse에 따르면 여자 대학 운동선수의 35퍼센트(남자 선수의 경우 10퍼센트)가 거식증의 위험에 처해 있으며, 58퍼센트(남자는 35퍼센트)가 폭식증의 위험에 처해 있다고 한다. 주요 장기와 인체 시스템을 파괴하고 뼈가 삭게 만들며 정신 건강 장애 중 사망률이 가장 높은 질병으로 여성에게 훨씬 더 큰 영향을 미치는 거식증은 운동선수의 정신 건강에 큰 위협이 되지만, NCAA는 자유주의적 접근 방식을 취하고 있다. 코치는 거식증을 예방하고 관리하기 위해 무언가를 할 수도 있고 하지 않을 수도 있으며, 어느 쪽을 택하든 책임지지 않는다.

NCAA가 뇌진탕에 대한 잠재적 책임에 직면했던 때와 비교해 보자. 그때 NCAA는 연구를 기반으로 모든 프로그램에서 준수되어야 하는 머리 부상에 대한 체크리스트와 정책을 만들고 엄격하게 시행했다. 뇌진탕 연구에서 정책 변화로 이어진 이 과정은 길을 보여주었다. 이제는 의지만 있으면 된다.

베스는 나를 안내해줄 선배가 기다리고 있는 기숙사에 나를 내려주었다. 모리카는 머리에 반다나를 쓰고 "우리는 할 수 있다"를 외치는 제2차 세계대전 포스터의 여자처럼 보였다. 그는 말이 빨랐고 스탠퍼드에 대해 내가 미처 몰랐던 재미있는 이야기와 조언을 들려주었다. 그와 나머지 팀원들은 신입생 모집을 핑계 삼아 한데 모이는 것을 진심으로 즐기는 것 같았다. 나는 내가 일류 대학의 학생들을 좋아한다는 사실에 계속 놀랐다. 플레시먼으로서 내 정체성은 내가 아닌 것들과도 관련이 있었다. 우리는 그들이 아니었다. 나는 그들이 내가 생각했던 것과 다르다는 사실을 알게 됐고, 내가 틀렸다는 것이 증명되어 기뻤다.

마지막 날 밤, 우리는 골목 가로등 아래 모여 마지막 일행이 도착하기를 기다리고 있었다. 함께 있는 것 외에 공식적인 계획은 없었다. 모리카가 익숙하게 "어이!"라고 외치자 멀리서 키큰 남자 하나가 턱을 들어 올렸다. 불빛에 얼굴의 절반이 보였다. 닳아빠진 보라색 컨버스 신발을 신고 걸어오는 그 남자는 내 시선을 사로잡았다. 발목이 드러나고 아래로 갈수록 좁아지는 핏의 청바지를 입고 있었다. 실제로 야외 활동에 사용했던 것처럼 보이는 노스페이스 백팩을 메고 있었고, 그 위로는 스케이트보드가 튀어나와 있었다. 그가 자신을 제시라고 소개하자 소년 같은 올리브색 얼굴에서 시트콤『사인펠드seinfeld』의 캐릭터 크레이머 같은 갈색 곱슬머리가 흩날렸다.

새로운 친구들과 휴게실에서 당구를 치고, 자판기에서 시리얼을 꺼내 먹으며 이런저런 얘기를 나누다보니 시간이 금세 지나갔다. 그날 밤 나는 이불을 뒤집어쓰고 '바로 이거야'라고 생각하며 잠이 들었다. "오늘 미래의 남편을 만났다." 일기에는 이렇게 적었다. "몇 년 전부터 알고 지낸 사람들 같다. 결심했다."

다음날 아침, 공항으로 가는 길에 빈 라난나를 만나러 갔다. 짐을 끌고 역동적인 사진과 상패, 트로피로 장식된 운동부 복도를 지나갔다. 크로스컨트리 및 육상 감독인 빈은 다트머스대학에서 그랬던 것처럼 스탠퍼드대학 팀을 단 몇 년 만에 변방 팀에서 강호로 키워냈다. 책상 뒤에 서서 악수를 청하는 모습은 산타클로스와 오즈의 마법사를 섞어놓은 것 같았다. 편안함과 확신을 느꼈던 나는 서명할 준비가 되어 있었다.

그는 학교를 둘러본 소감을 물었다.

"너무 좋았습니다. 여기서 잘해보고 싶어요. 이제 뭘 하면 될까요?" 스탠퍼드대학은 장학금과 입학에 대해 모호한 태도를 보인 유일한 학교였고, 이번이 그 이유를 알 마지막 기회였다.

"이렇게 하지. 나는 자네가 우리 팀의 자산이 될 수 있을 거라 믿네."

나는 그가 '될 수 있다'라고 말한 사실을 알아차렸다.

"하지만 선수 모집에 늦은 감이 있어. 이미 같은 반에 여섯 명의 선수로부터 약정을 받았거든." 그는 선수들의 이름을 나열했다. 목록의 맨 위부터 전부 아는 이름이었다. 내가 어리둥절한 표정을 짓는 동안 그가 책상 서랍을 뒤적거리더니 계산기를 꺼냈다. 그는 계산기를 몇 번 두드린 다음 내가 볼 수 있도록 내 앞으로 돌려주었다.

"이게 지금 줄 수 있는 최선이라네." 그가 말했다.

혹시 실수로 지우기 버튼을 누른 건 아닌가 싶었다.

"완전 부족해요." 나는 숫자를 천천히 큰 소리로 읽으며 그의 표정을 살폈다. "장학금이 없으면 저는 학비 못 내요."

곤란해진 그가 몸을 움찔하는 것을 느낄 수 있었다. 그는 부모님이 무슨 일을 하는지, 재정 지원은 아직 신청하지 않았는지 물었다. 거지가 된 기분이었다.

"장학금 기회는 없어졌지만 내년에 몇 명은 졸업을 하니까, 1학년 때 잘하면 남은 3년 동안 이 정도는 지원받을 수 있을 걸세."

그는 계산기를 다시 책상으로 가져간 다음 버튼 몇 개를 누르더니 재차 내 앞으로 돌려놓았다.

"88." 내가 말했다.

"퍼센트." 그가 말했다.

나는 머릿속으로 계산했다.

협상을 해야 하는 건지 의문이 들었다. 아빠의 기운을 불러오려고 조금 더 꼿꼿이 허리를 세웠다. "다른 대학들은 다 전액 장학금을 준댔는데요."

"이해하네. 하지만 전액 장학금은 이미 자리가 없어. 어차피 잘 나오지도 않고. 여기 오려고 거의 다 전액 장학금을 포기하지."

부모님의 신용카드를 가지고 다니는 아이들이 얼마나 되는

지 궁금해졌다.

"많이 투자할수록 강해질 수 있어." 그가 말했다. "투자라고 생각하게. 가장 강력한 팀에 들어가고, 세계 최고로 손꼽히는 스탠퍼드대학 학위를 받는다고 생각해봐. 그 정도는 투자할 만한 가치가 있지."

"1학년 학비는 어떻게 내죠?" 내가 물었다.

"재정 지원이 되면 좋겠군. 자격이 될 것 같은데."

얼굴이 달아오르는 걸 느꼈다. 그가 말을 이어갔다.

"학생들은 항상 학자금 대출을 받지. 부모들도 대출을 받고. 대출을 받을 수 있는 여러 방법이 있네. 대다수의 사람들에게 학자금 대출은 일반적인 거야. 운동선수들은 그걸 잊어버리지."

당황스러웠고 입학 자격이 없다는 생각이 들었다. 하지만 부모님께 부탁하는 것은 상상도 할 수 없는 일이었다. 나는 지원을 받지 않고 부모님의 숨통을 조금이나마 틔워드릴 수 있으리라는 사실을 매우 자랑스러워했다. 언젠가는 부모님이 나를 위해 희생한 것에 대해 어떻게든 보답하고 싶었다. 멋진 곳으로, 한 번도 가본 적 없는 곳으로 휴가를 보내드리고 싶었다. 더 이상 부모님께 경제적 부담이 되는 것은 상상할 수 없었다.

거절하고 다른 곳에서 제안을 받아야겠다는 생각이 들었다. 하지만 이곳과 작별을 고할 생각을 하니 마음이 아팠다. 나는 빈이, 그가 나를 도전하게 하는 방식이 좋았다. 베스의 에너지와 솔직함도 좋았다. 그런 느낌이 들었다. 스탠퍼드는 내가 있어야 할 곳이었다. 방법을 찾아야 했다. 부상당해 장학금을 못 받으면 어떻게 하지? 다른 학교로 가야 하고, 1년 동안 시합은 뛰지 못하게 되니 다시 시작해야 할 거고, 아무도 나를 원하지 않게 될 수도 있었다. 내가 출전하는 크로스컨트리와 트랙 종목은 골절 부상이 잦은 상위 종목 3개 중 2위이고, 여자 선수가 남자 선수보다 부상이 두 배나 많다는 사실을 몰랐다. 여자 대학 스포츠에 아무도 메우려 하지 않는 구멍이 그렇게 많을 줄은 몰랐다. 오랜 경력을 쌓는 동안 풋로커에서 두각을 나타냈던 선수가 대학에서도 우위를 점하는 경우는 거의 보지 못했다. 하지만 나는 언제나 그랬듯이 노력의 법칙에 따라 발전할 것이라고 믿었다. 장학금을 받을 가치가 있는 선수라는 사실을 증명할 수 있으리라 믿었다.

"알겠습니다. 방법을 찾아볼게요."

이후 몇 달 동안 우편함에서 합격 통지서를 확인했고 들롱과 엄마는 내가 신청할 수 있는 잘 알려지지 않은 장학금을 찾아주었다. 연방 및 주 정부 보조금을 신청하는 몇 주 동안 엄마 책상 위에는 서류들이 가득 펼쳐져 있었다. 나는 스탠퍼드에 그 서류들을 제출할 준비를 하면서 집중해서 성적을 올렸다. 졸업반에게 여유는 없었다.

합격 통지서를 받았을 때 나는 통지서를 매트리스 밑에 넣어두고 돈이 모일 때까지 희망을 버리지 않았다. 비록 캠퍼스에서 일자리를 구해야 했지만 재정 지원, 보조금, 저축, 부모님의 헌신적인 노력, 고모할머니의 도움으로 입학할 수 있었다. 돈이 너무 빠듯해서 룸메이트의 데오드란트를 몰래 쓰고 세탁실은 자제해야 될 정도였고, 평균 B 학점을 받아야 보조금을 유지할 수 있었지만, 스탠퍼드에 가게 되었다.

고등학교의 마지막 몇 달은 승리의 투어를 다니는 것처럼 느껴졌다. 들롱과 나는 시즌에 세웠던 모든 목표를 이뤘다. 캘리포니아학교대항운동연맹California Interscholastic Federation 대회 결승전에서 한날에 800미터, 1600미터, 3200미터 모두 우승을 거둬 불가능에 가까운 '트리플 크라운'을 달성했다. 3200미터에서는 압도적인 기량을 보였다. 학교, 도시, 지역 단위에서 선수에게 수여될 수 있는 모든 영예를 다 차지한 셈이었다. 나는 올해의 선수, 올해의 화제 인물이었다. 감사한 마음이 쌓였고, 함께 만들어낸 결과물에 깊은 자부심을 느끼며 이를 받아들였다. 동생은 아빠 탁자 위의 선반을 '로런의 성지'라고 부르며 자신의 소프트볼 상으로 채우기 위해 싸웠다. 그 선반은 우리가 아직도 헤어나지 못한, 비교가 지배하는 자매간 경쟁 관계의 상징이 되었다.

스탠퍼드 크로스컨트리 팀에서 프리 시즌 캠프에 참가해달라는 요청을 받던 날, 나는 할아버지의 손때 묻은 스테이션왜건 뒷좌석에 긴 1인용 침구와 빨래 바구니, 샤워 가방을 챙겼다. 그리고 경적을 두 번 울린 다음 창밖을 한 번 쳐다보고 손을 흔들며 차를 몰고 떠났다. 가족 중 누군가가 중요한 곳에 갈 때 작별 인사를 하는 방식이었다. 이제 내 차례였다.

눈물이 나서 깜짝 놀랐다. 떠날 생각에 들떠 있던 나는 캐니언컨트리를 벗어날 때 소름이 돋고 웃음이 나올 줄 알았다. 하지만 길에 서 있는 세 사람, 엄마에게 기대어 있는 동생, 울음을 참으려고 낡은 호주머니에 손을 넣은 아빠의 모습을 보니 그저 삶의 한 단계가 마무리되는 것이 아니라 존재 방식에 마침표가 찍히는 것이라는 생각이 들었다. 나는 다시 돌아올 생각이 없었다. 전혀. 에어컨을 켜고 창문을 열어둔 채 고속도로에서 속력을 줄였다. 이기적인 기분이 들었다. 착한 딸이었다면 집에서 가까운 대학에 다니며 엄마와 여동생을 정서적으로 지원하고, 아빠의 알코올중독의 파고를 예측하고 조절하려 노력했을 것이다. 하지만 착한 딸이 되고 싶지 않았다. 내 삶을 살 자유를 원했다. 5번 주간고속도로를 타고 가면서 아빠가 건네준 조니 미첼 믹스테이프의 모든 노래가 문신처럼 마음에 새겨졌다. 스케이트를 타는 강. 겨울에도 시들지 않는 푸르름. 마침내 〈파리의 자유인Free Man in Paris〉이 결심을 굳혔다. 스탠퍼드를 나의 파리로 만들겠다고 결심했다. 누구의 부탁도 누구의 미래도 아닌, 오직 나만이 결정할 수 있는 나의 미래였다.

빈 기숙사 방 한쪽에 작은 짐 더미를 내려놓은 뒤 팰로앨토 시내로 가서 주차한 다음 같은 반 팀원들을 만나게 될 고풍스러운 카디널호텔 로비로 들어섰다. 하루 종일 전국 각지에서 모여든 팀원들이었다. 프리 시즌 캠프로 이동하기 전에 이곳에서 하룻밤을 묵을 예정이었다.

모든 것이 빛나고 있었다. 각 방에 개인 욕실이 없다는 점을 빼면 공동 숙소인 줄도 모를 만큼 훌륭했다. 엉덩이를 부딪힌 구부러진 침대 기둥은 장인 정신을 자랑하듯 아름답게 조각되어 있었다. 여러 세대의 발길에 얇아진 섬세한 카펫에서는 역사가 느껴졌다. 모든 팀원이 미래의 단짝처럼 다가왔다. 나는 벌써 그들을 사랑하고 있게 된 이유를 찾으며 팀원들의 삶에 대해 질문했다.

작년에 멀리서 뒤쫓았던 버몬트 출신의 풋로커 챔피언 에린 설리번과 함께 방을 쓰게 됐다. 침대에 누운 나는 천장에 비치는 자동차 헤드라이트를 바라보며 4학년이 되어 설리번과 함께 NCAA를 제패하는 모습을 상상했다. 되도록이면 내가 1위, 그가 2위로.

해가 뜨기 전에 모든 학생을 태운 15인승 밴 두 대가 요세미티를 지나 고등학교 때 훈련 캠프를 갔던 매머드레이크스까지 5시간 거리를 달리기 시작했다. 밴에는 플로리다, 노스캐롤라이나, 버몬트, 오리건, 샌프란시스코베이, 와이오밍 등의 지역에서 온 멋진 인재들, 다양한 크기의 연못에서 온 큰 물고기들이 가득했다. 나는 이들에게 내가 가장 좋아하는 장소를 빨리 보여주고 싶었다. 가는 길에 새로운 절친들에게 내가 아는 비밀스러운 맑은 호수와 경치 좋은 등산로, 운동 후 맛있는 영양식이 기다리고 있는 샤츠베이커리에 대해 이야기해주었다.

하지만 우리는 그런 코스는 근처에도 가지 않을 예정이었다. 달리기는 콘도 내에서만 해야 했고, 외부로 나가려면 운전할 코치가 필요했는데, 그러려면 정당한 사유가 있어야 했다. 샤츠베이커리에서 맛있는 머핀을 먹는 것은 충분한 이유가 되지 못했다. 극장에서 영화를 보는 것도 정당한 이유가 되지 못했다. 넋을 잃게 만드는 컨빅트 호수 주변에서 달리는 것은 발목을 삐끗할 위험만 있을 뿐이었다. 나는 지난 4년 동안 이곳에 와서 운전을 하며 돌아다녔으나 그건 더 이상 중요하지 않았다. 오로지 훈련과 회복을 위해서 이곳에 왔다는 것을 상기해야 했다. 그게 바로 다음 단계로 나아가는 방법이었다. 새 가족의 부모는 친부모보다 더 엄격하고 더 많은 권한을 가지고 있었지만, 그런 건 아무도 신경쓰지 않는 것 같았다.

훈련은 완전히 낯설었다. 학교를 둘러보러 왔을 때 내 마음을 사로잡았던 베스 앨퍼드설리번 코치는 스탠퍼드를 떠나 동부 지역으로 자리를 옮겼고 빈 리난니 헤드코치기 남지팀과 여자팀 감독을 맡게 되었다. 여자팀의 어시스턴트로 채용된 데나 에반스는 열정이 넘쳤지만 코치 경험이 거의 없었다. 5년 뒤에 그는 그해의 NCAA 여자 크로스컨트리 코치로 선정되었지만, 당시에는 대부분의 남자 보조 코치들이 주로 하는 일, 다시 말해 운영 업무를 관리하고, 감독이 남자 선수들을 관리할 시간을 낼 수 있게 대신 훈련을 진행하고, '여자들의 일'을 처리하는 언니 역할을 하기 위해 고용된 것 같았다.

나는 데나가 좋았다. 겸손하고 똑똑했으며, 밴에서 멋진 음악을 틀어주기도 했다. 모두가 생각했던 것과 마찬가지로 나 역시 비교적 젊은 신입 직원이 들어왔으니 빈이 두 팀에 더 많이 관여할 줄 알았다. 전담 코치가 부재한 상황에서는 그게 최상의 시나리오였다.

하지만 상황은 그렇게 흘러가지 않았다. 일반적으로 빈은 양 팀과 간단한 미팅을 한 뒤에 보조 코치인 마이크와 함께 남자팀을 코치했고, 우리 팀에 남아 있는 사람은 데나였다. 훈련에 변화가 필요한 여자팀 선수가 생기면 데나가 빈에게 먼저 확인을 받아야 했기 때문에 어정쩡하게 시간이 지연됐다. 힘이 있는 팀, 훈련을 계속하는 팀이 어느 팀인지는 분명했다. 최우선 순위인 팀도 분명했다. 몇 명의 스타 선수만이 빈의 귀중한 시간을 빼앗은 것처럼 보였고, 이는 긴장감을 조성했다. 부상당했을 때 투명인간이 되는 것 같다거나 다음 단계로 성장하는 데 필요한 관심을 받지 못하는 것 같다고 말하는 선수도 있었다. 좌절감을 느껴본 적이 없었던 내게는 쉬운 문제 같아 보였다. 더 열심히 훈련하고 더 빨리 달리기만 하면 됐다.

훈련 캠프의 마지막은 브리검영대학과의 일대일 대항전dual meet이 장식했다. 내 첫 대학 경기였다. 나는 최고 스타 선배와 막상막하를 이루었지만 그가 우승을 차지하도록 허락했다.

"이길 수 있을 것 같았는데." 빈은 팀원들의 귀에 들리지 않게 나를 한쪽으로 데리고 가 말했다.

나는 고개를 끄덕였다.

"그럼 왜 져줬지?"

"1등이든 2등이든 안 중요했어요. 스탠퍼드가 이겼으니까요."

"그게 바로 우리 스탠퍼드가 경주하는 방식이지." 그가 잠시 나를 힐끗 쳐다보았다. "아주 좋아." 그는 고개를 끄덕이며 다른 선수들에게로 갔다. 그때부터 나는 경기 때 그가 직접 챙기는 선수 목록에 들어갔다. 든든하게 의지할 수 있는 남성이 생긴 셈이었다.

캠퍼스 생활은 훈련 캠프 생활보다 훨씬 더 좋았다. 룸메이드였던 안드레아 히메나 곤살레스 키르데니스는 야생 짐승의 갈기 같은 강렬한 곱슬머리에 어울리는 에너지와 빛을 뿜어냈다. 그는 항상 두 손을 펴고 내게 함께하자면서 즉흥적으로 춤을 췄는데, 내가 앞쪽 외에 어느 방향으로든 엉덩이를 움직일 수 있게 된 것도 그 덕분이었다. 안드레아가 아니었다면 내 대학 시절 경험은 우리 팀원 40여 명과의 경험으로 제한되었을 것이다. 일주일에 20시간씩 연습하고 주말마다 시합에 나가야 하는 대학생 운동선수는 "대학 시절"에 할 수 있는 경험을 놓치기 쉽고, 성과와 정체성을 동일시하여 정신 건강을 해칠 위험이 높다.

안드레아는 학교 전통이라며 나를 방 밖으로 끌고 나가곤 했다. 그 덕에 나는 스탠퍼드 전통 행사 때 낯선 사람과 입맞춤을 했고, 성깔 있기로 유명한 학교 밴드와 함께 상대 미식축구 팀을 야유했으며, 기숙사 활동에도 참여했다. 스탠퍼드에서는 운동선수라고 해서 다른 학교에서처럼 우대받을 수 있는 게 아니었다. 오히려 정반대라서, 강의 시간에는 내가 정말 이 학교 학생인지 의구심이 들기도 했다. 아침 웨이트 트레이닝으로 흘린 땀은 교수님들의 눈에 띄지 않았고, 대회를 다녀야 했던 탓에 그룹 과제를 함께하기에 적합하지 않은 파트너가 됐다. 열심히 필기하면서 나는 어려운 학문적 개념을 단번에 흡수하는 학우들에게 감탄했다. 그들은 내가 몸으로 하는 일을 머리로 해냈다.

훈련 때가 되어서야 비로소 숨을 쉴 수 있었다. 팀원들과 함께 고난도 활동을 수행하기 위해 교대로 선두를 달리며 침묵 속에서 같은 신체 언어로 말했다. 휴식 시간에는 남자들의 거대한 무리가 물고기 떼처럼 함께 움직이는 모습을 경외심에 찬 눈으로 바라보았다. 훈련 시간은 일상에서 가장 흥미진진한 시간이었고, 경기는 더 좋았다. 우리는 경기를 하기 위해 주말마다 비행기를 타고 새로운 곳으로 떠났다. 인디애나, 노스캐롤라이나,

애리조나 등등. 퀸 사이즈 침대 두 개가 있는 호텔 방 열쇠를 건네받고 다른 사람이 계산한 레스토랑에서 식사를 하니 부자가 된 기분이었다. 매일 부대 비용으로 일정액의 현금이 든 봉투를 받았다. 삶은 어느 때보다 순탄했다. 보조 코치들은 똑같이 생긴 흰색 밴을 몰고 도시 외곽 어딘가 삼각형 깃발 달린 줄로 코스가 표시된 드넓은 잔디밭으로 갔다. 더운 날도 추운 날도 있었다. 나는 날씨나 코스 지도나 경쟁자를 볼 생각조차 하지 않았다. 가능한 한 적게 아는 것이 내 일을 단순하게 만들었다. 잔디밭에 스며들어 힘차게 출발하고 줄리아, 샐리, 에린과 함께 선두를 따라 마지막까지 달리는 게 내 일이었다. 20분도 채 되지 않는 시간 동안 전력으로 달렸다. 나머지 시간에는 비행기 안에서 함께 뒤엉키고 로비 바닥에 널브러져 있는 게 일상이었다.

추수감사절 연휴 전 주말에 처음으로 NCAA 선수권대회에 참가했다. 스탠퍼드는 랭킹 1위였고, 우리의 상위 주자 7명은 미국 최고의 선수 250명과 함께 나란히 섰다. 나는 운명을 맞은 것처럼 준비된 기분이었다.

관계자가 확성기로 "준비"를 외치자 신발 바닥에 박힌 금속 스파이크가 박차고 나갈 힘을 얻기 위해 젖은 잔디를 꽉 누르며 스프링처럼 몸을 지탱해주었던 기억이 난다. 깊은 침묵 속에서 출발 신호가 울리기를 기다리다 마침내 총성이 울리자 양옆에 대기하던 여자 선수들이 곧장 앞으로 질주하던 광경이 떠오른다. 나는 다른 주자들이 폭 3미터, 길이 수십 미터에 달하는 거대한 뱀 모양으로 좁혀지며 깔때기가 되기 전에 앞으로 치고 나갔다.

샐리, 줄리아, 에린과 나는 격주마다 그랬던 것처럼 경기 중간 지점에서 만났는데, 40위 안팎이었다. 경쟁은 치열했고 육체적으로 힘들었지만 낯선 사람들 속에 팀원들과 가까이 있으니 긴장이 풀렸다. 혼자가 아니어서 너무 좋았다. 옆에서 조용히 달리고 있던 에린에게서 능글맞은 자신감이 느껴졌다. 경기가 시작되기 전에 그는 내게 이렇게 말했다. "날 진정시키는 게 뭔지 알아? 상대가 여자라는 사실이야." 에린은 선수들을 연약한 존재로 보고 누구에게도 굴복하지 않았다. 그의 말을 떠올리며 나는 눈을 가늘게 뜨고 선수들을 그저 제쳐야 하는 몸뚱이로 생각하기 위해 애썼다.

에린과 나는 나란히 600미터를 남기고 10위권에 진입했다. 우리는 계속 속도를 냈고 800미터쯤을 남겨둔 탁 트인 코스에 다다르자 우리 주변에는 몇 명의 선수만 남아 있었다. 에린과 함께 달리는 7분 동안 나는 이렇게 생각했다. '바로 이거야. 이게 스탠퍼드에 온 이유야.' 그 순간 스탠퍼드에 온 것이 얼마나 특별한 일인지 깨달았고, 속은 타들어갔지만 가슴이 벅찼다. 최고의 선수들과 함께하면서 나도 최고가 되어가고 있었다. 나는 경쟁심이 강했고 에린을 이기고 싶었다. 최선을 다한 에린을 이기고 싶었다. 미국 최고의 신입생이 되고 싶었다.

결승선을 지난 에린과 나는 포옹을 하고 서로 팔짱을 낀 채 벤치로 걸어가 우리 팀을 기다렸다. 신입생인 나는 NCAA 1부 대학 전체에서 5위, 에린은 7위를 차지하며 둘 다 놀라운 성적을 거두었다. 평소보다 뒤처진 팀원이 더 많았기에 팀으로서는 3위라는 아쉬운 기록을 남겼다. 몇몇 팀원은 1년 전보다 훨씬 못한 성적에 실망한 기색이 역력했다. 무슨 일이 일어났는지, 왜 그날따라 힘이 없는 느낌이었는지, 마치 몸에게 배신당한 것처럼 이해하지 못했다. 나도 이해할 수 없었다. 나는 잘 달렸고 우리는 모두 같은 코치에게 지도받고 있었으니까. 남자 대표팀도 잘했다. 아마 팀 타이틀을 방어해야 한다는 압박감 때문일 거라고 생각했고, 나는 거기에 공감할 수 있었다. 하지만 그게 아니었다. 패턴은 계속될 터였다. 경기 후 에린과 내가 찍은 사진을 보면 서로의 어깨에 팔을 두르고 광대뼈까지 올라오는 자랑스러운 미소를 짓고 있는데, 우리는 우리에게도 그런 일이 일어날 줄은 몰랐다.

첫 학기와 운동 생활을 성공적으로 마치고 처음 맞는 겨울, 나는 최고의 대학 스포츠를 경험했다. 대학 스포츠는 운동 잠재력을 탐구할 수 있는 체계적인 장과 팀의 멘토들을 마련해주었다. 자칫하면 방황했을지도 모르는 어려운 학업 환경에서 팀은 안정적인 기반이 되어주었다. 훈련 덕분에 내 일상은 예측 가능했고, 매일 하는 운동은 신체적, 정신적 이점을 가져다주었다. 나는 몰입감, 목적 의식, 호기심, 생동감을 느꼈다.

개인적으로 대학 스포츠 경험의 정점은 일요일 장거리 달리기였고, 나는 달리기 그리고 제시 토머스와 점점 더 깊은 사랑에 빠졌다. 입학하고 첫 몇 달 동안 나는 이 귀여운 남학생과 캠퍼스를 돌아다니며 매우 가까워졌다. 그는 캠퍼스에 머물며 도심 콘크리트길을 22킬로미터씩 달리는 걸 좋아하지 않았다. 그는 오리건주 벤드에서 산을 오르고, 불타는 숲을 지나고, 강을 따라 지그재그로 달리며 자란 사람이었다. 혹독한 공학 수업과 훈련을 놓치지 않기 위해 고군분투하는 그에게 야외 달리기 코스는 스스로를 잃지 않는 방법이었다. 그는 매주 일요일 지저분한 녹색 미니밴의 뒷좌석에 팀원들을 앉히고 샌타크루스산맥으로 차를 몰았다. 쭈그렸던 몸을 쭉 펴고 힘차게 2~3킬로미터쯤 걷다보면 훈련이 아닌 놀이라는 생각이 들었다. 집으로 돌아오는 길에는 제시의 CD들을 훑어보며 나를 만나기 전에 어떤 사람이었는지 단서를 찾곤 했다. 그도 나처럼 다른 사람들과 함께하는 달리기를 좋아했다.

처음에는 재미있었던 짝사랑은 금세 참기 힘든 지경에 이르렀다. 안드레아와 나는 기숙사 방바닥에 앉아 시리얼을 먹으며 코를 맞대고 짝사랑에 대해 이야기하면서 어떻게 친구 이상의 관계로 발전할 수 있을지 고민했다. 이제 제시와 나는 정기적으로 함께 공부하고 있었지만, 그는 여전히 무관심한 태도를 보였고 우리는 플라토닉한 관계 그 이상도 이하도 아니었다. 남자처럼 보인다는 게 살면서 처음으로 원망스러웠다.

그런데 제시가 밸런타인데이에 계획이 있냐고 물어 나를 놀라게 했다. 안드레아와 나는 좋아서 어쩔 줄 몰랐다. "이제 됐어!" 안드레아가 말했다. 나는 호감을 고백하는 카드를 써서 뒷주머니에 꽂아 넣고 제시의 집으로 갔다. 그의 아파트에서 함께 노는 것 외에 다른 계획은 없었던 우리는 평소처럼 어울렸다. 스킨십은 없었고, 카드는 내 주머니에 그대로 들어 있었다. 저녁이 끝나갈 무렵, 그는 자기가 쓴 카드와 함께 작은 분재 화분 하나를 테이블에 올려놓았다. 오래된 가필드 캐릭터 편지지에 "좋은 친구가 되어줘서 고마워, 제시로부터"라고 적혀 있었다. 분노와 실망에 휩싸인 나는 문을 열고 나와 집으로 가려고 주차장으로 걸어갔다. 뛰어나온 그가 가로등 아래에서 내가 도망가지 못하도록 양쪽 어깨를 붙잡았다. 나는 그에게 친구이고 싶지 않다고, 친구에게는 밸런타인데이에 같이 놀자고 하는 게 아니라고 말했다. 시간을 더 낭비하고 싶지 않았다. "넌 친구가 아니야, 정말이야." 그가 어색한 미소를 지었다.

알고 보니 제시는 이틀 뒤에 더 큰 계획을 갖고 있었다. '긴장감을 조성하려' 했던 것이다. 고등학교 때 활동했던 재즈 합창단의 넥타이와 허리띠까지 갖춘 정장을 차려입은 그가 기숙사로 나를 데리러 와서 드라이브를 가자고 했다.

101번 국도를 달릴 때 그는 뒷좌석을 향해 고개를 끄덕였다. 내가 갈아입을 드레스와 구두를 안드레아가 나 몰래 그에게 건네준 모양이었다. 수평선 위로 보이는 도심 불빛을 향해 달리는 동안 나는 옷을 갈아입고 구두를 신었다. 우리는 팔짱을 끼고 돌계단을 올라 샌프란시스코 심포니 홀이 보이는 거대한 문을 통과했다. 나는 짧은 드레스의 앞부분을 당겨서 폈다. 들어갈 상상도 못 해본 공간이었다. 음악이 연주되자 감정이 북받쳐 시야가 흐려졌다. 피아노 독주의 강렬한 에너지와, 사람들로 가득찬 공간에서 음 하나하나를 전부 들을 수 있을 만큼 조용한 비현실적인 광경 때문이었다.

그 후 우리는 계획도 돈도 없는 상태로 어둠 속에서 골든게이트 공원을 지나며 데이트를 이어갔다. 오른쪽에 불이 밝게 켜진 미술관이 보였고, 정장 차림의 사람들이 두 명씩 경비원을 통과하고 있었다.

"확인해볼래?" 제시가 말했다.

"뭘?"

"파티. 이런 옷이니까 어울릴 수 있을 거야."

가슴이 뛰었다. "들킬 거야!"

"아냐, 여기 사람들처럼 행동하고 서로 얘기하면서 걸어가면 돼. 자기가 뭘 하고 있는지 아는 사람처럼 보이면 잘 안 물어봐."

나는 차 안에 앉은 채 생각했다.

"최악의 경우 '어머, 파티를 잘못 찾아왔어요' 하는 거야!" 그가 말을 이어갔다.

"알았어, 될 대로 되라지." 나는 밴 문을 박차고 혼자 뛰어가는 척을 했다. 그가 달려와 내 손을 잡았다.

"좋아해." 그가 말했다. "아주 많이."

우리는 턱시도를 입은 경호원들을 곧장 지나쳐 걸어갔다. 공화당 기금 모금을 위한 파티였다. 파티에 온 사람 중에 우리가 가장 젊었다. 서른 살은 차이가 나는 것 같았다. 돌아가기에는 이미 늦은 뒤였다. 미술관을 돌아다니며 예술품을 구경하고, 프로슈토 햄으로 싼 멜론과 프티 푸르 디저트를 먹고, 붐비는 댄스 플로어에서 엘리트 사업가들과 어울려 춤을 췄다. 누군가 우리를 쳐다보기라도 하면 엄지손가락을 치켜세우고는 더 열심히 춤을 췄다. 강도질을 하고 도망치는 기분이었다. 몇 곡을 추고 나서 우리는 파티장을 나와 의기양양하게 공원을 걷다 밴으로 돌아왔다. 나는 그가 키스해주기를 바랐지만 그는 키스하지 않았다.

2주 후 안드레아는 내가 현대 여성이라는 사실을 상기시키며, 직접 키스할 계획을 세우라고 했다. 제시의 생일은 4년에 한 번 돌아오는 윤일이었다. 그는 처음 만났을 때부터 자기 생일 얘기와 오레오 쿠키 민트 밀크셰이크를 좋아한다는 이야기를 했었다. 나는 캠퍼스 호숫가에 밀크셰이크를 넣은 쿨러를 숨겨두고 자정이 가까워지자 그를 데리고 산책을 나갔다. 우리는 우연히 쿨러를 발견하고 사람들이 허클베리 핀처럼 호수 주위에서 타고 다니는 작은 뗏목에 실었다. 일단 호수 한가운데로 나간 다음 플라스틱 컵에 오레오를 넣어 부수고 밀크셰이크를 섞으며 즐거워했다. 비가 내리기 시작하자 밀크셰이크에 들어간 물이 넘쳤고, 머리카락은 이마에 달라붙었으며, 우리는 첫 키스를 나눴다.

우리의 관계는 빠르게 깊어졌다. 사랑하고 사랑받는다는 것, 내 욕구를 이해해주는 누군가가 있다는 것은 기분 좋은 일이었다. 내 몸이 그렇게 느꼈다. 사랑은 성과를 향상시키는 약물과도 같았다.

처음에 빈은 그렇게 생각하지 않았다.

"제시랑?" 빈은 믿을 수 없다는 표정을 지었다. "걔랑 뭐 하고 있는 거지?" 농담인지 아닌지 알 수 없었다. 그는 제시를 좋아했다. 하지만 연애는 장래 성과에 대한 잠재적 위협이라고 보는 것 같았다. "집중력을 잃는 일은 없어야 해." 그가 내게 말했다.

기숙사로 돌아오는 길에 도토리를 발로 차면서 남성들이 무언가를 성취하고 여성들은 뒤에서 보조 역할을 했던 모든 사례를 생각했다. 부모님을 떠올렸고, 빈이 장시간 근무하고 주말마다 훈련을 다니는 동안 아이들을 키우고 살림을 하는 빈의 아내 베티의 모습을 떠올렸다. 내가 아는 거의 모든 유명 코치와 최고의 교수들은 빈과 비슷한 입장에 있는 남성이었다. 여성은 위대한 남성을 탄생시킨다. 위대한 여성을 탄생시키는 것은 무엇일까? 남성이 추구하는 야망의 소용돌이를 피하는 것? 혼자가 되는 것?

빈과 만난 후, 나는 촉각을 곤두세우고 제시에게 돌아갔다. 그가 내 꿈에 방해가 될까봐 나는 예민하게 반응하며 마음을 지켰다. 제시도 연애가 진로와 잠재력에 방해가 될 수 있다는 사실을 받아들였다.

둘 다 연애가 목표와 양립할 수 없을지도 모른다는 두려움을 가지고 있었기 때문에 성적인 행위를 자제하는 연습을 했다. 상대방에게 빠져 자신을 잃어버릴까봐 두려웠던 우리는 서로를 조금씩 지지하면서 각자의 어려움은 대부분 알아서 해결했다. 관계에 있어 한 사람의 욕구만 충족시키는 가정에서 자란 나는 제시의 욕구를 우선시해야 한다는 기대치를 설정하면 나를 잃을까봐 두려웠다.

우리는 연인인 듯 아닌 듯 지냈지만 일요일에는 항상 장거리 달리기를 하러 떠났다. 함께 다녔던 숲에서 묻혀온 것들이 제시의 밴 바닥 매트에 쌓여 버섯이 자랄 정도였고, 밴에는 '늪지대'라는 별명이 붙었다. 일요일 달리기는 대회가 끝날 때마다 내가 고대하던 리셋 버튼이었다. 1학년이 지나고 스트레스 관리가 어려워지면서 그 중요성은 더욱 커졌다. 일요일에는 독립심을 발휘하여 내가 처음 사랑에 빠졌던 종류의 달리기, 탐험과 놀이를 통해 몸과 연결되는 달리기로 돌아갔다. 날이 갈수록 내 몸은 승리를 위한 도구로 다듬어지고 있었고, 대회와 훈련 일정은 숨 가쁘게 이어졌다.

대학 육상 선수는 가을에는 크로스컨트리, 겨울에는 실내 트랙, 봄에는 실외 트랙에 출전한다. 각 종목은 NCAA 선수권 대회에서 절정에 이르는데, 이 기간은 기말고사 일정과 겹친다. 나는 만 19세 미만이어서 미국 주니어 대표팀 자격도 있었기에 더 많은 예선과 대회에 참가했다. 덕분에 흥미진진한 곳에 가볼 수도 있었는데, 포르투갈에서는 철분이 풍부한 알가르브 해변의 모래사장을 맨발로 걸었고, 포르투갈과 텍사스주 덴턴의 와플 하우스에서 식사를 하기도 했다. 모두 신나는 경험이었다.

"정말 대단한 해였어." 사무실 책상에 앉은 빈이 흰 수염을 만지작거리며 말했다. 기대했던 연말 미팅이었지만 나는 완전히 지쳐 있었다. 그날 아침 기숙사를 비우며 가져온 짐들을 잔뜩 싣고 집으로 떠날 준비를 마친 내 스테이션왜건이 밖에 주차된 채였다.

"자네는 일관성이 뛰어나. 남자처럼 훈련하고 남자처럼 경기하지. 신입생인데 대부분의 대학 운동선수들이 평생 성취하는 것보다 더 많이 이뤄냈어."

그해 나는 여자팀에서 두각을 나타냈다. 나는 실내와 실외 두 부문에서 NCAA 선수권대회에 출전할 수 있는 몇 안 되는 선수 중 한 명이었고, 장거리 계주, 3000미터, 1500미터 결승에 진출했다. 게다가 출전할 때마다 그해 최고의 대학 선수를 일컫는 올아메리칸에 선정되어, 총 네 번이나 올아메리칸에 올랐다. 심지어 실내 계주에서 NCAA 우승을 차지해 '월 오브 챔피언스Wall of Champions'에 첫 명패를 달기도 했다. 봄에는 처음으로 5000미터에 출전해 미국 주니어 신기록을 세워 올림픽 선발전에 출전할 자격을 얻었다.

"앞으로 신나게 달릴 일이 많아, 로런." 그에게 인정받은 나는 환하게 웃었다. "남은 기간 동안 전액 장학금이 지급될 거야. 자격이 충분해."

해냈다. 감격스러웠지만 그보다 중요한 것은 완전히 지쳐버렸다는 사실이었다. 몸 안의 모든 세포가 피로를 느끼고 있었다. 오로지 자고 싶다는 생각밖에 없었다.

집에 머물며 긴 휴식을 취하고 싶었지만 그러지 못했다. 올림픽 선발전이 6주 앞으로 다가와 있었고 출전권을 획득한 선발 그룹과 함께 훈련으로 복귀해야 했다. 나는 지쳤고, 지쳤다고 말했지만, 빈과 데나는 다음번에 올림픽 대표팀이 되는 데 도움이 될 경험을 쌓으라고 격려했다. 주말에 가족을 봤고 병원에 있는 들롱 부부를 만났다. 들롱의 아들 저스틴은 병원에서 백혈병 치료를 받다가 그해 7월에 죽었다. 나는 그들을 떠나는 것이 괴로웠지만 스탠퍼드로 돌아왔다.

운동할 때마다 페이스를 찾기 위해 고군분투했지만, 적은 수의 선수들만 있는 트랙에서 친밀감을 느낄 수 있어 좋았다. 훈련을 마친 후에는 빈이 남자 선수들과 함께 운동하는 모습을 지켜보면서 메모를 하곤 했는데, 그게 미래의 코치 경력에 도움이 될 줄은 몰랐다. 빈은 완전히 다른 훈련이 필요해 일반적으로 고립되어 있던 선수들을 위해 훈련 종목을 섞은 이색적인 운동을 만들었다. "탁월한 사람은 탁월한 사람들과 함께할 때 유익하다. 현시점에서는 그게 어떤 전문화된 운동보다 더 중요해." 번갈아 가며 자신만의 강점을 발휘하여 다른 선수들을 끌어주는 그들의 모습에 가슴이 벅찼다.

그들이 한 훈련은 올림픽 선발전Olympic Trials에서도 통했다. 여자 선수들의 성적은 중간 정도였고 나는 몇 주 동안 그랬던 것처럼 무거운 다리를 이끌고 준결승전에서 꼴찌를 했다. 남자 선수들은 날아다녔다. 1500미터에서 팀원인 게이브 제닝스가 500미터를 남겨두고 선두로 나섰을 때, 어처구니없을 정도로 긴 마지막 한 방을 보여주자 관중석에서 탄성이 터져 나왔다. 그는 가장 먼저 결승선을 통과했다. 그의 바로 뒤에 있던 팀원 마이클 스템버도 올림픽 출전권을 따냈고, 팀 주장인 브래드 하우저는 1만 미터에서 출전권을 따냈다. 학교 유니폼을 입은 학생들이 프로 선수들을 제치고 우승을 차지하자 모두가 스탠퍼드 프로그램에 대해 이야기했다. '기계'와도 같은 정체성을 가진 남자팀이 해낸 일이었다. 나는 진정으로 위대한 선수가 되기 위해 긴 시즌 동안 스스로 페이스를 조절하고 남자 팀원을 롤모델로 삼기로 결심했다.

여성 선수의 성과 기복

그해 여름인지, 아니면 2학년 가을인지 언제부터였는지는 모르겠지만 몸이 변하기 시작했다. 나는 몸무게를 재본 적이 거의 없었고 숫자에도 큰 의미를 두지 않았다. 그런데 가슴이 커졌고 허벅지가 맞닿았으며 리바이스 501 청바지가 잘 맞지 않았다. 당시에는 일이 잘 풀리고 있어서 걱정도 하지 않았다. 학교 생활이든 사생활이든 나는 잘하고 있었고, 그때는 몰랐지만 그건 여성의 신체 변화에 맞는 적절한 음식 섭취 덕이었다. 생물학 강의는 힘들었지만 수업 시간에 내게서 예리함과 생동감이 뿜어져 나오는 것을 느낄 수 있었다. 강의 내용도 잘 기억했다. 두 명의 여학생과 2층 침대가 있는 작은 방을 함께 썼던 2학년 기숙사 토이언 홀의 복도는 장난과 유혹, 깊이 있는 대화 소리로 가득했고, 나도 기꺼이 그 한가운데에 끼어들었다. 혼자 있을 때는 마당에서 기타를 배우거나 예술 작품을 만들기도 했다. 그토록 창의적이고 유쾌하며 내 운명대로 되어가는 듯한 기분을 느껴본 적은 없었다.

달라진 몸에 긴장감을 느꼈던 유일한 곳은 스포츠였다. 달릴 때 페이스가 전년도처럼 쉽게 나오지 않았고 신입생들이 내 발목을 잡았다. 어린아이 몸과 같이 탄력이 넘치는 케이틀린과 달리 내 몸은 약간 가라앉아 있었다. 뛸 때 경기용 반바지가 엉덩이 위로 치켜 올라갔고, 팀원들이 농담으로 '엉덩이 문지르기'라고 했던 마찰을 경험했다. 기숙사 거울에서 즐겨 봤던 몸의 곡선이 경기장으로 향하기 전 호텔 거울에서는 다르게 보였다. 몸에 꽉 끼는 작은 유니폼이 자꾸만 나를 다른 사람과 비교하게 만들었다. 자신감을 잃지 않기 위해 시선을 허벅지 살에서 눈동자로 옮기며 남들에게는 보이지 않는 내 강점을 떠올렸다.

'너처럼 뛰는 사람은 없어, 로런.' 아빠의 목소리가 귓가에 울렸다. '넌 플레시먼이야. 네게는 심장이 있어.'

효과가 있었다. 예전보다 훨씬 더 큰 노력이 필요했지만, 시즌 초반 경기에서 나는 의지를 불태우며 선두로 나아갔다. 더마른 경쟁자들을 제칠 때마다 짜릿함을 느꼈다. 신체 변화에 대한 두려움은 전부 과장된 것 같았다. 그 두려움이 팀을 분열시킬 수도 있다는 사실을 나는 알고 있었다. 최근 팀에 합류한 스타 선수 케이틀린은 섭식장애의 늪에 깊이 빠져 있었다. 프리 시즌 캠프 첫 주부터 이상한 점이 감지됐다. 단체 허들 훈련에 케이틀린은 교과서를 들고 나타났고, 빈은 교과서를 내려놓으라고 말하곤 했다. 그 책은 콘도에서 팀원들이 유대감을 형성하는 동안 케이틀린을 멀리하게 되는 기피제 역할도 했다. 팀이 함께 준비한 저녁을 먹기 위해 자리에 앉으면 그는 생시금치 잎이나 냉동 오크라 같은 특이한 음식을 남은 용기를 들고 식탁에서 약간 뒤로 물러나 앉아 아주 천천히 먹었다. 식사가 끝나면 화장실에 가서 한참 동안 나타나지 않았다. 밤늦게 침대에 누워 있으면 그가 식료품 저장실을 뒤지는 소리가 들렸다. 얼마 지나지 않아 사람들은 그와 관계 맺으려는 노력을 그만두었다. 그는 겉보기에 정신 질환의 징후가 보이는 여느 사람들처럼 그곳에 있었지만 없는 존재나 다름없었고, 사람들은 그를 조심스럽게 관찰했지만 대부분 모르는 척하곤 했다.

　기계 같은 남자팀이 주차장에서 공놀이를 하는 동안 일부 여자 선수들은 불안정해 보였다. 고등학교 때의 오랜 식습관이 되살아난 일부 여자 선수들은 포만감을 느끼기 위해 자몽을 천천히 먹거나 물을 몇 리터씩 마셨고, 살을 빼고 싶다고 했다. 다른 여자 팀원들과 마찬가지로 나 역시 빈과 데나에게 팀 내에서 벌어지고 있는 일에 대해 이야기했지만, "알고 있어. 알아서할 테니 걱정하지 말고 달리기에 집중해"라는 식의 무성의한 답변만 돌아왔다. 어떤 이유에서인지 그 주제는 금기시되었다. 어떻게 해야 하는지 아무도 모르는 것이 분명했다. 케이틀린은 점점 몸이 나빠졌지만 연습에 계속 나왔다. 처음에는 안쓰러웠지만 나중에는 화가 났다. 그냥 그가 섭식장애에서 벗어나기를 바랐다. 섭식장애의 심리를 이해하지 못했기에, 그것이 삶 전체를 장악하고 체중계의 숫자가 가족, 신, 삶 자체보다 더 중요해지는 것을 이해할 수 없었다. 팀원들이 섭식장애로 인해 피해를 입는 게 너무 싫었다.

　여자팀에서 최고의 성적을 거둔 나는 남자들처럼 정상적으로 식사하고 이 문제에 대해 목소리를 높이고 모범을 보이려 노력했다. 쿠키를 두 그릇씩 먹기도 했다. 가끔은 내가 옳다는 사실을 증명하기 위해 배가 고프지 않은데도 먹었다.

그런데 그때부터 우승을 놓치기 시작했다.

NCAA 선수권대회의 총연습 격인 치열한 프리내셔널에서 나는 완전히 패배했다. 경기 중반부터 발밑의 잔디가 모래처럼 느껴졌고, 아무리 근성을 발휘해도 70위권을 벗어나지 못했으며, 1년 만에 선수들 중 25퍼센트에게 추월당했다. 결승 지점을 통과한 후 충격에 휩싸여 땀으로 얼룩진 허벅지를 움켜잡았다. 도저히 용납할 수 없는 성적이었다. 경쟁자들은 내가 5위를 기록했던 지난 NCAA 전국 선수권대회에서 함께 경기를 펼쳤던 선수들이었다. 빈은 나와 이야기하기 위해 내가 집으로 돌아갈 준비를 마칠 때까지 기다렸다.

"몸무게는 어때?" 그가 물었다. 책상 맞은편에 앉은 나는 다리를 떨었다. "괜찮아요. 조금 늘어났을지도 모르지만요."

여자 팀원들이 "대충 한다" "부적격이다"라고 말하는 것을 우연히 들었는데, 내 얘기였던 건 아닌지 의문이 들었다.

"흠. 조심해야겠어. 건강하게 먹고 있나?"

"네, 거의 정상적으로 먹고 있습니다." 가방에 들어 있던 초콜릿 칩 바나나 빵을 생각했다. "더 잘할 수 있었을 것 같아요."

"잠을 푹 자고 거리를 늘리는 것만큼 식단에도 신경을 써야 돼. 체중도 성과에 영향을 미쳐. 경기 체중은?"

"전혀 모르겠어요." '경기 체중'은 팀원들에게 들은 적이 있는 용어였다. 다른 팀원도 이런 미팅을 한 적이 있는지 궁금했다.

"작년 NCAA에서 5위 했을 때 얼마나 나갔나?"

"55킬로그램 정도요."

"지금은?"

"61?" 헬스장에서 어렴풋이 체중계를 본 기억이 났다.

빈은 눈썹을 치켜들고 잠시 아무 말도 하지 않았다.

문제가 있다는 것을 알 수 있었다.

그는 건강하게 먹으라고 한 번 더 말했다. 해줄 만한 조언이 있냐고 묻자 그가 주저하며 대답했다. "난 이런 질문에 답해줄 수 있는 사람이 아니야. 자네도 기본이 뭔지 알잖나. 야채는 먹고 정크푸드는 줄이고. 영양소 피라미드를 찾아보게. 존 다이어트Zone Diet라는 게 있는데, 한번 알아보든지." 주워들은 기억이 나는 단어들이었다. 그가 한 말 중에 정확히 떠오르는 건 "어리석은 짓만 하지 마, 로런"이라는 말뿐이었다.

그 말에 다리를 떠는 것을 멈췄다. 어떤 말보다 훨씬 더 크게 들렸기 때문이다. 아주 명확했다. 그 뒤에 숨은 메시지는 섭식 장애에 걸리면 안 된다는 것이었다.

메시지를 파악하고 고개를 끄덕였다. "알겠습니다."

"남자 선수들과 이 문제에 관해 이야기하는 것처럼 자네와도 편하게 이야기할 수 있었으면 좋겠어. 정신줄 놓지 마."

"알았어요."

"진심이야."

"알아들었어요."

나는 내가 여느 여자 선수들과는 다르다고 생각했다. 내가 존경했던 남자들은 항상 내게 이렇게 말했다. "넌 보통 여자들과는 달라. 남자처럼 경쟁하고 남자처럼 생각하지." 남자처럼 경쟁했기 때문에 (뻔하고 단순하게도) 남자처럼 여겨졌다. 남자처럼 여겨지는 것은 권력에 가까워지고 남자들이 여성을 실제로 어떻게 생각하는지 알 수 있는 특권이었다. 나는 그 특권이 좋았고 그걸 잃는 게 두려웠다. 다른 여자들처럼 되고 싶지 않았다. 하지만 여자가 된다는 건 결국 우리 모두에게 닥쳐올 일이었다. 나는 내 몸을 고쳐야 했다.

연구에 따르면 여자 대학 운동선수의 대다수가 자기 몸에 만족하지 못하며, 이들 중 90퍼센트는 평균 5.8킬로그램의 체중 감량이 필요하다고 생각한다. 자기 종목에서 최고의 성과를 내는 여성 운동선수들은 비운동선수에 비해 신체 만족도가 높을 것 같지만, 실제로는 반대다. 여성 운동선수들은 서구적인 미의 기준을 사람의 가치로 보는 문화적 영향에 노출되어 있을 뿐만 아니라, 스포츠 업계에는 스스로 몸을 해하지 않고는 달성하기 힘든 수준의 이상적인 체중, 이상적인 체형이라는 더 엄격한 기준이 존재한다. 기준에 도달하는 사람이 극소수라면 어떻게 타당한 기준일 수 있단 말인가? 이런 기준은 어떻게 생겨난 걸까? 운동선수들은 이런 질문을 하지 않는다. 적어도 공개적으로는 그렇다. 대신 구글에서 '체중 감량 방법'을 검색하고 다이어트에 뛰어든다.

주변 동료들이 어떻게 하고 있는지 살펴보기도 한다. 동료를 모방하는 것은 생각 자체가 나쁘고 무모한 전략인데, 육상 세계의 많은 선수가 똑같은 드레싱을 곁들인 샐러드를 주문하고 햄버거를 먹는 사람을 노려보는 이유이기도 하다. 선수들은 팀에서 가장 빠른 선수나 코치들이 칭찬하는 '이상적인 몸'에 가장 가까운 선수를 따라 하는 경향이 있지만, 그런 선수가 영양에 대한 훈련을 받았거나 건강한 경우는 드물다. 종종 몸에 해로운 선택을 하기도 하고 1년만 지나면 온갖 부상에 시달리지만 그 시점에서는 모범이 되는 것이다. 다음 해에는 따라 할 새로운 사람이 등장한다.

나는 제시를 통해 남자팀에도 이런 일이 있다는 사실을 알게 되었다. 제시는 고등학교 때 여러 종목의 운동선수로 활동했는데, 시간이 지나면서 자신의 큰 체형을 이상적인 체형에 맞춰야 한다는 압박에 시달리다가 폭식증이 생겼고 나를 포함한 모든 사람으로부터 멀어졌다. 섭식장애는 여성의 문제로 여겨졌기 때문에 섭식장애를 앓는 남성은 그 낙인 때문에 도움을 구하기가 더 어려웠다.

나는 본이 될 만한 사람을 신중히 골랐다. 나는 우리 팀의 800미터 스타 린지 하이엇을 모방하기로 결심했다. 린지와 함께하는 식사는 편했다. 그는 경직되는 일 없이 현명하게 선택했다. 힘줄이나 근육이 눈에 띄게 튀어나오는 법이 없었고, 튼튼하고 강건해 보였다. 게다가 빠르기까지 했다. 그는 나와 함께 꾸준히 전국 대회에 출전한 몇 안 되는 여성 선수 중 한 명이었다. 내가 배우고 싶다고 하자, 그는 나와 함께 듣는 인체생물학 강의에 요구르트나 과일처럼 간단한 간식이나 동물 모양 비스킷과 프레즐이 든 지퍼 백을 두 개씩 챙겨오기 시작했다. 덕분에 나는 쉽게 배울 수 있었다. 그는 빈속으로 오래 있지 말 것, 배가 너무 고프거나 부른 상태까지 가지 말 것, 아이스버그 양상추 대신 로메인 상추 같은 영양이 풍부한 음식을 즐길 것 등 기본적인 사항을 가르쳐주었다. 나는 배고프거나 허기져서 집중이 흐트러진 적은 없었다. 하지만 전문가의 지도나 지시 없이 살을 빼기 위해 황야로 나온 여성 운동선수 중에 나처럼 운이 좋은 경우는 거의 없다.

나는 많은 것을 배웠지만 결국 체중을 크게 줄이지는 못했다. 몇 달이 지나자 전년도보다 커진 여성스러운 몸매에 적응했지만, 실속 있는 식사로 얻은 몸무게는 빼지 못했다. 식단이 개선되니 기분이 나아지고 전반적으로 건강 상태가 아주 좋아졌지만 달리기는 여전히 힘겨웠다. 가벼웠던 몸이 그리웠고, 다시 즐겁게 달리기를 할 수 있을지 의문이 들었다.

살면서 처음으로 위로 올라가지 못하고 있었다. 이전에 물리쳤던 경쟁자들에게 추월당하면, 결과는 나빠지기만 하는데 왜 이렇게 많은 고통을 겪어야 하는지 회의가 들었다. 포기하고 싶은 유혹도 느꼈다. 1등을 차지하기 위해 굶주림도 마다하지 않는 여자들이 줄줄이 등장했기 때문에 패배는 더욱 고통스러웠다. 들롱에게 전화를 걸어 속마음을 털어놓자 그는 슬퍼했다. 조언은 단호했다. 그는 긴 안목을 가져야 한다고, 누구든 충분히 먹지 않으면 오래 버티지 못할 것이며, 최후의 승자는 내가 될 것이라고 일깨워줬다. 나는 최대한 경쟁자들과 가까이 지내려고 노력했다. '강인한 여자'라는 평판을 얻었고 사람들은 내가 얼마나 '건강해 보이는지' 말하기를 좋아했다. 건강하다는 말은 곧 뚱뚱하다는 뜻이었고, 모두가 가치 있다고 생각하는 칭찬은 '탄탄하다'는 말이었다. 나는 어떤 것도 마음에 담아 두지 않으려고 노력했지만, 예전에는 너무나 자연스러웠던 일에 근성을 발휘해야 하는 것에 지쳐갔다.

나는 가까스로 올아메리칸에 선발되었고 팀 동료들이 격랑의 시즌을 헤쳐나가는 모습과 남자 대표팀이 활약을 거듭하는 모습을 지켜봤다. 남자팀이 역사상 처음으로 실외 트랙 부문에서 우승을 차지했을 때는 부러웠다. 남자들은 경쟁에 집중했다. 우리는 에너지의 대부분을 스스로와의 싸움에 쏟았다.

무엇이 정상인지, 불편함이 얼마나 오래 지속될지 알려주는 이는 아무도 없었다. 사실 아무도 몰랐다. 정체기는 내 경우처럼 1년 혹은 2~3년 동안 지속될 수도 있고 다시 올라가지 못할 절벽에서 추락할 수도 있다. 매년 여성의 성과 추이 중 하락기나 정체기를 살펴보면, 어떤 부분이 생물학적 요인에 의한 것이고 어떤 부분이 생물학적 차이와 환경적인 요인이 결합되어 발생한 것인지 분석하기 어렵다.

나는 2학년이 끝날 무렵부터 더 강해지기 시작했다. 5000미터에서 전년도와 같은 기록을 세워 NCAA 선수권대회 출전 자격을 얻었고, 체력이 고갈되어 있던 여느 여자 선수들과는 달리 오리건주 유진에 있는 역사적인 경기장 헤이워드필드에 건강한 모습으로 나타나 그해 마지막 대회에 출전했다. 경기 전 훈련에서 예상보다 훨씬 더 빠른 61초로 400미터를 완주하여 코치들을 놀라게 했다. 스스로도 소름이 돋았다. 다리에 그런 힘을 느껴본 것은 1년 만이었다.

데나는 내가 경기 전에 긴장을 풀 수 있도록 도와주었고, 유진시 주변의 달리기 역사 투어에 함께 가자고 제안했다. 축구를 사랑하는 도시가 있는 것처럼 육상을 사랑하는 도시가 존재한다는 사실이 믿기지 않았다. 벽면 전체가 경기 기념사진으로 뒤덮인 트랙타운피자에서 식사를 했는데, 사진 속 선수들은 대부분 남자였다. 1970년대 유명 선수, 스티브 프리폰테인의 이름을 딴 상징적인 트랙 위에서 달려보기도 했다. 그가 다른 육상선수와 달리 나와 같은 노동자 계급의 근성을 가진 선수였다는 사실을 알게 되었다. 그에게 헌정된 성지 프리스 록Pre's Rock을 방문했는데, 그의 경기 번호와 육상 스파이크화, 그에게 보내는 사랑의 메모가 가득했다. 콧수염을 기른 터프가이는 세상에 온 지불과 24년 만에 자신을 기리는 명판을 갖게 되었고 한 세대를 감동시켰다.

사람들은 프리폰테인의 업적이 아니라 그걸 이뤄낸 방식 때문에 그를 사랑했다. 그는 "많은 사람이 누가 가장 빠른지 보기 위해 달리지만 저는 누구 배짱이 제일 큰지 보기 위해 달립니다"라는 말을 남긴 것으로 유명하다. 프리폰테인에게 이는 대담하게 선두에 나서고 아무도 시도하지 않는 수준의 페이스를 밀어붙이는 것을 의미했다. 작년까지 그의 말은 내게 다른 의미로 다가왔지만 여전히 유효했다. 자기 몸이 이상적인 몸에 맞지 않아도 스스로를 드러내고, 자신이 기대한 것과 사람들이 기대한 것이 다르더라도 최선을 다하는 배짱이 필요하다. 그렇게 하는 것에는 가치가 있었다. 나는 우리 팀원들이 이 점을 높이 샀으면 했다.

5000미터 결승이 있기 전날 밤에 마주앉은 빈이 내게 계획이 뭐냐고 물었을 때, 나는 우승하고 싶다는 대답으로 그와 나 자신을 깜짝 놀라게 했다.

빈은 미소를 지으며 콧수염을 쓰다듬었다. 그에게는 이미 계획이 있었다.

"처음 열 바퀴 동안은 상위 5위권을 유지해. 절대 선두 주자들을 놓치지 마. 600미터 남았을 때 선두로 나가서 과감하게 움직이는 거야. 400미터 남았다는 생각으로 계속 달려. 논리적으로 생각하면 계속 달리기 힘들 것 같지만, 장담하지. 자넨 해낼 거야."

가슴이 철렁했다. 한 바퀴 반은 한 방을 노리기엔 비정상적으로 긴 거리였다. 내가 본 것 중에 가장 말도 안 되는 한 방은 팀 동료 게이브 제닝스의 500미터였는데, 그는 당시 저세상 고통을 느끼는 것 같았다. 뜨거운 석탄 위에 올라서서 100까지 숫자를 세는 기분일 것이다. 이보다 더 고통스러운 방법은 상상도 할 수 없었다. 더 쉬운 방법으로 이기고 싶었다. 하지만 빈의 계획은 무모함에 가까운 대담함을 요구했다. 그 생각이 나를 흥분시켰다.

서쪽 관중석 아래에 있는 선수 대기실에서 관중이 가득 찬 경기장 안으로 우리를 안내할 관계자를 기다리는 동안 나는 주변을 둘러보았다. 거의 모든 선수가 긴장한 기색으로 굳은 표정을 짓고 있는 걸 보니 대기실에 있던 국가대표 선수의 모습이 떠올랐다. 우승하게 될 선수는 완전히 침착한 상태로 서 있었고, 나머지 선수들은 자리에서 이리저리 움직이고 신발 끈을 매며 부산을 떨었다. 그는 자기가 무엇을 할 계획이고 어떤 위험을 감수할 건지 알고 있었던 것이다. 그 평온함은 어디에서 나오는 걸지 당시에도 궁금했는데, 이날 알게 되었다. 결과에 집착하지 않고 계획을 실행하겠다는 결의에서 나온 평온함이었다. 승리보다 배짱을 더 가치 있게 여기는 것이다.

700미터를 남겨두고 계획을 실행하기로 결심하기 전까지 경기장을 어떻게 뛰어다녔는지 기억조차 나지 않는다. 그 순간부터 본능적으로 기억이 난다. 나는 선두를 따라잡기 위해 달리던 궤도를 벗어났다. 다음 단계로 넘어가지 않을 수도 있었지만 패배가 두렵지 않았다. 정확히 600미터 남았을 때 엉덩이에 불이 붙은 것처럼 앞으로 뛰어나갔다. 나중에 내가 너무 빨리 달려서 몇 바퀴째인지 잘못 센 줄 알았다는 얘기도 들었다. 한 바퀴 남았다는 신호가 울릴 때도 계속 전속력으로 달렸다.

관중석에서 어마어마한 함성이 들렸다. 나는 앞을 보는 데에만 집중했다. 앞만 보고 달렸다. 마침내 마지막 커브를 돌자 저 멀리 결승선이 보였다. 생애 첫 경주의 무아지경 속에서 트랙이 흔들리던 모습을 떠올렸고, 어서 모든 것이 끝나기를 간절히 바랐다.

80미터가 남았을 때 어떻게 끝까지 완주해야 할지 알 수 없었다. 다리에 힘이 하나도 없었다. 주요 근육은 젖산염이 쌓여 납처럼 무거웠다. 초반부터 무리수를 둔 대가를 치르고 있었다. 팔뚝과 슬개골 등 마지막 힘을 낼 수 있는 모든 신체 부위에 힘을 주었는데, 관중의 함성이 커지면 추월당하고 있는 게 아닌지 순간 두려웠다.

'최선을 다해.' 관중석 동쪽에 앉아 있었던 부모님의 말씀이 떠올랐다. 한 발, 한 발에 최선을 다했다. 그것으로 충분했다.

나는 1500미터에서 준우승을 차지했고, 멋지게 4위를 한 팀원 샐리와 함께 시상대에 올랐다. 또 다른 팀 동료인 조너선

라일리는 남자 5000미터에서 우승했는데, 그는 내게서 영감을 받았다고 했다. 기계 같은 남자팀 선수들 중 누군가에게 내가 영감을 주었다는 사실이 믿기지 않았다.

그 후 나는 운동화를 신고 애깃스트리트를 따라 조깅을 하며 열을 식혔다. 왼쪽으로 솟아 있는 동쪽 관중석 뒤편에 손을 뻗은 채로 달렸다. 그곳에는 '최선을 다하지 않는 것은 재능을 희생하는 것이다'라는 문구와 함께 스티브 프리폰테인 선수의 대형 사진이 걸려 있었다. 아래에는 나이키 로고가 그려져 있었다.

그는 세상을 떠난 뒤에도 여전히 존경받고 있었다. 샐리와 브래드는 내게 그만큼 혹은 그보다 더 많이 영감을 주었다. 나는 롤모델이 될 만한 이를 누가 결정하는지 궁금해졌다. 영감을 주는 사람이 되려면 어떻게 해야 하는지, 세상은 언제쯤 여성이 스포츠의 얼굴이 되는 것을 받아들일 수 있을지 궁금해졌다. 누군가는 할 것이다. 나라고 왜 안 되겠는가?

"진실성이 무슨 뜻인지 알고 있나요?" 빈이 매머드 캠프의 콘도에 있는 안락의자에 앉은 채 물었다.

청중은 거실 바닥에 책상다리를 하고 앉거나 소파에 완두콩처럼 쪼그려 앉은 여자 크로스컨트리 팀이었다. 매머드 캠프에 온 지 이틀째였지만 이번 연례 회의는 시즌이 공식적으로 시작되었음을 알리는 자리였고, 시즌마다 주제가 있었다.

"옳은 일을 하는 것?" 누군가 손을 들고 말했다.

"맞아요, 하지만 그보다 더 구체적인 의미를 지니고 있습니다. 하겠다고 말한 걸 하는 거죠." 빈이 말했다.

그는 여자팀에 진실성 문제가 있다고 했다. 예를 들어, 상위 20위권에서 경주를 시작하고 거기서부터 순위를 올리겠다고 한 팀원이 135위에 그쳤다. 어떤 팀원은 일주일에 100킬로미터를 달리겠다고 해놓고 밤늦게 더 달렸다가 부상을 입었다. 제대로 먹지 않아 부상을 입은 여성도 있었다. 한 팀원은 달리기에 전념하겠다고 했지만 탄탄한 몸을 만들지 못했다. 물론 달리기 세계에서 탄탄한 것은 마른 것을 의미했다.

"남성이 여성과 다른 대우를 받기 때문에 더 성공하는 거라고 얘기하는 사람도 있더군요. 사실이 아닙니다."

남자팀은 실외 NCAA 트랙 경기와 필드 경기 단체전에서 우승했다. 대부분 장거리 선수로 이루어져 있는 팀에게는 거의 불가능한 일이었다. 그들은 역사를 쓰고 있었다. 우리는 기대에 못 미치고 있었다.

"여러분은 남자 선수들 못지않게 훌륭합니다. 남자팀이 성공하는 건 진실성을 가지고 뛰기 때문입니다. 하겠다고 말한 걸 하는 겁니다. 간단하죠."

빈의 진실성 강연에서 부적절하게 보이는 내용은 없었다. 그가 말한 것은 어느 정도 사실이었다. 당시 빈의 이야기가 내게는 해당되지 않는다고 생각한 나는 우쭐했다. 나는 예외였다. '드디어 누군가 말하는구나!'라고 생각했다. 그렇게 어렵지 않아, 이 사람들아.

나를 움찔하게 한 것은 여성에게 작용하는 힘을 전혀 고려하지 않고 여성에게 책임을 돌리는 빈과 나의 성향이었다. 빈이 설명한 섭식장애, 자해, 자기 파괴 같은 결과는 전 세계 모든 팀에서 예측 가능하게 나타난다. 하지만 우리는 그 이유를 묻기보다 실망하며 고개를 절레절레 흔들고 여성을 비난하기만 한다. 이러한 행동은 개인의 선택처럼 보이지만, 특수한 스포츠 환경 속에서 만들어진 선택이다. 여성들은 이곳에 접근하기 위해 싸워야 하지만, 이곳을 꾸려나갈 기회는 없다.

나는 코치로서 선수들이 스스로에 대한 신뢰를 키울 수 있도록 진실성 있는 달리기에 대한 빈의 정의를 여전히 사용하고 있다. 빈은 우리가 그렇게 하기를 원했다. 그는 말과 다른 행동을 할 때마다 우리 안의 작은 부분이 죽는다는 사실을 알고 있었다. 그는 10위 안에 드는 게 목표라고 말하고 50위를 하는 것보다는 50위 안에 드는 게 목표라고 말하고 50위 안에 드는 것을 더 좋아했다. 선수가 앞으로 일어날 일을 정확하게 예측할 수 없다면 모두에게 실망스러운 일이 된다. 팀에서 자신이 말한 대로 하지 않으면 팀 문화가 약화된다. 당시에도 그랬고 지금도 마찬가지다.

하지만 나와 대학팀 동료들이 그 이후로 알게 되었듯이, 일반적으로 젊은 여성 운동선수들이 정확한 목표를 설정하고 올바른 결정을 내리는 것은 어렵다. 이들은 무너지고 있다고 느껴지는 이유를 이해하지 못한다. 남자들처럼 개선되고 성과를 낼 수 있다고, 그래야 한다고 호도하면서 여성 선수들에게 부담을 지우는 것은 공정하지 않다.

진실성 이야기를 들은 우리 팀은 명단만 놓고 보면 역대 가장 유망한 팀이었을 것이다. 샐리가 졸업한 후에도 풋로커 우승 네 번에 준우승 세 번을 했고, 풋로커 예선 통과자들이 밴 한 대를 더 채울 만큼 많았다. 일곱 명의 여자가 똘똘 뭉쳐 성실하게 달리기만 하면 NCAA 우승을 차지할 수 있었다.

부상을 치료하느라 훈련에 나올 수 없는 줄리아는 거실에 있는 계단식 러닝머신으로 체력을 유지하기로 했다. 케이틀린은 훈련에 나오지 않았는데, 코치들은 이유를 말해주지 않았다. 훈련할 때도 불리한 조건이 한 가지씩 달렸다. 진은 남몰래 폭식증과 싸웠고 영양실조로 한때 부상을 입었지만 건강하고 열정적으로 훈련에 임하는 모습이었다. 캐나다 출신의 전 고교 스타 맬린디 엘모어는 원인 모를 피로골절을 서너 차례 입었다가 회복한 뒤 다시 운동에 매진하고 있었다. 에린과 다른 상급생들도 이제 여성의 몸에 더 잘 적응한 상태였다. 숙련된 선수들 거의 모두가 완벽한 시기에 고난의 길에서 벗어난 것처럼 보였다.

신입생들은 훌륭했다. 데나는 더욱 자신감 있게 코치했고, 내 오랜 친구이자 풋로커 룸메이트인 세라 베이를 중심으로 뛰어난 신입생들을 영입했다. 세라의 달리기 스타일은 팀에 큰 자산이 되고 나를 한 단계 더 끌어올려줄 것이 분명했다. 나는 팀 주장으로서 모두를 하나로 모으기 위해 최선을 다했다.

"우리 중 대부분이 상상했던 위치에 있지 않다는 사실을 저도 알고 있습니다. 고등학교 때 우리는 우승에 익숙했지만 경쟁은 훨씬 더 치열해졌습니다. 하지만 자신의 현재 위치가 개인적으로 크게 동기부여가 되지 않더라도 모두가 서로를 위해 최선을 다한다면 팀으로서 놀라운 일을 해낼 수 있습니다."

말은 쉬웠다. 내가 2학년 때 겪었던 침체기는 잠깐이었고, 무리에서 꼴찌로 다시 시작해야 할 만큼 부상을 입은 것도 아니었다. 부상은 심리적으로 훨씬 더 어려운 경험이었다. 20위권에서 자신의 중요성을 인지하고 참여하는 게 120위권에서 익명의 선수로 참여하는 것보다 훨씬 더 쉽다.

우리는 팀으로 연합 선수권대회conference championships와 지역대회Regionals에서 우승했지만, 개인 타이틀은 엉덩이뼈가 드러난 모습이 무서울 정도로 체중을 감량한 라이벌 학교의 선수에게 내주었다. 그 여학생이 경기장에서 팀원들과 거리를 두는 모습을 지켜보면서 나는 우리 팀에 저런 심각한 문제가 없어서 다행이라고 생각했다.

우리는 NCAA 크로스컨트리 전국 선수권대회에 1등으로 출전했고, 나는 개인전 우승 후보 중 한 명이었다. 우리는 경기 당일 아침 밴을 타고 코스로 향하는 길에 무슨 일이 있어도 서로를 위해 최선을 다하자는 다짐을 손에 적었다. 출발은 좋았고, 나는 흥미진진한 쟁탈전이 예상되는 선두 그룹에 있었다. 나는 승부가 갈리는 한 방을 날릴 기회를 좋아했다.

경기가 절반도 넘게 남은 그때, 연승 중이던 그 마른 선수가 선두 그룹에 있다가 쉽게 앞서가는 모습을 보고 나는 무력감을 느꼈다. 분노와 실망감이 나를 짓누르기 시작했다. 지난 몇 년 동안 다른 많은 선수가 그랬던 것처럼 그 여자도 스스로를 죽이면서 우승할 것이라는 생각이 들었다. 모든 선수와 코치가 그를 보고 체중을 더 감량해야 한다며 나를 압박할 것이다. 나는 그 선수가, 그리고 중병을 앓고 있는 그가 경기에 출전하도록 내버려둔 코치가 우리 모두에게 상처를 주고 있다고 생각했다.

800미터쯤 남겨두고 언덕을 오를 때, 나는 건강해서 NCAA

타이틀을 따내지 못할 수도 있다는 사실에 충격받았고 기력을 잃기 시작했다. 로키에게 패하고 내가 여자라는 사실을 깨달았을 때처럼, 단순히 승리하지 못한다는 사실 때문이 아니라 공정성 때문에 좌절했다. 포기하고 싶었다. 그러던 중 내가 존경하는 또 다른 정상급 선수이자 뉴욕 마라톤에서 우승하고 올림픽 은메달을 획득한 셜레인 플래너건을 보게 되었다. 언덕을 오르던 그는 선두 그룹에서 뒤처지고 있었고, 나는 그와 함께 올라가면서 그의 얼굴에 나타난 패배감을 읽었다. 나 역시 그와 같은 운명에 처할 뻔한 순간이었다. 나는 그와 함께 달리며 포기하지 말고 계속 가자고 격려하면서 결의를 다졌다. 할 수 있는 한 모든 곳에서 발로 뛰며 싸웠다.

나는 3위로 결승선을 통과했다. 인생 최고의 기록이었다. 뒤에 있던 팀원들은 어떻게 개인전을 치렀을지 궁금했다. 나는 기다리고 또 기다렸다. 동료들이 지친 표정으로 하나둘씩 들어왔다. 우리는 실망스러운 5위를 차지하며 팀으로서 최악의 성적을 기록했다. 빈은 우리를 피했고 흥분한 기색이 역력했다. 아마도 우리와 대화하기 전에 마음을 가라앉혀야 한다고 느낀 것 같았다. 텐트 안으로 들어온 데나는 신발과 옷을 갈아입는 우리 옆에 서서 격려의 말을 건넸다. 우리는 당황하고 실망한 상태였다. 누구를 탓해야 할지, 무엇을 탓해야 할지 몰랐다.

나는 팀원들을 너무 사랑했다. 리더로서 실패하고 있는 것 같았다. 문제는 모호했고 어떻게 해야 상황을 개선할 수 있을지 몰랐다. 하지만 여성의 노력이나 정신력이 실패한 게 아니며, 우리 잘못이 아니라는 확신이 들기 시작했다. 뭔가 다른 일이 벌어지고 있었다. 우리 팀원들은 성실한 여자들이었다. 삶과 학교 생활에 충실한 사람들이었다. 똑똑하고 재미있고 노력하는 사람들이며…… 달리기에서 원하는 결과를 얻기 위해 고군분투했다. 하지만 우리는 이유를 설명할 언어를 찾지 못했다.

대학 스포츠는 1900년대 초 남성과 소년에게 전통적인 남성성에 대한 사상을 고취하기 위한 장으로서 남성에 의해 만들어진 것이다. 경쟁적인 스포츠는 공부하는 남학생들이 부드러워지는 것을 막기 위해 전투 용어를 사용하고 공격성을 강조한다. 선수가 너무나 많이 사망하면서 대학 운동선수의 건강과 복지를 위한 조직이 만들어졌다. 그 조직이 바로 현재 연간 매출 10억 달러가 넘는 거대 조직으로 성장한 NCAA다. 엄밀히 말하면 NCAA의 목적은 여전히 학생 운동선수를 보호하는 것이지만, 나는 NCAA가 여성 운동선수를 보호하는 데 실패했다는 것을 알게 되었다.

NCAA에는 대학 스포츠 환경에서 여성에게 불균형하게 발생하는 문제에 대한 여성 정책이나 모범 사례가 없다. 적어도 내가 찾아본 바로는 그렇다. 조례와 정책에서 성별에 관한 내용은 거의 없다. 캐럴라인 크리아도 페레스는 수상작인 자신의 저서 『보이지 않는 여자들』에서 도처에 편재하는 이러한 문화에 대해 설명하며, 데이터상의 성별 격차가 어떻게 편향을 지속시키고 여성에게 불이익을 주는지 설명한다. 남성과 여성이 동일하다는 가정은 남성의 신체를 기본값으로 보고 우선시한다. 하지만 18세에서 22세 사이 남성의 신체는 여성의 신체와 전혀 다르다는 사실이 밝혀졌다. 남성과 여성에게 동일한 성과를 기대하는 것은 어리석을 뿐만 아니라 유해하다.

남성에게 18~22세는 테스토스테론이 최고조에 달하고 훈련 능력이 극대화되며 회복력이 강해지는 시기다(젊은 남성이 군인으로 징집되는 시기와 같다). 남성은 학사 학위를 취득하는 나이에 운동 능력도 향상시킬 수 있는 전에 없던 생리적 전성기를 맞는다. 18~22세의 남성 신체를 위해 만들어진 스포츠 산업이 마른 체형이라는 이상적인 몸과 꾸준한 운동 능력 향상을 기대하는 것은 당연하다.

반면 여성에게 18~22세는 어머니의 몸으로 변화하는 시기다. 이 시기에 우리는 생식에 집중하지 않을 수도 있지만, 몸은 생물학적으로 생식력 극대화에 투자한다. 에스트로겐은 여성의 몸을 더 부드럽게 만들고 체지방과 체액을 더 많이 생성하도록 이끈다. 여성의 신체는 유방이나 자궁내막 등 운동과 직접적으로 관련이 없는 조직을 만들고 투자하는데, 이러한 조직은 몸이 부풀어 오르는 느낌을 주며 체중을 한 달 주기로 변화시킨다. 이러한 신체 구성의 자연스러운 변화는 꾸준하고 선형적인 개선이라는 남성적 표준과 양립할 수 없다. 여성의 신체 변화를 고려하면 이상적인 경기 체중 역시 터무니없는 개념이다. 여성 운동선수들은 새로운 체중 대비 근육량에 힘줄, 인대, 근육, 뼈가 적응하는 과정에서 내가 겪었던 운동 능력 정체나 저하를 경험할 가능성이 높다. 이는 정상적이고 건강한 현상이지만, 스포츠 세계는 차이를 인정하고 존중하지 않는다.

젊은 여성 운동선수들은 나와 이야기를 나눌 때마다 이러한 정체기가 겪어야만 하는 과정이며, 겪지 않고서는 궁극적인 잠재력에 도달할 수 없으므로 환영해야 마땅한 진정한 통과의례라는 사실에 놀라곤 한다. 기록 보유자와 메달 수상자는 소녀가 아닌 성인 여성이며, 모두 한때 힘든 시절을 보냈고, 당신의 정점은 20대 중반부터 시작된다고 말해주는 사람은 아무도 없다. 내 메일함은 신체 변화로 인해 커리어가 망가질까 걱정하는 젊은 여성의 도움 요청과 코치나 부모들의 안타까운 시선으로 가득하다.

나는 빈과 데나가 여성 선수의 정상적인 성과 기복을 문제로 보는 시스템 내에서 깊은 관심을 갖고 최선을 다한 것을 알고 있다. 내가 코치로서 성장한 것처럼 그들 역시 그 이후에도 성장한 것이 확실하다. 모르는 것은 모르는 것이다. 대학 시절의 경험은 분명 배울 점이 많았지만 훨씬 더 나쁜 영향을 받을 수도 있었다. 다른 코치들(여전히 현업에 종사하고 있는)과 달리 우리 코치들은 대놓고 수치심을 주는 법이 없었다. 제한적인 식단을 강요하지도 않았고, 단체 훈련을 갔을 때 식사를 감시하지 않았다. 여자 선수들의 체중을 관리한다고 매주 체중을 측정하는 팀 정책을 만들지도 않았다. 체지방 측정을 하지 않았고, 아랫배와 허벅지 안쪽을 꼬집거나 팀원들 앞에서 지방 두께를 밀리미터 단위까지 크게 소리 내어 말하지도 않았다. 팀원들 앞에서 내 체중에 대해 이야기하지도 않았다. 섭식장애가 있는데도 다리가 부러질 때까지 훈련을 시키거나 경기 출전에 방해가 될까봐 의료 영상 촬영을 미루지도 않았다. 장학금을 빌미로 협박을 하지도 않았다. 이 모든 것은 작년에 다른 젊은 여성 선수들이 겪었던 이야기다.

우리 팀은 관심이 필요했다. 코치들이 여성생리학 교육을 받고, 여성 선수들의 신체 변화가 정상이라고 인정하고, 건강한 월경 주기를 보호해야 했다. 코치들은 부정적인 신체 이미지와 섭식장애 문화라는 예측 가능한 지뢰를 식별할 수 있어야 했다. 낙인찍히는 것을 두려워하지 않고 이러한 문제를 공개적으로 이야기할 수 있는 환경이 필요했다. 운동선수들을 지원하는 부서가 섭식장애를 예방 및 치료하기 위한 공식 정책을 수립하고 완전히 회복하는 비율을 극대화해야 했다. 담당 선수의 정신적, 육체적 건강이 어떠한지, 대학 졸업 후에도 여전히 달리기를 하는 선수들이 얼마나 되는지를 측정하고, 이를 바탕으로 직원들에게 보상을 제공해야 했다. 하지만 그 대신 우리는 진실성이 부족하다는 말을 들었다.

고등학교 때부터 동경했던 팀 동료 줄리아는 잦은 부상으로 팀을 들락날락했는데, 아무도 그에게 무슨 일이 일어나고 있는지 몰랐다. 내가 아는 것은 그가 타의 추종을 불허하는 훈련으로 단련된 선수이며, 이상적인 장거리 선수의 기준에 맞는 놀라운 체격을 가졌다는 사실뿐이었다. 날씬하고 강인하고 햇빛에 그을린 피부를 가진 그는 아름다웠고 부상당했을 때조차 살이 찐 적이 없었다.

그러던 어느 날 줄리아는 스케이트보드를 타고 강의실에 가다가 넘어졌고, 두 군데의 복합골절과 나선형골절로 정강이뼈가 산산조각 났다. 부상으로 인해 그는 자신이 골다공증에 걸렸고 월경을 한 번도 하지 않았다는 사실을 알게 되었다.

그는 강의실에 타고 오는 골프 카트에 앉아 담담하게 이 사실을 내게 털어놓았다. 그의 다리에는 고문 장치처럼 생긴 금속 틀이 반짝였는데, 틀에 꽂은 핀 열두 개를 살에 박아 넣어 뼈를 고정시키고 있었다. 그는 의사에게 치료받고 코치들로부터 지원받고 있다고 설명하며 부상에 대해 낙관적이고 긍정적으로 말했다. 암 위험 증가와 관련 있는 약물인 포사맥스에 의존하고 싶지는 않지만, 복용하면 골밀도가 회복될 수 있을 거라고 했다. 그는 항상 즐겁고 활기찬 팀원이었고, 건강할 때는 멀리 차를 몰고 가서 폭포까지 달리는 것을 좋아했다. 우리가 달리면서 떨었던 수다는 항상 서로를 격려하는 내용으로 가득했다. 나는 그가 월경한 적이 없다는 사실과 에스트로겐이 충분히 분비되지 않은 상태에서 달리느라 골밀도가 낮아졌다는 사실을 눈치채지 못했다. 그에게 월경에 대해 물어보거나 관심을 가졌던 사람이 있었을지 궁금해졌다.

3200미터 전국 고교 신기록을 세운 후 킴 모텐슨이 선수 생활을 접었을 때와 마찬가지로 줄리아의 사고 후유증 역시 내게 많은 의문을 남겼다. 어떤 선택과 행동이 그런 결과를 초래한 것인지 찾아보려 했지만 분명한 것은 없었다. 물론 그는 운동에 약간 강박적이긴 했지만, 가능한 한 최고의 태도로 최선을 다하려는 확고한 헌신으로 보였다. 다른 사람들에게서 보였던 경고 신호도 없었고, 눈에 띄는 체력 소모도 없었으며, 인격적으로 변한 점도 없었다. 줄리아 때문이 아니라 그에게 벌어진 일 때문에 화가 났다. 줄리아 덕분에 나는 처음으로 좋지 않은 결과의 원인을 제대로 파악하지 못하고 있다는 사실을 깨달았다. 아직 정확히 알 수 없는 외부의 힘에 분노를 느꼈고, 그 힘을 이해하기 위해서는 직접 마주해야 했다. 줄리아가 골프 카트를 타고 떠날 때, 나는 모두가 탐내던 그의 뚜렷한 대퇴사두근 아래 뼈에 구멍이 숭숭 뚫려 있다는 생각에 망연자실한 채 서 있었다.

스포츠에서 나는 남성의 탁월함이라는 기준에 부합하고 그 기준의 존재를 정당화하는 보기 드문 여성이었다. 고등학교 시절에는 우월했고 대학 시절에는 탁월했으며, 꾸준히 상위권을 유지하고 해마다 성장하는 등 소수의 여성만 할 수 있는 일을 해냈다고 칭찬을 받았다. 나는 팀원들이 비교 대상으로 삼는 기준이었고 시스템이 잘 작동한다는 증거가 되기도 했다. 하지만 나는 극히 드문 예외였다.

매머드 캠프에서 졸업반을 준비할 때 진과 콘도에 단둘이 남았는데, 화장실에서 진이 폭식한 흔적을 발견했다. 그는 처음으로 섭식장애를 인정했다.

"진, 넌 정말 재능 있어. 나만큼 잘하잖아. 건강만 유지하면 돼. 스스로를 해치는 건 그만둬."

"넌 이해 못 해. 네게서 나오는 빛은 너무 밝아 눈이 멀 정도야. 다른 사람을 위한 빛은 없지."

배를 한 대 얻어맞은 것 같은 기분이었다. "아냐, 그렇지 않아."

"아는 척하지 마. 넌 이해 못 해."

"우린 네가 필요해. 너 없이는 못 이겨." 나는 간곡히 부탁했다.

"솔직히 말하면, 건강하게 빨리 달리는 것보다 마른 채로 달리다가 다치는 게 나아." 그가 대답했다.

우리는 말없이 앉아 있었다. 잠시 후 내가 차를 만들기 위해 일어나면서 대화는 끝났다. 어떻게 반응해야 할지 감도 오지 않았다. 우리를 담당하는 어른들도 마찬가지인 것 같았다.

뛰어넘지 못한 것

"여러분이 팀을 위해 남기고 싶은 유산은 무엇인가요?" 새 시즌을 맞이하는 회의에서 데나가 물었다. 내가 스탠퍼드에서 맞은 마지막 훈련 캠프였다. "잠시 생각해보고 공유해봅시다."

나는 그 질문이 마음에 들었다. 고등학교 시절의 자신과 지금의 자신을 비교하지 말라고 유도하는 질문이었다. 성과에만 국한되어 있지 않은 개방형 질문이라는 점도 좋았다. 각자 자기 이야기를 만들 수 있도록 힘을 실어주는 질문이었다.

여전히 많은 팀원이 기대에 대한 부담감과 신체 발달상 부적합하도록 탄탄한 몸을 권장하는 코칭스태프들에 의해 어려움을 겪고 있었지만, 데나의 리더십은 긍정적인 영향을 미치기 시작했다. 이제 데나는 경험을 쌓았을 뿐만 아니라 그 경험을 활용할 자신감과 힘도 있었다. 그는 의사 결정권을 가진 주 코치로서 우리가 남자팀의 아류라는 기분이 들지 않도록 해주었고, 개인이나 집단으로서 어떤 족적을 남기고 싶은지 물어보면서 우리만의 것을 만들어간다고 느끼게 해주었다. 팀의 젊은 선수들은 모두 그가 영입한 이들이었고 진심으로 그를 존경했다. 나는 여전히 빈을 주요 권위자로 인식하고 그에게 의지하고 있었지만, 데

나는 여성도 리더가 될 수 있다는 것을 매일매일 보여주었다. 나는 그가 임신, 출산, 육아를 하면서 커리어를 쌓아가는 과정과 백인 남성이 주를 이루는 분야에서 유색인종 여성으로서 어려움을 겪는 모습을 지켜보았다. 그는 자신이 완벽하지 않으며 여타 코치들과 다를 것이라고 말하곤 했지만, 나는 자기 일을 점점 더 좋아하는 그의 모습을 봤던지라 나중에 준비되지 않은 상태에서 코치 일을 맡고 실수했을 때도 스스로에게 관대할 수 있었다.

데나의 리더십 덕분에 우리 팀은 그해 NCAA 우승을 차지할 뻔했다. 실제로 확성기에서 정정 발표가 나오기 전까지 2분 동안 비공식적으로 우승 팀이었던 우리는 결승 지점에서 마구 뛰어다니며 함께 울고 뺨이 아플 정도로 크게 웃었다. 이후에는 우리와 똑같이 자축하는 브리검영대학 팀을 15미터 떨어진 곳에서 조용히 지켜보았다. 남자팀이 우승하는 모습도 지켜보았지만, 실망감은 오래가지 않았다. 그날 팀원 모두 좋은 경기를 펼쳤기 때문이다. 여전히 마른 몸이 강조되었고 팀원 모두가 건강한 것 같지는 않았지만, 부상당한 사람은 없었다. 데나는 선수들을 격려하고 사기를 북돋는 데 많은 시간을 할애했다. 나는 앨리샤 크레이그에 이어 4위로 들어왔지만, 상관없었다. 앨리샤는 정말 뛰어난 선수였고 우리 팀의 미래는 밝아 보였다. 개인 타이틀은 차지하지 못했지만 나는 크로스컨트리 선수 중 역대 최고의 누적 기록을 세웠고, 과거 경험에 비추어볼 때 연말까지는 정상에 오를 수 있을 듯했다.

한 가지 문제가 남아 있었다. 그해 NCAA 크로스컨트리 개인전 우승을 차지한 노스캐롤라이나대학 출신의 셜레인 플래너건은 정말 대단한 선수였다. 여느 크로스컨트리 선수들과 달리 그는 건강하다는 소문이 돌았기 때문에 남은 한 해 동안 내게는 계속 골칫거리일 것 같았다. 그는 프로 육상 선수 출신의 부모님을 둔 타고난 주자였다. 그의 어머니는 타이틀 나인이 통과된 후 체육 장학금을 받은 최초의 여성으로, 마라톤에서 세계 신기록을 세운 적이 있었다. 처음에는 조금 겁이 났지만 엄마의 조언을 들은 나는 기량을 끌어올려보기로 결심했다. 빈과 미팅 일정을 잡았다.

"필요한 것은 뭐든 할 준비가 돼 있습니다. 최고가 되려면 어떻게 해야 하는지 말씀해주세요. 그렇게 할게요." 빈이 말하는 것은 무엇이든 할 수 있을 것 같았다. 코치를 수용할 생각이었다. 필요하다면 완벽하게 해낼 것이다.

"알았다. 우리 훈련에 비결 따윈 없어. 지금처럼만 하면 돼. 내가 좀 더 밀어붙일 거야. 하지만 남들이 보지 않을 때 제대로 해야 돼. 집중력을 잃지 마. 다른 데 정신 팔면 안 되고. 건강하게 먹고, 9시간 자고, 낮잠을 자고, 스트레칭하고, 사소한 것들을 챙겨야 해."

"알겠습니다."

처음에는 훈련이 즐거웠다. 삶의 모든 방향을 성과에 맞추기 시작했다. 제시와 헤어졌다가 재결합에 대해 이야기하던 시기였는데, 그가 다시 찾아온 날 나는 스스로에게 집중해야 한다고 말하며 재결합을 거절해 그를 놀라게 했다. 나는 낮잠을 싫어했지만 매일 2시 30분부터 3시 15분까지 눈을 붙였다. 최대한 목표에 가까운 강의를 수강하는 방향으로 시간표를 짜서 전공인 인체생물학에 집중할 수 있도록 개인화된 영역을 만들었다. 운동생리학과 스포츠영양학을 포함한 고급 과목을 들으면서 '여성 건강과 운동 능력'을 집중적으로 공부했다. 내 몸을 최적화하는 방법을 배우기 위해 관련 자료들을 꼼꼼히 살폈다.

　이 무렵 유명한 운동생리학자가 캠퍼스를 방문했고, 빈은 팀 내 최고의 선수들이 검사를 받고 훈련을 최적화할 수 있도록 도와주었다. 차례가 왔을 때 나는 긴장한 상태였다. 두 부분으로 구성된 최대산소섭취량VO2max 검사는 콧구멍을 클립으로 막고 얼굴에 마스크를 착용한 채 러닝머신 위에서 진행되었다. 공기 흐름을 제어 및 측정하는 것이었다. 첫 번째 검사에서는 '역치'를 측정하는데, 이는 지속 가능한 유산소 시스템에서 다리가 납덩이처럼 느껴지고 무릎이 구부러지며 숨이 차는 무산소 시스템으로 신체가 전환되는 활동 수준이다. 검사 중에 2분마다 10초씩 휴식을 취하며 손가락 끝을 바늘로 찔러 혈액에 축적된 젖산염을 측정한다. 이 검사를 통해 순간의 체력 상태를 파악하며 이를 바탕으로 훈련하면 체력을 향상시킬 수 있다. 러닝머신 테스트의 두 번째 단계에서는 스트레스를 받는 동안 신체의 최대 산소 운반 능력인 최대산소섭취량을 측정한다. 달릴 수 없을 때까지 러닝머신의 경사각을 올린 뒤 얼굴에서 튜브를 떼어내고 필사적으로 흡입한 산소가 폐를 채우는 동안 생리학자는 검사에서 얻은 여러 숫자를 공식에 넣는다. 그렇게 얻은 수치는 VDOT라고 불리며, 이 수치는 궁극적인 운동 능력과 대략적인 상관관계를 가지고 있다. 고등학교 때 올림픽 훈련 센터에서 젊은 인재들을 검사하고 선발하는 과정에서 이 검사를 받은 적이 있는

데 당시 결과에서는 특별한 점이 나오지 않았다.

나는 최고가 되겠다는 큰 꿈을 가진 운동선수로서 이번에는 더 나은 결과가 나와 고등학교 때 검사 결과가 실수였다는 것을 증명해주기를 바랐다. 어쩌면 랜스 암스트롱처럼 타고난 재능을 지닌 선수로 밝혀질지도 몰랐다. 하지만 결과를 본 생리학자가 의자에서 벌떡 일어나는 일은 없었다. 결과는 4년 전과 거의 똑같았다. 나는 손가락으로 VDOT 차트를 훑는 그의 모습을 지켜보았다. 5000미터에서 기대할 수 있는 최고 기록은 내가 이미 달성한 기록보다 겨우 10초 정도 빨랐다. 플래너건을 상대로 실외 5000미터 타이틀을 방어하거나 여자 프리폰테인이 되고 싶다는 환상을 실현하기는커녕 매일 훈련에서 뒤에 바짝 따라붙는 어린 선수들을 따돌리는 것조차 요원해 보였다. 나는 실망감을 감추지 못했다.

"최대산소섭취량을 높일 방법이 있나요?" 내가 물었다.

"없어요. 유전자의 역할이 크거든요. 당신은 이미 수년 동안 높은 수준으로 훈련해왔고요. 하지만 이 수치는 체중을 기준으로 계산되니까 체중이 변하면 수치도 바뀔 수는 있어요."

지난 몇 년 동안 나는 장거리 달리기 선수처럼 보이지 않는다는 말을 많이 들었다. 아무리 큰 성공을 거두어도 그렇게 보이지 않는다며 놀라워하는 사람이 많았다. 한 보조 코치는 내가 듣고 있는 줄도 모른 채, "살을 좀 빼면 얼마나 빨라지려나"라고 말한 적도 있었다.

"2킬로그램 정도 감량하면 어떨까요?" 내가 물었다.

"그럼 여기 이 줄에 서게 되겠군요." 그가 대답했다. 순간 모든 것이 훨씬 더 흥미진진해졌다. "하지만 비생산적인 체중을 감량해야만 숫자가 바뀝니다. 근육은 빼면 안 되고, 지방만 빼야 돼요."

비생산적인 체중은 사춘기에 일어나는 여성의 신체 변화를 떠올리게 하는 용어였다. "몸이 탄탄하다면 점프할 때 흔들리면 안 된다"는 것은 라이벌 팀 코치의 모토였고, 여전히 여자 선수들 사이에서 회자되고 있는 잘못된 신념이다.

나는 스포츠영양학 강의에서 체지방을 공부하면서 충격이 가해졌을 때 피부 밑과 장기 주변을 보호하는 등 체지방이 인체에 필수적인 기능을 한다는 사실을 알게 되었다. 하지만 무언가에 부딪힐 계획은 없으니 체지방이 많이 필요하지는 않다고 생각했다. 기근이 닥쳐 식량이 부족할 때 사용할 수 있는 저장고를 체지방이 제공해주므로 생존에 도움이 된다는 사실도 배웠다. 그러나 24시간 운영되는 식당이 있으니 예비 연료는 필요 없었다. 정상적인 월경과 임신을 위해서 지방이 필요하다는 사실도 배웠다. 아이를 갖는 것에는 관심이 없었지만, 골다공증과 피로 골절로 이어질 수 있으며 '여성 운동선수 삼중고'로 알려진 무서운 질환인 무월경은 원하지 않았다. 그렇게 되기는 싫었다. 산부인과 의사에 따르면 월경을 몇 번 안 하는 것은 괜찮지만, 1년에 네 번 정도 거르는 것은 위험 신호라고 했다(현재로서는 부적합한 기준이다). 나는 생리학과 영양학 강의를 들으며 몸에 악영향을 미치지 않을 계획을 세웠다. 흑백은 아닌 회색 지대, 엘리트 운동선수들이 생활하는 곳이라고 데나가 말했던 그 공간이었다. 여자 선수들이 서로의 습관에 낙인을 찍고 손가락질하는 것을 막기 위한 공간이었지만, 적지 않은 선수는 섭식장애가 용인되는 안전한 공간이라고 받아들였다.

지방 섭취를 줄이고 식품 라벨을 읽으며 칼로리를 계산하고 식품 일지를 작성하고 영양학의 해석에 따라 습관을 바꾸자 월경이 불규칙해졌다. 생식 호르몬은 칼로리를 제한하면 가장 먼저 방어에 나서는 호르몬이다. 운동선수에게 월경불순은 일반적인 현상이라는 글을 읽은 나는 이를 계획이 효과적이라는 증거로 받아들였다.

배는 자주 고팠지만 허기지는 일은 없었고 끼니도 거르지 않았다. 옷장에 들어가 폭식하거나 토한 적도 없다. 팀원들과 식사하기를 피하거나 사람들이 메뉴를 주문할 때 직접 싸온 오크라를 먹은 적도 없다. 나는 과학적으로 먹었고, 그것을 원하거나 즐기지는 않더라도 최선의 선택을 하려고 노력했다. 종종 포만감을 느끼지 못한 몸이 지방과 설탕을 갈망했다. 그럴 때를 '약해지는 순간'이라고 불렀고, 캠퍼스의 군것질거리 가판대에서 산 쿠키를 먹을지 말지 고민하다가 강의실의 친구에게 줘서 없앴다. 그게 섭식장애의 징후라는 것을 인식하지 못했다. 내게 이러한 행동은 날달걀을 삼키는 권투선수처럼 스포츠 영화에서 볼 수 있는 통제력에 해당했다. 먹는 행위에서 쾌락, 본능, 공동체를 당당하게 제거하는 것이다.

머릿속을 가득 채운 영양학적 성실함을 정당화하기 위해 변화의 징후를 면밀히 살피면서 몸에 더 많은 관심을 기울이게 되었다. 타인의 몸에도 더 주목했다. 누군가 탄탄해 보인다고 칭찬할 때마다 짜릿함을 느꼈고, 그러지 않을 때는 신경이 쓰였다. 팀원들에게 '젖살'이 빠졌다고 칭찬했다. 그해 동안 내가 한 몸 이야기, 완벽주의, 영양학적 통찰과 식사 전략에 대한 이야기들이 팀의 섭식장애 문화의 원인이 됐다는 것을 생각하면 여전히 괴롭다. 체중계와 외모에 집착하게 된 나는 외부에서 자신감을 찾았다. 훈련 일지에는 경기 준비가 되었음을 알리는 놀라운 운동 기록이 가득했지만, 대회 전날 밤에는 호텔 거울로 선수 유니폼을 입은 내 모습을 확인했다. 마음에 들었다.

펜실베이니아 계주 대회에서 셜레인 플래너건과 처음 대결을 펼쳤을 때 그와 나는 계주 팀의 마지막 주자였다. 나는 다리에 힘이 부족해 그가 움직일 때 반응도 할 수 없었다. 결국 나는 비난의 대상이 되었다. 내 체력에 비해서도 좋지 않은 기록이었다. 캠퍼스로 돌아온 후에는 운동한 뒤 몸이 잘 회복되지 않았다. 평소에는 내 강점이었던 통증 내성과 근성을 시험하는 킬로미터 반복 훈련에서 여러 팀원에게 뒤처졌다. 식사량을 줄였을 때 예상되는 체력 저하보다 더 심했다. 인터벌 트레이닝은 더 불편하게 느껴졌고, 반복 사이에는 숨이 찼다. 새로운 연구에 따르면 통증 내성 감소와 회복력 저하는 월경 장애의 특징적인 증상이라고 한다.

형편없었던 트랙 훈련이 끝나자 빈이 문제가 있냐고 물었다. 무엇이 문제인지 알 수가 없었다. 그는 내게 충분히 먹고 있는지 물었다. 열심히 훈련했고 거의 경기 체중이라고 대답했다. 그는 선수권대회 시즌이 얼마 남지 않은 지금 경기에 임할 정신적인 준비가 가장 중요하니 몸무게는 어떻든 충분하다고 말해주었나. 안도감이 들었다. 그때까지 새장에 갇혀 살았는데, 그가 새장 문을 열어준 것만 같았다. 나는 많이 먹기 시작했고 절제에 대한 집착을 내려놓았다.

에너지는 좋아졌지만 여전히 중심을 잡지 못하는 느낌이 들었다. 자신감을 얻기 위해 지나치게 외부 요인에 기대고 있었다. 많은 사람이 갔고, 실패한 길이었다. 정신을 차려야 했다.

NCAA 선수권대회 전 마지막 장거리 달리기를 하기 위해 잘 쓰이지 않는 길을 혼자 달렸다. 움푹 팬 곳이 많아 팀원들이 찾지 않았기에 가끔 머리를 식히러 가던 곳이었다. 달리면서 가슴과 폐, 발소리의 리듬에 귀를 기울였다. 발소리와 숨소리가 합쳐져 일종의 음악이 될 때까지 집중했다. 길 한가운데로 접어든 뒤 눈을 감고 경기 중인 내 모습을 상상했다. 발은 이제 타탄 트랙 위에 있었고 태양은 할로겐 전구였다. 한 발짝 내디딜 때마다 코어에 실린 중력이 몸의 모든 부분을 한가운데로 끌어당겼다. 꽉 들어차는 느낌이었다. 느슨한 부분은 없었다. 결승선이 점점 가까워졌고 주변에는 아무도 없었다. 나는 승리의 기쁨에 두 팔을 번쩍 들었고 폭발하는 초신성의 광대한 빛을 느꼈다.

"나이스 피니시." 누군가의 목소리가 들려 눈을 떠보니 자전거 한 대가 윙윙거리며 나를 지나 모퉁이 뒤로 사라졌다.

상상만 한 게 아니라 실제로 팔을 들어 올렸다는 사실이 부끄러워 큰 소리로 웃었다. 하지만 몇 분간 혼자 달리다가 다시 생각을 바꿨다. 꿈꾸던 모습을 들켰으니, 어쩌면 내가 그에게 선물을 준 것일지도 모른다고 말이다.

3주 뒤 나는 5000미터 경기에서 마지막 300미터를 남기고 셜레인을 6초 차이로 따돌려 NCAA 3연패를 달성했다. 여성으로서는 사상 두 번째 3연패였다. 너무 기뻐 온몸을 들썩이다가 내가 대학 신기록을 세웠다는 아나운서의 말을 놓쳤다. 인생의 운명이 걸린 경기였는데, 압박감 속에서도 즐겁게 경기에 임했고 결국 해낸 것이다. 정말 자랑스러웠다.

인생 대부분의 시간 동안 대학 마지막 해는 아슬아슬한 시기였다고 생각했다. 섭식장애나 여성 운동선수의 삼중고에 시달리지 않았고, 그저 절제하고 절제하며 안전한 영역으로 제때 돌아왔다고 스스로에게 말하곤 했다. 사진에서 셜레인과 나는 체격이 거의 똑같아 보였다. 내가 봐도 건강했다. '너무 멀리 간' 사람처럼 보이지도 않았다. 사실 전년도와 크게 달라 보이지도 않았다. 하지만 겉모습으로 건강 상태를 판단할 수는 없다. 당시 나는 아직 늪에서 벗어나지 못하고 있었다. 에너지 가용성이 낮은 상태에서는 골밀도가 저하되고, 근육 조직의 회복이 느려지고, 생식 능력이 저하되고, 신진대사가 느려지는 등 아무도 모르는 표면 아래에서 많은 일이 일어난다. 시간을 되돌린 줄 알았는데 그렇게 간단한 문제가 아니었다. 이 마지막 우승을 거두고 나서 대가를 치를 터였지만 아직 아무도 그걸 몰랐다.

승리를 만끽하며 경기장을 빠져나왔다. NCAA 챔피언을 다섯 차례 차지했고, 출전할 때마다 한 번도 빠짐없이 15회나 올아메리칸에 선정되었다. 정리운동 구역으로 향하는 문에 다다르자 스포츠 에이전트들이 나를 기다리고 있었다. 커리어와 삶에 있어 완전히 새로운 국면을 맞이한 것이다.

프로가 되는 길

부모님 댁에 나이키 장비 상자가 처음 도착했을 때 프로 운동선수가 된 기분이 들기 시작했다. 그때까지 나는 4개국을 여행한 터였고, 경찰 호송대의 호위를 받으며 고급 버스를 타고 거대한 경기장에서 경기를 치렀으며, 세계 최고의 장거리 달리기 선수들과 경주를 펼쳤지만, 비로소 모든 것이 더욱 현실적으로 느껴지고 있었다. 커피 테이블만 한 골판지 상자에서 기능성 스포츠 장비 가방을 하나씩 꺼내면서 아빠의 반응을 유심히 살펴보았다. 아빠는 내가 파리에서 누군가와 교환한 특대 사이즈 재킷을 입고 거실을 왔다 갔다 하면서, 내가 들고 있는 물건들을 하나하나 살펴보고 감탄사를 연발했다. 나는 프로 운동선수가 되었다. 나이키의 후원을 받는 선수였다. 마이클 조던과 '저스트 두 잇' 광고의 그 나이키.

"'식스틴'처럼 멋지네!" 아빠는 거의 소리를 지를 뻔했다. 나는 상기되었다. 이유는 아무도 모르지만 식스틴은 최고의 칭찬이었다. "멋지다. 전 세계를 누비는 나이키 후원 운동선수라니. 1년만 있으면 네가 제패할 거야!"

"아빠, 아직 갈 길이 멀어요." 대학 선수에서 프로 선수로 도약하는 것이 얼마나 힘든 일인지, 내 승리에 익숙해진 아빠가 이해하지 못할까봐 걱정됐다. "하지만 해낼 거예요."

"당연하지! 넌 플레시먼이야! 너 같은 심장을 가진 사람은 없어."

아빠의 칭찬에 기분은 좋았지만, 사실 앞으로 일어날 일들에 대한 걱정으로 압도된 상태였다. 프로 육상에는 전문적인 인프라가 존재하지 않았다. 축구나 농구 같은 팀 스포츠가 아니기 때문에 소속될 팀도 없었다. 노조가 협상한 최저임금이나 복리후생이 보장되는 리그도 없었다. 대학을 졸업하고 하계 올림픽에 미국 대표로 출전하는 선수들은 미국 전역에 흩어져 독립 계약자로서 개별 지원 시스템을 구축하기 위해 노력하고 있었다. 이는 선수들에게 필수적인 보호와 혜택이 제공되지 않는다는 것을 의미했다. 프로 육상 선수들은 대회에서 상금을 받아 다음 대회 출전 경비를 마련하는 식으로 생활했다. 사실상 자신에게 베팅하는 삶이나 마찬가지였다. 미국에서 전문 육상 선수로서의 삶을 영위하는 유일한 방법은 주요 스포츠 브랜드와 후원 계약을 맺는 것이다. 선수는 마케팅 관점에서 자신에게 투자할 가치가 있다는 근거를 직접 제시하거나 그렇게 해줄 에이전트를 고용해야 한다. 나는 독립적으로 활동할 자신이 없었고 나를 찾아오는 에이전트들도 있었지만, 최고의 선수가 되는 것과 최고의 여자 선수가 되는 것 사이에는 큰 차이가 존재한다는 사실을 곧 알게 되었다.

빈은 여러 남자 선수에게 프로가 되는 과정에 대해 멘토링을 해줬고, 내게는 '여섯 자릿수' 초반의 수입을 올릴 수 있을 것이라고 했다(연봉을 '여섯 자릿수six figures'로 부르는 건 들어본 적이 없어서 무슨 뜻인지 물어봐야 했다). 에이전트와의 미팅을 준비하면서 그는 내 시장 가치가 얼마인지 물어보라고 했다. "에이전트들은 원하지 않겠지만, 액수로 약속하게 만들어야 하네. 그러면 액수를 맞추기 위해 더 열심히 싸울 거야."

본질적으로는 모든 미팅이 똑같았다. "보통은 연간 2만 5000에서 3만 달러 정도 드릴 수 있다고 말씀드리죠." 에이전트들은 이렇게 말하곤 했다. "당신은 사람들이 좋아하는 외모를 갖추고 있으니 4만5000달러 정도는 받을 수 있을 겁니다." 시작부터 액수가 너무 낮아서 실망했다. 그들이 제시한 금액을 바탕으로 내가 얼마나 매력적인지 가늠해보려고 했다. 평생 동안 내게 아름답다는 말보다 귀엽다는 말을 했던 사람들을 생각해보았다. 다른 여성이라면, 여성스럽고 성적인 매력을 어필해서 자신의 기본 가치를 두세 배 높였을까?

내가 받아온 연봉 제안 액수에 빈은 깜짝 놀라며 얼굴이 시뻘게진 채로 방을 서성거렸다. "그걸로는 부족해." 그가 말했다. "모욕적인 금액이야." 남자 동료들은 두세 배 많은 제안을 받았다.

나보다 나를 더 잘 팔 수 있는 사람은 없을 것이라는 생각에 에이전트를 고용하지 않고 직접 나서보기로 했다. 신중하게 프레젠테이션을 준비했다. 앞으로 5년 동안 점진적으로 실력을 향상시켜 2008년 올림픽 출전권을 획득하고 미국 역사상 최고의 장거리 육상 선수가 되겠다는 목표를 세웠다. 처음에는 인내심이 필요하겠지만 올바른 방향으로 나아갈 수 있도록 나와 함께해줄 브랜드가 필요했다. 그 과정에서 여고생과 여대생들을 괴롭히는 섭식장애와 부상이라는 거대한 문제를 해결하기 위한 캠페인을 시작하고 싶었다. 매년 피부가 탱탱한 여성이 웹사이트와 잡지를 장식했다가 소리 없이 사라지고 새로운 여성이 나타나 그 자리를 대체했다. 우리는 이에 대해 이야기하고 앞으로 나아가야 할 다른 길, 즉 성공에 관한 장기적인 안목을 제시할 필요가 있었다. 아무도 여성 운동선수들에게 그렇게 말해주지 않았고 나는 열심히 할 자신이 있었다. 내가 요구한 금액은 6만 달러였다.

내가 만나본 스포츠 마케팅 임원은 모두 백인 시스젠더였다. 이중 두 명은 남자친구가 있냐고 물었다가 내가 없다고 대답하자 "잘됐네요"라고 말했다. 독신 여성은 가치 있는 마케팅 자산이었다. 시장성에 대한 주제가 나왔을 때 나는 여자 스포츠의 변화를 돕고 그 과정에서 여성 시청자에게 다가가겠다는 비전을 제시했다. 그들은 내 아이디어가 귀엽다고 생각하는 것 같았다. 여성은 중요한 청중이 아니라고 했다. "스포츠를 보는 사람은 남성이지 여성이 아닙니다. 남자들에게 매력적인 여자 선수들만이 가치가 있어요. 역겹지만 그게 현실입니다"라고 한 사람도 있었다.

"여자 트랙 경기를 관람하기 제일 좋은 좌석이 어디인지 아세요?" 누군가가 물었다.

"어디인데요?"

"여자 1500미터 출발선입니다. 왜 그런지 아세요?"

나는 고개를 저었다.

"거기서 뭐가 보이는지 생각해보세요. 이 종목 최고의 선수들이 줄지어 서 있어요, 수영복 같은 옷을 입고 말입니다." 역겨운 감정을 숨기려 애썼지만 얼굴이 나를 배신한 모양이었다. "왜요? 제가 그렇다는 게 아니라 여자 육상을 보는 젊은 남성들의 현실이 그렇다는 겁니다. 그 남성들이 신발을 사도록 만드는 게 제 일이니까요."

이성애자 백인 남성으로 추정되는 시장 세력은 여성 스포츠의 전체 지형에 영향을 미친다. 누가 프로 선수가 될지 결정하는 것도 이들이다. 꼭 최고의 재능을 갖춘 선수가 시상대에 서는 것이 아니다. 소비자가 원하는 이미지에 맞거나 운동을 계속할 수 있는 선수들 중에서 최고일 뿐이다.

나는 에이전트들이 약속한 것보다 좋은 조건으로 협상하지 못했다. 나이키와 미팅을 한 후, '캡'이라고 불리던 글로벌 육상 스포츠 마케팅 책임자 존 캐프리아티는 나와 협상하는 것을 일절 거부했다. 그가 제안한 연봉 3만 달러를 거절하고 6만 달러를 요구하자 그는 내게 에이전트를 고용하라고 했다. 그는 협상 자리에서 경영진이 말하는 것을 운동선수들이 들어서는 안 된다고 했다.

빈은 내 말을 듣고 크게 실망했다. 하지만 그는 현실주의자이기도 했다. "내가 자네라면 에이전트를 구해서 나이키에 한 번 더 기회를 줄 걸세. 그러면 분명 캡이 협상에 나올 거고. 나이키는 일단 무언가를 믿기로 결정하면 변화를 일으킬 만한 예산을 갖고 있는 브랜드지. 하지만 이건 알아두게. 세상을 바꾸는 일? 자네가 이기지 않으면 나이키는 아무것도 안 할 거야. 그러니 먼저 이기는 데 집중해."

나는 레이 플린을 에이전트로 고용했다. 그는 아일랜드 출신의 전설적인 마라토너이자 믿음직한 사람이었고 오랫동안 달려서 그런지 큰 체격이 다소 부드러워진 느낌이었다. 내가 호감과 매력을 어필하는 데 집중하는 동안 레이는 궂은일을 도맡아 했고, 얼마 지나지 않아 나이키로부터 6만 달러의 계약 제안을 받아냈다. 시장성에 대해 그렇게 얘기했는데도 계약서의 초점은 성과에 맞춰져 있었다. 연봉을 유지하기 위해서는 미국 대표팀에 선발되고 국내 및 세계에서 높은 성과를 올려야 했다. 큰 대회에 출전하거나 기록을 세우면 보너스를 받을 수 있었다. 기대에 미치지 못하거나 오랫동안 대회에 출전하지 않으면 연봉은 최대 50퍼센트까지 삭감되며 그걸로 끝이었다. 나는 당시 아이를 가질 생각이 없었지만 임신 관련 내용은 조항에서 찾아볼 수 없었다. 브랜드에 좋지 않은 영향을 미치는 것으로 간주되는 행동은 해고로 이어질 수 있다는데, 거기에 대해서는 의도적으로 정확히 명시하지 않고 있었다.

메시지는 분명했다. 이기지 못하면 사라진다. 뛰어난 여자 선수가 되어라. 할 수 있는 일이었다. 올림픽까지는 1년이 남아 있었다. 가능한 한 빨리 프로 수준에서 이기는 법을 배워야 했기에, 나는 매년 여름 세계 최고의 선수들이 참가하는 경기들을 순회하기 위해 유럽으로 날아갔다. 에이전트가 출발선에서 최대한 좋은 자리를 잡아줬다. 처음에 들렀던 곳이 어디인지는 잘 기억나지 않지만, 아마 아일랜드였을 것이다. 벨기에였을 수도 있나. 그해 여름과 그 후 매년 여름은 대부분 비행기, 기차, 버스,

지하철, 호텔 이불, 뷔페, 같은 언어를 쓰는 선수들끼리 앉은 테이블, 웃음, 유혹, 경주, 전화 카드, 자갈길을 통과하는 훈련으로 정신이 없었다.

경기에서 많은 것을 배웠지만, 경기 사이 공백에서 더 많은 것을 배웠다. 가장 중요한 정보를 얻은 건 에스프레소 찌꺼기가 커피 잔 안에서 굳을 때까지 긴 이야기를 나누면서였다. 트랙에서 가장 성공적이고 영향력 있는 선수들은 나보다 여섯 살에서 열두 살 정도 나이가 많았다. 거의 모든 선수가 경험과 조언을 아낌없이 나눠주었다. 대부분의 선수가 부진한 시즌을 보낸 후 삭감된 급여를 회복하지 못한 경험이 있었다. 개인 최고 기록을 세웠는데도 협상 자리에서 연봉이 깎이는 연령 차별도 경험하고 있었다. 이는 남성보다 신체적 전성기가 늦은 여성에게 불공정한 일이었지만, 모든 여성 선수가 남성 선수의 성과 타임라인에 따라 평가받는 듯 보였다. 나는 연령 차별이 나 같은 젊은 인재들에게는 기회로 작용하지만, 없어서는 안 되는 존재가 되지 않는 한 나 역시 같은 운명에 처하리라는 사실을 알고 있었다.

마지막 목적지는 파리에서 열린 세계 선수권대회였는데, 그곳에서 내 경제적 환경에 영향을 미친 대화를 나누게 되었다. 선수촌 컴퓨터실에서 흑인 남성 단거리 선수이자 팀 주장이었던 존 드러먼드의 옆에 앉았다. 세계 무대에서 실패하고 공개적으로 굴욕을 경험한 사람치고는 친절하고 매력적이었다. 존은 실수로 출발 신호가 울리기 전에 발을 움직였고, 새로운 부정 출발 규정에 따라 실격 처리되었다. 그는 트랙에 드러누워 퇴장을 거부하며 대회를 지연시켰다. 주요 시청자인 백인 고령층은 그를 부끄러움을 모르는 무례한 사람이라고 비난했다.

"당신은 운이 좋군요. 귀여운 백인 여성이니까요. 괜찮을 거예요. 저는 어떨까요?" 그는 내 쪽으로 의자를 돌리고 몸을 뒤로 젖혀 앉은 채 말했다. 회의적이었던 그의 표정이 도전적으로 바뀌었다.

"당신은 돈을 받죠. 5만, 6만, 아님 8만 달러 정도죠? 뭐 때문일 것 같아요? 잠재력? 오해하진 마세요. 하지만 세계 무대에서는 아직 한 게 아무것도 없죠." 그의 웃음 뒤에 고통이 보였다.

"맞아요." 내가 대답했다. 같은 종목에 출전한 다른 미국인들과 마찬가지로 나 역시 결승 진출에 실패했다.

존은 백인 장거리 선수들은 많은 돈을 받고도 첫 라운드에서 탈락하는 반면, 흑인 단거리 선수들은 이기지 못하면 굶어 죽으라는 말을 듣는다고 했다.

"당신 같은 장거리 선수들은 대표팀에 들면 일을 계속할 수 있죠. 우리는 세계 최고가 되어야 해요."

"불합리해요. 단거리에서 어떻게 매년 메달을 따요?" 방금 큰 패배를 경험한 나는 메달을 딴다는 것을 상상하기 힘들었다.

그는 손을 들고 어깨를 으쓱했다.

"그러게나 말이에요." 그는 자기 이메일로 눈길을 돌렸다.

실수가 허용되는 것은 특권이다. 예선 탈락으로 존과 내가 받는 대우는 매우 달랐다. 남자 선수들보다 받는 돈이 적다고 화가 나 있었는데, 프로 스포츠의 세계에서 백인 여성보다 열악한 상황에 처한 사람들이 있다는 사실을 알게 된 것이다. 방으로 돌아온 나는 내 모습에 안도감을 느꼈다. 존이 겪은 인종차별에 대해 들으면서 화가 났지만, 할 수 있는 일은 없다고 생각했다. 내일이 아니라고 생각했다. 지금은 그렇지 않다. 하지만 나는 "모든 생명은 소중하다"고 말하는 더 관대한 공동체에서 자랐다. 백인 노동자 계급은 자신이 경험한 불이익만 생각하고 이익에 대해서는 모른 척하려 하며, 드물게 이점을 누릴 때면 공정하다고 생각한다. 스포츠는 자신이 가진 모든 이점을 이용하되, 대체될 수 있는 존재임을 명심하며 불의에 항거하는 목소리에는 침묵하라고 가르친다. 세계 무대에 이름을 남기려면 갈 길이 멀었고 시간은 3년밖에 없었다. 달리기에 매달려야 했다. 나는 이후로도 수년간 편견과 스포츠 활동의 실상을 목격하고 나서야 적극적인 지지자가 될 용기를 낼 수 있었다.

대부분의 개인 스포츠 종목에서 프로 선수의 목표는 분명하다. 바로 올림픽 대표팀에 들어가는 것이다. 이는 우리 문화에서 보편적으로 이해되고 기대되는 성공의 기준이며 재정적으로도 중요한 가치를 지닌다. 미국의 모든 프로 육상 선수는 올림픽 출전 자격을 얻기 위해 무엇을 해야 하는지 알고 있다. 이는 정치적이거나 주관적인 일이 아니며 심사위원단도 없다. 시즌 중 어느 시점에 특정 기록 기준을 달성해야만 올림픽 출전 자격이 주어진다. 4년에 한 번씩 돌아오는 올림픽에 참가하기 위해 미국 올림픽 선발전에서 최선을 다해 경쟁한 선수들 중 자격 기준을 충족한 상위 세 명의 선수만 올림픽에 출진하게 된다. 감기에 걸리거나, 부상을 당하거나, 넘어져도 어쩔 수 없다. 미국의 인재 풀은 매우 넓기 때문에 일진이 안 좋은 날이란 핑계는 통하지 않는다. 당신을 무너뜨리고 올림픽의 꿈을 이룰 준비가 되어 출전을 갈망하는 선수들이 안정적으로 공급되고 있다.

나는 빈과 함께 일하기 위해 스탠퍼드에 남기로 결심했다. 스탠퍼드 교육대학원의 석사과정에 입학하여 장학금을 연장하고 대학원 보조 코치로 계약했다. 덕분에 같은 훈련 시설을 계속 이용할 수 있었고 재학 중인 팀원들과도 함께 훈련할 수 있었다. 빈이 오벌린대학으로 이직해서 오하이오로 이사 간다는 소식을 들었을 때는 당황스러웠다. 이미 친구들과 주택 임대 계약을 체결하고 교재도 구입한 뒤였다. 빈은 3월까지 장거리 코치를 해주기로 계획을 세웠고, 데나는 건강 유지와 부상 방지를 도와주기로 했다. 나는 두 학기 동안 모든 과목을 벼락치기로 소화하고 3학기부터는 원격으로 석사 논문을 쓰겠다고 교육대학원에 신청한 다음, 올림픽 선발전이 있을 때까지 12주 동안 오벌린에서 훈련을 했다.

스탠퍼드에 있는 6개월 동안 나는 달리기 외에는 그 어떤 생각도, 행동도 하지 않았다. 꼼꼼하게 훈련 일지를 쓰고 달리기를 할 때마다 거리, 페이스, 지형, 날씨 정보를 메모하면서 훈련을 면밀히 관리했다. 일지의 여백에는 수면 시간, 체중, 소비 칼로리 등을 기록하는 칸을 추가했다. 주의를 기울이는 것에 따라 사람의 행동은 달라지는데, 나는 점차 기록에 집착하면서 날씨에 따라 운동 요일이나 시간을 바꾸고, 엄격한 수면 스케줄을 고수하며, '올바른' 음식의 양을 정확히 측정하여 섭취했다. 중요한 운동에서 정해둔 페이스에 도달하지 못하면 스트레스가 심해져 가슴이 죄어오고 천식이 심해졌다.

내가 기록하고 관찰했어야 했던 한 가지는 바로 월경 주기다. 여성의 몸에 대한 연구가 거의 이루어지지 않았다는 사실을 알게 된 나는 더 이상 여성에게 제공되는 의학적 권고를 신뢰할 수 없었다. 높은 성과를 내는 선수로서 스스로 더 잘 안다고, 스물한 살에는 남성이나 다름없을 만큼 낮은 에스트로겐 수준을 유지하는 것이 생식 능력을 키우는 것보다 당장은 더 이득이라고 스스로 굳게 믿었다. 혹독한 훈련 일정에 더해 복부 팽만감, 주기적인 체중 증가, 감정 기복을 겪지 않아도 되니 자유로웠다. 월경을 하지 않는다는 것은 매일이 중요한 운동이나 경기에 적합한 날이라는 것을 의미했기에 여성 선수들이 감당해야 하는 정신적 부담에서 벗어날 수 있었다. 코치와 스태프가 월경 건강과 증상 관리를 위한 공간을 마련해주었다면 월경 주기를 여성의 몸을 원망하게 만드는 불편함이 아니라 배우고 함께 노력해야 할 부분으로 생각했을 것이다. 무월경을 무시하기로 하니 경기 결과에 대한 주도권이 내게 있는 것처럼 느껴졌다. 교과서에 나오는 무월경에 대한 경고는 과장되었을 가능성이 높다고 스스로를 설득했고, 영양사가 추천하는 다양한 음식을 먹고 있으니 건강할 것이라고 생각했다. 하지만 계획된 식단을 따르는 것은 몸과 단절되는 행동이었다. 나는 배에서 나는 꼬르륵 소리나 호르몬의 기능보다 일지에 기록된 칼로리 계산을 더 신뢰했다.

표면적으로는 모든 일이 순조로웠기 때문에 완벽주의가 효과를 보이는 것 같았다. 대학원 과정에서는 4.0의 학점을 받았다. 마침내 스탠퍼드 여자 크로스컨트리 팀이 NCAA 우승을 차지했고, 나는 보조 코치로서 우승 반지를 받았다. 가장 중요한 사실은 내가 건강한 상태였다는 것이다. 오하이오로 가기 전 마지막으로 출전한 벨기에 세계 크로스컨트리 선수권대회에서 25위 안에 들었고, 미국인으로는 셸레인 플래너건에 이어 두 번째로 좋은 성적을 거두었다. 봄에 세웠던 목표에 순조롭게 다가가고 있다는 좋은 신호였다.

오벌린대학에 있는 빈의 허름한 사무실에 도착했을 때, 나는 운동 장비가 든 가방과 책 상자를 낡은 리놀륨 바닥에 내려놓고 그와 포옹한 다음, 책상 맞은편 금이 간 플라스틱 의자에 털썩 앉아 그의 계획을 들으며 환한 미소를 지었다. 그는 도리 스터지스라는 여든셋의 은퇴 스포츠 기자의 다락방에서 묵을 수 있게 주선해주고, 콜린이라는 남자 대학원생을 훈련 파트너로 소개해주었다. 훈련을 방해하는 모든 요소에서 벗어나 동굴 속으로 사라질 준비가 된 로키 발보아가 된 기분이었다. 나는 스스로를 변화시키고 천하무적이 되어 나타날 작정이었다.

나는 빠르게 루틴에 적응했다. 매일 아침 다락방 계단에서 내려와 신발 끈을 묶고 콜린과 함께 농경지 주변을 달렸다. 6~9킬로미터를 달리고 나서 집으로 돌아오면 도리가 아침 식사로 엔텐만의 대니시 빵 한 조각과 폴저스 커피 한 잔을 건네주었다. 도리와 나는 빈티지풍 주방에 있는 2인용 정사각형 호마이카 식탁에 앉아 하루 계획에 대해 이야기를 나눴다. 그의 계획은 테니스, 사교 활동, 하와이안 댄스, 집안일 등이었다. 내 계획에는 훈련, 논문 쓰기, 휴식, 거실에서 물리치료하기 등이 포함되어 있었다. 도리는 내가 훈련하지 않고 집에 있을 때면 전혀 움직이지 않는 것에 놀랐고, 나는 도리가 젊은 사람들처럼 배수로를 고치고 수영장 덮개를 올리며 바쁘게 움직이는 모습에 놀랐다. 도리는 나를 위해 요리하겠다고 고집을 부렸고 나는 그를 도와 청소하겠다고 고집을 부렸다. 우리는 세모난 참치 샌드위치와 네모난 햄버거 캐서롤을 먹으며 인생에 대해 이야기하곤 했다. 원로 스포츠 선구자와 식사하고 이야기를 나누니 영혼은 충만했지만 팔순 노인처럼 먹다보니 밤에는 허기진 상태로 잠자리에 들었다.

음식을 더 사올 수도 있었다. 도리는 부엌에 있는 찬장을 하나 비워주며, 해먹고 싶은 음식이 있으면 부엌을 자유롭게 사용해도 된다고 했다. 하지만 마음 한구석에서 이 상황이 기회라는 생각이 들었다. 운동 일지에 기록한 일일 칼로리를 살펴보니 체중을 더 감량해야 했다. 매일 혼자 체중 감량을 위한 식단을 지키는 것보다 도리를 따라 하는 것이 훨씬 더 쉬워 보였다.

체중을 더 감량할 필요는 없었지만 그때는 몰랐다. 내가 아는 건 당시 내 몸이 정상급 선수들의 이상적인 몸에 미치지 못한다는 사실뿐이었다. 이 분야에서 성공하려면 가능한 한 빨리 그런 몸을 가진 여자가 되어야 했다. 세계에서 가장 빠른 여자들은 주로 케냐나 에티오피아 출신이었고, 내 키나 몸무게는 그들과 너무 극적인 차이가 나서 과연 세계 무대에서 성공할 수 있을지 의문이 들었다. 그러던 중, 세계에서 가장 빠른 여자들 사이에서 나와 닮은 선수 폴라 래드클리프를 알게 되었다. 영국 출신인 폴라는 최근 몇 년간 동아프리카 출신 선수들과 꾸준히 경쟁해온 유일한 백인이었다. 세계 크로스컨트리 타이틀을 획득했을 뿐만 아니라 최근에는 마라톤에서 세계 신기록을 경신하기도 했다.

세계 선수권대회 여자 1만 미터에서 호기롭게 선두를 달리다가 결승 구간에서 메달을 놓친 그의 영상을 본 적 있었다. 그는 백인은 세계 무대에서 경쟁할 수 없다는 다른 백인 장거리 선수들의 생각에 동의하지 않았다. 그는 내 조상과 같은 지역 출신이기도 했다. 키는 나와 똑같은 176센티미터였다. 검색해보면 체중은 나보다 4.5킬로그램이 널 나갔는데, 바로 그 순간 그의 체중은 내 목표 체중이 되었다. 선수 프로필에 기재된 정보는 부정확하다. 수 주 전 체중일 수도 있고, 부상을 입기 1년 전에 기록된 체중일 수도 있었지만, 나는 전혀 알지 못했다. 세계적 수준의 기량을 발휘할 수 있는 여성 체중의 범위는 다양하다는 것을 알지 못했다. 누군가 말해줬으면 좋았겠지만 아는 사람이 없었던 것 같다.

노인 식단을 고수하니 빠르게 몸무게가 줄었다. 이를 즉시 알아차린 빈은 몸이 탄탄해졌다고 칭찬했는데, 탄탄하다는 칭찬은 마약과도 같았다. 그는 지나치게 체중을 감량하면 안 된다고 했다. 나는 바보가 아니니 살을 극단적으로 빼지는 않을 거라고 대답했다. 재작년 대학에 다닐 때는 1킬로그램을 빼는 것도 힘들었는데, 체중계 숫자가 이렇게 쉽게 내려가는 게 신기했다. 헬스장 체중계의 금속 막대가 수평을 찾을 때마다 숫자가 조금씩 낮아지는 것이 좋았다. 커피숍이나 헬스장에서 마주친 낯선 사람들이 자기 몸을 비하하면서 내 몸에 대한 칭찬을 늘어놓았다. "엄청 마르셨네요! 무슨 일 하세요? 달리기를 하시는군요. 식단 좀 알려주세요. 이 뱃살을 빼려고 몇 년 동안 노력 중이거든요." 이런 대화를 나누다보면 몸을 보여주는 것만으로 '탄탄함'과 '전문성'을 드러내고 싸구려 자신감을 얻을 수 있었다. 운동하기 전에 탈의실 거울에 비친 내 모습을 보며 복근, 복사근, 허벅지 안쪽을 꼬집고, 말랑말랑하던 피부가 팽팽히 조여지는 느낌에 감탄하곤 했다. 목표 체중에 안착하던 날, 어린 시절의 나를 뒤로하고 마침내 프로가 된 기분을 느꼈다. 걸린 시간은 6주에 불과했다.

3개월 목표로 오하이오에서 올림픽을 준비하기 시작한 지 정확히 절반이 지났을 때 처음으로 검사를 받기 위해 스탠퍼드로 향하는 비행기에 몸을 실었다. 육상 대회 페이턴 조던 인비테이셔널에는 올림픽 선발전 기준인 15분 08초를 달성하려는 여성들이 가득했고, 스플릿 훈련을 도와주는 심박 조율기도 있었다. 내 임무는 하나였다. 기준 기록 달성하기. 그러고 나면 올림픽 출전까지는 선발전 3위에 드는 것밖에 남지 않을 터였다.

"말라 보이네."

경기 전날 달리기를 하러 나온 내게 데나가 말했다.

내 몸을 훑어보는 눈빛에서 걱정스러운 표정을 읽을 수 있었다.

"아슬아슬해 보여."

그의 말이 들렸지만 내 안에서 들리는 목소리는 더 컸다. '효과가 있잖아. 듣지 마. 데나는 뭐가 필요한지 몰라.'

"이제 막 경기 체중에 도달했어요." 나는 대화를 하기 힘든 수준까지 속도를 높이며 대답했다. "감량은 더 안 할 테니 걱정 마세요."

"그냥 조심하라는 말이야. 체중 감량은 큰 변화야. 마를 필요까지는 없을 것 같아."

'도움을 주려는 게 아냐. 그냥 질투가 나서 저러는 거야.'

페이턴 조던이 열리던 날 밤, 조명 아래 트랙은 빛났고, 공기는 맑고 고요했다. 5000미터를 달리기에 이상적인 조건이었다. 팀 동료들은 빈 게토레이 병, 쓰레기통 뚜껑 등 주운 물건으로 만든 응원 도구를 들고 트랙 뒷부분에 줄지어 섰다. 경기장을 돌며 동료들을 지나칠 때마다 보폭과 숨소리에서 응원의 리듬이 느껴졌다. 쟁쟁한 올림픽 선수들과 함께 열두 바퀴 반 중에서 열 바퀴를 달렸다. 누군가 움직이면 거기에 맞춰 움직였다. 호흡은 달리지 않았지만 다리에 힘이 들어가지 않았고 세 명의 경쟁자에게 밀렸다. 우승은 포기하고 기준 기록을 확보하는 데 집중했다. 신호 소리를 듣자마자 계산해보니 마지막 한 바퀴를 1분 12초 안에 뛰면 되었는데, 평소보다는 한참 빠른, 아직은 내가 내지 못하는 속도였다. 반 바퀴를 남겨두고 동료들이 울타리 너머로 응원의 함성을 지르고 있었지만, 속도를 더 내지 못한 나는 기준 기록을 1초 차이로 놓치고 말았다.

정리운동 삼아 가볍게 뛰는 동안 머릿속에 데나의 말이 생각났다. '체중 때문이었을까? 힘이 부족해진 건가?' 아니다. 적합한 몸무게였다. 그게 내 결론이었다. 세계 정상급 선수들과 견주어도 손색없는 몸이었다. 오하이오로 돌아가서 속도를 높이는 훈련을 해야 했다.

다음날 아침, 나는 석사과정을 마무리하는 논문 발표 행사에 참석했다. 수업에 열정을 쏟으며 A학점을 받겠다는 의지를 다졌는데, 막판 발표를 앞둔 지금은 부끄러움을 느끼며 서 있었다. 강의실 곳곳에 흩어져 있는 동기들은 각자의 자리에서 알록달록한 파이 차트와 그래프에 시선을 고정하고 자기 연구에 관해 교수님들과 열띤 토론을 벌이고 있었다. 나는 자리를 비운 짧은 시간 동안 공부는 최소한만 하는 운동선수가 되어 온 것이다. 수치심이 들었지만 괜찮다고 스스로를 위로했다. 대표팀에 드는 것보다 더 중요한 일은 없었다.

벽에 걸린 시계가 공식적인 행사 종료 시간을 알리자 발표 자료를 들고 문밖으로 나와 가장 가까이에 있던 쓰레기통에 버렸다. 차로 향하는 길에 팀 동료 캐서린과 마주쳤는데, 눈에는 걱정스러운 기색이 역력했다.

"제시 소식 들었어?" 그가 물었다.

"아니. 무슨 일이야?"

"어제 자전거 사고로 목이 부러졌어. 스탠퍼드 병원에서 응급 수술을 받고 있어."

"누가 곁에 있어?" 내가 물었다.

"어머니가 오셨어. 어머니께 전화 드려. 상태가 안 좋대. 네가 가봐야 할 것 같아."

제시는 턱밑까지 목 보호대를 한 채로 병원 침대에 누워 있었다. 그는 내 목소리를 듣고 눈을 최대한 돌렸지만 나를 볼 수는 없었다. 침대 옆으로 다가가 얼굴을 내려다보니 갈색 피부가 하얗게 질려 있었다. 파란 눈에서 두려움과 슬픔이 느껴졌다. 그의 사고로 경추 1번 뼈의 골절을 의미하는 제퍼슨 골절에 대해 알게 되었다. 다섯 조각으로 부러진 제시의 경추 1번 뼈는 철사로 이어져 있었다. 머리가 앞으로 심하게 꺾였을 때 제퍼슨 골절이 발생한다는 사실과 외과의가 목뼈를 붙이는 방법도 알게 되었다. 제시의 어머니는 그날 아침 의사들이 회진을 돌면서 몸이 마비되거나 악화되지 않은 것만 해도 놀라운 일이라 말했다고 전했다. 회복은 오래 걸릴 것이라고 했다. 나는 간호사의 지시대로 제시가 걸을 때 옆에서 링거를 밀며 농담을 건넸다. 작별 인사를 하고 나니 마음이 아팠다. 제시는 항상 내 옆에 있을 거라고 생각했는데, 그를 잃을 뻔했다. 삶이 나를 기다려줄 것이라고 생각했는데, 만약 삶이 기다려주지 않는다면? 그래야만 하는데.

오하이오로 돌아오는 비행기 안에서 24시간 동안 벌어진 일들이 떠올라 마음이 흔들렸다. 선발전, 학문적 수치심, 그리고 제시를 잃을 뻔한 일까지, 길을 잃고 있다는 신호가 아닌가 싶었다. 하지만 올림픽에는 많은 희생이 뒤따른다고 하니 내 헌신이 시험대에 오른 것이라고 판단했다. 갈망을 무시했고 그것이 절제라고 생각했다. 무월경을 무시했고 그것이 적응이라고 생각했다. 외로움을 무시했고 그것이 자립이라고 생각했다.

훈련에 복귀하고 며칠이 지난 뒤였다. 콜린과 콩밭을 달리다가 신발에서 돌멩이를 꺼내려고 멈췄는데 돌멩이를 찾을 수 없었다. 신발을 다시 신고 몇 걸음 걸었다가 벗고, 안쪽을 자세히 살펴보며 손을 집어넣고 깔창을 확인했다. 아무것도 없었다. 절뚝거리며 달리기를 마쳤다.

클리블랜드 클리닉에서 발을 검사한 정형외과 의사는 내가 느끼는 증상에 대해 여러 가능성을 제시했고, 최악의 경우 피로

골절일 수 있다고 했다. MRI를 찍어 확인해보자는 의사의 권유에 따랐고, 검사 결과를 보기 위해 클리닉을 방문했다.

"여자 선수의 삼중고라고 들어보신 적 있나요?" 의사가 약간 불편한 표정으로 물었다.

"네." 내가 대답했다. "섭식장애, 무월경, 골다공증이요."

"마지막 월경이 언제였나요?"

"1월이요." 그때는 5월이었다.

"월경이 규칙적인 편인가요?"

"아니요, 희발 월경이 가끔 있었어요. 월경은 1년에 서너 번 정도도 했습니다."

"좋아요, 무월경은 아니군요. 음식은 잘 드시죠? 섭식장애를 겪은 적이 있습니까?"

"아뇨."

"피로골절은요?"

"아뇨, 부상을 입은 적은 없습니다."

"흠, 넘어지거나 발에 물건을 떨어뜨리는 등의 외상을 입은 적은 없나요?"

"아니요. 그냥 평상시처럼 달렸는데 발에 이상한 느낌이 들었어요."

MRI 검사 결과 발 위쪽에 있는 긴 뼈인 두 번째 중족골 부위의 혈류량이 증가한 것으로 나타났다. 피로골절이 아니라 스트레스 반응이었다. 다행히 소기에 발견했지만 적어도 한 달간은 부츠를 신고 목발을 짚어야 했다.

빈의 사무실에 가서 소식을 전하며 간신히 참고 있던 눈물이 터졌다. 그는 의사에게 전화를 걸고 방 안을 돌아다니며 질문을 했다. 그가 의사의 대답을 듣는 동안 긴 침묵이 흘렀고 바닥이 삐걱거리는 소리만 들렸다. 마침내 그가 전화를 끊었다.

"지금부터 계획은 이래." 그는 책상 위에 손을 얹고 우뚝 선 채 나와 눈을 맞췄다. "로런." 그가 말했다. "잘 듣게." 나는 더 크게 울었다. "세상이 끝난 게 아니잖아, 약속하지. 아직 시간이 있어. 조앤 베누잇 새뮤얼슨이라고 들어봤나?"

세 살 무렵부터 엄마의 무릎 위에 앉아 지켜보던, 마라톤에서 올림픽 사상 처음으로 금메달을 딴 여자 선수였다. 짧은 머리에 작은 흰색 모자를 쓴 그가 가슴에 미국 국기를 달고 로스앤젤레스의 스타디움에서 팬들에게 손을 흔드는 모습은 4년마다 올림픽 중계방송에서 보여주던 승리의 순간이었다.

"그 선수가 경기 수 주 전에 무릎을 다쳐서 수영장에서 훈련했다는 사실을 알고 있나?"

몰랐다.

"그랬지. 아직 시간이 있네. 뼈가 회복되는 데는 4~6주가 걸려. 짧은 기간이지만 최선을 다해 치료하고 수영장에서 부지런히 크로스 트레이닝을 하면 기회가 있을 거야. 가능성이 희박할 수도 있지만, 해보겠다면 내가 훈련 계획을 짜보지."

"그런데 왜 이런 일이 생겼을까요?" 내가 물었다. "모든 걸 제대로 했는데요."

"모르겠다." 그가 대답했다. "의사도 모른다더군. 하지만 이게 지금 우리가 처한 상황이고, 세상이 끝난 건 아니야. 극복해나갈 거야."

우연한 부상이라는 결론이었다. 다른 팀원들이 당했던 부상과 비슷한 부상을 나도 당한 것이다. 여성 운동선수의 삼중고에는 끼지도 못하는 부상이었다. 스포츠에서 발생하는 많은 부상은 상대적 에너지 결핍RED-S, relative energy deficiency in sport에 기인했을 가능성이 높다. 날씬한 몸을 유지하기 위해 지속적으로 칼로리를 제한하고 조절하는 '엘리트 운동선수다운 생활 습관'이 내분비계의 호르몬 수치를 바꿔 뼈 건강에 영향을 미치는 것이다. 여성의 내분비계는 26세까지 평생 사용할 뼈를 구축하는데, 이 짧은 기간 동안 많은 여성이 간신히 뼈를 유지하는 정도의 환경에 있다.

식단 제한으로 인해 에너지 가용성이 낮아지고, 그런 상태가 뼈 형성 호르몬을 교란하면서 발생한 부상일 가능성이 높았다. 골밀도 스캔 결과를 보면 내 골밀도는 전반적으로 '정상' 범주 안에 있었지만, 몇 년 전의 검사 결과와 비교하면 감소 추세였다. 달리기는 골밀도를 높이는 '충격' 운동이므로 그 반대가 되어야 했다. 발뼈처럼 다른 부위보다 충격을 많이 흡수하고 스트레스도 많이 받는 부위가 이전만큼 스스로를 보호하지 못하고 있었다. 당시에는 코치들과 의료진이 도움을 받을 만한 RED-S 관련 가이드가 없었기에 나는 이 우연한 부상으로 인해 계속 위험한 길을 가게 되었다. 비슷한 부상을 방지하려면 어떻게 해야 할지 명확히 알 수 없었던 나는 힘을 얻기는커녕 혼란스러웠다. 그래서 부상의 원인이 식단일 것이라고 혼자 추측하고 고민했다. 당시의 내가 엄밀한 의미로 섭식장애를 앓고 있었는지는 확실하지 않다. 도움받을 만한 사람도 소개받지 못했다. 하지만 나는 식단을 제한하는 강도를 낮추고 대강 충분하다고 짐작되는 식단을 고수하기로 결정했다.

수영장의 수심이 깊은 곳에서 하루에 두 번씩 달리기 자세로 크로스 트레이닝을 했고, 다른 때는 한쪽에서 숨이 턱턱 막힐 정도로 인터벌 트레이닝과 질주 훈련을 했으며, 끼니마다 칼슘 영양제와 유제품을 먹었다. 강한 성취욕을 드러내는 스탠퍼드 학생처럼 부상을 대하고 삶의 모든 면을 최적화했다. 뼈를 재건하는 작은 요정들의 모습을 상상하고 긍정적인 분위기를 내며 가능한 한 많이 쉬었다. 내가 거대한 샐러드와 무지갯빛 야채로 그릇을 가득 채워 저녁을 먹는 모습에 도리는 감탄하면서도 몸서리를 쳤다. "비타민이에요!" 내가 말했다. "몸이 회복하는 데 필요한 모든 걸 줘야죠!" 나는 누구보다 더 열심히 회복에 집중했다!

올림픽 선발전 2주 전, 땅에 발을 디디자 전보다 훨씬 나빠진 것 같았다. 두 번째 중족골 부위에서 부러진 나무 연필의 파편들이 서로 마찰을 일으키는 듯한 느낌이었다. 물리치료사 겸 마사지 치료사 역할을 도맡았던 빈이 "아마도 환상통일 거야"라고 말했다. 큰 경기를 앞두고 있을 때 수용하기 힘든 진실을 마주하고 싶어하는 사람은 아무도 없을 것이다. 발이 부러졌으니 쉬어야 한다는 진실이 내 안에서 계속 꿈틀거렸다. 하지만 진실의 소리를 외면하고 스스로를 믿기로 했다.

그러던 어느 날, 아무것도 할 수 없게 되었다. 운동을 하기 위해 목발을 짚고 수영장으로 가서 가장자리에 앉아 평소처럼 부츠를 벗었지만 도저히 물속으로 들어갈 수가 없었다. 20분간 가만히 앉아 공중제비를 도는 수영 선수들을 지켜보다가 다시 신발을 신고 목발을 짚고 주차장으로 나온 뒤 한쪽 구석에 앉아 울었다. 약한 모습을 보여줘도 괜찮은 사람이 필요했다. 제시가 필요했다. 제시가 걸을 수 있게 내가 도와줬으니 제시도 나를 도와줄 수 있으리라는 생각이 들었다.

"왜 이런 일이 일어나는 거지?" 티셔츠 안쪽에 눈물과 콧물을 닦으며 전화로 제시에게 물었다. "왜 이렇게 됐는지 모르겠어. 정말 타이밍 최악이네."

부상은 항상 잘못된 선택의 결과라고 부상당한 사람들을 평가했었다. 내가 나쁜 선택을 했나? 알 수 없었다. 현명하게 선택했다고 생각했다. 내 종목에서 정해진 성공의 기준에 도달하기 위해 프로라면 응당 해야 하는 일을 하고 있었다.

"가끔은 아무 이유 없이 나쁜 일이 일어날 때도 있어, 로런." 제시가 말했다. "네가 좋은 사람이라고 해도. 옳은 일만 하려고 노력할 때도."

그의 말이 사실이 아니기를 바랐다.

나는 올림픽 선발전이 열린 새크라멘토 주립 경기장에서 철제 관람석 맨 윗줄에 앉아 목발 패드에 몸을 기댄 채 여자 5000미터 경기를 지켜보았다. 경기장에 나타나기까지 많은 용기가 필요했고, 총성이 울리기를 기다리는 동안 창자가 뒤틀리는 느낌이었다. 선수들이 첫 3200미터를 달리는 동안 한 명이 지나갈 때마다 근육에 경련이 일어났다. 나도 그들과 함께 달리고 있어야 했다. 선두 주자가 움직일 때마다 뒤따르던 여자들이 자리를 지키기 위해 버티는 모습을 지켜봤다. 눈앞에서 꿈이 이루어지기도 했고 산산조각 나기도 했다. 세 명만이 올림픽 출전권을 얻었지만, 출전 자격이 충분한 선수는 너무도 많았다.

나라면 선발되었을 수도 있고, 선발되지 못했을 수도 있다. 최근까지만 해도 나는 내가 예외적이고, 남다른 신체적 재능과 판단력, 직관력을 지녔으며, 총알도 박히지 않을 존재라고 확신했었다. 나도 여느 선수들과 다름없이 취약한 존재라는 사실을 믿고 싶지 않았다. 완벽주의와 나만의 방에 갇혀 기회를 날려버린 것이다. 강해져야 하는 상황일수록 가벼워져야 한다는 생각이 들었다. 혼자서도 해낼 수 있다고 생각했는데 삶에는 우정, 팀원, 사랑이 필요했다.

내면의 투쟁

"여기 균열 보이세요?" 프레더릭슨 박사가 엑스레이 사진에서 두 번째 중족골을 대각선으로 가로지르는 선명한 선을 가리키며 말했다. "발이 여전히 아픈 이유가 이겁니다. 완전히 부러졌어요."

"이해가 안 되네요." 오하이오에서 처음 진단을 받고 팰로앨토로 돌아온 지 6주가 지난 시점이었다. 첫 4주 동안은 의사의 지시대로 발을 땅에 내려놓지 않았다. 처음에는 골절이 작아 엑스레이로 식별되지 않았고 MRI로만 확인할 수 있었다. 지금은 골절이 뚜렷하게 보였다.

"얼마나 뛰셨죠?" 그가 물었다.

"의사 선생님이 말씀한 대로 4주 동안은 아무것도 안 하고 수영장에서만 훈련했어요. 마지막 2주 동안은 거의 안 뛰었고요. 다 합하면 여섯 번 정도 짧게 달린 것 같아요."

"이상하네요." 그가 엑스레이를 보며 말했다. "몸을 쉬게 해 줘야 할 것 같아요. 쉴 수 있나요?"

오랫동안 열심히 달리기만 하던 내게 멈추는 것은 부자연스러운 일이었지만, 나는 멈췄다. 더 이상 두뇌를 혹사시키거나 망상에 사로잡히지 않으려면 프로로서 실패한 첫해를 고요함 속에서 정리해야 했다. 가족과 함께 있는 게 도움이 되었다. 집의 익숙한 소리와 리듬 속에서 내면의 불친절한 목소리는 조용해졌다. 결국 예상보다 두 배나 긴 12주가 지나서야 발이 회복됐다.

크로스 트레이닝을 중단하고 체중이 늘자 몸이 좋아졌다. 몸에서 힘이 느껴졌고 면역력도 강해졌으며 내면의 목소리도 부드러워졌다. 체력과 체중을 유지하기 위한 크로스 트레이닝이 치유 속도를 늦춘 건 아닌지 의문이 들었다. 하지만 엄격한 크로스 트레이닝은 경쟁을 앞둔 선수들이 수행하는 일반적인 훈련이었고, 선수들에게 쉴 틈을 주지 않는 새로운 훈련 방법은 계속 고안되고 있었다.

당시의 내 직감은 옳았다. 이후 10년이 더 걸리긴 했지만, 2014년에 국제올림픽위원회IOC는 여성 운동선수의 삼중고에 대한 2005년 성명을 최신화하기 위한 합의문을 발표했다. 합의문은 RED-S를 '상대적 에너지 결핍으로 인한 생리적 기능 장애'로 정의하고 대사율, 월경 기능, 뼈 건강, 면역력, 단백질 합성, 심혈관 건강 장애를 포함하지만 이에 국한되지는 않는다고 설명한다. RED-S의 근본적인 원인은 낮은 에너지 가용성이다. 필요할 때 탱크에 휘발유가 없는 상태와 같다. 에너지 부족은 지속적인 식단 제한의 결과일 수도 있지만, 문화적인 식사 시간을 지키느라 적합한 타이밍을 놓쳐 운동 후 고갈 상태가 길어지거나, 에너지 섭취량을 늘리지 않고 훈련 부하를 늘리거나, 크로스 트레이닝의 에너지 요구량을 과소평가하거나, 부상 중 체중 증가에 대한 두려움으로 영양을 제한하는 것 등 더욱 근본적인 원인이 있을 수도 있다. 내 경우 이 모든 요소가 합쳐져 RED-S가 발생했을 것이다. 체중 관리를 위한 제한적인 식습관과 크로스 트레이닝은 과거에나 지금이나 훈련과 결합되어 있지만, 커리어를 망치는 요인으로 작용하기도 한다.

복귀는 힘들었다. 가을에 들롱과 대표팀 선수들과 기본 체력을 다진 후 스탠퍼드로 돌아와 팀과 함께 훈련을 진행했다. 나는 팀에서 유일한 프로 선수였지만 기본적인 1000미터 반복 세트도 따라잡지 못했다. 상위권 팀원들이 움직이면서 탄탄한 등과 견갑골이 선명하게 드러나자 나는 부딪치는 허벅지 살과 파묻힌 복근, 반바지 고무줄에 낀 울퉁불퉁한 옆구리 살에 온 신경이 쏠렸다. 여학생들이 나보다 프로 선수 같았다. 몸이 이 지경이 될 때까지 내버려둔 스스로에게 분노가 치밀었고, 제자리를 되찾기까지 걸릴 시간을 생각하니 그만 주눅이 들었다. 숨쉬기가 힘들어져 중간에 멈췄는데, 아무리 참으려 애를 써도 눈물이 터져 나왔다. 데나가 나를 발견했고 나는 자초지종을 설명했다.

"살이 좀 찐 게 뭐. 부상당했잖아. 정상이야. 괜찮아! 그럴 필요가 있었던 거야! 지금은 건강하고, 그게 중요한 거지. 당장 최고의 컨디션을 유지할 필요는 없어. 1년 내내 그럴 수는 없는 거야. 그럴 필요도 없어."

"체중 감량이 너무 힘들었어요. 다시는 안 하고 싶어요."

사실 체중 감량은 쉬운 일이긴 했지만 다시는 그런 식으로, 그렇게 극단적으로 하지는 않겠다고 다짐했다. 급하게 살을 뺀 것이 부상의 원인이라는 생각이 들었다. 천천히, 지속 가능한 수준으로 감량하는 것이 건강한 방법이었다. 건강한 방법이란 '조심하는 것'을 의미했다. 나는 식단 제한, 배고픔을 느끼며 사는 것, 부지런히 (강박적이지는 않지만!) 몸을 모니터링하는 것, 이 모든 것에서 자유로워지고 싶었다. 하지만 그런 자유는 '적정 체중'을 타고난 사람들에게만 주어지는 것 같았다. 내가 도달해야 하는 마법의 숫자, 빠르게 달리면서도 건강을 유지할 수 있는 완벽한 경기 체중이 존재할 거라는 생각을 떨칠 수가 없었다. 그 숫자를 알아낼 수만 있다면 얼마나 좋을까.

스탠퍼드에서 훈련이 끝난 뒤에는 볼더에 있는 다음 훈련 캠프로 이동했다. 그다음에는 앨버커키에서 훈련했다. 각 캠프에서 달리기를 하며 만난 다양한 사람과 어울렸다. 내 폴크스바겐 캠프용 밴은 바퀴 달린 집이나 다름없었고, 장거리 주행 때 잠잘 공간이 되어주었다. 안정된 거주지가 없었기 때문에 모든 우편물은 부모님 집으로 배송되게 해두었다. 대부분의 사람은 이런 불안정한 생활을 힘들어하겠지만 나는 잘 지냈다. 밴이 주는 독립성과, 가는 곳마다 커뮤니티를 구축할 수 있다는 점이 좋았다.

달리기 커뮤니티는 관대하고 친절하며, 힘들게 얻은 현장 정보를 기꺼이 공유한다. 마을을 방문한다고 말만 하면 지역의 달리기 코스와 커피숍, 마사지 테라피스트 목록을 얻을 수 있고, 일요일 장거리 달리기를 함께하자는 초대를 받을 수도 있다. 프로 운동선수들은 종종 고된 훈련을 수행하며 외로움을 느끼고 동료를 갈망하는데, 빈은 인재란 함께할 때 효과가 크다고 믿는 사람이었기에 내가 훈련 파트너와 함께할 수 있도록 계획을 조정해주었다. 다른 여자들과 함께 운동하는 것이 훨씬 더 재미있었고, 협업과 경쟁이라는 균형을 유지하면서 내 한계를 재정의하는 것도 좋았다. 훈련은 대부분 템포 러닝, 스피드 워크, 언덕 오르기, 장거리 달리기, 헬스장 운동 같은 것을 약간 낮은 강도로 변형한 것들이었다. 선수들은 각자 다른 종류의 운동에서 강점과 약점을 지니고 있었지만, 결국 모두 몇 초 이내의 차이로 경주를 마치곤 했다. 모든 면에서 완벽해야 한다는 압박감이 사라졌다. 나는 빈과 내게 마법의 성공 공식이 없다면 누구에게도 없으리라는 사실을 깨달았다.

함께 훈련한 거의 모든 프로 여성 운동선수에게 대학에서 섭식장애와 부상을 겪은 일화가 있었다. 가슴 아픈 이야기들이었고, 하나같이 무력감이 느껴졌다. 여자 선수들 사이에서는 마르고 아픈 소녀들이 계속해서 기록을 경신하고, 풋로커에서 우승하고, 한두 시즌 동안 NCAA에서 성공했다가 사라지곤 했다. 우리는 어떻게든 그 시련을 이겨낸 사람들이었지만 상처를 고스란히 간직하고 있었다. 대부분이 몸에 대해 많이 이야기했고, 체중을 더 감량하려고 노력했다. 당시에는 건강음식집착증 orthorexia(깨끗하고 건강하다고 여기는 음식만 먹고, 유연성 없이 경직된 식습관을 특징으로 하는 섭식장애)이라는 병명이 있는지 몰랐지만, 흔한 증상이었다. 다행히 우리 중에는 충분히 빨리 달리면서도 기꺼이 쿠키를 먹는 여자가 많아서 나를 좋은 쪽으로 이끌어주었다. 고등학교와 대학교에서 똑같이 반복되는 이야기들을 들으면 들을수록 너무나 많은 해를 입히는 압박으로부터 어린 소녀들을 해방시키기 위해 무언가를 헤야만 한다고 확신하게 되었다. 어떻게 이리도 만연한 문제에 반격하는 사람이 아무도 없단 말인가? 혼자 있을 때는 학교에서 강연할 만한 내용이

나 문화를 바꾸는 데 도움이 될 나이키 광고 캠페인에 관한 아이디어로 노트를 채웠다. 그리고 그 목표를 실현하는 발판을 마련하기 위해 전국 챔피언이 되겠다는 목표를 세웠다.

나는 프랑스에서 열린 세계 크로스컨트리 선수권대회에 출전해 11위를 차지하고 미국 대표팀을 동메달로 이끌며 무대에 복귀했다. 2005년 미국육상연맹USATF 실외 선수권대회에서는 셜레인 플래너건에 이어 2위를 차지하며 헬싱키 세계 선수권대회에 출전할 자격을 얻었다. 나이키가 제공해준 특실에서 짐을 챙기면서 캡과 마케팅 팀의 호의적인 태도에 안도했다. 그들은 내게 탄탄해 보인다며 농담을 건넸고 시즌의 성과를 칭찬했다. 모든 게 제자리를 찾은 기분이었다.

나는 세계 선수권대회를 준비하기 위해 유럽에서 경기 순회를 다녔고, 가장 큰 무대에서 달렸다. 로마에서는 5000미터 기록을 15분 02초로 앞당겼다. 유럽 순회의 가장 좋은 점이자 이 직업의 가장 좋은 점은 새로운 선수들을 알아갈 수 있다는 것이었다. 호텔을 옮겨 다니면서 낯익은 얼굴이 보이기 시작했다. 낯선 사람들이 보이고 다양한 언어가 들려오는 환경에서 낯익은 사람과는 금세 친구가 된다. 뷔페에서 줄을 서고, 경기장을 오가는 버스를 타고, 경기가 끝난 후 파티를 즐기면서 유대감이 형성된다. 한 해에 열 달 동안은 고립된 생활을 하며 거대한 스포츠 문화에서 보이지 않는 존재가 된 기분이었기에 내가 하는 일이 생계를 위한 것이라는 사실을 스스로 상기해야 했다. 그런데 갑자기 나와 같은 사람들에게 둘러싸여 순회 서커스단처럼 함께 움직이고, 프로 선수처럼 대우받고, 만원 경기장에서 경쟁하며, 사인을 요청받고, 전 세계 TV를 통해 내가 참여하는 경기가 중계되고 있었다.

달리기 선수가 정말 멋진 직업이라는 생각이 들었다. 건강해지고 커뮤니티가 생기자 스스로와 다시 연결된 기분이었다. 부족한 기분을 느낀 유일한 순간은 경기가 끝난 후 뒤풀이 파티에 참석할 때였다. 술집에서 긴장을 풀고, 밤새 어울릴 사람을 찾고, 전화 부스에서 집으로 돌아가는 연인에게 사랑을 표현하는 등 주변 사람들이 편안하게 즐기는 모습이 부러웠다. 나는, 내가 만들어낸 신화, '사랑과 섹스는 성공과 양립할 수 없다'를 동료들이 깨뜨리는 모습을 매주 지켜보았다.

어느 날 밤, 여름 내내 관심이 갔던 매력적인 장거리 장애물 선수가 바에서 내게 관심을 보였다. 하지만 나는 그가 화장실에 간 틈을 타 런던의 차가운 공기 속으로 빠져나와 혼자 호텔로 돌아왔다. 다음날 아침, 침대에서 몸을 뒤척이며 그해 여름 백 번째로 제시를 생각했다. 나는 홀로 목표를 달성해가고 있었지만 사랑도 할 수 있는 사람이 되고 싶었다. 그와 마지막으로 대화를 나눈 지 1년이 지난 때였다. 그는 여자 친구가 생겼다고 했었다. 나는 그가 여전히 나를 생각하는지 궁금했고, 우리가 어른이 되었는지, 서로를 위한 준비가 되었는지 궁금했다. 그렇지 않은 것 같다는 생각이 들었다. 그가 마음속에서 사라져야 다른 사람을 사랑하고 마음 편히 여름 파티에 갈 수 있을 것 같았다.

나는 런던의 한 PC방에 가서 '네가 내 인생을 망치고 있어'라는 제목의 이메일을 보냈다. 본문에는 '으'라는 말만 적어 넣었다. 금방 답장이 왔다. '나도 보고 싶어.'

여름이 끝나갈 무렵 함께 훈련하는 선수들은 세계 선수권 대회 출전권을 획득한 선수들로 좁혀졌다. 나는 평소 알고 지내던, 호주에서 온 훈련 그룹과 연결되었다. 나는 그 선수들을 좋아했지만 음식과 체중 관련 문화가 불안한 팀이었다. 성별을 막론하고 동료 선수들의 몸매에 대한 날카로운 평가가 자주 오갔다. 식단 제한에 대한 직설적인 태도 때문에 나도 내 식단이 괜찮은지 의문을 품게 되었다.

셔츠를 들어 올려 거울에 비친 복근을 확인하고, 매장 창문에 비친 몸을 흘끗 보고, 모든 것이 정상인지 알아보기 위해 말랑말랑한 부위를 꼬집는 등 몸을 점검하는 오래된 습관이 되살아났다. 헬싱키에서 대회를 앞두고 마지막으로 팀과 트랙 훈련을 마친 뒤, 복귀 버스에서 자리에 앉아 있던 스타 여자 선수의 복근을 쳐다보았던 기억이 난다. 버스가 흔들릴 때마다 내 배는 출렁거렸지만, 그 선수의 복근은 팽팽한 상태를 유지하고 있었다. 헬싱키의 선수촌에 도착하자마자 체중계에 올라갔고, 숫자를 보자마자 심장이 철렁했다. 맛있게 먹었던 크루아상의 이미지가 이제는 수치심을 연상시켰다.

체중은 겨우 1킬로그램 정도 늘어나 있었다. 체중은 하루 중 특정 시간이나 시기에 따라 달라지기도 했지만, 이 정도로 강박관념을 갖는 것은 '이상적인 경기 체중'이라는 개념이 얼마나 위험한지 보여준다. 경기 체중이라는 개념은 기능보다 겉모습에서 자신감을 얻게 만든다. 어느 모로 보아도 나는 인생 최고의 컨디션을 유지하고 있었고, 실제로도 그랬다. 하지만 출발선에 서자 나는 내가 모든 일을 망친 사람처럼 보였다. 경기를 지켜보기 위해 비행기를 타고 날아온 빈이 체중에 대한 내 걱정을 일축하며 자신감을 불어넣어주었다. 하지만 내면의 소리는 시끄러웠다. 경기가 3분의 2 정도 진행되었을 때, 몸이 힘들어지는 그 중요한 순간에 해야 할 일은 간단하다. 할 수 있다고 말하는 것이다. 페이스를 유지할 수 있을지 걱정해서는 안 된다. 할 수 있다고 말하고 더욱 힘껏 버티며, 스스로에게 기회를 주면 된다. 1600미터를 남겨둔 중요한 순간, 나는 내가 이 자리에 설 자격이 있는지에 대한 생각에 사로잡혀 있었다. 다리에 힘이 풀렸고, 다른 선수들과의 거리는 아득히 멀어져갔다.

결승선에 도착하기도 전에 내게 실망했다. 스파이크화를 벗고 있을 때 옆에 서 있던 빈이 자책했다. 조기에 훈련 강도를 높이고 잦은 해외 훈련으로 헬스장에서 양질의 운동을 할 수 없게 한 자신의 훈련 계획이 잘못되었다는 것이다. 나는 실패의 원인이 무엇인지 알고 있었지만 부끄러워서 말할 수 없었다. 모든 노력이 신체 자신감 부족으로 쉽게 무너져 내렸다. 얼마나 큰 낭비인가. 다시는 그런 일이 일어나게 놔두지 않겠다고 다짐했다.

에티오피아는 결승에서 상위 4위를 휩쓸며 역사상 두 번째로 눈부신 위업을 달성한 국가가 되었다. 한편 미국 여성 선수들은 단 한 명도 본선에 진출하지 못했다. 공식적인 미국 중거리 훈련반이 필요하다는 이야기가 곳곳에서 나왔고, 뉴욕로드러너스New York Road Runners의 CEO 메리 위튼버그가 자금을 지원하기로 약속했다. 가장 좋아하는 매머드레이크스에서 훈련이 시작된다는 소식을 듣고 꼭 도전해봐야겠다는 생각이 들었다.

새 집으로 가는 길에 폴크스바겐 캠퍼 밴의 운전석에서 제시의 번호로 전화를 걸었다. 샌프란시스코 동쪽 어딘가였다.

"여보세요?" 제시였다.

"안녕."

"안녕."

창밖 수평선 너머로 천천히 돌아가는 풍차들이 보였다.

"난 아직도 널 사랑해." 내가 말했다.

"나도 여전히 널 사랑해."

우리는 웃었다.

"커피 마실래? 두어 시간이면 샌프란시스코에 도착할 수 있어."

"그래, 좋아."

나는 밴을 돌렸다.

우리는 미션에 있는 그의 집 근처 천장이 높은 카페에 가서, 경기를 마치고 한자리에 모인 권투선수들처럼 앉았다. 목이 굳어 있던 제시는 나를 보기 위해 몸 전체를 돌려야 했다. 제시를 잃을 뻔했던 생각이 나서 감정이 솟구쳤다. 서로의 삶에 대해 이야기하는 동안 대화의 저변에 깔려 있는 끈끈한 유대감이 느껴졌다. 그는 연료 전지 스타트업에서 일하고 있었고, 자신의 꿈인 특허를 몇 개 획득했다. 나는 나의 꿈인 새로운 훈련 그룹과 한창 전성기를 누리고 있는 서른 살의 베테랑 선수 젠 라인스, 디나 캐스터와 함께 훈련할 기회에 대해 이야기했다.

마침내 우리의 회피 전략은 바닥을 드러냈다.

"그래서…… 만나는 사람 있어?" 용기를 내어 물었다.

"아니, 없어. 누구를 만나든 너랑 비교하게 되거든." 그가 대답했다.

"맞아. 정말 짜증나지 않아?"

그가 웃었다. "너는 어때? 만나는 사람 있어?"

"아니, 똑같아. 네가 계속 망치고 있지."

"보답할 수 있어서 다행이네." 그가 미소를 지었고 우리는 잠시 대화를 멈췄다.

"우리 이제 그만 애쓰고 다시 사귀는 게 어때?" 내가 가짜 한숨을 내쉬며 제안했다.

"그래. 어쩔 수 없는데 애써봐야 뭐해?"

우리는 체념한 표정을 지었지만 이내 웃음을 터뜨렸다. 기뻤다. 서로를 다시 찾았으니까.

제시와의 재결합은 그해 일어난 일 중 최고의 사건이었다. 우리는 많은 부분에서 성장해 있었다. 그는 내 추진력 앞에서 거리를 두거나 내 성공에 분개하지 않았다. 일하면서 얻은 정체성이 운동 외적인 면에서도 그에게 자신감을 심어주었다. 그는 진정으로 나를 도우려고 노력했다. 나는 그와 떨어져 있는 동안 겪은 부상과 상실감으로 겸손해졌고 더 공감할 줄 아는 파트너가 되어 있었다. 그와 함께 있을 때는 한결 부드러워졌다. 다른 업계에서 극한의 삶을 살고 있었지만 본인과 서로에 대한 확신을 가지고 있었다. 스물네 살의 우리는 서로에게 같은 일상을 강요하지 않았지만 틈만 나면 서로를 찾아갔고 다시 사랑에 빠졌다.

훈련 그룹은 실패한 것으로 판명되었다. 나만 그렇게 생각한 게 아니었다. 두 베테랑 스타가 승승장구하는 동안 그룹에 있던 젊은 선수들은 대부분 부상을 입거나 경기력 저하를 경험했다. 결국 많은 선수가 팀을 떠났다. 수년간의 성찰과 코치 경험, 그리고 여성 선수들을 재조명한 결과, RED-S가 큰 원인이었을 거라고 확신한다. 미국 여성 선수들을 에티오피아 선수들과 경쟁할 수 있는 수준으로 만들기 위해 고안한 훈련 일정은 나이 많은 선수늘을 중심으로 혹독하게 짜여 있었다. 휴식을 취할 수 있는 날은 하루도 없었고 하루에도 여러 번의 단체 훈련이 진행되었다. 운동 목표를 달성하지 못하는 일은 흔했고, 젠과 디나처럼 흔들림 없이 훈련에 임하라는 독려를 받았다.

어린 선수들은 나이 많은 선수들보다 RED-S로 더 힘들어했고, 월경 기능 장애를 겪을 가능성도 훨씬 더 높았다. 젠과 디나가 영양 요구량을 더 잘 충족시켰기 때문일 수도 있다. 둘은 건강한 식단을 고수하는 듯했다. 하지만 단순히 나이 때문일 수도 있다. 이 주제에 대한 연구는 아직 미흡하지만, 한 연구에 따르면 단 5일 동안만 에너지 공급량을 조절해도 모든 청소년기 여성(약 20.5세)의 성호르몬은 감소하는 반면, 나이가 많은 여성 운동선수(약 28.7세)는 영향을 받지 않는 것으로 나타났다.

월경이 시작된 후 14년은 가장 민감한 시기다. 이는 내가 선수로 생활하면서 발견한 경향과 일치한다. 나이가 많은 운동선수일수록 식단을 제한해도 월경 주기가 안정적으로 유지될 가능성이 높다. 스포츠 성과를 연구하는 생리학자이자 RED-S 연구자인 트렌트 스텔링워프 박사도 이러한 경향을 발견했다. 이는 RED-S가 개인마다 다르게 나타날 뿐만 아니라 삶의 단계에 따라서도 상이할 수 있음을 시사한다.

내분비 활동과 관련된 이유로 체중 관리에도 비슷한 원칙이 적용된다. 내가 만난 모든 여성 운동선수는 20대 후반에 접어들자 자연스럽게 살이 빠졌으며, 1~2킬로그램을 감량하거나 늘리는 등 몸에 작은 변화를 주는 일이 수월해졌다고 했다. 20대 초반에는 1~2킬로그램을 감량하는 것이 불가능에 가깝게 느껴졌다. 항상 배가 고플 정도로 소식하지 않으면 살은 빠지지 않았다. 스탠퍼드 여자 팀원들 역시 꿈쩍도 하지 않는 체중계에 놀라움을 금치 못하며 농담을 주고받기도 했다. 하지만 20대 후반부터는 몇 주만 맥주를 끊거나 바빠서 제대로 챙겨 먹지 못하기만 해도 몸이 달라졌다. 이제 내 몸은 평생 봐온 남성들의 몸과 비슷하게 반응했다.

매머드 팀은 다양한 방식으로 무너졌다. 가벼운 달리기 외에는 아무것도 할 수 없게 된 어떤 팀원은 조금이라도 심박수가 높은 운동을 하면 진흙 속에 갇히는 기분이라고 했다. 또 다른 선수는 뚜렷한 이유 없이 기록이 느려졌다. 후반부에 속도를 낼 수 없을 정도로 무력감을 느끼는 선수도 있었다. 나처럼 뼈가 부러진 사람도 있었다. 훈련을 열심히 하다보면 뼈가 부러지는 경우도 있지만, RED-S를 앓고 있는 선수들은 피로골절이 4~5배 더 많이 발생한다.

나는 같은 발의 다른 뼈에 피로골절상을 입었다. 코치는 수중 러닝머신을 이용해 최대한 체력을 유지할 수 있게 도와주었다. 새로운 프로그램으로 건강을 유지할 수 있으리라는 믿음을 잃은 나는 봄이 되어 다른 곳에서 훈련하기 위해 짐을 꾸릴 때 동참하지 않았고, 데나는 내 건강 회복을 돕기로 했다. 뼈 회복에는 예상보다 수 주가 더 걸렸다. 지나치게 공격적인 크로스 트레이닝과 휴식 부족 탓이었다. 완전한 휴식을 취하자 체중이 조금 늘어났고 몸이 겨우 회복되었다. 건강을 되찾은 것은 체중 증가 때문이 아니라(몸무게가 어떻든 건강하거나 건강하지 않을 수 있다) 에너지 가용성이 낮은 상태에서 에너지 균형 상태가 되면서 월경이 돌아오고 뼈가 정상적으로 성장하게 되었기 때문이다. USATF 실외 선수권대회를 두어 달 남긴 상황에서 뒤처진 기분이 들었다. 하지만 데나는 현재의 위치를 있는 그대로 받아들일 용기를 주었다. 나는 몇 주 안에 성장하고 있었을 뿐만 아니라 다시 달리기를 즐기게 되었다.

이후 코치가 되고 나니 데나와 함께 캘리포니아 마운틴뷰에 있는 실리콘밸리의 중심지 베이랜드를 따라 달리거나 스탠퍼드의 트랙에서 이야기를 나누던 시간이 정말 소중하게 느껴진다. 두 아이를 돌보며 커리어를 관리했던 그는 일을 더 할 필요는 없었다. 나는 그에게 돈을 주겠다고 고집했다. 그렇게 우리 관계는 공식화되었고, 내가 없는 동안 스탠퍼드에서 코치를 한 경험으로 자신감을 얻은 데나는 내가 인생을 걸고 신뢰할 수 있는 사람이 되었다.

여성 코치와 함께하는 것은 달랐다. 적어도 데나와 함께하는 것은 그랬다. 그와는 모든 감정과 정서를 공유할 수 있었고, 우리는 다시 RED-S를 겪지 않아도 되는 방식으로 훈련했다. 그는 USATF 대회가 열리는 날 아침까지 극복하고 성공할 수 있다는 믿음을 유지하도록 해줬다. 하지만 경기를 앞두고 준비

운동 시간이 되자 나는 훈련을 한 번도 거르지 않은 경쟁자들에게 둘러싸였다. 내 발이 젖은 쓰레기처럼 바닥에 붙어 있는 반면 그들의 마른 몸은 날아다닐 듯 보였고, 나는 무너져 내렸다.

"기권하는 게 좋을 것 같아요." 눈물을 흘리며 데나에게 말했다. "시즌 절반을 부상으로 보냈고 아직 준비가 안 됐어요." 준비되지 않은 상태에서 출전해 반 넘는 선수들에게 패하는 것이 두려웠다. 여성의 몸에 대한 해설 자체가 또 하나의 스포츠이자 미인 대회라는 사실을 알고 있기에, 평소보다 탄탄하지 않은 모습으로 경기장에 나서는 것도 두려웠다. 숨을 곳은 없다. 모든 사람 앞에서 실체를 드러내야 한다. 그게 바로 육상이다. 실패하는 모습을 보이기보다는 차라리 뛰지 않는 편이 낫다고 생각했다.

"너는 네가 뭘 할 수 있는지 몰라." 데나가 말했다. "아직 모르잖아."

희망을 품고 그를 바라보며 심호흡을 한 후, 불안감을 그의 발밑에 쏟아냈다. 나는 내가 뚱뚱한 것처럼 느껴진다고 말했다. 그런 생각이 경기를 망칠 수도 있다는 것을 알기에 그런 생각은 하고 싶지 않다고도 말했다.

그는 내 이야기를 들어주었다. 나는 그가 걱정을 들어줄수록 걱정이 해소되고, 걱정에 대해 생각하지 않으려 하면 되레 커진다는 사실을 깨달았다. "다른 사람들은 다 잊어." 그가 말했다. "네 자신을 위해 하는 거야. 너는 네가 누군지 알잖아. 단순하게 생각하고, 너에게 최고인 경기를 펼칠 환경을 어떻게 만들지 생각해보자. 그러면 돼."

우리는 계획을 세웠다. 뒤에서 시작해 점점 앞으로 나가고,

좋은 기분을 유지하고, 무슨 일이 있어도 최선을 다하고, 무슨 일이 일어나는지 지켜보자는 계획이었다.

트랙에 누워 운동장에 스며들었다. 땅속으로 들어가는 느낌이 들었고, 그 속도가 느려지면서 멈추자 눈을 떴다. 평온한 마음으로 출발선에 섰다. 그날 나는 예상보다 훨씬 더 좋은 성적을 거뒀을 뿐만 아니라 인생 최고의 기록을 달성했다. 올림픽 2연패에 도전하는 카라 가우처와 우승을 다투며 결승선을 향해 달려가는 동안 먼저 골인하고 싶은 욕망에 눈이 크게 뜨였다. 가슴을 가로지르는 테이프를 끊었을 때, 내 몸이 방금 해낸 일에 대한 경외감으로 육체적 자아를 훨씬 뛰어넘는 에너지가 발산되는 것 같았다. 그러고 나서 산소 부족으로 숨을 헐떡였고, 해일처럼 몰려온 신체적 불편감이 결국 아드레날린을 이겨버리자 무릎을 꿇었다. 나는 마침내 미국 챔피언이 되었다. 이렇게 어렵게 얻은 우승은 처음이었고, 여름 내내 기뻤다.

나는 전국 우승으로 국제육상경기연맹IAAF 월드컵에 참가할 자격을 얻었고, 5위를 차지했다. 가족이 경기를 지켜보았다. 가족과 함께 휴가를 떠나겠다는 꿈이 실현된 것이다. 우리는 일주일 동안 자갈 해변, 부서질 것 같은 유적, 진짜 그리스식 샐러드, 깨진 접시, 우조 술 등을 즐겼다. 이번만큼은 내가 가족을 돌볼 수 있었다.

계약 재협상 시점이 다가왔고 에이전트의 활약으로 나이키와 리복 간의 입찰 경쟁 끝에 나이키와 연봉 12만5000달러의 6년 계약을 체결했다. 감액 조항이 있어 2008년 올림픽에 출전해야만 연봉을 유지할 수 있었지만, 휴대전화 너머로 들려오는 아빠의 격앙된 목소리에 비하면 그건 아무것도 아니었다.

"멋지다 우리 딸, 부자가 됐네!" 아빠가 줄리아 차일드의 성대모사를 할 때 나는 '부유한 집 아가씨의 목소리'로 말하기 시작했고, 우리는 한동안 뵈프 부르기뇽에 대해 이야기하며 웃음을 터뜨렸다.

모든 일이 잘되고 있었다. 제시와 나는 크리스마스에 약혼했다. 그때 갑자기 빈에게서 전화가 왔다. 오벌린에 있을 때 빈과나는 우리가 좋아하는 스포츠의 부흥에 대한 꿈을 전화로 공유하곤 했다. 그는 오리건대학에 취직해 프리폰테인 이후 다시 트랙타운(오리건주 유진)과 미국 육상을 부흥시키겠다는 비전을 품었고, 내가 동참했으면 좋겠다고 했다. 오리건트랙클럽엘리트라는 신생 프로팀에서 뛸 기회가 내게 찾아왔다. 유진시로 이사하면 2년 뒤에는 매일 훈련했던 헤이워드필드에서 2008년 올림픽선발전에 출전하게 될 터였다. 고향 사람들 앞에서 선발전을 치를 수 있었다. 스포츠 영화처럼 완벽한 장면이 떠올랐다.

그해 12월, 나이키는 나이키 크로스컨트리 전국 대회라는 특별한 행사를 위해 최고의 장거리 선수들을 초대했다. 풋로커 전국 선수권대회의 명성을 잇기 위한 것이었지만, 크로스컨트리는 팀 스포츠이기 때문에 개인이 아닌 최고의 고등학교 팀을 축하하는 데 초점이 맞춰져 있었다. 내가 정말 좋아하는 마케팅 담당자 조시 로와 존 트루액스의 아이디어로 탄생한 콘셉트였다. 풋로커와 마찬가지로 프로 선수들이 현장에 나와 팀 주장으로서조언을 해주는 방식이었다. 풋로커에서 그 일을 하고 막 돌아왔던 나는 어린 선수들을 멘토링하는 게 정말 좋았다. 여전히 아프거나 병에 걸리기 직전인 소녀들이 많았다. 소녀들에게 조금이나마 변화를 불러일으킨 기분이었다. 이제 나는 나이키 기업 단지로 돌아와 머리부터 발끝까지 마케팅 팀에서 제공한 나이키의 스트리트 스타일로 차려 입은 채 아이들과 하이파이브를 하고, 팀원들과 식사하고, 팀 회의에 게스트로 초대받고 있었다. 아이들은 많은 옷과 신발을 선물로 받았고 10대들을 위한 활동은 끝없이 이어졌다. 빈의 말이 맞았다. 나이키는 무언가에 투자하기로 결정하면 누구보다 잘해냈다.

나이키 단지를 떠나기 전에 나는 섭식장애 문화를 바꾸고 여성 육상 선수들의 건강을 증진하기 위한 아이디어를 마케팅 팀과 나누었다. 이번에는 마케팅 팀에서 내 의견을 진지하게 받아들일 것이라고 생각했다. 나는 세계 선수권대회에 네 번이나 출전했고 크로스컨트리 단체전 동메달리스트이자 5000미터 전국 챔피언이었으니까.

내 열정은 3년 전 그 얘기를 처음 꺼냈을 때보다 훨씬 더 뜨거워져 있었다. 내가 출전했던 두 번의 고등학교 전국 대회에서 문제는 어느 때보다 심각했고, 나 역시 그 무서운 힘을 직접 경험했다. 여자 선수들의 건강을 지원하는 캠페인은 스포츠에도 좋고 비즈니스에도 좋은 일이었다. 나이키는 건강에 대한 관심을 멋진 것으로 바꿀 수 있었다. 마른 몸의 이상은 많은 여성 운동선수에게서 스포츠의 혜택을 박탈해버렸고, 나이키는 이에 대한 경각심을 불러일으킬 수 있었다.

어린 소녀들이 스스로를 지지하는 나이키의 유명한 캠페

인 "만약 내가 뛸 수 있다면……"을 "만약 내가 발전할 수 있다면……"으로 바꿔 다시 시작할 수도 있었다. 단기적인 성공을 위해 건강을 희생하는 것에 대해 "하지 마"라고 말해줄 수 있었다. 마약 반대 캠페인이었던 "이게 약에 취한 당신의 뇌입니다"를 섭식장애 버전으로 바꾸는 것이다. 수백만 명의 여성이 달리기를 하고 육상도 계속 성장하고 있었으니 여성들의 관심을 끌기에 충분했다. 그들은 나이키가 여성과 소녀들을 생각하는 브랜드라고 여기게 될 것이다. 회의실에서 나는 내게 되돌아오는 열정을 찾아보려 했다. 그러나 열정은 어디에도 보이지 않았다.

"하고 싶은 말이 있고 사람들이 들어주길 바란다면 올림픽 대표팀에 선발되어 메달을 따는 데 집중하는 것이 최선입니다." 누군가가 말했다. 내가 잘할 수 있다고 믿어도 메달을 딸 확률은 희박했고, 메달을 딴다고 해도 몇 년은 걸릴 터였다. 얼마나 많은 소녀에게 너무 늦어버린 것이 될까? 왜 그들이 긴박감을 느끼지 못하는지, 큰 그림을 보지 못하는지, 그러려고 하지 않는지 이해할 수 없었다. 화가 났지만 중립적인 태도를 유지하려고 노력했다. 그 말을 한 건 옆에서 경기를 지켜보며 여자 선수의 '큰 덩치'를 비난하던 바로 그 남자였다. 심지어 그 선수는 우승했다. 문제에 일조하는 남자였다.

그들이 내 경력과 재정에 미치는 영향력을 생각하니 이의를 제기하기가 두려웠다. 그래서 "만약 변화가 생기면 절 생각해주세요"라고 말하며 간단히 마무리했다. "여자 육상 선수들은 지금 당장 롤모델이 필요해요."

나를 객관화하라

제시와 내가 세들어 사는 유진의 아파트 우편함에 나이키 여성용 카탈로그가 와 있어서 가지고 들어왔다. 2007년에 나이키는 여성 전용 마케팅 카탈로그에 상당한 자원을 쏟아부었다. 이는 이제 스포츠 의류를 구매하는 여성의 시장 점유율이 나이키 같은 브랜드에 중요할 만큼 높아졌다는 의미였으니 커다란 전환점이었다. 남성이 스포츠 산업을 장악하고 여성은 생존을 위해 대형 브랜드의 후원에 의존하는 상황에서 이러한 투자는 여성 스포츠의 위상을 높이는 일이었다.

하지만 아파트를 산책하며 카탈로그를 넘기다가 프로 운동선수를 찾지 못한 나는 발걸음을 멈췄다. 자메이카 출신의 뛰어난 미국 육상 선수이자 올림픽 메달리스트인 산야 리처즈나 당시 미국 여자 육상의 얼굴이던 수지 페이버 해밀턴은 보이지 않았다. 대신 가슴이 풍만하고 몸이 마른 모델이 많았는데, 스포티한 빅토리아 시크릿 카탈로그를 들고 있는 기분이었다. 격분한 나는 유난히 불쾌감을 주는 페이지를 펼쳐 제시에게 보여주었다.

"스포츠웨어 카탈로그에 이런 사진들만 잔뜩 있어!"

그가 와서 카탈로그를 보았다. 올백으로 빗어 넘겨 훤히 드러난 이마에 땀을 흘리고 있는 매력적인 여성이 실내용 자전거 위에서 아령 한 번 들어본 적 없는 완벽하게 그을린 매끈한 팔을 핸들에 기대고 포즈를 취하고 있었다.

"섹시하네." 그가 카탈로그를 내게서 뺏어가는 척하며 농담조로 말했다.

나는 카탈로그로 그를 찰싹 때렸다. "사진작가랑 섹스하고 싶어하는 것처럼 보여."

오후 내내, 그리고 저녁때까지 꽁꽁 묶여 있는 기분이었다. 물론 세상이 물건을 팔기 위해 여성을 성적으로 대상화한다는 사실 정도는 알고 있었다. 패션 잡지와 광고판, TV 광고에서 그런 모습을 보며 자랐으니까. 서구의 미적 기준은 내가 돈을 받는 이유이자 다른 수많은 사람이 간과되는 이유 중 하나였다. 빠르고, 귀엽고, 피부가 하얗거나 밝으면 돈을 벌었다. 빠르기만 해도 돈을 벌 수 있긴 했지만, 대단히 빨라야 했다. 나이키의 명단에는 챔피언 선수들이 가득했고 상당수는 매력적인 여성이었다. 하지만 근육질 몸매나 건장한 외모는 우리에게 돈을 지불하는 브랜드의 여성용 카탈로그에 도배될 만큼 매력적인 몸이 아니었다.

한밤중까지 몸을 뒤척이며 잠을 설쳤다. 내가 중얼거리는 소리에 제시까지 잠을 이루지 못했다. "알았어." 제시가 마침내 말했다. "뭔가를 하지 않으면 넌 절대 못 잘 거야. 나도 마찬가지고."

"내가 뭘 할 수 있지? 스포츠 마케팅 담당자들은 신경도 안 써. 아무도 관심 없다고."

"얼마 전에 나이키 CEO를 만나지 않았어? 친절한 사람이었다면서."

최근 나이키 기업 단지에서 열린 크로스컨트리 전국 대회 행사에서 마크 파커를 만났다. 나는 미국에서 가장 유망한 젊은 육상 선수들을 멘토링하던 중이었다. 그에게 나를 소개하려고 다가갔는데, 내가 누구인지 이미 알고 있어 깜짝 놀랐다. 그의 아내인 캐시 밀스 파커는 1978년 5000미터에서 세계 신기록을 세운 엘리트 육상 선수였다.

"그 사람한테 메일을 보내 얘기해보는 게 어때?"

나는 웃었다. "알았어, CEO에게 메일을 쓰라는 거지."

제시가 내 어깨를 잡았다. "안 될 게 뭐 있어?"

몇 분 후, 나는 그의 이메일 주소로 메시지를 보냈다. 새벽 3시경, 열정적으로 보낸 이메일이 마크에게 도착하는 동안 침대에 누워 천장을 응시했다. 신경이 안정되고 있었다. 무언가를 하기 위해 무언가를 말한 내가 자랑스러웠다. 나를 묶고 있던 줄이 풀리는 기분이었다. 마침내 잠들 수 있었다. 다음날 일대일 면담 일정을 잡겠다는 나이키 CEO의 답변을 받았다.

마크 파커의 사무실은 높은 곳에 있었고, 창문 너머로 거대한 나이키 단지의 아름다운 풍경이 내려다보였다. 우리는 함께 시간을 보내면서 이런저런 이야기를 나누었다. 그는 다가오는 올림픽 선발전에 대비해 헤이워드필드를 리모델링하면 어떤 모습이 될지 스케치를 보여주었다. 내가 꿈꿔온 최첨단 스포츠를 위한 결정과 계획이 이루어지는 공간에 있다는 것은 정말 짜릿했다. 트랙에서 뛰어난 성적을 거두고 싶은 마음도 컸지만, 이런 논의에 기여하고 싶은 마음이 더 커지고 있었다.

"당신 메일은 정말 강력했어요." 그가 자리에 앉자마자 말했다. 그는 나이키의 역사와 선수들의 의견, 행동주의와의 관계에 대해 한참 동안 이야기했다. "우리는 선수들의 의견을 중요하게 생각합니다. 당신 의견을 듣고 싶어요."

나는 그와 만났을 때 스포츠에 정말 관심이 많다는 인상을 받았고, 여자 선수와 결혼했기 때문에 다른 사람들보다 내 말을 더 잘 이해할 수 있을 거라고 생각해 연락했다고 말했다. 나이키는 여성 운동선수들이 모델에 적합하지 않다고 보고 있었다. 마리야 샤라포바나 개브리엘 리스처럼 기존의 이상적인 몸에 부합하는 선수가 등장할 때까지 마케팅을 보류했다. 『플레이보이』에 실릴 만큼 섹시한 사람이어야 했다. 당시 서구 여성의 미적 기준에 맞으려면 팔다리가 길고 가슴골이 있으며 허벅지 사이가 벌어져야 했는데, 여성용 카탈로그를 통해 스포츠에서 이러한 기준이 영구화되는 모습을 지켜보는 것은 실망스러운 일이었다. 카탈로그를 펼치면 무의식적으로라도 그 안에 등장하는 인물이 되고 싶어하는 이가 많다. 모델을 통해 어떤 열망을 부추기려는 건지 그에게 묻고 싶었다. 나는 육상계에 만연한 섭식장애 문화에 관해 말했는데, 그도 익히 아는 사실이었다. 나는 섭식장애와 싸워야 할 필요성을 강력히 느끼고 있다고 말했다. 나이키의 마케팅이 문제를 악화시키고 있다고도 말했다.

육상은 편향과 싸우기 위해 준비된 스포츠라고 설명했다. 체형과 인종, 경제적 배경과 상관없이 다양한 선수가 참여하는 종목으로, 티켓을 구매한 모든 관중은 남성과 여성이 몸을 강력하게 사용하는 모습을 볼 수 있다. 스포츠 경기에서 힘이 어떤 것인지 보고 여성 선수들을 보면 힘과 여성에 대한 정의가 확장된다. 아름다운 사람과 사물을 보기 위해 잡지를 읽는데, 나이키가 프로 여성 운동선수를 카탈로그에 사용한다면 아름다움에 대한 좁은 정의가 확장될 터였다. 이러한 사례를 본 여성과 소녀들은 자신의 강인함을 포용하게 된다.

"선수들이 이런 일을 하고 싶어할까요?" 그가 물었다.

"당연하죠. 나이키 소속 선수가 최소 100명 이상은 될 텐데, 계약서를 보면 모두 출연 의무가 있고요."

"생각해보겠습니다." 그가 일어나 바지 주름을 폈다. 나도 자리에서 일어났다.

"제 메일이 화난 것처럼 보였다면 죄송합니다. 이 문제가 악화되는 것을 보니 너무 답답한데, 마케팅 담당자는 신경을 쓰는 것 같지 않아서요. 올림픽 메달을 따야만 사람들의 관심을 얻을 수 있다고 하더군요."

"그 말에 동의하십니까?" 그가 물었다.

"아니요."

그가 주머니에 손을 넣고 나를 쳐다보았다. 그의 속눈썹이 너무 길어서 마스카라를 한 건지 궁금했다. "저도 동의할 수는 없네요." 마침내 그가 말했다. "이건 달리기보다 더 중요한 대화입니다. 이 문제에 대해 이야기하고 싶어하는 사람들이 몇 명 있어요."

마크가 왜 나를 위해 시간을 내주었는지 수년간 의문이 들었다. 그곳에서 영향력을 행사하던 빈 때문일 수도 있고, 인종이나 경기 규율 때문일 수도 있다. 하지만 내 메시지에 주목할 만한 사업상의 이유도 있었다. 스포츠 의류 부문에서 여성이 사상 처음으로 남성 소비를 앞질렀지만, 나이키 매출에서 여성이 차지하는 비중은 20퍼센트에도 미치지 못했다. 2002년, 나이키는 이러한 사업적 공백을 메우기 위해 하위 브랜드인 나이키 가디스Nike Goddess를 만들었다. 2002년 나이키의 시도를 다룬 『패스트 컴퍼니』 기사에서 마크 파커는 말했다. "나이키 가디스는 우리가 정신을 차리고 있다는 것을 보여줍니다."

나이키 가디스의 대표 매장은 여성을 위한 매장이다. 나이키는 여성이 직접 해당 매장을 디자인하게 하지 않고, 최고의 남성 디자이너를 파견해 여성들이 원하는 것을 먼저 조사했다. "여성들은 기존의 나이키 매장에서 편안함을 느끼지 못했습니다." 매장 콘셉트를 정한 유명 디자이너 존 호크가 설명했다. "저는 여성들이 가장 편안하게 느끼는 곳이 바로 집이라는 사실을 알아냈죠. 여성 매장은 주거 공간에 가까운 느낌을 줍니다."

이후 나이키 매장들은 진화하고 통합되었고, 최근 몇 년 동안은 훨씬 더 좋은 아이디어가 많이 나왔다. 하지만 여성을 대상으로 한 나이키의 마케팅은 실제로는 회사의 여성 처우가 열악하다는 뉴스에 가려지곤 했다. 가디스 창립 이후 20년이 지났지만 여성 의류가 전체 사업에서 차지하는 비율은 겨우 몇 퍼센트 늘었을 뿐이다.

몇 주 후, 나는 프로 육상 선수인 카라 가우처, 산야 리처즈와 함께 다음번 나이키 여성용 카탈로그를 촬영하기 위해 카우

아이로 향하는 비행기를 탔다. 프린스빌 리조트에 묵었는데, 방에 가방을 내려놓고 책상에 놓인 다채로운 환영 자료를 살펴보다가 기본 객실 가격이 1박에 700달러나 된다는 사실을 알게 되었다. 나는 그런 곳이 있다는 것도 몰랐다. 유명 사진가와 메이크업 아티스트가 우리에게 가짜 땀을 뿌려주고, 잔머리를 집어넣고, 얼굴에는 은색 반사판으로 빛을 비추었다. 우리는 산속의 비포장도로를 따라 이리저리 뛰었다. 적절한 순간에 공중에 뜨기 위해 발을 맞췄고, 얼굴은 이완시키고 입술은 벌린 채로 먼 곳을 바라보았다.

우리 사진들은 나이키 카탈로그뿐만 아니라 매장 쇼윈도 광고에도 등장했다. 스포츠도 아름다울 수 있다는 메시지를 전달한 것이다. 당시 나는 그런 변화에 일조했다는 사실에 자부심을 느꼈다. 하지만 우리는 큰 그림을 보지 못했다.

우리는 아름다움의 범위를 간신히 넓혔지만 여전히 그 중심은 남성의 시선이었다. 여성들이 자기 몸을 대상화하는 쪽으로 사회화되지 않는 것이 가장 좋지만, 나는 더 나중에야 그런 수준의 이해에 도달할 수 있었다.

2007년 봄에 전화를 한 통 받았다. 나이키 스포츠 마케팅의 새로운 2인자 조시 로였다.

"좋은 소식이 있어요!" 그가 말했다.

"좋은 소식, 너무 좋죠!"

나는 조시도 너무 좋았다. 최근 캡의 심복으로 승진하기 전까지 그는 고등학생을 대상으로 하는 마케팅을 담당했고, 나는 항상 그의 행사를 돕고 싶었다. 그는 풋로커에 견줄 만한 고등학교 전국 대회를 만든 선구자 그룹의 일원이었다.

조시의 아이디어는 훌륭했다. 우리는 둘 다 열심히 일하는 꿈나무였고, 우리가 사랑하고 저평가되었다고 생각하는 스포츠를 발전시키는 데 시간과 기술을 쓰고자 했다. 하지만 조시의 영향력은 대부분 청소년 행사에 국한되어 있었다. 조시의 승진으로 나는 육상에 대한 희망을 품게 되었다.

"나이키는 최초의 진정한 여성 전용 러닝화를 개발하기 위해 노력해왔습니다." 그가 말했다.

처음에는 남자와 여자의 발이 다르다는 사실을 받아들이기가 망설여졌다. 남성용 신발이 내게는 잘 맞았으니까. 하지만 해부학, 생리학, 고고학, 골학 수업에서 나왔던 성별에 따른 차이점들이 떠올라 자세한 내용을 물어보았다. 신발을 개발하는 나이키 단지의 실험실 '부엌'에는 혁신적인 리더들이 가득했다.

"러닝화는 신발을 찍는 틀인 라스트last에서 만들어집니다." 조시가 설명했다. "러닝화를 찍어내는 라스트가 남성의 발에 맞춰 설계되었기 때문에 여성용 신발은 색만 다른 남성용 신발에 불과하죠. '축소해서 분홍색으로'라는 업계 농담이 있을 정도입니다. 하지만 이 신발들은 여성 신체에 대한 현대 생체역학적 연구를 바탕으로 여성용 라스트로 제작한 최초의 신발입니다."

"그럼 제가 테스트해볼까요?" 내가 물었다.

"아니요, 테스트는 끝났습니다. 바로 사용하면 됩니다. 이해를 못 하신 것 같은데, 제가 나이키 브랜드에 당신 이름을 제안했어요. 당신이 캠페인의 얼굴이 되어주었으면 합니다."

"신발 모델인가요?"

"지면 광고, 포스터, 영상 광고, 모두요. 당신이 해주었으면 합니다. 엄청난 기회예요. 곧 자세한 내용이 담긴 이메일이 갈 테니 기대하세요, 아시겠죠?"

나는 바로 아빠에게 전화를 걸었고, 반응은 예상대로였다. 당연하지. 가슴이 터질 것 같은 기분. 한없는 기쁨. 내가 캠페인을 잘해낼 수 있을 거라는 지지.

"최선을 다할게요." 나는 주방을 서성이며 말했다.

전화를 끊고 조용히 서 있었다. 왜 무언가를 성취했을 때 아빠에게 전화해야만 할 것 같은 압박감을 느끼는지 처음으로 자문했다. 제시와 나는 6개월 후에 육상 시즌이 끝나면 결혼할 예정이었고, 나는 수십만 달러를 버는 성인이었다. 수년간 부모님으로부터 물질적인 도움은 받은 적도 없었다.

아빠가 뭐든 열광적으로 반응하는 사람이긴 하지만, 그 때문만은 아니었다. 아빠의 목소리에서 자부심이 느껴질 때, 나는 아빠가 스스로에게 줄 수 없는 것을 아빠에게 주고 있는 것 같았다. 나는 아빠에게 우리, 즉 플레시먼 가문 사람들에게도 능력이 있다는 것을 보여주고 싶었다. 아빠에게도 능력이 있었다. 아빠는 나와 같은 기회를 얻지 못했지만, 충분히 훌륭했다. 나는 내 성공이 아빠를 구할 거라는 유치한 생각을 하고 있었다. 만약 아빠가 내 승리를 자기 자아의 확장으로 볼 수 있다면, 자책하며 술로 서서히 스스로를 죽일 필요가 없다는 사실을 깨달을지도 모른다고 생각했다.

나이키에서 이메일이 도착했을 때 나는 운동을 잠깐 쉬며 소파에 앉아 사과를 먹고 있었다. 광고 기획서에는 캠페인, 요청 사항, 타임라인, 콘셉트의 예시가 설명되어 있었다.

흰색 바탕에 크고 굵은 검은색 글씨로 제목이 쓰여 있었다. '나이키는 여성을 객관화한다NIKE OBJECTIFIES WOMEN.' 무시하기 힘든 문구였다. 의도된 대로 머리카락이 쭈뼛 섰다. 그 아래에는 제목의 의미를 설명하는 문구가 적혀 있었다. '나이키는 여성의 몸과 생체 역학을 고려한 신발을 만들기 위해 여성을 면밀히 연구합니다.' 이어서 연구 과정과 신발의 구체적인 기능에 대한 설명이 나왔다. 여성 달리기의 새로운 시대가 열렸고, 마침내 여성도 고도의 기술력을 갖춘 신발을 신을 가치가 있다고 여기기 시작한 나이키가 우리를 구하러 왔다는 사실을 알리는 짜릿한 순간이었다.

하지만 캠페인의 다음 작품을 보자마자 입을 다물 수 없었다. 사진 촬영을 위한 콘셉트의 예시로 축구 선수 브랜디 채스테인이 알몸으로 축구공 위에 몸을 구부리고 있는 모습을 담은 최근 광고 이미지가 첨부되어 있었다. 유두와 아랫도리는 모두 가린 채 측면에서 흑백으로 세련되게 촬영한 사진이었다.

브랜디 채스테인은 여성 스포츠의 절대적인 아이콘이었다. 내가 왜 이 광고를 보고 발끈하는 걸까? 스스로에게 물었다. 여성 스포츠 선수가 광고에 등장한 모습을 보면 흥미진진해야 한다. 하지만 그는 왜 벗어야 했을까? 나는 왜 벗어야 할까?

나는 내가 느낀 감정을 처리하기 위해 달렸다. 벗는 것이 두려웠냐고? 아니다, 그런 건 아니었다. 물론 조금 무섭긴 했지만 할 수 있었다. 하지만 왜 그래야 하는 걸까? 어째서 란제리나 수영복 화보에서 알몸으로 등장하는 것이 여성 선수로서 성공했다는 궁극적인 표시가 되는 걸까?

프리스 트레일Pre's trail 산책로에 깔린 우드칩을 따라 달렸다. 스탠퍼드대학에서 스포츠사회학 강의를 들은 기억이 났다. 여성 운동선수들은 미디어에서 다르게 취급되었다. 외모에 대한 평가를 받거나 성이 아닌 이름으로 불릴 가능성이 높았고, 공격성과 경쟁심을 드러내면 가혹한 평가를 받았으며, 연애에 관한 질문을 받을 확률이 높았다. 여자 선수들의 유니폼은 성적 만족을 위해 몸매와 피부를 더 많이 드러내도록 디자인되었다. 선수들은 미소를 지으며 청중에게 확고한 여성성을 보증해주어야 했다.

나는 현실을 알고 있었고 그 현실이 싫었지만, 일시적인 필요악으로 받아들였다. 스포츠에 인기를 안겨다줄 권력과 돈을 가진 사람은 남성이었고, 스포츠를 시청하는 사람도 남성이었다. 대중문화에 따르면 남성은 섹스만 생각하는 원시 네안데르탈인이었기 때문에 나는 남성의 관심을 끌기 위해 필요한 일을 해야 했다. 페미니스트가 되는 것은 내게 비생산적인 일이었다. 남자들은 페미니스트를 좋아하지 않았다. 나는 장난기 많은 말괄량이였고 창의적일 때 가장 편안했기 때문에 섹시함은 표현하기 힘든 부분이었다. 하지만 나이키가 나를 도와줄 수 있다고 생각했다. 캠페인을 진행하면 더 많은 사람이 나를 알아보고 좋아하게 될 것이고, 그 유명세를 이용해 나중에 더 큰 변화를 일으킬 수 있을 것이라고 생각했다.

하지만 계속 달리면서 눈앞에 펼쳐진 이 놀라운 기회에 대해 곰곰이 생각해보니 불만이 요동치고 점점 더 커지는 느낌이었다. 그 기분을 떨쳐버리기 위해 속도를 높였다. 나무 뒤 오른편에 윌래밋강이 보이자 그곳으로 가고 싶어졌다. 넓은 길에서 벗어나 허리까지 쌓인 나뭇잎 사이로 난 거친 오솔길로 접어들어 물가 바위에 홀로 앉았다. 강물이 바위 주변에서 소용돌이치며 흐르고 있었고, 한참 동안 그 모습을 바라보았다.

광고에서 인정받고 싶었다. 어쨌든 나는 자존심이 강한 선수였다. 하지만 어린 소녀들의 롤모델도 되고 싶었다. 다른 누군가에게 인정받지 않아도 자신이 강인하고 가치 있는 사람이라고 느낄 수 있도록 영감을 주고 싶었다. 소녀들이 나보다 더 자유로워지기를 바랐다. 벽에 붙은 내 나체 포스터는 그 아래 문안이 아무리 기발하다 해도 남성에게 성적 매력을 인정받는 대상에 불과했고 악순환에 기여하는 것이나 마찬가지였다. 단순한 신발 포스터가 아니었다. 어린 소녀들에게 성공의 모습을 보여주는 포스터였다.

걸어서 집에 온 뒤 내 결정에 대해 몇 시간 동안 제시와 대화를 나눴다. 제시는 그 광고가 그다지 창의적이지도 않고 목적도 없으며, 내가 더 잘할 수 있을 것이라고 했다. 결국 나는 나의 호감도와 기회를 걸고 다른 캠페인을 제안하기로 결정했다.

컴퓨터 앞에 앉아 손톱을 물어뜯었다. 누구를 위한 광고인가? 소녀와 여성을 위한 광고다. 나는 그들에게 무엇을 보여주고 싶은가? 나는 일어나서 물병을 채우고 다시 자리에 앉았다. 이메일에서 답장을 클릭하고, 손톱 주변의 성난 피부를 쳐다본 뒤, 잠시 키보드에 손가락을 얹고, 나답게 하기로 결심했다.

나는 광고 이미지를 본 후에 느낀 실망감을 전했다. 광고는 여성의 성적 매력을 넘어 힘을 표현해야 한다고 주장했다. 카피를 1인칭으로 바꾸자고 제안했다. 나이키에 내 의도대로 나를 객관화해달라고 하면 어떨까? 나는 나이키에 여성을 다르게 표현하는 데 앞장서달라고 했다. 러닝복을 입고 똑바로 서 있는 나다운 모습 외에 다른 모습으로 이 광고에 참여할 이유는 없었다.

몇 시간 동안 적절한 단어를 고른 다음 이메일을 다시 작성했다. 명망 있는 광고대행사에 이견을 제시하고 나이키에 더 잘해달라고 요구하는 것이 두려웠다.

작성한 이메일을 임시 보관함 폴더에 넣어두고 밤새 잠을 설쳤다. 마케팅 팀에 여성이 더 많았다면 그런 기분이 들지 않을지도 모른다. 나는 많은 것을 요구하며 자기주장을 하고 있었는데, 상상 가능한 일 중 가장 꼴불견인 일이었다. 나는 올림픽 출전 선수도 아니었고 세리나 윌리엄스 수준의 선수도 아니었다. 디바가 되어 지팡이를 휘두르며 사람들을 움직일 수 있을 정도의 실력을 갖춘 사람도 아니었고, 여성 스포츠계에 그런 영향력이 존재하는지조차 확신할 수 없었다. 순응하고 감사하는 쪽을 선택하지 않으면 까다로운 여성으로 낙인찍힐 것 같았다. 까다로운 여성은 대가를 치르는 경향이 있었다. 그런 생각을 한 후 전송 버튼을 눌렀다.

놀랍게도 프로젝트를 담당했던 재능 있고 대담한 브랜드 리더 슬레이트 올슨이 내 아이디어와 피드백에 감사하며 광고대행사와 함께 이를 진행하겠다는 답장을 보냈다(올슨의 갈비뼈에는 스티브 프리폰테인의 얼굴 문신이 있었다). 그는 내 의견을 반영하면 훨씬 더 강력한 광고가 탄생할 것이라며 촬영 날짜까지 알려주었다. 그가 말했다. "이래서 더 많은 여성이 촬영에 참여해야 하는 겁니다." 믿기지 않았다.

나는 카피를 다시 썼다. 저명한 광고회사인 위든+케네디에서 숙련된 팀이 촬영을 위해 유진으로 왔고, 나는 매일 입는 스포츠 브래지어와 나이키의 '템포 쇼츠' 바지를 입고 팔짱을 낀 채 카메라를 응시했다. 미소는 짓지 않았다.

이 광고는 업계에서 인정받았고, 나의 도전적인 눈빛이 담긴 포스터는 미국 전역의 로커룸과 침실에 걸렸다. 광고는 TV에도 잠깐 방영되어 고향에 있는 가족과 친구들에게 큰 기쁨을 주었다. 지금도 가끔씩 전현직 나이키 직원들을 만나면 이 광고 덕분에 나이키에서 일하는 것이 자랑스러웠다는 말을 듣곤 한다. 이 광고는 특히 여성 직원들에게 큰 반향을 불러일으켜, 2019년에는 수백 명의 여성 직원이 본사에서 여성 처우에 항의하는 행진을 벌이기도 했다.

최근에 어릴 적 살던 집에서 이사한 엄마가 차고에 남은 포스터 상자를 가져갈 거냐고 물었다. 나는 재활용하라고 했다. 포스터를 보고 싶으면 어디로 가야 할지 알고 있었기 때문이다.

포스터가 나온 2007년, 벽면이 온통 유명한 육상 선수들의 사진으로 가득한 유진의 관광 레스토랑 트랙타운피자에 내 포스터를 저렴한 액자에 담아 가져갔다. 레스토랑은 대학 시절 처음 방문했을 때에 비해 변한 게 거의 없었다. 사진의 주인공은 대부분 프리폰테인이거나 유명 백인 남성이었으며, 여자 선수 몇 명이 흩어져 있었다. 나는 주머니에서 커다란 압정 두 개를 꺼내 샐러드 바 뒤쪽 벽에 깊숙이 꽂은 다음 포스터를 걸어두고 나왔다.

　그 포스터는 단순히 명성이나 성취를 의미하는 게 아니었다. 목소리를 내는 것은 두려운 일임을 상기시켜주는 존재다. 또한 잃을 것이 많은 사람은 의사를 불완전하게 전달하거나, 목소리를 내는 대신 화 또는 분노로 과잉보상할 여지가 많다는 것을 상기시켜주는 존재다. 내가 백인이 아니었거나 마른 체형에 서구적인 미의 기준에 부합하는 사람이 아니었다면 똑같은 말을 해도 세상이 귀기울이지 않았을지도 모른다. 정체성이 소외될수록 목소리를 내기 위해 더 많은 장애물에 직면하게 되고, 권력자들의 자존심을 건드리면 더 적은 혜택을 받게 된다. 이 포스터는 내 주변 세상에서 권리 옹호 활동의 곁에 분노가 함께 존재한다는 사실을 상기시켜준다.

가장 좋아하는 것

옆에서 자전거를 타고 오는 들롱과 함께 마른 강둑을 따라 달리는 순간, 마치 금의환향한 스타가 된 기분이었다. 그는 제자이자 친구인 내가 갑자기 유명해진 것을 은근히 자랑스러워하며 나를 '나이키의 여왕'이라고 놀렸다. 내 자존감도 덩달아 올라갔다. '여왕'은 약간 과장된 표현이었지만, 나는 고등학교 때 『러너스월드』에서 오려내 벽에 붙여놓곤 했던 것과 같은 여러 광고 캠페인에 최근 나이키의 주자로 참여했다. 지난 몇 달 동안 농구 및 미식축구 스타들과 함께 '빠른 것은 치명적이다Quick Is Deadly' 광고에 출연했고, 나이키의 최첨단 온라인 운동 보조 프로그램인 나이키+의 개발 컨설팅에 참여했으며, 여러 청소년 행사 부스에서 포스터와 등번호에 사인을 했다.

관심의 대상이 되었지만 공허했다. 실질적이거나 지속적인 것에 기반한 관심이 아니었기 때문에 마음 한구석에서는 내게 그럴 만한 자격이 없다는 생각이 들었다. USATF 선수권대회 우승에 이어 실적을 내고 스포트라이트를 받을 가치가 있는 사람임을 증명해야 한다는 압박감을 느꼈다. 그리고 이제 더 많은 일이 나를 기다리고 있었다. 나는 차로 2시간 거리에 있던 제시의 고향 오리건주 벤드에 집을 구입하고 모기지의 절반만 부담하는 조건으로 세를 주었는데, 4개월 뒤에 경제 불황이 닥쳤다.

경기 침체기에 성과에 따라 달라질 수입으로 주택을 산 것은 어린 시절 경제적 결핍으로 받았던 스트레스를 다시 불러왔다. 그 주택은 단순한 집이 아니라 미래의 가족을 위한 터전이었다. 이제 달리기는 단순히 스포츠가 아닌 모든 것이 달려 있는 일이었다.

올림픽 기준 기록 달성을 노려보려던 5000미터 경기 전날, 나는 완벽한 사진을 찍기 위해 수 시간 동안 체력을 모두 쓰고 스태프들에게 호감을 남기려고 감정까지 소모했다. 그 탓에 1600미터를 남기고 체력을 소진해버려 기준 기록을 달성하지 못하고 홈 트랙인 헤이워드필드에서 카라 가우처에게 패배하고 말았다. 그때부터 뒤처진 기분이 들었고 경기 전 불안감은 걷잡을 수 없이 커졌다.

1500미터 경기를 앞두고 준비운동 구역에서 울음을 터뜨리며 기권하겠다고 하자 빈은 말했다. "다른 걸 그만둬야 해." 그는 고개를 절레절레 흔들며 나를 쳐다보지도 않은 채 발걸음을 옮겼다. "촬영, 출장, 전부 안 하겠다고 해."

나는 어떻게 거절해야 할지 몰랐고, 거절하는 것이 두려웠다. 모든 게 사라질 것만 같았다. 프로들은 항상 훈련과 마케팅을 한꺼번에 해냈다. 감당해낼 방법을 찾아야 했다. 하지만 시간이 없었다. 곧 열릴 세계 선수권대회에 출전하기 위해 몸을 만들고, 몸무게를 경기 체중에 맞게 조절해야 했다. 대표팀에 뽑히지 못하면 어떻게 되냐고 에이전트에게 물었다. 나이키는 광적으로 직원들을 해고하며 절약할 방법을 찾고 있었다. 에이전트 역시 안전하게 광고 출연을 중단하고 경기에만 집중하라고 했다. 나는 그렇게 하겠다고 말하고 앞으로 어떤 제안이 들어와도 거절해달라고 요청했다.

압박감에 시달렸던 몇 달은 내 달리기 인생에서 가장 비참했던 기억들 중 하나다. 달릴 때 안정감과 힘을 느끼기는커녕 정신이 산만해졌고 절망감을 느꼈다. 점점 더 숨쉬기가 힘들어졌고, 빈이 처방해준 핵심 훈련을 마무리하지 못했으며, 눈물을 흘리며 무너져 내릴 때가 많아졌다. 경기에 나갈 때면 벽을 뚫고 달릴 기세로 대기실에 들어서는 대신 도살장으로 끌려가는 소가 된 기분이 들었다. 나약했고, 부끄러웠다. 프로답게 버티지 못하고 감정에 휘둘린다고 생각할까봐 빈에게 솔직한 이야기를 하기가 불편했다.

6월 인디애나폴리스에서 열린 세계 선수권대회 대표팀 선발전에서 빈과 함께 경기 계획을 세웠다. 빈은 내가 디펜딩 챔피언이라는 사실과 우리가 함께 여기까지 왔다는 사실을 다시 한번 상기시켜주었다. 준비운동을 하다가 불안감이 밀려오기 시작하자 감정이 끼어들 여지를 주지 않았다. 기계가 되어보려 했다. 몸이 경기장에 스며들도록 누웠지만 아무 일도 일어나지 않았다. 이번에는 땅과 내 핵심 부분이 깊이 연결되고 접지되는 느낌이 들지 않았다. 현관문을 열었는데 가구는 사라지고 벽만 덩그러니 있어 집을 잘못 찾아온 긴 아닌지 의구심이 드는, 그런 기분이었다. 나는 트랙에 누워 있다가 사람들의 시선을 의식하고는 황급히 대열로 돌아갔다.

경기를 1600미터 남긴 시점에서 나는 선두 그룹의 네 선수 속으로 파고들었다. 모두가 감당하기 힘들 만큼 스스로를 밀어붙이며 나머지 선수들과 격차를 벌리고 있었다. 축적된 고통이 부풀어 오르다가 금방이라도 터져버릴 것만 같은 구간. 지금껏 순조롭게 해냈던 구간, 머릿속에서 나를 부추기는 아빠의 목소리가 들리곤 하던 구간이었다.

그런데 이번에는 아빠의 목소리가 들리지 않았다. 기운도, 힘도 없었다. 정신이 산만해졌고 육체적으로도 지친 기분이었다. 다른 세 선수 뒤에 계속 붙어 있으려면 최선을 다해야 했다. 조금만 뒤처지면 바람 빠진 풍선 같은 게 되어버릴 것 같았다. 보폭을 유지하며, 3위의 어깨에 손을 뻗으면 닿을 수 있을 만한 거리까지 달려가 그의 어깨에만 집중했다. 마지막 1600미터는 선택지가 많았다. 극심한 고통을 조금 더 견뎌야 할까? 대답은 항상 '그렇다'였다. 그래야 5000미터에서 우승할 수 있었다. 가능한 한 오래 '그렇다'라고 생각하고, 불가능이라는 생각이 들어도 '그렇다'고 말해야 한다.

경기를 지켜보던 이들 중 나를 아는 사람은 경기가 완벽하게 흘러가고 있다고 생각했을 것이다. 여느 때 같았으면 '완벽해, 한 명만 제치면 대표팀에 합류할 수 있어'라고 생각하며 입술을 핥았을 나였다. 하지만 머릿속에는 모든 노력과 고통에도 불구하고 탈락하면 어쩌나 하는 생각뿐이었다.

이런 생각이 드는 것조차 부끄러웠다. 그런데 목소리는 점점 커졌다. 귀를 막고 싶을 정도였다. 상황에서 달아날 방법을 찾기 시작했다. 넘어진 다음 사고인 척 연기할 수 있었다. 천식 발작이 일어난 척, 흡입기가 필요한 척할 수도 있었다. 옆구리를 잡고 끔찍한 경련이 일어난 것처럼 구를 수도 있었다. 실력이 부족해서 팀에 합류하지 못한 게 아니라는 것을 설명할 수 있으면 어떤 구실이든 괜찮았다. 나는 압박감에 무너지고 있었지만 아무것도 할 수가 없었다.

경기장에 조명이 켜지자 600미터 앞에 결승선이 모습을 드러내기 시작했다. 나는 우승을 위해 특유의 긴 한 방을 날리는 대신 3번 레인에서 완전히 멈춰 섰다. 그리고 눈앞에서 선두 그룹이 커브를 돌아 사라지는 모습을 지켜봤다.

13초였지만, 그보다 훨씬 더 지난 것 같았다. 관중석으로 나갈 출구를 찾고 있을 때 스탠퍼드대학 소속의 한 어린 선수가 추격 그룹을 이끌고 멀리서 4위로 달려오고 있었다. 그는 4위에서 멀어지는 것이 아니라, 4위를 향해 달리고 있었다. 그 광경에 나는 정신이 번쩍 들었다. 스스로에게 물었다. 체력적으로 더 달릴 수 있어? 몸에 실질적으로 무슨 문제가 있어? 대답은 '아니'였다. 나는 또 한번 말도 안 되는 결정을 내리고 다시 1번 레인으로 뛰어들어 전속력으로 질주하기 시작했다.

혼자 너무 빨리 달리는 바람에 정신이 나간 사람처럼 보였다는 말을 나중에 들었다. 하지만 사실 나는 정신을 차리고 있었다. 4위 주자를 제치고 내 자리를 되찾은 뒤 계속 달렸다. 정신이 몸으로 다시 들어온 기분이었고 가능한 한 온전히 그것을 표현하는 데 모든 신경을 기울였다. 3위 안에 들지 못할 것이라는 사실은 알고 있었지만, 신경쓰지 않았다. 더 밀어붙여야 한다는 생각이 들었다. 총성이 울리고 나서도 나는 다리에서 비명을 지르고 팔에 감각이 없어질 때까지 밀어붙였다. 그리고 원활한 호흡을 위해 필사적으로 턱을 들어 올렸다. 결승선을 통과했을 때 먼저 통과한 세 명의 여성이 포옹을 하고 있었다. 가슴이 저려왔다. 나는 그들과 싸운 게 아니었다. 스스로와 싸우고 있었다. 마지막 바퀴를 돌면서 본연의 모습을 되찾은 나는 내 자신을 잃었다는 사실에 분노했고, 다시는 같은 실수를 반복하지 않겠노라 다짐했다.

언론 구역에 들어서자 디지털 녹음기가 얼굴 주변을 가득 메웠고, 나는 의아해하는 기자들의 질문에 답했다. 머릿속에서 포기하라는 목소리가 들렸고 그 목소리에 압도되었다고 사실대로 털어놓았다. 어떻게 마음을 돌릴 수 있었는지도 설명했다. 고백과 복귀의 순간이었다. 대표팀에 합류하지 못한 부끄러움에 숨고 싶었지만, 그동안의 수치스러웠던 감정을 솔직하게 고백하기로 결심했다. 진실을 나누면 누군가에게 도움이 될 것이라고 순진하게 믿었다.

빈은 나를 안아주며, 다시 돌아온 내가 자랑스럽다고 말했다. 또 다른 엘리트 훈련 프로그램인 나이키 오리건 프로젝트의 수석 코치인 앨버토 살라사르가 관중석에서 내게 다가와 나를 믿는다며 스포츠심리학자의 상담 서비스를 제공하고 싶다고 말했다. 나는 스포츠심리학에 대해 들어본 적도 없었다. 나는 자기 문제를 스스로 해결할 수 없는 여린 사람들이나 특권층이 만나는 사람이 정신과 의사라고 생각하는 가정에서 자랐다. 앨버토는 압박감에 시달리는 것은 정상이며, 프로 운동선수가 되기 위한 과정의 일부이고, 프로답지 못한 일이 아니라고 말해주었다. 친절과 관심에서 진심이 느껴졌다. 나는 앨버토가 추천한 스포츠 심리학자와 바로 상담을 시작했고, 비용은 앨버토 측에서 부담했다. 앨버토가 함께 일하는 운동선수들의 건강과 삶에 관여하면서 매우 해로운 일을 저질렀다는 사실을 알게 된 건 몇 년 후였다.

다음날 레츠런닷컴에 올라온 뉴스에서 나는 환청을 듣는 여자, 놀림거리, 머리가 이상한 사람, 전형적인 미친 여자로 전락해 있었다. 사실 여성 운동선수들은 항상 이런 종류의 비난에 직면한다. 내가 겪은 일은 2021년 올림픽에서 시몬 바일스가 정신건강상의 이유로 기권했을 때 받은 비난에 비하면 아무것도 아니었다. 그는 프로 정신과 애국심까지 의심받았고, 노골적인 인종차별과 여성혐오에 시달렸다. 인터넷에서 미쳤다거나 프로답지 못하다는 말을 듣자 당황스러웠지만, 공감 능력이 부족했던 이전의 나 자신도 부끄러웠다. 온라인에서 가명 뒤에 숨어 다른 여성을 괴롭힌 적은 없었지만, 다른 사람에 대해 그렇게 생각한 적이 있었다. 친한 친구들을 평가한 적도 있었고, 성과가 좋지 않다고 비판하는 사람을 부추기고, 누군가를 이상한 사람으로 지칭한 적도 있었다. 그제야 자신과의 싸움이 얼마나 치열할 수 있는지 이해하게 되었다.

앨버토가 소개해준 스포츠 심리학자 대런 트레저를 나이키 단지의 사무실에서 만났다. 그는 내게 자기대화self-talk 기술을 가르쳐주었다. 자기대화는 선수를 둘러싼 영향과 환경을 고려하여 선수에게 제공되어야 하는, 기본적이지만 필수적인 스포츠심리학 도구다. 이 도구들은 금세 큰 변화를 가져다주었다. 나는 나약한 사람만이 부정적인 생각을 한다고 믿었고, 그 수치심이 스스로에게서 등을 돌리게 만들었다. 대런은 사실 그 반대라고 했다. 프로 스포츠 리그와 여러 종목의 챔피언들은 스포츠심리학에 막대한 예산을 투입하고 있었다.

대런은 머릿속에서 들리는 고함을 적어보라고 했다. 적으면서 손이 떨렸다. 너는 다른 선수보다 덩치가 크고, 상위권에 속할 만한 선수가 아니며, 정신적으로도 나약하다고 그 목소리는 말했다. 목소리는 계속되었다. 나는 긴 목록을 작성하고 각각의 비판 옆에 반박문을 작성했다. 나 자신에 대해 믿고 싶은 것들이었다. 그중에서 가장 좋아하는 다섯 가지를 골라 큰 글씨로 종이에 썼다. 나는 최고의 선수다. 나는 확신한다. 나는 헌신적이다. 나는 승자다. 나는 편안하다.

부정적인 생각이 떠오를 때마다 나는 이 주문을 일종의 방패막이로 사용하는 것처럼 반복해서 외웠다. 아침에, 달리기 전과 도중에, 달리기 후에, 자기 전 양치질할 때 거울을 보며 한 번씩 외웠다. 처음에는 거짓말하는 것처럼 느껴졌지만 시간이 지나면서 생각이 바뀌기 시작했다. 이 모든 것이 사실이 아니더라도 그렇지 않다고 생각하는 것보다 그렇다고 생각하는 게 더 나은 것처럼 느껴졌다. 이 모든 것의 핵심은 반복된 생각은 신념이 되고, 신념은 행동에 영향을 미치며, 시간이 지나면서 반복된 행동이 정체성을 만든다는 것이다. 정체성을 바꾸려면 생각을 바꾸는 것부터 시작해야 한다.

그로부터 10여 년이 지난 후, 대런이 적절한 면허 없이 활동하거나 환자의 동의 없이 건강 정보를 공개할 수 없도록 보호하는 HIPAA 법을 위반한 혐의가 밝혀졌다. 대런은 나이키의 급여를 받고 있었고, 모든 나이키 오리건 프로젝트 선수는 대런과 함께 일해야 했다. 선수들이 얘기한 개인 비밀 정보를 대런이 앨버토와 공유한 탓에 선수들은 학대가 발생했을 때 마음 놓고 신고하지도 못했다. (나 역시 2008년 대런이 부상에 관한 개인 정보를 경쟁 팀 코치인 앨버토와 공유하여 HIPAA 위반의 피해자가 되었지만, 나이키 오리건 프로젝트 외에는 접촉하지 않았기 때문에 학대에서는 자유로울 수 있었다.) 대런은 젊은 신예 메리 케인과 그의 팀 동료 에이미 베글리가 『뉴욕타임스』에서 설명한 신체 수치심과 기타 언어적, 정서적 학대가 만연한 환경을 조성하는 데 핵심적인 역할을 했다. 2021년에 앨버토는 성추행으로 미국세이프스포츠센터로부터 영구 출전 금지 처분을 받았다. 그는 혐의를 부인했다.

대런과 앨버토가 수많은 여성 운동선수에게 끼친 피해를 생각하면 끔찍하지만, 내가 받은 정신 훈련은 효과적이었다. 한편으로는 어떻게 가해자가 스포츠심리학을 왜곡하여 나이키 오리건 프로젝트처럼 숭배 집단 같은 환경을 조성하는지를 뒤늦게 알게 되었다. 빈이 코치였던 덕분에 나는 안전한 곳에 머무를 수 있었다.

그해 여름 내게 큰 영향을 준 또 다른 사람은 뉴질랜드 출신의 킴 스미스라는 선수였다. 킴과 나는 두 번의 여름 시즌 동안 유럽에서 경기를 펼치면서 여름 캠프를 함께 보낸 친구처럼 친밀감을 쌓았다. 레이가 우리 둘의 에이전트였기 때문에 우리의 경기 일정은 거의 겹쳤다. 운에 맡기면 새벽 2시에 고향의 남자 친구와 큰 소리로 스카이프를 하는 사람과 룸메이트가 될 수도 있겠다는 생각에 우리는 서로를 룸메이트로 요청하곤 했다.

2007년 여름에 다시 만난 킴과 나는 죽이 잘 맞았다. 우리는 자선 가게에서 우연히 발견한 가벼운 소설책을 교환하고 최소 250시간 이상 우노 게임을 했다. 상상할 수 있는 모든 종류의 대중교통을 이용했고, 가능한 한 스케줄이 겹치도록 운동 일정을 짰다. 나는 동료로서 킴과 함께 있는 것을 좋아했지만, 이제는 그가 리더십을 발휘해주기를 기대했다. 킴은 대학 시절의 나처럼 두려움을 모르는 선수였고 100퍼센트 자기 자신다운 선수였다. 그를 보니 내가 얼마나 멀리 왔는지 느낄 수 있었다. 지난 전국 대회에서 13초 동안 멈춰 있을 때 완벽주의의 사슬이 얼마나 단단히 나를 조이고 있었는지를 알게 됐다. 모든 것을 내려놓고 다시 달리기 시작했을 때의 느낌이 기억난다. 얻을 게 없더라도 달릴 수 있는 가장 빠른 속도로 달릴 때 어린아이와 같은 기쁨을 경험하는 것은 놀라운 기분이다. 킴은 내가 가지 않은 길을 간 또 다른 나였다. 내가 처음 네 번의 경기에서 승리할 수 있었던 건 그가 옆에 있기 때문이었다.

나는 런던 크리스털팰리스에서 열린 권위 있는 대회, 다이아몬드 리그에서 우승을 차지했다. 내 생애 최대 규모의 국제 경기였다. 입에 올리기 불편했던 긍정적인 주문들이 진실처럼 느껴졌고, 대회 내내 즐거웠다. 주어진 기회와 몸에 감사했다. 행사가 끝난 뒤 파티에서 몇 년 만에 완벽주의에서 벗어난 기분을 만끽했다. 낯선 사람이 건네는 담배도 한 모금 빨아보았다. 길거리에서 연주되는 북소리에 맞춰 춤을 췄다. 다음날 아침 일찍, 킴과 나는 런던 히스로 공항의 푸드코트에서 마주보고 앉아 영국식 아침으로 숙취를 해소했다. 접시 위로 몸을 구부린 킴의 손에 베이컨 조각이 들려 있었다. 베이컨에서는 기름이 흘러내렸다. 4분의 3은 끈적끈적한 지방 덩어리였다. 하지만 그는 내 습관처럼 지방 부분을 뜯어내지 않고, 베이컨을 통째로 입에 넣고는 눈을 감고 음미했다. 여유롭게 음식을 대하는 킴의 태도가 다시 한번 충격으로 다가왔다.

"나도 그렇게 먹을 수 있으면 좋겠다." 내가 말했다.

그는 턱에 기름을 묻힌 채 나를 쳐다보았다. "하면 되지." 그가 말했다.

"아직 경기 체중이 아니야." 내가 말했다.

"누가 그래?" 그가 포크를 내려놓았다. "너 방금 런던 다이아몬드 리그 3000미터에서 우승했어. 정말이지 미국인들은 체중에 강박이 있다니까. 건강하게 먹는다고 생각하면서 사실 집착하고. 그렇게 하면 자신감 떨어져. 내려놔."

그는 더러워진 레이스처럼 끝이 갈색으로 변한 바삭바삭한 달걀 프라이를 통째로 집어 들었다. 그는 달걀 프라이가 어떻게 요리된 건지 걱정하지 않았다. 처음에는 '그래, 넌 별종이지. 예외야'라는 생각이 들었다. 그다음에는 고등학교와 대학교 때 다른 사람들이 내게 했던 말이 기억났다. 나는 거침없었고, 자신감이 넘쳤으며, 체중 걱정은 하지 않았고, 달리기를 좋아했다. 나는 그가 옳다는 사실을 깨달았다. 킴은 음식과 몸과 건강한 관계를 맺은 구체적인 롤모델을 제시해주었고, 그의 진솔한 이야기 덕분에 나는 내면화한 신념을 뒤집을 수 있었다. 그 과정에서 그는 나를 일으켜 세워주었다. 경기장에 함께 있었던 그는 건강 전문가와 다른 방식으로 내게 다가와주었다. 킴의 도움으로 나는 이 지뢰밭에서 솔직한 목소리를 낼 수 있는 롤모델이 발휘하는 힘을 이해하게 되었고, 나 역시 그처럼 다른 사람들을 도울 수 있었다.

나는 이탈리아 리에티에서 열린 1500미터에서 개인 기록을 7초 앞당기고 미국 챔피언을 제치며 여름을 마무리했다. 1500미터는 내 종목도 아니었다. 달리기 시즌이 이렇게 자랑스러웠던 적은 없었다. 나는 모든 마케팅에 참여했고, '나를 객관화하라' 캠페인을 성공적으로 마무리했으며, 생애 최고로 완벽한 여름을 보냈고, 우승했다. 비록 전국 대회에서는 기대만큼 잘하지 못했지만 가치를 증명했다는 생각이 들었다. 그 후 몇 주 동안 나는 올림픽 대표팀에 뽑힐 유력한 후보로 입지를 굳혔다. 에이전트도 연봉 삭감 없이 그해를 무사히 넘길 수 있을 거라고 확신했다.

유럽에서 귀국한 지 11일 후인 9월 30일, 제시와 나는 친구와 가족 250명을 초대해 벤드의 셰블린 공원에서 결혼식을 올렸다. 캐니언컨트리에서 숨바꼭질하던 시절의 친구들이 15시간을 운전해 찾아와 한 집을 썼다. 고등학교와 대학 시절 친했던 친구들과 내 오랜 코치였던 데나 에번스가 결혼식 파티에서 내 옆에 섰고, 들롱이 주례를 맡았다. 부모님이 주신 현금으로 등심 스테이크, 샐러드, 빵으로 구성된 뷔페 비용을 냈다. 엄마와 여동생이 초대장을 보내고 사진사를 섭외했고, 제시의 가족은 맥주를 사고 DJ를 섭외하고 행사를 기획했다. 갑자기 비가 내렸는데도 행사는 완벽하게 진행되었다. 저렴하지만 개성 있는 결혼식이었다. DJ가 옛날의 파티 히트곡을 틀자 대학 팀원들이 환호성을 질렀다. 결혼식에서 사람들이 그렇게 열심히 춤추는 모습을 보는 것은 처음이었다. 쿠키를 먹은 아이들은 부모님의 어깨에 기대어 잠들었다. 잔디밭에서 기절한 사람도 있었다. 사진작가와 함께 집으로 돌아간 사람도 있었다. 모든 것이 제시와 내가 바라던 그대로였다.

하지만 신혼의 행복을 만끽하는 동안에도 스트레스와 압박감이 나를 기다리고 있었다. 크리스마스를 두 주 앞두고 조시의 전화를 받았다. 나이키에서 급여를 삭감할 예정이라고 했다. 그는 매우 불공평한 처사라며 내게 사과했고, 나는 그가 진심이라는 것을 알 수 있었다. 조시는 일하면서 이런 부분이 가장 싫다고 했다. 결국 나이키는 사업체였고, 비용을 절감하기 위해 계약상 가능한 모든 삭감을 단행할 터였다. 그는 내가 여름 시즌에 훌륭한 성과를 냈고 브랜드를 위해 많은 일을 했기 때문에 나를 도우려 노력했지만 삭감은 불가피했다.

집 때문에 몹시 당황스러웠다. 집값은 우리가 지불했던 금액의 절반으로 떨어져 있었다. 제시는 오리건대학에서 MBA 과정을 밟기 위해 저축한 돈을 지출하는 중이었다. 기업들은 MBA 학위 소지자를 고용하는 게 아니라 해고하는 추세였지만, 우리는 상황이 나아지기를 바라며 눈을 질끈 감고 있었다. 친구와 이웃들은 미국 전역의 수백만 명과 마찬가지로 주택 압류로 집을 잃었다. 부모님의 다툼, 아빠가 일자리를 구하기 위해 여기저기 전화를 돌리던 모습 등 어린 시절 경험했던 돈에 대한 스트레스와 불안감이 다시 밀려왔다.

미국 대표팀에서 두 번 연속으로 탈락하면 연봉은 절반으로 삭감되었고, 다시는 연봉을 회복할 수 없었다. 베이징 올림픽 대표팀에 합류하는 것은 그저 이뤄지길 바라는 꿈이 아니라 반드시 이뤄내야만 하는 일이었다. 나는 내가 해내리라는 것을 알고 있었다. 내게는 그럴 만한 능력이 있었다. 정신적으로 후퇴하지 않고 이 긴박감을 받아들일 방법을 찾아야 했다. 대련과 정기적으로 통화하며 경기에 대한 불안감을 떨쳐내고 빈과 함께 시즌 계획을 세웠다.

나는 펜을 들고 노트에 글을 썼다. '나는 올림픽 선수다.' 그러고는 그 종이를 침대 램프 옆 벽면에 테이프로 붙여놓았다. 매일 처음이자 마지막으로 보는 곳이었다.

마땅히 받아야 할 것

2008년, 나는 거의 완벽에 가까웠다. 거의 모든 훈련을 다 해냈다. 매일 밤 9시간 이상 수면을 취했다. 강박을 갖지 않고 꾸준히 좋은 식단을 유지했다. 자신감은 충만했다. 운동선수로서 일종의 성숙함을 찾아가는 것 같았다. MBA 과정 1학년이 된 제시는 대부분의 시간을 집 밖에서 보내며 스포츠경영학을 공부하는 데 몰두했고, 술자리 사교 모임에 참여하느라 내가 잠들고도 한참이 지나서야 들어왔다. 나는 외로웠고 다른 관심사에 대한 갈망도 있었지만 집중력을 잃지 않았다.

올림픽 선발전을 4주 앞둔 시점에는 마지막 점검을 위해 뉴욕으로 날아갔다. 5월부터 9월까지 14개국에서 열리는 최고의 육상 대회인 다이아몬드 리그가 미국에 상륙했고, 전 세계의 올림픽 메달리스트들이 아이컨스타디움의 조명 아래 모여들었다. 나는 경기장 옆 연습장에서 몸을 풀면서 마음이 차분하게 가라앉을 때까지 생각을 정리하기 위해 주문을 외웠다. 일벌처럼 신중하게 줄을 맞추고 경기를 준비히는 선수들이 보였다. 관중의 함성이 우리 발걸음을 멈춰 세웠다. 아나운서의 목소리는 잘 들리지 않았지만 단 몇 초 만에 우리는 남자 100미터 세계 신기록이 경신되었다는 사실을 알아챘다. "우사인 볼트는 정말 뛰어난 선수야, 로런." 스트레칭을 하는 동안 레이가 말했다. "진정한 실력자죠. 볼트는 육상계를 구원할 수 있어요." 우승할 만큼 잘하는 것도 충분히 힘든 일이었다. 경기 전후에도 잘하고 매주, 매년 이를 뒷받침할 수 있을 정도로 계속 잘한다는 것은 상상하기 힘든 일이었지만, 스타가 되기 위해서는 필요했다. 그런 내 모습은 상상할 수 없었다. 하지만 오늘은 우승할 수 있을지도 모른다. 올림픽에 출전할 수도 있을 것이다.

볼트가 기록을 경신하자마자 진짜 번개가 치기 시작했다. 나는 비로 인해 경기가 지연되는 동안 근육을 따뜻하게 유지하기 위해 옷을 여러 벌 껴입고 실내로 들어가는 선수들을 따라갔다. 우리는 등을 벽에 대고 복도에 웅크리고 앉아 신호를 기다렸다. 흥분되고 긴장됐다. 긴장한 탓에 20분마다 똥이 마려웠고 사람 창자의 저장 능력이 새삼 경이로웠다. 맞은편에는 내 친구 킴 스미스가 헤드폰 케이블을 풀고 있었다. 그도 긴장한 듯 보였다.

"안녕, 로런."

"안녕, 키미."

"상황 최악이네." 그의 말에 우리는 웃었다. 그가 헤드폰을 꼈다.

킴을 보는 것만으로도 어깨의 긴장이 풀렸다. 그는 긴장하면서도 긴장감에 압도되지 않는 방법을 알고 있었다.

경기는 안정적으로 시작되었고, 선두 그룹은 15분 동안 페이스를 유지했다. 킴은 일찌감치 선두로 치고 나갔고 나는 그를 따라갔다. 한 바퀴 반을 남기고 선두로 치고 나갔다. 따라오려면 산 채로 타버릴 것 같은 속도를 냈다. 마음이 명료했다. 킴이 따라왔는지는 알 수 없었다. 경기가 끝날 때까지 뒤를 돌아보지 않았다. 우리는 나란히 1, 2위로 들어왔다.

"세상에, 마지막에 정말 빨랐어, 로런." 그가 말했다. "잘했어."

"고마워, 키미." 내가 응수했다. "네가 거의 다 했지."

"그러게, 고마워." 그는 힘들어하면서도 미소를 지었다.

마지막 주자가 결승선을 통과한 뒤 우리는 함께 트랙을 빠져나왔다. 제시가 정리운동 구역에서 나를 기다리고 있었고, 나는 스파이크화를 신고 웃으며 그를 향해 걸어갔다. 나는 5000미터에서 15분대를 돌파하며 역대 미국인 중 여덟 번째로 빠른 기록을 세웠고, 홈트랙에서 열리는 올림픽 선발전에서 우승 후보로 꼽혔다. 내 막판 질주는 메달을 딸 수 있는 보기 드문 재능이었다. 그보다 흥분되었던 것은 몸의 느낌이었다. 몸이 편안했다. 4년간 몸과 마음과 싸워온 끝에 꿈이 이루어지고 있었다. 나는 제시의 품으로 걸어가 마음까지 전해질 정도로 길게 포옹했다. 1년 내내 느꼈던 것보다 더 끈끈한 유대감이 느껴졌다.

"가서 열 좀 식히고 올게. 그다음 축하하자." 내가 웃으며 말했다.

돌아서서 달리려고 하는데 발에 찌르는 듯한 통증이 느껴지면서 숨이 찼다. 나는 즉시 멈췄다. 주저앉아 신발 바닥을 살펴보고 못을 밟은 건 아닌지 확인했다. 아니었다. 신발을 벗었다. 아무것도 없었다. 쥐가 났는지 보려고 양손으로 발바닥을 주물렀지만 체중이 실리지 않자 통증이 사라졌다. 그게 부상이라는 건 터무니없는 생각이었다. 내가 경험한 모든 부상은 아무리 경미한 부상이더라도 사전 경고가 있었다. 나는 조심스럽게 일어섰다. 그런데 체중이 실리자마자 다친 개처럼 무의식적으로 발이 공중으로 들렸다.

나는 스스로와 타협했다. "그냥 결림 증상이야." 제시에게 말했다. 그 말이 내 입에서 나오자마자 불안감이 엄습했다. 제발 이대로 끝나지 않게 해주세요.

오하이오주에서도 선수들을 위한 의료 서비스는 신속하게 이루어지지만, 올림픽 선발전 개최를 한 달 앞둔 미국 트랙타운에서는 즉각적인 수준이었다. 이틀 뒤 유진의 정형외과 의사가 클립형 서류철에 끼워진 MRI 검사 자료를 보며 발목 부분의 이미지를 가리켰다.

"발배뼈 주변에 혈류가 증가했습니다. 스트레스 반응일 가능성이 있어요."

발배뼈는 부러뜨려서는 안 되는 뼈다. 발목에 모여 있는 작은 돌 모양의 뼈들 중 하나가 발배뼈다. 발배뼈 골절은 '불유합'이 될 가능성이 높은데, 다시 봉합되지 않는다는 뜻이다. 티타늄 나사와 뼈 이식을 통해 고정해야 하는 경우가 많다. 발배뼈 문제는 대학을 끝마칠 무렵 제시를 포함한 많은 선수의 경력을 끝내버렸다.

의사는 "경주마에게 흔한 부상이죠"라고 말했다. "잘 낫지 않아서 보통은 안락사시킵니다."

"말이 아니라서 다행이네요."

골절은 눈에 잘 띄지 않았다. 찻잔 가장자리에 생긴 금처럼, 작고 가는 선 모양이었다. 문제는 그 작은 균열이 목말뼈를 계속 건드리면 결국 뼈가 둘로 갈라질 수도 있다는 사실이었다. 내가 느낀 유일한 경고 신호는 발목이 뻣뻣해지는 증상이었다. 나이키에서 준 새로운 프로토타입 스파이크화 때문일 것 같았다. 의사가 발목을 공중에서 구부렸다 폈다 하는 시범을 보여주면서 스파이크화가 원인일지도 모른다고 했다. "신발은 착지할 때 발이 구부러지는 곳에서 자연스럽게 구부러져야 합니다. 이 스파이크 밑창은 너무 길어서 발배뼈 아래쪽에서 구부러지네요."

신발 때문이었을 수도 있고, RED-S로 인해 뼈가 약해진 탓이었을 수도 있다. 행동을 바꾸고 나서 신체가 완전히 회복할 때까지는 시간차가 존재하기 때문이다. 원인은 둘 다일 수도, 둘 다 아닐 수도 있었다. 깊이 조사할 시간은 없었다. 올림픽 선발전이 4주 앞으로 다가온 시점이었다.

의료진과 빈은 이 부상이 끔찍하다는 데 동의했지만, 일찍 발견했기 때문에 2주 정도만 수영장에서 훈련하다보면 충분히 회복할 수 있을 거라고 생각했다. 얼마 동안은 예리함을 잃을 것이고 홈트랙에서 열리는 선발전에서 우승하겠다는 목표는 물거품이 될 터였다. 그래도 선발전에서 3위 안에 들 수 있다면 두 동강 난 발보다는 휴식을 취한 발이 올림픽에 출전할 확률을 높일 수 있었다.

"다른 선택지는 뭔가요?" 내가 물었다.

"이틀 정도 쉬었다가 다시 훈련하면 돼." 빈이 대답했다. "발배뼈 골절 상태로 수개월간 훈련하는 선수들을 봤어. 그렇게 해서 잘되면 올림픽에 가는 거지. 올림픽에 나가기 전에 뼈가 부러지면 집에서 쉬어야 할 수도 있지만."

나는 잠시 생각에 잠겼다.

"중요한 건 올림픽 출전이 아냐, 로런. 나가서 특별한 일을 해내는 게 중요하지. 어느 쪽이든 위험은 있지만, 발을 지키는 건 올림픽에서 잘하기 위한 최선의 선택이기도 해. 다시 말하지만 위험이 따르긴 하지. 그렇지만 올해 네가 뭘 해냈는지 봐. 몸 상태가 좋으니, 80퍼센트의 컨디션으로도 대표팀에 합류할 수 있을 것 같아." 빈이 말했다.

4년 전 오하이오에서와 마찬가지로 나는 수영장에서 훈련의 마지막 주를 마무리하고 있었다. 분노가 파도처럼 밀려왔다. 정말 열심히 훈련했다고 생각했다. 올해는 나의 해가 될 거야. 이렇게 무너지다니, 믿을 수가 없어. 집을 잃을 거야. 나는 매일 제시에게 의지하며 긍정적인 주문을 외웠다. 그 어느 때보다 더 깊이 파고들고, 결승선을 넘고, 성공하고, 노력을 다한 뒤 쓰러지는 내 모습을 상상해보았다. 하지만 그림이 잘 그려지지 않았다. 본능이 그런 일은 일어나지 않을 거라 말했지만 듣지 않았다. 찾던 답이 아니었다. 진정한 프로는 상상을 현실로 만들 수 있다는 생각으로 고집스럽게 매일 계속 노력했다.

경기 일주일 전에는 수영장에서 나와 땅에 적응하는 시간을 보냈다. 갈수록 점점 더 많은 사람이 대회를 보기 위해 트랙타운을 찾아왔다. 전국 각지에서 온 엄청난 인파로 식료품점 통로가 가득 찼고 계산대 줄이 길어졌다. 팬들이 탄 렌터카 여러 대가 프리스록으로 향하는 바람 부는 도로를 꽉 막고 경의를 표했다. 나는 보폭을 찾기 위해 프리스 트레일로 향했고, 낯선 사람 수십 명이 지나가면서 아는 얼굴이 아닌지 나를 쳐다보는 바람에 금세 시선을 의식하게 되었다. 트랙에서 마지막 정비를 위해 빈과 만나 연습해보니 막판 질주의 예리함과 순발력을 잃어버린 것은 분명했다. 하지만 몸에서 놀라울 정도의 힘이 느껴졌고 발 감각도 좋았다. 어쩌면 괜찮을지도 몰랐다.

나이키가 빌린 호텔 특실은 엄청나게 넓었다. 나이키는 비용을 아끼지 않았다. 빈과 나는 그곳에서 경기 전략을 세우기로 하고 방을 훑어보았다. 당구대와 식탁, 아름다운 음식 진열대와 바 너머로 캡이 새로운 스타의 환심을 사려고 노력 중이었는데, 나는 그의 활기찬 분위기가 조건부라는 사실을 알고 있었다. 카운터 뒤에 있던 나이키 직원은 연필로 목록 페이지를 넘기며 수백 명의 이름 중 내 이름을 찾아 줄을 긋고는 선물 가방을 내어주었다.

"경기는 어떻게 할 생각이야?" 빈이 물었다.

"모르겠어요." 내가 대답했다. "한 방을 잃었으니 어떻게 할지 모르겠어요. 안전하게 쉬기로 한 게 실수 아닌가 싶고요."

다른 두 명의 정상급 선수 역시 발배뼈 부상을 입었다는 소문이 돌았지만, 두 선수 모두 위험을 감수하고 어떻게든 훈련에 임하기로 결정했다. 둘은 시즌이 끝나자마자 수술했고, 한 치의 흐트러짐도 없이 건강하고 날카로운 모습으로 돌아왔다.

"그럴지도 모르지. 나도 모르겠다, 로런. 하지만 당시의 정보를 바탕으로 내린 결정이었잖니. 쉬는 동안 부상이 완화되면, 올림픽에서 최고의 컨디션으로 뛸 수 있으니 좋은 결과를 얻을 수 있을 거다. 게다가 꼭 3위 안에 들지 않아도 대표팀에 뽑힐 수 있잖아."

"정말이에요?"

그는 꼭 상위 3명으로 팀이 구성되는 것은 아니라고 했다. 올림픽 기준 기록(시즌 중 어느 시점에 달성해야 하는 최소 기록)을 보유한 상위 3명이 뽑히는 것이었다. 만약 이번 경기가 올림픽 기준에 미치지 못한다면, 시즌 초반에 올림픽 기준 기록을 달성한 선수들이 8, 9, 10위로 들어왔더라도 올림픽 출전권을 가져갈 수 있었다. 이번 대회에 출전한 여성 선수 중 이 기준을 충족한 선수는 단 네 명뿐이었는데, 내가 그중 한 명이었다. 다른 두 명인 카라 가우처와 셜레인 플래너건은 이미 주 종목인 1만 미터에서 올림픽 출전권을 획득한 상태였다. 두 선수는 단지 만약을 대비해 5000미터에 출전하는 것일 가능성이 높았다. 두 종목에서 출전권을 획득하더라도 세계 최고의 선수들을 상대로 한 종목도 아닌 두 종목 전부에서 메달을 획득하는 일은 극히 드물었기 때문이다. 결승 진출 자체가 힘든 일이기 때문에 각 경기를 새로운 팀으로 구성하는 것이 합리적으로 보였다.

"그럼 다른 세 선수가 저보다 올림픽 기준 기록이 높대도 제가 뽑힐 수 있는 건가요?"

"그렇지. 카라와 셜레인 중 한 명이라도 올림픽에서 5000미터에 출전하지 않기로 결정한다면. 그러니 3위 안에 못 들어도 계속 싸워야 해. 대체 선수로 출전하게 될 수도 있으니 말이야."

어쩌면 가능할지도 모른다는 생각이 들기 시작했다. 어쩌면.

빈에게 작별 인사를 하려고 일어서는데 나이키의 조시 로가 다가와 어깨를 잡더니 저 멀리 벽을 향해 돌려 세웠다. "저것 좀 봐요." 그가 말했다. 확대된 포스터들이 벽에 줄지어 붙어 있었는데, 내 얼굴이 그중 하나였다.

나이키는 팬들에게 올림픽 선발전의 의미를 전하고 더욱 재밌는 선발전을 만들 방법을 찾고 싶어했다. 선발전은 우승자뿐만 아니라 상위 3명을 뽑는 것이기도 하다는 점을 팬들이 이해하길 바랐다. 선발전은 무자비하고 흥미진진하며, 예선에 진출하는 것만으로도 큰 성취였다. 캠페인의 슬로건은 '가장 들어가기 힘든 팀'이었다. 나는 글자들이 보일 때까지 가까이 다가갔다. '가장 외로운 숫자는 1이 아니라 4다.'

카라 가우처의 포스터는 내 포스터 바로 옆에 붙어 있었다. 그의 포스터에는 '부러진 꿈은 부러진 뼈보다 아프다'라는 문구가 적혀 있었다.

조시는 내게 포스터와 똑같은 이미지를 그려 넣은 티셔츠 더미를 건네주었다. "가족이랑 친구분들 챙겨드리려고 인쇄해뒀어요."

그들에게 이 경기는 그저 마케팅 슬로건에 불과했다. 조시가 마케팅에 나를 포함시켜준 것이 고마웠고 건강한 상태였다면 힘을 얻었을 테지만, 당시는 티셔츠를 들고 있는 게 징크스처럼 느껴졌다.

하루하루가 기회가 있다는 믿음과의 싸움이었다. 제시는 더욱 커진 우리 가족이 마을에 도착했을 때 그들을 맞이했고, 나는 가족이 쓴 돈과 휴가에 대해 생각하지 않으려고 노력했다. 제시는 가족의 질문에 답하고 걱정을 덜어주며 내 공간을 보호해주었다. 믿음을 지키는 데만 해도 엄청난 노력이 필요했다. 사랑하는 사람들을 위한 에너지는 없었다.

드디어 대회 당일이 다가왔고 제시가 나를 경기장까지 데려다주었다.

스파이크화, 유니폼, 등번호, 물병, 신분증 등 일반적인 물품을 확인한 다음 긴장된 침묵이 흘렀던 것 같은데, 아무것도 기억나지 않는다. 제시는 트랙의 마지막 커브에 접해 있는 보어먼 빌딩 밖에 주차를 하고, 관계자가 아니면 들어오지 못하는 보안 게이트까지 배웅하며 창문 너머로 나를 지켜봤다. "네가 생각했던 상황은 아닌 거 알아. 하지만 난 널 알아, 로런. 너는 지칠 줄 모르는 선수야. 너처럼 경쟁하는 사람은 없어." 제시가 말했다.

"그걸로 충분할지 모르겠어." 내가 말했다.

"충분할 수도 있고, 아닐 수도 있어. 하지만 너한텐 한 방이 있잖아." 그의 말에서 진심이 느껴졌다. 선수용 출입구로 혼자 걸어 들어가는데 마음이 아팠다.

대학 생활이 끝나갈 무렵 달리다가 발배뼈가 골절되고 자전거 사고로 목까지 부러지면서 올림픽 선수가 되겠다는 어린 시절 제시의 꿈이 무너져 내리는 모습을 나는 봤다. 당시에는 공감할 수 없었다. 그때만 해도 나는 성공한 사람은 성공할 자격이 있고, 성공하지 못한 사람은 실패한 거라고 생각했다. 이제는 그 어느 때보다 잘 알고 있었다. 당연한 것은 아무것도 없다. 누구에게나 마찬가지다.

트랙 위로 올라가 경쟁자들과 나란히 한 줄로 섰다. 트랙 저

214

편에서 사람들 한 무리가 크게 소리를 질렀고 나는 그들이 내 가족이라는 사실을 알아차렸다. 나는 가족을 한 번 쳐다보고 손을 살짝 흔들었다. 아빠는 내 얼굴이 찍힌 새 나이키 셔츠를 입고 있었다. 내가 열 살이었을 때, 학교에서 찍은 사진을 크게 인쇄한 셔츠를 입은 아빠가 나를 바라보며 자신이 내 아빠라는 사실이 얼마나 자랑스러운지 말한 적이 있었다. 나는 준비운동 복장을 벗어 배정된 바구니에 넣은 다음, 첫 NCAA 선수권대회를 앞둔 자리에서 브래드 하우저가 나를 격려해주었던 자리를 지나고, 쓰레기통 뚜껑과 빈 게토레이 병으로 1만 미터 참가자들을 응원했던 자리를 지나쳐, 다른 선수들과 함께 결승점 반대편 주로를 따라 걸어 나갔다. 그곳은 내 집이었다. 바닥에 누웠다. 몸을 되찾은 기분이었다. 통제할 수 있는 것을 통제할 준비가 되어 있었다. 내 안의 마법이 여전히 살아 있음을 느낄 수 있었다.

제시는 보어먼 빌딩 쪽 마지막 커브에서 선수 지원 요원들을 위해 마련한 난간에 기대어 빈과 함께 경기를 지켜보았다. 나중에 말하길, 감정이 폭발한 가족이 질문을 퍼붓는 바람에 함께 경기를 볼 수 없었다고 했다. 결승선까지 1600미터도 채 남지 않은 상황에서 상위 세 명의 여성이 치고 나가기 시작했고, 나도 함께 치고 나갔다. 2004년 부상당한 상태로 관중석에서 경기를 지켜보면서 상상했던 그 순간이었다. 여기까지 왔으니 무슨 일이 있어도, 몸이 타는 듯한 고통이 느껴져도 해내고야 말 작정이었다. 미국에서 가장 빠른 여성 선수들과 호흡을 맞추며 달리는 순간, 이 자리에 오기까지 겪어야 했던 모든 고난이 운명처럼 느껴졌다. 하지만 예상보다 빨리 통증이 올라오기 시작했다. 선두 그룹과 격차가 벌어지기 시작했고 그걸 막을 힘은 없었다. 제시를 지나쳤을 때 올림픽은 내게서 멀어지고 있었다. 나는 모든 것을 내려놓지 않기 위해 잠시 제시가 있는 방향을 바라보았다. 4년간의 노력이 무너지는 순간이었다. 할 수 없었다. 울고 싶었지만 감정이 격해지면 숨쉬기 힘들어지리라는 사실을 알고 있었다. 그래서 차선책에 집중했다. 다른 선수들이 올림픽 기준 기록을 내는 것을 원치 않았던 나는 추격 그룹의 선두에서 속도를 늦췄다. 속도가 그대로 유지된다면, 나는 여전히 첫 번째 대체 선수일 터였다. 세라 슬래터리가 나를 추월하려 했고 나는 저지하기 위해 최선을 다했다. 심지어 팔꿈치를 내밀기까지 했는데, 실격 처리될 수도 있는 반칙이었다. 나는 절박한 사람처럼 경주하고 있었다. 전에는 본 적 없는 내 모습이었다. 그런 내 모습이 싫었다. 마지막 바퀴에서 세라는 결국 나를 제치고 4위로 올라섰지만, 기준 기록에는 못 미쳤다. 나는 5위로 들어왔고 대체 선수였다.

언론 구역을 지나갈 때 기자들은 가슴 아픈 사연을 미끼로 질문을 쏟아냈고, 내 낙관적인 태도에 당황스러워했다. "최선을 다했습니다. 할 수 있는 건 그것뿐이었습니다. 계획대로 뛰었습니다. 제게는 아직 대표팀에 합류할 기회가 남아 있습니다." 나는 진심에 가까운 미소를 지으며 말했다. 다른 사람들의 선택에 따라 커리어가 좌우되는 취약한 위치에 있는 것이 싫었지만, 누군가 한 종목은 포기할 거라는 확신이 들었다.

녹음기가 가득한 현장을 뒤로하고 기자회견장의 커튼 문으로 걸어가자 조명 아래 앉아 있는 세 여자가 보였다. 셜레인, 카라, 젠 라인스였다. 회견장 밖에서 셜레인이 베이징에서 1만 미터와 5000미터에 모두 출전할 계획이라고 말하는 모습이 보였다. 마음이 쓰라렸지만, 전혀 예상 못 한 일은 아니었다. 5000미터에서 미국 신기록을 보유하고 있었던 셜레인은 자신이 올림픽 무대에서 세울 수 있는 기록을 알고 싶었을 것이다. 그러자 누군가 카라에게 같은 질문을 던졌다. 카라도 두 종목에 모두 출전할 계획이라고 답했다.

그때 올림픽에 나갈 기회가 사라졌다는 것이 현실로 다가왔다. 카라의 입은 조명 아래에서 계속 움직이며 다른 질문에 답하고 있었지만, 머릿속에서 울리는 요란한 잡음 외에는 어떤 소리도 들리지 않았다. 나는 언론 구역에서 벗어나 어둠이 깔린 정리운동 구역으로 들어갔다. 나를 가장 먼저 발견한 사람은 함께 일했던 스포츠 심리학자 대런이었다. "유감이야, 로런." 그가 말했다. "다음엔 잘할 수 있을 거야."

4년도 더 남았는데? 순간 그의 불알을 걷어차고 싶었다.

나는 경기장이 텅 비고 준비운동 구역에 자원봉사자 몇 명만이 남아 청소를 하고 있을 때까지 경기장 바깥쪽 가장자리의 깜빡이는 조명 아래 혼자 앉아 있었다. 도저히 자리를 뜰 수가 없었다. 땀에 젖은 옷 때문에 몸이 차가워졌고 등 뒤의 벽은 영안실의 석판처럼 느껴졌다. 내 가족과 제시의 가족, 들롱 부부가 모두 근처 양조장에서 나를 기다리고 있었다. 그들을 마주할 수 없었다.

'사랑해. 나 보러 와야시.' 제시의 문자가 와 있었다.

경기장에 끝까지 남아 있다가 조용한 밤에 홀로 걸어 나가니 제시가 기다리고 있었다. 나는 그가 포기하길 바랐지만 그는 포기하지 않았다. 그는 팔로 나를 감싸 안고 바까지 먼 길을 걸었다. "다들 아직 있어." 그가 말했다. "모두가 널 사랑해."

그가 나를 문 앞에 내려주었다. 나는 밝고 사랑스러운 아빠의 품에 안겼다. 아빠가 나를 안으로 데리고 들어갔다. 제시는 다시 밖으로 나간 뒤 연석에 앉아 마음을 추슬렀다. 앞이 보이지 않는 안개 속에 있었다. 나를 보러 온 사람들은 만화 캐릭터처럼 걱정스러운 눈빛으로 내가 해줄 수 없는 대답을 기다리며 오랫동안 나를 처다봤다. 나는 그들의 사랑을 느낄 수 없었다. 마지막 몇 바퀴를 돌면서 비열하게 세라를 방해한 기억이 계속 떠올랐다. 내게 그렇게 무서운 모습이 있는지 몰랐다. 달리기가 나 자신을 잃게 만드는 것 같았다. 모든 것을 어렵게 배우고 있는 것 같았다.

선발전 다음날 아침, 나는 절차대로 올림픽 출전 팀이 모이는 자리에 나갔다. 대체 선수로서 올림픽 선수가 작성한 것과 동일한 서류를 작성하고 올림픽 유니폼을 입어보며 필요할 때를 대비해 사이즈를 정확하게 기록했다.

나는 선반에 걸려 있는 올림픽 대표팀 유니폼을 일일이 손으로 만져보고 화장실 변기에 앉아 숨을 돌렸다. 직접 호소하면 카라나 셜레인이 결정을 재고하지 않을까 싶었다. 슬픔의 5단계 중 전형적인 협상 단계에서 나는 두 사람에게 짧은 이메일을 보냈다. 올림픽 선수라는 공통의 꿈, 4년간의 무명 생활, 나이 듦에 대한 비탄을 강조하고, 대표팀에 선발되지 못했을 때 맞는 계약상의 결과를 설명했다. 두 선수 모두 내 제안을 거절했다.

당시 나는 제안을 거절한 그들이 싫었고, 홀로 침실에 들어가 서성이며 현실을 인정하지 못하며 질투심에 끓어올랐다. '무자비한 계약으로 우리를 대립하게 하는 나이키 엿 먹어라. 카라 엿 먹어라. 셜레인 엿 먹어라. 이룰 수 없는 꿈을 품게 만든 놈들 다 엿 먹어라. 내가 두려움에 떨며 집에 처박히게 만든 놈들 다 엿 먹어라.' 모든 게 끝날 무렵, 나는 어질러진 침대에 웅크리고 누워 이불을 덮고 울었다.

오랫동안 화가 나 있었지만 그건 그들을 향한 분노가 아니었다. 나는 내 절박함에 화가 났고 그 절박함을 드러낸 것이 부끄러웠다. 모든 게 순조롭게 진행되어야 하는 4년 중 너무나 많은 것이 단 하루에 달려 있다는 현실에 화가 났다. 불과 한 달 전만 해도 순조롭던 상황이 순식간에 변한 데 화가 났다. 너무나 불안정한 내 삶에 화가 났다. 셜레인과 카라에게 물어본 것은 괜찮지만, 원하는 대답을 듣지 못했다고 해서 화를 낸 것은 부당했다. 나는 두 선수가 여자라는 이유로 그들이 타인을 먼저 생각하고 이타적이어야 한다는 기대를 품고 있었다는 사실을 깨달았다. 남자 선수에게는 그런 기대조차 하지 않았을 것이다. 그들이 노력으로 얻어낸 자리였다. 마땅한 것을 누리고 있을 뿐이었다. 팀 동료도 아니었다. 같은 나이키 유니폼을 입고 있을 뿐이었다. 이제 나는 이렇게 말할 수 있고 머리로도 그렇다고 이해하며, 커리어에 있어서도 마음의 평화를 되찾았다. 이후에 펼쳐진 놀라운 삶을 있는 그대로 받아들였고, 지금도 그러고 있다. 하지만 그 일은 꿈의 죽음을 의미했기 때문에 지금까지도 가끔 마음이 아프다.

대체 선수로 있는 6주 남짓한 기간 동안 나는 슬픔에서 벗어날 정도로 건강하고 강인하고 빨라졌다. 피할 수 없는 순간을 미루는 훈련을 했고, 부하를 버티는 동안 발이 아플 때도 있었다. 하지만 5000미터에서 다치거나 아프거나 마음을 바꾼 사람은 아무도 없었다. 명단이 발표되었을 때 공식적으로 올림픽은 끝나고 말았다. 나는 올림픽 경기를 볼 수 없었다. 신발장에서 부츠와 목발을 꺼내 6주, 다음 8주, 그다음 또 12주 동안 발을 쉬게 하면서 완전히 낫는다는 목표를 세웠다. 발은 낫지 않았다. 의사는 수술을 권유했다. 수술 후 정상으로 돌아올 확률은 50퍼센트 정도였다. 나는 경주마를 떠올렸다.

판도를 바꾸다

"「심슨 가족」의 스미더스와 번스는 어때?" 제시가 구글에서 찾은 이미지를 보여주며 제안했다.

그는 내가 농담을 완전히 이해하기도 전에 전염성 있는 웃음을 터뜨렸다. 웃지 않고 말을 마칠 자신이 없었던 모양이다. 당시 나를 웃게 만드는 일은 그다지 많지 않았지만, 이번에는 달랐다.

"휠체어도 이미 있잖아! 완벽하네!" 그가 온라인으로 구입한 스포티한 검은색 휠체어를 가리키며 내게 손짓했다. "네가 쓸대머리 가발만 있으면 돼. 다른 건 다 있는 것 같아. 내 머리는 이미 완벽하게 스미더스잖아."

오리건대학 경영대학원의 핼러윈 파티에 커플 코스튬을 입고 가는 것은 두 번째였는데, 우리는 두 번 다 남자 복장을 했다. 전년도에는 SNL 쇼에 나온 〈딕 인 어 박스Dick in a Box〉 뮤직비디오 분장을 하고 나타났고, 핼러윈 사탕이 가득한 상자를 사타구니에 찬 저스틴 팀버레이크로 분장한 내가 남자인 줄 알았던 여자들이 열렬히 호응해주었다. 정말 좋았다. 번즈 분장은 그 정도로 호응을 받지는 못할 것 같았지만, 제시는 「심슨 가족」을 좋아했고 더 나은 아이디어는 떠오르지 않았다. 그래서 나는 벽에 걸린 거울을 보며 굳은 아이라이너 끝에 침을 묻혀 대머리 가발 위에 검버섯을 그렸다.

공중에 붕 뜬 상태였던 나는 혼자 생각에 잠기는 상황을 피하려고 어디든 제시를 따라갔다. 하지만 나는 그 안에서도 길을 잃었다(콘홀과 비어퐁 게임은 가만히 지켜보기 좋은 스포츠가 아니다). 뼈 이식과 함께 발배뼈를 고정하는 티타늄 나사를 삽입한 지 일주일밖에 되지 않은 상태였고, 다시 정상적으로 경기에 참가하려면 최소 51주는 더 있어야 했다. 이번에는 무리한 크로스 트레이닝으로 회복을 늦추는 위험을 감수하지 않기로 했고, 결국 겸손하게 다시 시작해야 한다는 것을 알기에 진정한 휴식을 취하기로 했다. 일부 전문가들이 제시한 공격적인 복귀 계획도 고려해봤지만 위험을 감수할 만한 가치가 없었다. 최악의 시나리오는 한 해를 못 뛰거나 프로 선수에서 조기 은퇴하는 것이 아니라 아예 달리는 능력을 상실하는 것이라고 이미 마음먹은 상태였다. 내가 세운 계획은 다음과 같았다. 먼저 8~12주 동안 휠체어와 목발을 사용해 발목에 체중을 실지 않고, 그다음 2주는 목발만 사용하고, 마지막 4주는 발목 보조기를 신고 버티는 것이었다. 그다음에는 격일로 가벼운 걷기와 조깅을 하면서 정상적으로 뛸 수 있을 때까지 조금씩 회복해보려고 했다.

처음에는 올림픽 선발전 이후 우울감에 빠져 아무것도 하고 싶지 않았기 때문에 활동량이 줄어든 것이 자연스럽게 느껴졌다. 하지만 새해가 다가오면서 옷이 더 이상 맞지 않고 몸에서 정체의 냄새가 풍기자 다시 몸을 움직이고 싶은 마음이 간절

222

해졌다. 어느 날 휠체어를 스바루 뒷좌석에 간신히 싣고 수 킬로미터에 걸쳐 평평한 자전거 도로가 나 있는 도리나 호수로 나섰다. 그곳에서 휠체어를 타고 한 시간 동안 라이딩을 했다. 바퀴 테두리를 손으로 밀며 앞으로 나아갔다. 몸이 계속 오른쪽으로 기울어지는 바람에 자전거 도로가 평평하지 않고 둥근 아치형이며, 직진하려면 양쪽 차선을 가로지르며 가운데로 주행해야 한다는 사실을 알게 되었다. 휠체어는 여전히 오른쪽으로 기울어진 상태였지만, 한쪽을 약간 세게 밀면 균형을 잡을 수 있었다. 익숙한 리듬의 호흡을 찾으며 심박수를 올리기 위해 최대한 세게 밀었다. 달리기가 너무나 그리웠던 나는 열심히 바퀴를 돌렸다. 바퀴를 돌릴 때마다 금속 테에 난 거스러미가 손에 닿아 움찔했다. 손에 압통점이 생기고 물집이 잡히기 시작하자 포기하고 휴식을 취했다. 시계를 보니 3킬로미터 정도 달린 후였다. 반대 방향에서 달려오고 있던 사람 한 명이 나를 지나갔다. 집에 돌아갈 수 있을지 확신이 서지 않았다. 땀을 뻘뻘 흘리며 기운이 빠진 채로 돌아선 나는 기다시피 차로 돌아왔다.

나는 다시 전속력으로 달릴 수 있기를 바랐지만, 지난 5년간 에너지를 소진해버린 기분이었다. 내 계약서를 작성하고 육상을 홍보했던 사람들에 따르면 나는 실패자였다. 미국육상협회는 내 건강 보험을 해지했다. 1월에는 나이키로부터 계약서상 최대 감액 조항을 행사하겠다는 통보를 받았다. 분기별 급여 지급액이 너무 적어서 오타가 있는 게 아닌가 했는데, 일고 보니 이전 분기 감액을 소급 적용한 거였다. 3개월 동안은 급여가 없었다. 아무런 경고도 없이 감액을 소급 적용하는 비인간적인 처사에 분노가 치밀어 올랐다. 나는 저축한 돈이 있어서 괜찮았지만, 수많은 취약한 선수에게는 힘든 일이었을 것이다.

포틀랜드로 차를 몰고 가서 캡에게 이 문제를 털어놓았다. 캡은 회계가 잘못된 거라며 자신이 조사해보겠다고 했다. 눈앞에 기회가 왔다고 느낀 나는 마지막 힘을 끌어모아 한 번만 더 기회를 달라고 겸손하게 요청했다. 집을 지킬 수 있도록 감액을 조정해달라고 호소했다. 그는 약속했고 나는 안도했지만, 굽신거린 것에 마음이 상한 채로 계약 금액의 50퍼센트를 받고 걸어 나왔다.

나이키 단지가 있는 도시 비버턴이 백미러 속으로 사라지는 모습을 지켜보면서 나는 나이키의 예산과 그 용처에 대해 생각했다. 당구대와 대형 스크린으로 가득한 사치스러운 건물. 스크린이 보여주는 것은 제대로 대우받지 못하는 선수들의 경기였다. 나이키는 정부 차원에서 도핑을 후원하는 러시아 같은 국가를 지원하고 랜스 암스트롱, 마션 존스를 포함해 발코BALCO 스캔들에 연루된 선수들에게 경기력 향상 약물을 지급했다. 그들은 깨끗한 스포츠가 달성할 수 없는 기준을 세워버렸다. 나이키는 또한 무자비한 감봉 조항을 추가하고, 임신을 고려하는 것만으로도 금전적 불이익을 주며, 선수들을 빈곤선 아래 수준에서 일하도록 만들고는 최저 생활 임금을 제시해도 빠져나갈 방법이 없는 계약을 요구하는데, 오리건트랙클럽엘리트의 많은 팀원이 이러한 계약 조건으로 일하고 있다. 수백만 달러의 예산을 가진 '그 사람'은 250달러짜리 와인 한 병을 사놓고 선수들을 불러 모은 뒤에 이런저런 광고를 찍게 했다. 그는 회사 신용카드로 저녁 식사비를 냈고, 테이블에 앉은 선수들은 다음번에 자기 이름이 도마 위에 오를 때 그가 자비를 베풀어주기를 바라며 사슴 같은 눈으로 감사 인사를 했다.

엿 먹어라. 저 남자 비위를 맞추기 위해 춤추는 일은 집어치우자. 다신 안 할 테다. 나는 백미러에 대고 가운뎃손가락을 들어올렸다.

휠체어를 차고에 집어넣고 기본적인 안전장치를 마련한 나는 새로운 출발을 꿈꾸기 시작했다. 나는 오리건트랙클럽엘리트가 새로운 코치를 고용할 수 있도록 도왔고, 여성이 한 명도 포함되지 않은 최종 후보자들과 선수 인터뷰를 진행했다. 영국 출신의 중거리 코치 마크 롤런드는 억양이 별로 없고 현상 유지를 좋아하지 않는 사람이었는데, 개인적으로 가장 마음에 들었다. 그의 훈련 철학은 개인의 차이를 존중하는 것을 기반으로 했고, 여성 코치에 대해 이야기하는 것을 들으니 남성 선수의 각본에 따라 여성 선수를 코치하지는 않을 것이라는 확신이 생겼다. 지독할 정도로 직설적이기도 했지만, 겸손하고 호기심 많고 친절한 사람이었다.

"언제부터인지는 모르겠지만, 지난 20년간 망가진 것들을 극복하는 재주가 생겼지." 유서 깊은 헤이워드필드에서 유진의 주요 훈련 장소를 둘러보는 드라이빙 투어가 끝났을 때 그가 말했다. 4년 뒤 2012 올림픽 선발전이 열리게 되는 트랙에서 목발을 짚고 걷자 발이 간지러웠다. "저음부터 시작할 거야." 그는 헤이워드필드의 상징인 서쪽 관중석을 바라보며 말했다. "곧 알게될 거야, 플레시먼, 너는 아직 끝나지 않았어."

달리기를 다시 시작한 것은 3월이었다. 내가 휴식 시간 없이 4.8킬로미터를 달리는 동안 팀원들은 야외 훈련을 했다. 평소 같으면 뒤처진 것 같아 괴로웠겠지만 이번에는 새로운 것을 시작하고 있었고, 반성과 아이디어로 일기를 채웠다. 나는 다시 달리기에 전념하기 위해 다른 접근 방식을 취하기로 결심했다. 우승, 올림픽, 최고가 되는 것에 관해서만 생각하다보니 기분이 나빴다. 일이 잘못될 때가 아니더라도 거의 언제나 그랬다. 결과만 강조하는 업계에는 처음에 나를 달리기로 끌어들인 매력적인 요소들이 하나도 없었다. 제시의 밴을 타고 떠났던 일요일 장거리 달리기, 두 팔을 날개처럼 활짝 벌리고 숲길을 따라 내려오는 일, 달리기를 마칠 때 급수탑에 던지는 돌멩이 소리, 기술을 터득했을 때의 소박한 즐거움…… 어떤 탁월함을 추구하든 이러한 기쁨의 순간들이 중심에 있지 않으면 가치가 없었다.

제시는 나와 함께 앉아 노트북에 적은 내용을 정리하고 내 커리어의 새로운 비전을 위해 본격적인 계획을 짜는 것을 도와주었다. 브랜드 구축과 셀프퍼블리싱을 다루는 스포츠경영학 과정을 갓 마친 제시는 직접 목소리를 내고 중요하게 여기는 것을 이야기할 수 있는 웹사이트를 시작해보라고 제안했다. 그는 트위터라는 새로운 앱을 보여주었고 나는 계정을 만들었다. "이 앱을 쓰면 팔로어를 확보하고 새 블로그를 알릴 수 있어." 트위터를 훑어보면서, 나는 범접할 수 없었던 유명인들의 일상적인 생각과 개성을 엿볼 수 있다는 점이 마음에 들었다.

소셜 미디어가 육상 같은 스포츠 분야에, 특히 여성들에게 미칠 수 있는 잠재력은 흥미로웠다. 93퍼센트 정도가 남성 스포츠에 집중되어 있던 기존 미디어의 스포츠 부서에서 기사 가치가 있는 것으로 간주될 때까지 기다릴 필요가 없었다. 플랫폼을 제공해주는 사람이 없어도 괜찮았다. 좋은 스토리를 전달하고 가치를 더하면 자신만의 플랫폼을 구축할 수 있다.

제시가 브랜드를 만드는 것부터 시작하자고 제안했다. 나는 얼굴을 찌푸렸다.

"내가 '브랜드'를 가질 자격이 될 만큼 성공한 사람은 아닌 것 같아. 자기애적이지 않나."

"브랜드를 키우든 키우지 않든 너는 브랜드가 있어." 그는 메모하기 위해 문서를 열면서 이렇게 대답했다. "너는 경기장에 있어. 사람들이 지켜보고 있지. 자기가 누군지, 뭘 대변하는지, 어떻게 받아들여지길 원하는지 분명히 하는 건 자기애적인 게 아냐. 천천히 주변을 살피고 목적에 맞게 행동할 기회지. 스포츠뿐만 아니라 인생에도 도움이 될 거야. 네가 누군지, 뭘 원하는지 핵심을 파악해봐."

대답은 쉽게 쏟아져 나왔다.

"스스로를 포기하지 않고 얼마나 빨리 달릴 수 있는지 알아보고 싶어. 다른 사람이 전할 때까지 기다리는 게 아니라 스포츠에 대해 실시간으로 색다르고 더 인간적이고 더 솔직한 방식으로 말하고 싶어. 성공의 정의를 전통적인 의미의 성과 이상으로 확장하고 싶어. 그래서 내가 '성공'할 때까지 기다리는 것이 아니라, 나아가면서 이야기하고 싶어.

경험을 살려 달리기 관련 질문에 답하는 칼럼을 쓰고, 프로 육상 선수와 달리기를 즐기는 일반인들의 간극을 메우고 싶어.

우리가 스포츠 관중을 과소평가하고 있다는 내 이론이 맞는지 확인하고 싶어. 엘리트 선수들을 인간적으로 대하면 더 깊은 참여와 투자가 이어지리라는 것도.

이 스포츠를 찾았을 때보다 더 나은 모습으로 떠나고 싶어."

그런 일들은 내 몸이 항상 100퍼센트 완벽해야만 할 수 있는 일은 아니었다. 이야기를 전하고 커뮤니티를 구축하는 일은 언제든 할 수 있었다. 사람들이 따라야 할 스토리를 제공함으로써 최고의 순간을 더욱 흥미진진하게 만들 수도 있다. 그런 스토리들은 최악의 상황이 닥쳤을 때 외로움과 고통을 덜어주는 역할을 할 수도 있었다. 스토리텔링과 커뮤니티 구축은 언젠가 스포츠에서 은퇴하는 것을 더 수월하게 해줄지도 모른다. 프로 세계에서 은퇴할 때가 되면 인간생물학과 교육학 학위를 활용해『러너스월드』와 같은 업계 간행물의 신뢰할 수 있는 출처가 되거나여성 스포츠 개혁을 위해 일할 수도 있을 터였다. 당시에는 여성'전문가'나 달리기에 관한 조언을 제공하는 칼럼니스트가 전혀없었다.

2009년 1월에 우리는 블로그 운영을 시작했다. 방문자 수는 빠르게 증가했고 방문자들의 연령대, 인구 통계, 운동 능력은다양했다. 엄청난 작업이었지만 수년간의 고립 끝에 창의력을발휘할 출구가 생겼다는 데 큰 보람을 느꼈다. 팀원들이 생애 최고 기록을 세우는 동안 나는 다시 시작한다는 것에 관해 소박한이야기를 나눴다. 사람들은 이야기에 굶주려 있었다. 교사, 학부모, 의사, 학생 등 예상하지 못했던 다양한 사람이 프로 스포츠세계의 감정과 경험을 보고 질문하고 내 게시물에 댓글을 달았다.

악플도 있었지만, 전반적으로 경기장의 밝은 조명 너머에 있는 일상적인 달리기 선수들의 아름다움과 집단적 지혜를 볼 수 있는 웹사이트였다. 나는 독자들에게서 배우고 독자들은 내게서 배웠다. 인생에서 처음으로, 달리기를 통해 비슷한 기쁨을 누리는 평범한 사람들로 구성된 커뮤니티의 일원이 된 기분을 느꼈다.

그해 여름, 다시 스파이크화를 신고 최고 기록을 세우는 일은 길가에 버려진 트랙에서도 충분히 할 수 있는 일이었고, 굳이 유럽까지 가서 800미터 경기를 뛸 이유는 없었다. 하지만 나는 이미 유럽에 가 있었다. 제시는 6년 동안 스타트업에서 일하고 경영대학원에서 비어퐁을 치다가 트라이애슬론에 관심을 갖게 되었다. 그 종목에 재능이 있던 제시는 독일에서 열린 세계선수권대회에 출전할 자격을 얻었다. 그곳에 있는 동안 나는 빗속에서 작은 경기에 출전했고 꼴찌로 완주했는데, 통증이 전혀 없었기에 내게는 승리였다. 나는 느렸지만 건강했고 다시 큰 꿈을 꿀 수 있었다. 우리는 스위스에서 여름을 마무리한 뒤 드디어 2년 만에 뒤늦은 신혼여행을 떠났다.

시간이 가져다준 삶의 변화 중에서도 가장 큰 변화는 제시의 식단이었다. 몇 달 동안 소화불량과 방을 가득 채우는 가스가 계속되자 제시는 과도한 글루텐과 유제품 섭취로 몸이 망가져가고 있다는 사실을 알게 되었다. 나는 좋은 배우자답게 새로운 간식을 찾기 위해 마트로 갔다. 자전거 선수들은 휴대용 간식, 즉 에너지바를 많이 먹기에, 나는 제시에게 적합한 에너지바를 찾아 마트를 헤맸다. 그럴듯해 보이는 자연식품 간식 중에서 운동에 적합하고 균형 잡힌 영양소가 들어 있는 간식은 하나도 없었다. 이런 간식들이 장에 돌처럼 박히거나 부정적 결과로 이어질 수 있다는 사실을 알기에 간식을 직접 만들어보기로 결심했다. 가로 13센티미터 세로 9센티미터의 케이크 팬에 으깬 과일, 견과류 버터, 쌀 단백질, 꿀을 넣고 균일한 직사각형 스물네 조각으로 잘랐다. 보기 좋지는 않았지만 맛은 좋았고 효과도 있었다. 훈련하면서 내가 만든 건식을 먹은 제시는 괜찮아졌다.

음식 사업을 시작하고 싶은 것은 아니었다. 나는 요리하는 것조차 별로 좋아하지 않았다. 하지만 스테퍼니가 고집을 부렸다. 그와 나는 겨울에 어두운 아파트 체육관에서 땀을 흘리며 실내용 자전거를 타다가 만났는데, 그날 그는 올림픽에 출전할 거라고 당차게 선언했다. 그에 대해서는 들어본 적이 없었다. 그의 마라톤 데뷔 기록은 2시간 40분이었는데, 훌륭하긴 하지만 뛰어난 기록은 아니었다. 스폰서가 없었던 그는 에어비앤비 청소와 보모 일을 하며 훈련 자금을 마련했다. 나는 그의 열정에 감탄했다. 우리는 서로를 격려하고 간식을 나누며 친해졌다. 내가 만든 에너지바는 그의 소화 장애를 완화시켜주었다. 나중에 그는 복강병을 앓고 있었다는 사실을 알게 되었다.

비이성적인 것을 믿는 스테퍼니의 어린아이 같은 능력은 내 눈길을 끌었다. 그는 나를 믿었고 에너지바를 믿었다. 그는 에너지바를 만드는 법을 배우러 우리 집에 왔다. "이 에너지바는 팔릴 거예요!" 그가 주장했다. "많은 사람에게 도움이 될 거예요." 나는 사업을 하고 싶지는 않다고 했다. 시간이 없었다. 그러자 그가 "내가 도울게요!"라고 말했고, 우리는 동업을 시작했다. "두고 봐요, 우린 백만장자가 될 거예요!" 목요일 밤, 그가 코치로 있는 달리기 클럽에 제품을 가져갔더니 사람들이 주문하기 시작했다.

"1달러에 팔면 시작도 하기 전에 망할 거야." 제시가 방금 구입한 중고 믹서를 식탁 위에 올리는 것을 도우며 말했다.

"왜 안 돼?" 내가 물었다.

"재료비가 더 많이 나오니까! 게다가 네 노동력은?"

"저렴한 가격에 팔고 싶어요." 스테퍼니가 코스트코에서 방금 구입한 말린 과일과 견과류, 꿀과 땅콩버터가 담긴 식료품 봉지를 내려놓으면서 말했다.

"시작부터 돈을 받을 필요는 없잖아." 내가 덧붙였다.

"영원히 직접 만들 계획이 아니라면 언젠가는 사람을 고용해야 하는데, 그 사람이 공짜로 일해주지는 않겠지. 그다음엔? 가격을 올리면 고객들이 화낼 텐데?"

우리 둘 다 경영에는 무지했기에, 제시의 질문에 답을 하지 못했다.

"사업 계획이 필요해." 제시가 말했다. "원가랑 마진도 계산해봐야 하고. 그리고 집에서 만든 음식을 합법적으로 판매할 수는 있나?"

모두 좋은 질문이었다. 우리는 제시에게 도움을 요청했다. 그는 구글독스로 사업 계획서를 작성했다. 그는 가정에서 만든 식품을 판매하는 면허를 신청했다. 에너지바 한 개당 들어가는 비용과 영양 성분을 계산하는 엑셀 공식도 만들었다! 우리는 재료를 측정할 저울을 구입하고, 정확하고 재현 가능한 레시피를 만들었다. 에너지바를 만드는 데 영감을 준 까다로운 식습관을 가진 사람들을 떠올리며 '피키바Picky Bar'라는 이름을 붙였다. 제시의 다양한 기술에 감명을 받은 스테퍼니와 나는 그에게 돈 대신 간식을 받고 일을 해줄 수 없겠냐고 물었고, CEO를 찾는 과정은 그렇게 시작도 하기 전에 끝났다. 그는 자신이 다른 CEO, 즉 '최고 섭식 책임자Chief Eating Officer'가 아니냐는 농담을 했다. 트라이애슬론 프로 선수 경력을 쌓으면서 할 수 있는 완벽한 부업이었다.

한 끗 차이로 올림픽 출전을 놓친 지 약 2년이 지난 후, 나는 설레는 마음으로 USATF 선수권대회 출발선으로 돌아왔다. 블로그에 글을 올리고, 동기부여 문제부터 깔창에 이르기까지 올라오는 모든 질문에 답하면서 독자층이 늘어났다. 커뮤니티 전체가 나를 지지하는 것처럼 느껴졌다. 건강 회복은 더뎠고, 시즌 초반 경기는 그저 그랬으며, 시즌 마지막 달이 되어서야 힘든 훈련을 마친 후 마크의 눈이 다시 반짝이기 시작했다. 마크가 고안한 운동은 이전 운동과는 달랐기 때문에 과거와 비교할 수는 없었지만, 강해진 기분이었다. 너무 오랜만이었기에 나를 포함해서 그 누구도 내게 특별한 것을 기대하지 않았다.

하지만 총성이 울리고 나자 달리는 것이 쉽게 느껴져 기뻤다. 몸을 미세하게 조정해 어디든 접근할 수 있을 것 같았다. 동네 모퉁이를 돌면서 내가 동물이라는 사실을 처음 깨달았을 때와 같았다. 나는 눈에 띄지 않는 뒤쪽에서 시작해 점점 앞으로 나아갔다. 방송에서는 아무도 내 얘기를 하지 않았다. 두 바퀴를 남겨둔 지점에서 나는 선두 주자들의 어깨 바깥쪽에 위치를 잡고 내가 사자라고 상상하며 그들을 쫓았다. 그때 머릿속에서 목소리가 들렸다. '여기까지 왔네. 한번 해볼까?'

내 마지막 600미터 질주는 너무 극단적이어서 아무도 즉각적으로 반응하지 않았다. 사람들 앞에서 나를 드러내는 것에 대한 두려움은 모든 것을 트랙에 쏟아 붓겠다는 다짐과 함께 내 의도를 선언하려는 마음으로 바뀌었다. 우승할 수 있을지는 모르지만, 후회 없이 결승선을 통과할 수 있겠다는 확신이 들었다. 나는 가장 먼저 테이프를 끊고 가쁜 숨을 몰아쉬며 쓰러졌다.

일어설 수 있을 정도로 회복하자 ESPN의 현장 리포터가 나를 불러 세우고는 마이크를 내밀었다.

"600미터를 남기고 보여준 질주에 대해 말씀해주시죠." 그가 말했다.

"맙소사, 그냥 배짱balls에서 나온 거였어요." 나는 무의식적으로 아버지를 떠올리며 말했다. "그냥 배짱이었어요."

수많은 이가 내 웹사이트와 소셜 미디어로 축하해왔다. 생전 처음 프로 육상 대회를 시청했다는 사람도 많았다. 이름 옆에 미국 챔피언이 붙으면 세계 최고의 경기들에 출전할 자격을 얻게 된다. 덕분에 나는 제시와 함께 동료 선수로서 경기에 다닐 수 있었다. 제시는 내 5000미터 경기를 지켜보고 나는 그의 트라이애슬론 경기를 지켜봤다. 우리 둘 다 그것에 대해 글을 썼다.

모든 글쓰기가 사업에 도움이 되었다. 10월 말에 우리는 한 가지 맛의 피키바를 판매하는 웹사이트 '로런의 메가 너츠Lauren's Mega Nuts'를 론칭했고 폭발적인 반응을 얻었다. 우리는 에너지바 제조사를 더 많이 고용했다. 우리 '주방'은 식탁으로 확장되었다. 제시와 나는 소파에 앉아 드라마 「웨스트 윙The West Wing」을 시청하면서 플라스틱 봉지에 스티커 라벨을 정성스럽게 붙이며 겨울밤을 보냈다. 매일 아침 아래층에 내려가면 이미 직원 젠이 주문이 들어온 제품을 봉투에 넣어 포장하고, 배송 라벨을 인쇄하고, 재료를 채워 넣고 있었다.

프로 운동선수는 운동에만 집중해야 한다는 통념이 있었고, 다른 관심사를 추구하거나 다른 일을 하는 것은 잠재력을 발휘하는 데 방해된다는 낙인이 찍혀 있었다. 나 역시 발 부상을 당하기 전까지만 해도 그런 편견을 가지고 있었다. 이기지 않는 한 내 목소리는 중요하지 않으며, 다시 건강해질 때까지 절망의 구덩이로 들어가야 한다는, 떨쳐버릴 수 없었던 끔찍한 옛이야기가 다시 떠올랐다. 하지만 이번에는 더 큰 이야기에 집중하기로 했다. 언젠가 그 두려움에 대해 쓴 글을 블로그에 올리기로 결심했고, 가장 많이 공유한 게시물이 되었다. 승리의 순간보다 취약한 순간을 공유하는 것이 훨씬 어려웠다. 사람들은 운동선수가 이기고 있지 않을 때 얼굴을 공개하는 것에 익숙하지 않았기 때문에 더 많은 악플을 경험했다. 하지만 내가 솔직해질수록 독자들도 긍정적으로 반응한다는 사실을 알게 되었다. 블로그는 달리기 외에 매일 기대할 수 있는 일거리를 제공해주었다. 개인적인 글에서 홍보를 하고 싶지 않아서 피키바에 대해서는 거의 이야기하지 않았지만, 덕분에 피키바도 많이 팔렸다.

부상을 회복하니 2011년 USATF 선수권대회에 출전하기 위해 훈련할 시간이 두어 달밖에 남아 있지 않았다. 시간이 모자랐다. 우승과는 거리가 먼 8위에 그쳤고 스포츠 전문가들이 부진한 경기력을 지적했을 때도 나는 스스로를 자랑스러워하기로 결심했다. 복귀 타이밍과 업계 시간표가 일치하지 않을 때도 있다. 엘리트 스포츠 문화에 세뇌되지 않은 평범한 사람들은 그걸 이해했다. 그게 인생이다. 나는 나만의 레인을 주시하면서 내 시간표에 맞게 가고 있었다.

여름 동안 팀과 머물렀던 프랑스 퐁로뫼의 고지대에서 나는 산기슭을 혼자 달렸다. 발은 빗물이 흘러내리는 개울을 따라 춤췄다. 차가 다니기 전 마을 사이의 고대 산책로를 걷던 영들과 함께하는 기분이었다. 동네를 산책하면서 발걸음을 멈추고 거대한 붉은 양귀비의 꽃잎을 만져보았다. 고무가 닳아 없어진 트랙에 격일로 가서 생애 가장 힘든 강도로 운동해보기도 했다.

어느 날 트랙에 갔을 때, 자전거로 속도를 맞추고 있는 코치와 남편 뒤에서 기계적인 보폭으로 인터벌 트레이닝을 하고 있는 키 큰 금발 여성을 봤다. 머리를 한쪽으로 단정하게 넘긴 그는 바로 내가 평생 존경해온 세계적인 장거리 달리기 아이콘, 영국의 폴라 래드클리프였다. 아무 축구장에나 갔다가 우연히 메건 러피노가 페널티킥을 연습하는 모습을 본 것과 같았다. 우리는 같은 분야의 전문가였지만, 폴라는 여러 차례 세계 챔피언에 오르고 대영제국의 훈장까지 받았다. 나와는 차원이 다른 선수였다. 폴라가 운동을 마치고 자기소개를 하려고 다가왔을 때 나는 목이 메어 말을 잇지 못했다. 그는 내가 그 주 초에 블로그에 올린 온천에 대해 물어봤고, 피키바에 대해 문의하고, 저녁 식사에 나를 초대했다. 그는 완벽한 프랑스어로 음식을 주문했고, 나와 오랜 친구처럼 이야기를 나눴다. 똑똑하고 재미있고 진지하고 호기심이 많은 사람이었다. 초콜릿 퐁듀를 먹으며 나는 2004년에 그의 약력에 적힌 몸무게와 내 몸무게를 비교하면서 비이성적으로 행동했던 일을 고백했다. 그는 약력에 나온 자기 몸무게가 얼마였는지 물었고 나는 말해주었다.

"몸무게가 그렇게 나간 적은 없는데." 그가 말했다.

우리는 비교의 위험성과 영국의 여자 선수들이 직면한 문제에 대해 이야기했다. 어떤 면에서 영국은 미국보다 문제가 심각해 보였다. NCAA도 문제가 있었지만, 견고한 대학 스포츠 시스템이 없는 영국에서는 젊은 인재들이 프로 스포츠의 압박에 정면으로 부딪혔다.

"계속 쓰세요." 내가 차에서 내리자 그가 말했다. "당신 글이 변화를 가져오고 있어요."

나는 마크에 대해 썼고, 고통과의 관계를 발전시키는 것에 대해 썼고, 스톡홀름에서 옆구리가 쑤시는 바람에 5000미터 경기에 실패한 이야기와, 어떻게 춤이 모든 것을 바로잡아주었는지에 대해서도 썼다. 런던 다이아몬드 리그가 5000미터에서 세계 기준 기록인 15분 14초를 달성하고 세계 선수권대회 미국 대표팀의 빈자리를 채울 마지막 기회라는 사실도 썼다. 나는 그 주인공이 되기를 공개적으로 바랐다.

런던에서 세계 정상급 선수들과 경쟁할 생각에 들떠 있었지만 경기를 뛰지 못할 뻔했다. 준비운동 도중 스톡홀름 경기를 망쳤던 것과 같은 큰 통증이 옆구리에 찾아왔다. 미국 신기록을 세울 수 있는 컨디션이라고 생각했지만, 경련이 일어나면 능력을 발휘하기 힘들다는 사실도 알고 있었다.

"로런." 대기실 근처 창고에서 마크를 발견했을 때 그가 말했다. "안 뛰어도 돼. 괜찮아. 하지만 모르지."

"뭘 몰라요?"

"무슨 일이 일어날지 모른다는 거야. 경련이 올 수도 있고, 안 올 수도 있어. 꼭 이기려고 할 필요는 없어. 나가서, 어떻게 될지 보면 돼."

나는 마지막으로 화장실을 이용하고 거울에 비친 얼굴을 봤다. 뒤로 물러나서 경주용 상의와 번bun을 입은 내 모습을 바라보고, 우뚝 서서 힘차게 달리는 모습을 상상해보았다. 번이 올라갈까봐 걱정하는 순간, 예기치 못하게 내 몸에 대한 비판이 파도처럼 휘몰아쳤다. 하지만 잠시 생각을 멈춘 뒤, 번 같은 시각적 신호에 이토록 쉽게 마음을 빼앗길 수 있다는 사실이 얼마나 흥미로운지를 생각했다. 여성만 입게 되어 있는 이 작은 팬티는 본질적으로 여성 선수들을 전시의 대상으로 만들기 위해 디자인되었다. 여성용 유니폼은 스포츠와 여성성이 상충된다는 두려움을 해소하고 '열등한 이들의 퍼포먼스'를 지켜보는 관중에게 위안을 주기 위해 만들어졌다. 한 성별에만 피부 노출과 '몸에 꽉 끼는' 의상을 의무화하는 획일적인 지침은 여러 스포츠 종목의 규칙에 명문화되어 있다. 이런 의상은 하이힐처럼 여성들 사이에서도 전문성의 상징으로 내면화되어 있지만, 하이힐이 허리 통증을 유발하는 것처럼 신체 이형증을 유발하기도 한다.

가방을 뒤져 평소에 입던 러닝용 반바지를 꺼내 갈아입었다. 다시 거울을 보니 부정적인 목소리는 사라지고 없었다. 오랜 세월 동안 나는 육상 유니폼을 입은 상태에서 시선을 의식하게 되는 것이 나만의 문제라고 생각했다. 진정한 프로는 번을 입는다. 그것이 논리였다. 팬들로 둘러싸인 어항 안에서, 그리고 카메라 앞에서 자신 있게 수영복을 입는 능력이 여성 선수에게 있어 진정한 프로페셔널리즘의 표식인가? 아니다. 번을 입든, 입지 않든, 나는 프로였다.

첫 3200미터는 감당할 수 있는 수준의 속도로 뛰었다. 경련이 오기를 기다렸지만 경련은 일어나지 않았다. 그래서 속도를 냈다. 내가 가장 먼저 결승선을 통과하자 양쪽에서 불꽃이 하늘 높이 발포되었고 경기장을 가득 메운 사람들이 환호성을 질렀다. 15분의 기록으로 나는 세계 선수권대회에 진출했다.

저녁 식사 자리에서 나는 와인이 담긴 잔을 들고, 마크의 훌륭한 코치와 내가 경기를 그만두려고 할 때 그가 부드럽게 설득해준 일에 대해 말했다. 나의 진심에 그는 예상대로 몸을 꿈틀거렸다.

"로런이 스스로 빠져나갈 수 있도록 도와준 것 외에는 아무것도 한 게 없습니다." 그가 손을 흔들며 잔을 내려놓았다.

"코치님이 아니었으면 비행기를 타고 집으로 돌아가고 있었을 거예요. 뭐라고 해야 할지 어떻게 아신 거예요?"

그는 와인 잔을 시계 방향으로 천천히 돌리며 생각했다. "정상급 선수들은 늘 보이지 않는 것들에게 쫓기지."

세계 선수권대회 개최지인 대한민국 대구에서 우리는 냄비 속 가재 같았다. 달리는 길에 늘어선 나무에서 매미 소리 하나 들리지 않을 정도로 습도가 높았다. 선수촌 밖 산에는 2주 내내 안개가 연기처럼 자욱하게 끼어 있었다. 하지만 내게 날씨는 중요하지 않았다. 트랙은 여전히 400미터였다.

메달을 딸 수 있냐고 묻는 작은 속삭임이 들리기도 했다. 세계 정상급 선수들의 기록은 나보다 훨씬 빨랐지만, 선수권대회 경기는 초반에 느리게 달리다가 극적인 질주로 승부가 결정되는 경우가 많았다. 미국인이 한 번도 해내지 못한 일을 성취할 아주 작은 기회가 있었다. 그리고 대구에서 마크와 함께 마지막으로 고된 훈련을 끝내고 나니 그 속삭임은 더욱 커졌다. 여전히 가능성이 희박하다는 사실을 알면서도 나는 꿈꾸는 것을 즐길 수 있었다. 경기 전반과 각 단계에서 어떤 기분이 들지 상상해봤다. 이 자리에 오기 위해 15년을 노력했다. 세계 최고의 선수들 사이에서 꿈을 꿀 수 있다는 사실은 믿기 어려울 정도로 놀라웠고 내게 자유를 주었다.

대회 관계자가 미로 같은 복도를 따라 5000미터 결승전 트랙으로 가자고 불렀을 때도 나는 계속 희망에 부풀어 있었다. 실패를 두려워하거나 스스로를 보호할 필요성을 느끼지 못했다. 계단을 따라 올라가자 작았던 빛이 눈이 부실 정도로 강해지다가 마침내 거대한 경기장 한가운데가 보였다. 출발선을 향해 걸어가면서 머리 위로 꽉 들어찬 거대한 객석과, 열기로 인해 흐릿해 보이는 팬들의 모습이 눈에 들어왔다. 옆에서 겁에 질린 듯 떨고 있는 젊은 일본 여성을 보니 내가 얼마나 멀리 왔는지 알 수 있었다. 나는 다가가 어깨에 손을 얹었다. 내 눈을 바라보는 그의 눈빛이 부드러워졌다. "괜찮을 거예요." 내가 웃으며 말했다. "긴장 풀고 즐겨요." 내가 시범으로 팔을 흔들어 보이자 그도 같은 동작을 하며 슬며시 미소를 지었다.

7위로 들어온 내게 메달은 없었지만, 나는 내가 자랑스러웠다. 최선을 다했고, 실제로 나를 믿은 결과 미국인 사상 최고의 성적을 거둘 수 있었다. 올림픽은 1년 앞으로 다가왔고 나와 메달을 놓고 경쟁하는 여성은 전 세계에서 네 명뿐이었다. 나는 메달을 원했지만, 메달을 필요로 하지는 않았다. 그래서 메달을 좇는다는 생각이 더욱 즐거웠다.

집으로 돌아온 나는 내 칼럼을 읽고 보낸 질문으로 가득 찬 스프레드시트를 검토하기 위해 자리에 앉았다. 많은 젊은 여성 운동선수가 신체 이미지, 섭식장애, 우울증, 월경불순, 스트레스, 원인 모를 부상, 불안감 등 흔한 문제로 어려움을 겪고 있었다. 상황은 소셜 미디어로 인해 더욱 악화하는 듯했다. 많은 코치와 부모가 의도와 달리 해를 끼치는 데 연루되어 있었다. 이번에도 나는 도와야 한다는 긴급함을 느꼈지만, 무력하지는 않았다.

나는 올림픽에 출전한 아일랜드 출신의 장대높이뛰기 선수이자 친구인 로 맥게티건과 함께 소녀들을 위한 훈련 일기를 자비로 출판했다. 우리는 주행 거리와 같은 일반적인 항목뿐만 아니라 월경 주기나 기분 등 소녀들이 종종 무시하라고 교육받는 항목도 기록하라고 권장했다. 자기 주문이나 시각적 신호의 사용과 같은 스포츠심리학 기법과 동료 선수들의 고무적인 인용구들도 포함시켰다. 목표는 여성 운동선수들이 열악한 환경에서 스스로에게 집중하고, 자연스럽게 경기력이 떨어지거나 약해지는 시기를 극복하는 데 도움이 되는 도구를 만드는 것이었다. 초판 1500부는 금세 매진되었고 예상보다 훨씬 더 많은 호응을 얻었다. 그래서 2500부를 더 인쇄했다. 우리 집은 이미 피키바 공장이었기 때문에 로가 프로비던스에 있는 자택에서 웹사이트를 운영하며 주문을 처리했다. 티셔츠와 장신구, 문구류에도 주문과 시각적 신호를 넣어 판매했다. 로와 내가 압박감 속에서 성공하는 데 도움이 되었던 스포츠심리학의 도구는 트랙 밖의 삶에도 적용 가능한 것으로 밝혀졌고, 우리 고객층도 확장되었다.

기업인으로서의 성공은 예상치 못한 일이었다. 스물여덟 살때 제시가 나를 기업인이라고 표현하기 전까지는 그 단어가 무슨 뜻인지도 몰랐다. 나는 제시가 기업가 정신에 대해 말할 때 사용하는 손익, 운영 효율성 등의 용어에 관심이 없었다. 그저 문제를 파악하고 해결하는 것뿐이라고 주장했다. 어렸을 때 신체 기술을 숙달했을 때와 마찬가지로 "해냈어!"라고 하는 기분이 좋았다. 다른 사람들에게 가치 있는 무언가를 창조하는 일은 그런 신체 기술을 확장해 사용하는 것이었다. 글쓰기와 에너지바 사업 모두 자신감과 운동 경기 외의 정체성을 안겨주었고, 운동이 잘 되지 않을 때 견딜 수 있게 해주었다.

돈을 버는 데 초점을 맞춘 적은 없었지만 돈이 들어오고 있었고, 내 재정적 성공은 스포츠 마케팅에 대한 나이키의 관점이 시대에 뒤떨어졌다는 명백한 증거가 되었다. 나이키에 따르면 올림픽에 나가 메달을 따야만 신발을 팔 수 있기에, 그들의 정의상 나는 실패한 마케팅 자산이었다. 웃을 수밖에 없었다. 프로 스포츠 산업은 여성 참여가 허용되기 훨씬 전인 19세기 후반에 조직 스포츠의 창설을 주도했던, 공격성과 경쟁이라는 전통적인 남성적 이상에 아직도 집착하고 있었다. 물론 승리는 여전히 중요했지만 스포츠 팬들에게 중요한 것은 승리만이 아니었다. 온전한 인격체가 되는 것은 강력한 힘이었으나 (남성에 의해 정의되고 유지되는) 스포츠의 경제학은 이를 위한 공간을 많이 남겨두지 않았다. 계약은 인생에 내재된 험난한 길, 특히 여성들이 주로 걸어가는 길에 불이익을 주었다.

최근에는 유색인종 여성들이 주도하는 스포츠계 전반의 움직임 덕분에 이러한 인식이 바뀌기 시작했다. 오사카 나오미가 정신 건강을 우선하기 위해 의무적으로 참석해야 하는 기자회견을 거부하자 악플러들이 난리를 쳤지만, 다른 사람들은 선수의 주체적인 행동에 개방적인 태도를 보였다. 시몬 바일스가 자신의 건강과 안전을 위해 올림픽에서 기권했을 때 사람들은 금메달을 위해 희생하는 상징적인 이미지를 구현한 케리 스트럭과 그를 비교하며 미국인답지 않다고 비난했지만, 바일스는 건강이 메달보다 더 가치 있다는 사실을 알고 당당히 맞서 싸웠다. 미국여자프로농구WNBA의 여성 선수들은 프로 선수로서의 정체성에 사회 정의를 녹여내며 입을 다물고 경기에 임하는 것을 거부했다.

2019년에는 얼리시아 몬타뇨, 카라 가우처, 앨리슨 필릭스가 『뉴욕타임스』와 함께 임신과 스폰서십이라는 금기시되는 주제를 용감하게 다루었으며, 특히 임신한 선수의 계약을 해지하면서 엄마의 힘을 광고하는 나이키의 위선을 고발했다. 육상 분야에서 진보적인 보호 정책을 시행하고 있는 브랜드는 페미니스트 브랜드인 와젤Oiselle 한 곳뿐이었으며, 이 기업은 더 많은 브랜드가 일관된 관행을 채택할 수 있도록 계약서 문구를 공개했다. 소비자들의 압력이 거세지자 주요 기업들도 여기에 줄줄이 동참했다. 버튼, 아디다스, 살로몬, 알트라, 브룩스, 뉴발란스, 그리고 몇 번의 실패 끝에 결국에는 나이키까지. 현재는 많은 유명 여성 운동선수가 트랜스젠더를 공격하는 법안의 물결에 맞서기 위해 힘을 합쳐, 이전에 신성시되던 모든 것보다 포용을 우선시하는 스포츠의 진화를 옹호하고 있다. 이 모든 여성과 엘리트 선수가 받는 스포트라이트 바깥의 다른 많은 이들도 여성 스포츠뿐만 아니라 모두를 위한 스포츠를 변화시키고 있다.

내게는 그런 롤모델이 없었지만, 나는 내 방식대로 롤모델이 되기 위해 노력했다. 발배뼈가 부러져 아슬아슬하게 올림픽에 출전하지 못했을 때, 좋아하는 운동을 다시 할 수 있을지 확신이 서지 않았을 때, 온라인을 통해 사방에서 지침을 찾았다. 일이 잘 안 풀릴 때는 어떻게 해야 할까? 성공 가능성이 희박할 때 어떻게 해야 계속 시도할 수 있을까? 가슴 아픈 일을 겪은 뒤 어떻게 내 취약한 모습을 드러낼 수 있을까? 문학이나 소설 속 인물들의 삶에서는 이러한 이야기를 찾을 수 있었지만, 스포츠에서는 찾을 수 없었다. 선수들이 말하지 않았기 때문이다. 선수들은 우승할 때가 아니면 말을 하지 않았고, 오래전에 지나간 힘든 시절을 회상하지도 않았다. 해피엔딩이 보장되지 않아도 한 걸음 더 나아가는 데 도움이 되는 자료가 필요했다. 그래서 직접 썼다.

상황이 좋지 않을 때 인터넷을 검색하는 다음 사람을 위해 적어도 나 한 사람이라도 큰 목표를 좇는 모습을 정확하게 보여주고 싶었다. 그렇기에 육상이라는 작은 세계에서 내가 성장하고 승리하고 실패하는 모습을 공개하기로 결심했다. 다른 프로 선수들에게도 영감을 줄 수 있기를 바랐고, 실제로 그렇게 되었다. 하지만 단기적으로 가장 큰 승자는 나였다. 트랙 밖에서의 삶이 더 확장될수록 나는 더 큰 만족감을 느꼈다.

용기Courage의 C

다른 육상 선수들처럼 한국에서 바로 귀국해 수 주간 쉬면서 다리를 회복했다면 당장 갈비뼈에 올림픽 오륜기 문신을 새겼을 것이다. 그러나 나는 그 후 7주 동안 뉴욕시 마라톤에 출전하기 위한 훈련에 매진했다.

사람들에게는 5000미터에 대비하기 위해 출전한다고 말했고, 부분적으로는 사실이기도 했다. 다음 해 런던 올림픽에서 동아프리카 선수들과 경쟁하기 위해서는 순수 지구력 훈련이라는 엄청난 체력 단련이 필요했다. 하지만 훈련은 뉴욕으로 날아가지 않아도 충분히 할 수 있었다. 내가 마라톤에 참가한 진짜 이유는 돈이었다. 이전에 장거리 마라톤으로 29킬로미터를 달렸는데, 지금 몇 킬로미터만 더 뛰면 2만5000달러를 주겠다고? 2시간 35분보다 더 빨리 완주하면 두 배를 벌 수 있었다. 1년 치 연봉에 가까운 돈이었다.

게다가 뉴욕에서 열리는 이 엘리트 대회에 초청받는 것은 매년 전 세계에서 몇 안 되는 사람들만 얻을 수 있는 기회였다. 5000미터 선수는 주 종목의 여덟 배가 넘는 거리와 다른 체력 조건으로 인해 일반적으로는 참가하지 않지만, 매년 이 마라톤

대회를 주최하는 대형 단체 뉴욕로드러너스는 흥미진진한 경쟁만큼이나 흥미로운 이야기를 좋아했고, 웹사이트 전체가 이야기로 가득했던 나는 미디어가 가장 쉽게 접할 수 있는 선수였다. 『뉴욕타임스』에서는 주말 특집 기사 취재원으로 나를 선정했다.

왜 나를 선택했는지 기자에게 물었더니 내 블로그를 언급했다. "엘리트 육상에 다가가기 쉽게 만들어주셨잖아요. 장담컨대, 정말 쉬운 일이 아니거든요." 내가 무엇을 먹을지, 경기 중에 신호가 오는 것을 방지하려면 어떻게 할지 고민하는 동안 그는 뒷전으로 물러나 있었지만, 날 걱정해주고 있었다. 경험해본 적 없는 불편함을 느끼게 될 것이 100퍼센트 확실한데도 낯선 장소에 과감히 나타나는 것은 모든 초심자 마라토너의 이야기다.

'벽에 부딪히는 것'도 마찬가지다. 나 역시 이를 경험했다. 그것도 극적으로. 30킬로미터 언저리에 이르렀을 때 나는 큰 보너스를 받기 위해 속도를 킬로미터당 3분 36초 정도로 유지하며 체계적으로 달리고 있었다. 그런데 갑자기 온몸 관절이 전부 닳아 없어진 것처럼 허벅지에 아스팔트의 충격이 느껴지고 척추뼈가 흔들렸다. 속도를 늦추기 시작했지만 아직 계획보다 5분 정도 앞서는 상황이었기 때문에 걱정하지 않았다. 그런 다음 속도를 조금 더 줄였다. 3킬로미터쯤 남았으니 평소 아침에 하는 조깅 속도를 유지하면 5만 달러를 벌 수 있을 것이라고 계산했다. 정말 간단한 일이었다. 하지만 눈꺼풀까지 통틀어 전신 근육이 창고에 불이 꺼지는 것처럼 하나씩 멈춰갔다. 센트럴파크의 바리케이드에 기댄 팬들이 지르는 소리에 귀가 먹먹해졌다. 유일하게 작동하는 건 마음의 눈뿐이었고, 발걸음을 옮길 때마다 등 뒤에서는 수천 장의 달러가 바람에 날려 사라졌다. 결승선이 다가오자 그 모든 불합리함에 진짜로 웃음이 터져 나왔다.

나는 2만5000달러를 들고 절뚝거리며 집으로 돌아왔다. 마라톤을 뛰기 전부터 아팠던 무릎은 당연히 마라톤을 뛰었다고 나아지지 않았다. 하지만 쉬면 나을 거라고 생각했다. 『뉴욕타임스』나 『러너스월드』 잡지 표지를 통해 나를 알게 된 고객들이 나와 로가 집필한 훈련 일기와 피키바를 엄청나게 주문했기에 연말 시즌을 열정적으로 보냈다. 당시에는 흔히 볼 수 없었던 월별 배송 서비스를 제공하는 기발한 아이디어는 우리 사업체를 완전히 바꿔놓았다. 구독자 덕분에 매달 필요한 재고를 98퍼센트의 정확도로 예측할 수 있었고, 에너지바를 받은 후 30일, 60일, 심지어 90일 후에 대금을 지불하는 소매업체와 달리 구독자들은 먼저 대금을 지불했다. 우리는 식품 스타트업으로서 살아남는 비법을 터득했고, 제시는 CEO로서 우리를 훌륭하게 이끌어주었으며, 대부분 대학생인 직원들이 하루 10시간씩 우리 집에서 에너지바를 만들었기 때문에 계약 제조업체의 최소 주문량을 충족할 만큼 판매할 수 있었다. 우리 대신 다른 누군가가 바를 만들 수 있게 되면 집을 다시 사용할 수 있게 될 예정이었다.

피키바는 무릎이 회복되기를 기다리는 동안 머리를 식히기 좋은 활동이었다. '달리기 선수의 무릎runner's knee'이라고도 불리는 장경인대증후군은 정해진 회복 기간이 없다. 둔근이 약한 달리기 초보에게 흔히 발생하는 부상이며 일반적으로 휴식과 마사지, 물리 치료를 통해 금방 회복된다. 수영은 해가 되지 않으므로 나는 크롤링 영법을 배우고 '제인 폰다' 레그 리프트를 하며 무릎이 회복되기를 기다렸다. 몇 주가 몇 달로 바뀌었다.

어느새 목표는 런던에서 메달을 따는 것에서 올림픽 대표팀에 선발되는 것으로 바뀌었다. 그러다가 대표팀에 들지는 못하더라도 선발전에서 좋은 성적을 거두는 것으로 다시 바뀌었다. 하지만 결국 현실을 직시해야 했다. 선발전에 나가면 창피를 당할 것 같았다. 세계 7위였던 무적의 선수는 사라지고 없었다.

"어떻게 하고 싶니?" 마크가 팬케이크를 먹으며 물었다.

"그만두고 싶지 않아요." 내가 대답했다.

"왜? 상황을 받아들여야지."

"이번이 마지막 올림픽 선발전이 될 것 같은 느낌이 들어요. 내년에는 아기를 갖고 싶고, 몇 달 후면 계약이 만료되는데, 어떻게 될지 모르겠어요. 하지만 마크, 선발전 출전권은 획득했잖아요. 실력은 형편없더라도 선발전은 여전히 저한테 의미 있는 일이에요. 출발선에 서서 뛸 수 있는 방법을 찾고 싶어요. 코치님의 도움이 필요해요."

큰 부탁이었다. 마크는 자칭 '엘리트주의자'로서 순전히 높은 성과에만 관심 있는 사람이었다. 그는 손을 모으고 내 얼굴을 살폈다.

"로런, 그게 네가 원하는 거라면. 창의적으로 생각해보자. 아주 창의적으로. 나한테 아이디어가 몇 가지 있어." 그는 팬케이크를 입에 넣고는 "여성들이여. 맹세하겠습니다"라고 중얼거렸다. 심술궂은 말투였지만, 눈가 미소가 속마음을 말해주었다. 그가 노트를 펴고 글을 써내려가기 시작했다.

짧은 시간 빠르게 달릴 때 만들어지는 무릎 각도에서는 이유는 정확히 알 수 없었지만 통증이 없었다. 그래서 매주 단거리 시간을 점점 늘렸다. 일주일에 달리는 총 거리는 약 11킬로미터까지 늘어났다. 예전에 하루 동안 달리던 거리보다는 짧았지만, 경기 속도나 그 이상으로 달렸다. 올림픽 선발전을 앞둔 마지막 훈련에서는 1600미터를 4분 40초에 완주하고 휴식을 취한 다음 이를 두 번 더 반복할 수 있었다. 전통적인 훈련 기반 없이는 달성할 수 없다고 여겨질 정도의 수준이었다. 마크와 함께 일하면서 가장 재미있는 시간이었다. 우리는 호기심에 이끌려 계속해서 스스로를 놀라게 하고 즐거워했다. 준비하는 경기가 세계에서 가장 중요한 경기 중 하나라는 사실을 잊을 만큼 그 순간을 잘 버텨냈다.

하지만 내 홈트랙은 임시 관람석이 들어서면서 1만2000명의 팬을 수용하는 경기장으로 바뀌었다. NBC는 공중 촬영 장비를 설치하기 시작했다. 트랙타운 전체가 화려한 광고판, 승패만을 좇는 에너지, 성공에 대한 편협함과 함께 올림픽 드림의 성지로 변모한 것이다. 나이키의 VIP 좌석인 '캡스 코너'에는 플래카드가 걸렸고 관중은 경기를 관람하며 케이터링을 받을 수 있었다. "정말 경기에 출전하고 싶어요?" 나이키는 경기에 출전해 안 좋은 성적을 거두는 것보다 부상으로 출전하지 않는 것을 더 좋아할 거라며 에이전트가 물었다. 주변 사람들은 내가 출전할 계획이라는 사실에 놀랐고, 몇몇 사람은 나를 설득하려고 했다. 그들은 내가 실패하는 모습을 보고 싶어하지 않았다.

개막식 며칠 전에 열린 기자회견에서 처음으로 내게 질문을 던졌던 기자는 올림픽 대표팀이 되어 2008년의 실패를 만회할 마지막 기회가 아니냐며, 죽느냐 사느냐의 문제로 내러티브를 가져갔다. 무릎 상태가 좋지 않고 준비 시간도 부족했던 상황이라 완주하는 것을 목표로 하겠다고 대답하자 다른 기자가 질문을 던졌다. "당신은 올림픽 대표팀이 되지 못한 역사상 가장 빠른 5000미터 선수입니다. 쉬실 틈이 없는 것 같네요. 6개월 전만 해도 우승 후보로 거론되었는데, 경기에 나가면 어떤 기분이 들 것 같으세요?"

속이 뒤집혔다. "4년 전에는 올림픽만 중요하다고 생각했습니다. 모두가 제게 수도승처럼 살아야 한다고 했고 그렇게 살다 보니 모든 기쁨이 사라졌어요. 그때부터 스스로를 위해 성공을 다시 정의했고 저만의 방식으로 성공했습니다. 저는 올림픽 출전만이 중요하다는 생각을 거부합니다. 그건 잘못된 생각이며, 스포츠에도 좋지 않은 신념입니다. 다른 좋은 이야기들도 많이 있습니다. 사실 친구, 가족과 함께 여기까지 온 사람 중 올림픽에 출전하게 되는 사람은 극히 드물어요. 대부분의 사람들은 이 경기에 출전한 것만으로도 승리한 것입니다."

"그렇다고 해서 대표팀 선발이 올림픽 선발전의 핵심이라는 사실은 변하지 않는데요." 기자가 말했다.

"아니요. 핵심이 무엇인지는 제가 결정할 수 있습니다." 내가 반박했다.

"현명한 생각인지 망상인지 알 수가 없네요."

"피차일반입니다."

회견장에 낄낄대는 소리가 퍼졌다.

"물론 제가 꿈꿨던 결말은 아닙니다. 하지만 실패한다고 해서 실패자가 되는 건 아니라는 사실을 깨닫는다면 무엇이든 시도해볼 용기가 생깁니다."

"제가 망상에 빠진 건가요?" 기자회견 다음날 트랙에서 마크에게 물었다. 그땐 확신을 갖고 말했지만 경기 전 마지막으로 몸을 푸는 내내 기자의 말이 머릿속을 맴돌았다.

"넌 미쳤어. 너도 알고 나도 알고 우리 모두가 알고 있는 사실이지. 새삼스럽지도 않다."

마크는 인터벌 트레이닝을 위해 줄을 서 있던 팀 동료이자 800미터 선수인 닉 시먼즈에게로 시선을 돌리고 스톱워치를 눌렀다. 우리는 커브에서 힘을 주는 닉을 지켜보았다. 그는 준비된 사람처럼 보였다. 닉은 항상 정확한 타이밍에 우승할 준비가 되어 있었다.

나는 스파이크화를 신으려고 앉아 매듭을 몇 초간 만지작거리다가 포기했다. 이틀 뒤면 뛰고 있을 것이다. 트랙 주변에는 최고의 컨디션을 갖춘 선수들이 자세 훈련을 하고 허들을 미끄러지듯 넘고 있었다. 아주 수월해 보이는 그들의 동작을 보고 진정으로 준비된다는 것이 어떤 느낌인지 떠올렸다. 나는 감정이 고조되어 트랙을 벗어나 잡초 속으로 걸어 들어갔다. 트랙에서 충분히 멀리 떨어진 채, 밀려오는 감정을 안전하게 분출할 때까지 발목을 긁어댔다. 상황이 이렇게 달라질 수도 있었다. 숨쉬기가 힘들었다. 내 몸 어딘가에 내가 승리한 또 다른 버전의 이야기가 살아 있었다. 이 이야기를 원한 게 아니었다.

며칠간 나는 사람은 없고 풀꽃가루만 날리는 매켄지강 부근에 있는 친구의 오두막집에 머물렀다. 모든 게 잘못되기 몇 달 전, 최고의 컨디션을 유지하려는 목적으로 세워둔 계획이었다. 소파에 작은 둥지를 틀고 앉아 벽난로 불빛을 쳐다보고 있는데 경기 생각을 하니 몸서리가 쳐졌다. 경기에서 기권하고 남은 기간 동안 오두막집에 계속 있다 가고 싶다고 제시에게 말했다.

"이유를 말해봐." 그가 말했다.

"나는 이것보다 훨씬 나은 선수잖아. 아무도 이런 내 모습을 보고 싶어하지 않을 거야. 나도 보고 싶지 않아. 모욕적일 거야."

"누가 그래?"

나는 계속 불을 쳐다보며 손톱을 물어뜯었다.

"알았어. 그럼 출전해야 하는 이유도 한번 말해봐."

"사람들이 나타나기 전까지는 기분이 좋았어. 타인이 내게 그런 힘을 갖고 있다는 게 싫어. 모든 게 여정이니 어쩌니 하는 글을 쓰느라 그렇게 많은 시간을 썼는데, 지금은 허무한 기분이 들어."

"본인이 승자일 때는 여정이 중요하다고 말하기 쉬운 거야." 그가 말했다.

"경기장, 그 짜릿함…… 출전은 나를 위한 거야. 하지만 제시, 나는 선수이기도 하잖아. 내가 뭘 할 수 있는지 보여주고 싶었어."

"아직 네가 어떤 사람인지 보여줄 수는 있어."

나는 경기 전 블로그에 출전 의사를 분명히 밝혔고, 두려움에 대해서도 솔직하게 이야기했다. '관중석에 계실 분들 중 응원해주실 분들은 제가 트랙으로 나갈 때 신호를 보내주세요. 손으로 용기courage를 상징하는 C자 모양을 만들어주세요. 사랑을 담아, 로런.'

유치한 부탁이라는 것은 알았지만 더 좋은 아이디어가 떠오르지 않았다. 독자 중 트랙타운에 실제로 올 사람은 극소수일 것이고, 여자 5000미터 예선전에 오는 사람은 훨씬 더 적을 거라고 생각했다.

관계자를 따라 헤이워드필드에 들어선 나는 경쟁자들 사이에 한 줄로 서서 경기장을 살폈다. 관중석 벤치 위 돌출부의 상징적인 각도. 점수판과 우뚝 솟은 조명. 트랙은 울퉁불퉁한 고무에 묻은 먼지가 날아가 깨끗했다. 레인을 그린 페인트 냄새가 나는 것만 같았다. 모두가 긴장하며 뛰어다니는 동안 나는 가만히 있었다.

패배가 확실시되는 상황에서 관중석을 보니 가족, 지역 달리기 클럽 친구들, 모르는 사람들이 하나둘씩 일어나 나를 향해 미소를 지으며 C자를 만들었다. 나는 눈물을 흘리다가 미소를 지었다.

준비운동 복장을 벗어 출발선 옆에 있는 바구니에 넣고 그 옆을 지키고 있던 자원봉사자에게 감사를 표했다. 트랙에 등을 대고 누운 다음 내 몸을 받치고 있는 트랙을 느끼며 눈을 감았다. 경기장의 소리에 귀를 기울였다. 박수 소리가 점점 빨라지는 것은 멀리뛰기 선수가 활주로를 질주하고 있다는 뜻이었다. 숨을 참았다가 응원하는 듯 소박한 박수는 평균 점수를 의미했다. 스포츠의 세계는 평균 기록과 빗나간 샷으로 가득하다. 그래도 아름답다.

5000미터 예선전은 전략적이었다. 체력이 저하된 상태에서도 충분히 따라잡을 수 있을 만큼 페이스가 느렸다. 하지만 마지막 질주는 치열했고, 선두 그룹은 폭발적으로 치고 나갔으며, 나는 힘겹게 중위권으로 결승선을 통과했다. 나는 재작년 세계 선수권대회 결승에서 보여줬던 투지로 결승선을 통과했고, 경기 내내 집중력을 잃지 않고 긍정적인 태도를 유지할 수 있어 기뻤다. 목표를 달성했으니 이제 자랑스럽게 집으로 돌아갈 수 있었다. 가족이 앉아 있던 곳에서 환호성이 터져 나왔다. 전광판에 표시된 내 기록 옆에 예선 통과를 뜻하는 작은 q자가 보였다. 16분보다 빠른 기록이었다! 결승전 진출권을 획득한 선수들이 게시되었는데, 놀랍게도 내가 그중 한 명이었다. 결승에 진출할 거라고는 전혀 예상하지 못했기에 기록이나 순위는 전혀 신경쓰지 않고 있었다. 그저 최대한 열심히 달리는 데만 집중했다.

결승전 당일 내 몸은 더러운 욕실 매트처럼 마구 내팽개쳐진 것 같았다. 경쟁자들이 막판에 폭발적인 훈련을 아무렇지도 않게 하는 동안, 걷는 것만으로도 아픈 다리로 웃으며 트랙으로 들어섰다. 하지만 관중석을 올려다보니 낯선 이와 친구들이 C자를 만들며 나를 응원하고 있었다. 사람들이 내 이름을 외쳤고 나는 손을 흔들며 환한 미소를 지었다. 나는 그들이 누구인지, 어떤 사연이 있을지, 나와 무엇을 공유했을지 궁금했다. 그러고는 몸과 호흡, 출발선 바로 아래 왼쪽 발가락에 의식을 집중했다.

동정 박수pity clap는 꼴찌로 들어온 선수에게 보내는 의무적인 박수를 가리키는 용어다. 올림픽 선발전 여자 5000미터 결승전, 홀로 남은 마지막 바퀴에서 흔들리는 다리를 이끌고 그 유명한 보어먼 커브를 빠져나오는 순간 갑자기 박수 소리가 들렸다. 우승자들이 결승선을 통과한 지 꽤 지난 시점이었기 때문에 당황스러웠다. 도약 종목의 리드미컬한 박수가 아닌, 부드럽고 안정된 박수였다. 친절한 느낌마저 들었다. 그때 그게 나를 위한 박수라는 사실을 깨달았다. 놀랍게도 동정심에서 치는 박수는 아니었다. 인정하는 소리 같았다. 마침내 경기가 끝났을 때 나는 완전히 소모된 기분이었고 조금 슬펐지만, 스스로에게 기회를 줌으로써 경험한 모든 것에 경외심을 느꼈다.

경기를 마친 후에는 트랙 옆 축제와 이후에 열린 바에서 사람들이 다가와 축하해줬다. 그중 몇몇은 내 실루엣이 그려진 팬 셔츠를 입고 있었다. 알고 보니 그 셔츠는 나이키가 아니라 시애틀에 있는 작은 여성 러닝 브랜드 와젤에서 만든 것이었다. 와젤이 트위터에 관련 글을 올렸고, 수많은 팬이 길모퉁이에서 공짜 티셔츠를 받아 입고 온 것이었다. 나는 플래시몹을 주최한 세라 레스코에게서 티셔츠를 선물받았고, 다음날 와젤을 방문해 그들의 자그마한 팀을 만나달라는 초대를 받았다.

나이키가 오리건대학 캠퍼스의 건물 하나를 인수해 꾸민 것과 달리, '히피 하우스'라고 불리는 와젤 사옥은 오래된 양장본 책 냄새가 나고 가정용품이 가득한 휴가용 임대 숙소였다. 매우 캐주얼하고 인간적인 분위기였다. 팬 셔츠를 기획한 40대 중반의 여성 세라 레스코 박사가 간식이 가득한 테이블로 안내하자 나는 사람들이 모여 있는 거실에 자리를 잡고 앉았다. 마치 오래전부터 알고 지낸 사이처럼 쉽게 친해질 수 있었다.

어떤 면에서는 알고 지낸 사이가 맞았다. 지난 2년 동안 트위터에서 와젤과 소통해왔기 때문이다. 프랑스어로 '암컷 새'라는 뜻인 와젤은 CEO 샐리 버게슨이 이끌고 있었다. 그는 회사의 트위터 계정을 직접 운영했고, 직접 만나보니 온라인에서 이야기할 때보다 훨씬 좋은 사람이었다. 대화를 나누다보니 이 회사를 위해 달리고 싶다는 생각이 들었다. 와젤 사옥에 있으니 나이키와의 계약을 위반하는 것처럼 느껴질 법도 했는데, 와젤의 규모가 워낙 작아 나이키에서는 잘 알지 못했다. 엘리트 선수들 중 와젤을 아는 선수는 없었다. 내가 와젤을 팔로한 이유는 이 기업이 매우 독특한 방식으로 여성 달리기 선수들에게 말을 걸어서다. 여성들이 운영하는 브랜드였으므로 당연한 일이었다. 샐리와 내가 서로를 팔로한 데는 실용적인 이유도 있었다. 와젤은 피키바처럼 경기 침체기에 시작되었고, 우리 둘 다 소셜 미디어를 통해 소비자와 직접 소통하는 방식으로 브랜드를 구축했다. 나이키와 파워바가 전통적인 마케팅에 수백만 달러를 쏟아 부을 때, 와젤과 피키바는 막대기를 문질러 불을 피우고 때때로 서로의 불꽃에 입김을 불어넣어주곤 했다. 받은 사랑을 서로 나눈 것이다.

히피 하우스를 떠날 무렵, 샐리는 나를 시애틀에 있는 와젤의 본사 '둥지'로 초대했다. 샐리가 돈에 대한 힌트를 충분히 줬기에 와젤이 내게 줄 건 거의 없다는 걸 알았지만, 그래도 가겠다고 했다. 와젤이 무엇을 하는 회사인지 보고 싶었다. 나는 여성이 단순히 캠페인 도구가 아닌 비즈니스의 중심을 차지할 때 가능해질 일들을 상상하며, 창의적인 에너지로 가득 찬 상태로 집으로 돌아갔다.

그 에너지를 바로 다음날 오리건주 비버턴으로 가져갔다. 나이키의 에런이라는 사람이 훈련 일지에 이어 티셔츠를 만들고 있던 로와 나의 사업에 관심을 보였다. 룰루레몬의 성장으로 모든 주요 스포츠 브랜드가 여성 고객을 빼앗기고 있었고, 나이키는 여성 고객을 다시 확보하기 위해 여성들과 소통할 방법을 찾는 중이었다. 에런은 여러 회의에 우리를 초대해 콘셉트를 제시하게 했는데, 어디에 적용할지 알아보기 위해서였다. 재고관리 사업은 우리 강점도 아니고 열정의 대상도 아니었기에, 나이키가 우리 아이디어를 바탕으로 컬렉션을 제작한다면 더 큰 영향력을 미칠 수 있을 터였다. 대금 지급 방식은 명확하지 않았다.

로와 나는 나이키 단지에서 게임의 레벨을 높여가듯 회의에 참여했다. 발표는 그 어떤 경기보다 긴장되는 일이었지만, 로의 용기와 열정 덕분에 발표할 때마다 점점 자신감이 생겼다. 로는 홀에서 남편 마일스에게 아이를 맡기고, 다음 세대를 위해 더 나은 세상을 만들겠다는 각오로 회의실로 향했다. 우리는 선수 시절 이야기를 들려주었다. 실패했던 순간, 두려움과 부정적인 생각으로 인해 스포츠에 애정을 잃었던 순간에 대해 얘기했다. 상황을 반전시키고, 잠재력을 발휘하고, 힘든 시기를 극복하고, 기쁨을 경험하기 위해 사용한, 연구에 기반한 수단들을 공유했다.

누구나 자신을 방해하는 내면의 소리를 가지고 있지만, 여성은 사방에서 압박을 받으므로 그런 경험을 더 많이 한다. 우리는 여성들이 부정적인 내면의 소리를 잠재우고 스스로에게 집중하도록 돕는 제품 라인의 콘셉트를 제시했다. 엘리트 스포츠에 뿌리를 두고 있으면서 모든 사람에게 적용할 수 있는 방법이었다. 일반적인 마케팅 접근 방식에서 크게 벗어난 여성 중심 마케팅 접근법의 사례도 소개했다. 나이키 브랜드는 우리의 발표를 마음에 들어했다. 여성 부서도, 스포츠를 통해 소녀들에게 힘을 실어주는 비영리단체이자 나이키와 제휴한 걸이펙트도 마찬가지였다. 어떤 대가를 받을 수 있을지는 몰랐지만, 가장 쉬운 보상은 선수 명단에 오르는 것이었다. 나와 나이키의 계약은 몇 달 뒤면 끝이었다. 로 역시 뉴발란스와의 계약 만료를 앞두고 있었다. 우리 아이디어는 회사 내에서 탄탄한 지지를 받는 것 같았고, 나는 캡의 사무실에 들어갔을 때 마침내 그가 내 진가를 알아볼 것이라는 확신이 들었다.

착각이었다. 그는 회의에 관심이 없었고 집중력을 빼앗겨 짜증이 난 듯했다. 그는 내가 올림픽 선발전의 실망감에서 회복했는지 물었고, 나는 그에게 이후에 있던 이야기를 하며 선발전 날이 정말 좋은 날이었다고 설명했다. 그는 다시 도전할 계획이 있는지, 앞으로 4년은 어떻게 보낼 것인지 물었고, 나는 아기를 낳고 다시 복귀하고 싶지만, 트랙보다 로드 레이스와 같은 커뮤니티 기반 이벤트에 집중하고 싶다고 솔직하게 이야기했다.

그는 나이키에 공식적인 임신 관련 정책은 없지만, 임신을 심각한 부상으로 간주하고 연간 급여를 중단하는 것이 기준이라고 했다.

"다시 선수로 복귀하면 급여는 재개되니 문제없습니다."

"말도 안 돼요." 내가 말했다. "카라 가우처랑 폴라 래드클리프도 아기를 낳았고 가슴을 드러낸 모습도 표지에 실렸어요. 온갖 광고에 출연하고 훨씬 유명해졌고요. 출산 경험 덕분에 친근하게 다가갈 수 있었잖아요." 나이키는 그들 덕분에 임산부 러닝을 연상시키는 브랜드가 되었다. 그때 나이키의 임신 및 달리기 포스터 모델이었던 카라가 무상으로 그 모든 일을 했다는 사실이 떠올랐다.

"1년간 쉬는 여성에게 돈을 줄 수는 없습니다. 남성도 마찬가지고요. 그러면 불공평하죠."

"남편이 아이를 낳을 수 있으면 좋겠지만 그럴 수는 없죠. 그게 불공평한 겁니다."

캡은 마지못해 출산 후 4년 동안 나를 머리부터 발끝까지 독점적으로 소유하는 조건으로 2만5000달러의 연봉을 주겠다고 제안했다. 부상을 입으면 연봉이 반 이상 깎이는 조건이었는데, 그렇게 되면 무슨 일이 일어날까? 친구 한 명은 연봉이 1000달러 단위로 줄었지만, 나이키는 더 나은 조건을 제시하는 다른 브랜드로 떠나지도 못하게 했다. 나는 모욕적인 연봉이라고 말했다. 그러자 그는 더 좋은 제안을 받으면 다시 오라고 했다. 나이키는 거절할 권리가 있었다.

내 가치가 그 이상이라는 사실을 나는 알았다. 1년 만에 8만 달러에서 24만 달러로 성장한 피키바의 매출은 2013년에는 최소 50만 달러가 될 것으로 예상됐다(8년 후에는 레어드슈퍼푸드에 1200만 달러에 매각되었다). 하지만 유럽에서 열리는 임의의 트랙 경주에서 우승하거나 올림픽에 출전하는 데만 집중한다면 육상계에 미칠 수 있는 영향이 제한되리라는 사실도 알고 있었다. 나는 더 많은 일을 하고 싶었고, 전할 가치가 있는 스포츠 이야기도 너무나 많았다.

로를 만나러 로비에 나갔을 때 나는 나이키 단지를 불태울 준비가 되어 있었다. 캡의 제안은 형편없었지만, 생후 4개월 된 아기가 있는 로는 제안조차 받지 못했다. 다시 한번 나는 CEO인 마크 파커의 사무실에 가서 상식적인 브랜드가 되어달라고 호소했다. 나는 커피 테이블 위에 제품 샘플을 올려놓고 그에게 회의 내용을 설명했다. 나는 임신 중에 나이키 전속으로 있으면서 돈을 받지 않고 광고에 출연해야 한다는 정책에 그가 경악할 것이라고 예상하면서 임신 이야기를 꺼냈다. 그런데 그는 분노하기는커녕 캡은 자기만의 철학을 가지고 있으며, 캡의 방식대로 나이키를 이끌 수 있도록 지지하겠다고 했다. 내 유통기한은 다한 것이 분명해졌다. 더 싸우거나 문을 박차고 나왔으면 좋았을 텐데, 나는 그가 반응이 없자 스스로에게 의구심을 품게 되었다. 2012년 당시에는 출산 지원을 위해 싸우는 사람이 없었다. 가임 연령이 얼마 남지 않은 상황에서 엄마가 되는 것과 운동선수가 되는 것 중 하나만 선택해야 할 것 같았다.

권력자의 대부분인 남성들은 옳지 않다는 걸 알면서도 여성 프로 스포츠에 대한 자금 지원이 부족하다는 등의 견해로 이를 정당화했다. 스포츠 업계에서 여성과 관련된 모든 것은 '시장 가치가 낮다'는 인식이 뿌리 깊게 자리하며, 스포츠에서 가장 남자답지 못한 일은 임신과 모유 수유다. 간단히 말하자면 커리어를 끝장내는 일인 것이다. 여성의 몸만이 겪을 수 있는 이런 근본적인 경험은 남성의 틀에서 너무 멀리 벗어나 있으며, 이로 인해 수많은 여성이 경력을 포기한다. 이 모든 것은 사춘기와 마찬가지로 모성을 회복할 수 없는 상처로 여기는 신화에 기반한다. 몇 년 후 로의 도움으로 수행한 새로운 연구에 따르면, 임신과 출산에서 회복할 시간이 주어진 경우 여성 엘리트 운동선수들의 경기력은 출산 전보다 나빠지지 않는 것으로 밝혀졌다. 권력을 가진 사람들이 여성의 신체적 경험을 당연하게 여기지 않는 한 아무것도 변할 수 없다.

마크의 사무실을 나온 나는 단지를 가로질러 내 차를 향해 걸었다. 9년 전 나이키와 계약했을 때와는 모든 것이 너무나 달랐다. 큰 창문과 현대적인 구조물이 있는 고층 건물 주변으로 아름답게 조경한 길을 걸으면서, 이러한 것들의 비용을 지불하기 위해 나이키가 어떤 일들을 해왔을지 생각했다. 랜스 암스트롱의 이름을 딴 빌딩도 여전히 있었는데, 당시 그가 부정행위를 하고 있다는 것은 모두가 아는 사실이었다. 다른 스폰서들은 그를 후원하지 않았고, 오프라에게 그가 사실을 털어놓기 불과 몇 달 전이었다. 예전에는 그 건물을 보면 영감을 받았는데, 이제는 화가 났다. 나이키에서는 누가 유리한 해석의 혜택을 받을까? 세계에서 가장 강력한 스포츠 브랜드가 부정행위는 넘어갈 수 있지만 여성의 현실은 극복할 수 없다고 말했다. 처음으로 내게 그만둘 용기가 생겼다.

새를 키우는 곳

"지뢰 조심하세요." 샐리가 한 손으로 콘크리트 바닥의 분홍색 토사물을 가리키고 다른 손으로는 낡은 철제 자물쇠 열쇠를 흔들면서 말했다. "아래층 이웃들이 뭔가를 남겼네요."

'작고 빨간 암탉The Little Red Hen'이라 적힌 간판을 소리 내어 읽었다. "바 이름은 전형적이네요."

"그러니까요." 마침내 문이 열리자 샐리가 나를 들여보냈다.

"우리는 새를 정말 중요하게 생각해요."

그가 나를 데리고 계단을 올라가 201호실 문을 열었다. "'둥지'에 오신 것을 환영합니다!" 나는 주위를 둘러보았다.

벽에 연두색 페인트를 칠하고, 달리기 캠페인 액자를 걸고, 새의 그림을 그려 넣어, 1970년대에 지어진 저예산 사무실이 핀터레스트에 올릴 만한 공간으로 탈바꿈해 있었다. 83제곱미터의 방 한가운데 서서 빙글빙글 돌기만 하면 영감을 스크랩한 디자인 보드, 원단 견본과 스케치북이 흩어져 있는 책상, 투명한 플라스틱 통에 쌓인 공장에서 온 견본, 디자인 조정을 위한 마네킹 흉상, 가을 라인 전체를 보관하는 의류 선반 등 의류 사업의 거의 모든 단계를 볼 수 있었다.

피키바 사무실의 두 배도 안 되는 공간인데 집처럼 편안했다. 세 명의 직원은 모두 여성이었고 방문객을 맞이하는 기쁨에 들떠 있었다. 원하는 것은 무엇이든 할 수 있다는 젊은 감각을 갖춘 팀이었다. 나는 요일 대신 롱런long run, 파틀렉fartlek, 이지식스easy six, 리커버리recovery 등의 훈련 유형이 적힌 속옷 '런디' 한 팩을 집어 들었다. 샐리가 선물로 보내준 세트였는데, 파틀렉은 정말 눈에 띄었다. 스웨덴어로 '스피드 플레이'를 뜻하는 이 용어는 대회에 참가하는 선수라면 알겠지만 누구나 아는 용어는 아니다. "다양한 관점에서 러닝에 접근하는 여성들을 위한 제품을 만드는 게 좋네요. 경기에 나가는 사람이든 가볍게 하는 사람이든 누가 봐도 기발하고 재미있어요."

"모두를 위한 공간이 있죠." 그가 말했다. "달리기 얘기가 나와서 말인데, 가볍게 뛰러 갈래요?"

샐리와 나는 새 러닝복을 입고 토사물을 지나쳐 시애틀 북동쪽에 있는 그린레이크스 주변을 돌기 시작했다. 나란히 달리면서 개와 산책 나온 사람과 유모차를 끌고 조깅하는 사람들을 지나치며 이야기를 나누었다. 나는 로와 내가 나이키에 제안했던 디자인에 대해 이야기했고, 서로 대화하지 않는 다양한 그룹의 사람들과 만나는 것에 대해서도 이야기했다. 회의실에 있던 남성들은 우리가 선수 출신이라는 점에 여성 고객이 거부감을 느끼는 것을 가장 우려했다.

"남자 선수들에 대해서도 그렇게 생각하는지 물어보셨나요?" 그가 물었다.

"그럼요! 달리기를 여가로 즐기는 여성은 프로 선수들에게 공감 못 할 거래요. 그건 스토리텔러 몫이라고 제가 얘기했죠. 스포츠의 전율과 교훈을 이해하겠다고 선수가 될 필요는 없다고요."

"맞아요." 샐리가 말했다. "스포츠와의 관계는 시간이 지나면서 달라질 수 있어요. 특히 여성은 임신, 간병, 커리어 때문에 더욱 그렇죠. 저도 그랬어요. 여성 브랜드로서 여자들에게 그 점을 상기시켜주려고 해요. 상황은 변하죠. 사람도 마찬가지고요. 그 모든 과정에서 여성들과 함께하고 싶어요."

"그거예요!" 내 말을 이해해주는 누군가가 있다는 사실에 나는 기분이 좋아졌다. "왜 여성에게 관심을 가져야 하는지 나이키에 설명하는 데 너무 지쳤어요. 회의에 많이 들어갔지만 충분히 설명하지 못한 것 같아요."

"나이키는 혁신적인 남성 브랜드로 시작했고, 그게 나이키의 DNA예요. 스타트업이 운이 좋아 성공하면 큰 기업이 될 수 있죠. 거기서 더 커지면, 큰 배는 조종하기 더 어려워요." 그가 말했다. "나이키한테 여성은 언제까지나 하나의 범주에 불과하겠죠."

"그럼, 당신을 위한 공간도 있겠네요." 나는 '우리'라고 말할 뻔했다.

올림픽 선발전에서 샐리를 처음 만났을 때 나는 와젤의 탄생 비화에서 영감을 받았다. 러닝용 반바지에 기본으로 들어가 있는 두꺼운 고무줄이 출산한 여성의 배에는 편안하지 않다는 사실을 알게 된 샐리는 더 나은 제품을 디자인했는데, 그게 바로 최초의 플랫 웨이스트 반바지였다. 샐리의 이야기는 페미니스트

성향이 가미된 기업가의 스토리였다. 그가 디자이너라는 사실은 쉽게 믿었지만, CEO라는 사실을 믿기까지는 시간이 걸렸다. 그만큼 나도 강력한 젠더 편향을 가지고 있었다. 주요 스포츠 브랜드는 모두 백인 남성이 이끌고 있었기 때문이다.

샐리는 자신을 투자자라고 소개한 밥 레스코라는 남자 옆에 서 있었는데, 나는 실제로 회사를 운영하는 사람은 그 남자일 거라고 생각했다. 샐리에게는 딸이 둘이나 있었다. 어떻게 가능하단 말인가? 시애틀에서 그와 함께 달리고 있는데 부끄러운 생각이 들었다. 샐리는 불과 몇 킬로미터를 달리는 동안 리더십과 업계, 그리고 가능성에 대한 내 관점을 바꿔놓았다. 샐리는 마흔두 살이었고, 자신이 누구인지, 무엇을 원하는지 알고 있었다. 나는 그가 성공하길 바랐다. 그에게서 배우고 싶었다. 나도 그 같은 사람이 되고 싶었다.

우리는 러닝을 마치고 스타벅스에서 가족과 비즈니스, 달리기, 그리고 목표에 대해 이야기했다. 우리 각자가 기여할 수 있는 방법과 시너지 효과가 있는 게 분명했다. 그는 여성 중심의 민첩하고 진정성 있는 브랜드를 가지고 있었다. 내게는 프로 선수로서의 기술과 잠재 고객이 있었다. 우리 둘 다 아이디어가 많았다. 그 아이디어들에 대해 이야기할 때 서로를 기쁘게 하는 신비한 힘이 있었다.

"저 이거 해보고 싶어요." 내가 말했다.

"해보자고요." 그가 말했다.

"좋아요, 그런데 문제가 하나 있어요." 내 심장 박동이 경기 전 긴장할 때만큼 빨라졌다. "제시랑 제가 올해 아기를 가질 계획이에요. 1년 정도는 프로로 뛸 수 없을 거예요. 하지만 임신 중에도 달리고, 글 쓰고, 커뮤니티에 참여할 겁니다. 제가 기여할 수 있을 부분은," 그가 내 말을 끊었다.

"잘됐네요!"

"잘됐다니, 무슨 말씀이세요?"

"정말 멋진 일이라는 뜻이죠! 축하 파티를 열어줄게요."

"정직 처분 같은 건 없나요?"

"그게 왜 필요하죠?"

나이키에서 있었던 일에 대해 말하자 그가 눈을 동그랗게 떴다.

"여성에 관한 몇 가지 사실 중 하나는," 그가 말했다. "아기를 낳는다는 거죠."

나는 무슨 말을 들은 건지 믿을 수 없었다. 집에 돌아가자마자 샐리에게 제안서를 작성해야겠다는 생각이 들었다.

와젤의 초기 투자자인 밥과 세라 레스코는 내가 시애틀에서 지내는 동안 호스트 역할을 해주었다. 부부는 자택의 지하 방에 잠자리를 내주었고, 우리는 함께 거실 소파에 편안히 누워 이야기를 나누다가 자정을 훨씬 넘겨 잠자리에 들었다.

샐리와는 사업에 관해 이야기하고, 레스코 부부와는 주로 달리기에 관해 이야기했다. 전직 엘리트 육상 선수인 밥과 세라는 예일대학 육상팀에서 사랑에 빠졌고 커리어와 자녀 양육을 위해 잠시 달리기를 그만두었다. 세라는 의과대학에 들어가 레지던트 과정을 밟았고 밥은 금융업에 뛰어들었는데, 그 와중에 세

아들이 태어났다. 그들은 결국 팬으로서 다시 육상으로 돌아왔고, 내가 ESPN과의 인터뷰에서 '배짱' 얘기를 한 해에 5000미터 경기를 시청했다. 그 후로 나를 팔로했다.

우리는 열여섯 살의 나이에 연일 기록을 경신하며 뉴스에 오르내리던 메리 케인에 대해 이야기를 나눴다. 그해 유진에서 열린 올림픽 선발전에서 노련한 프로 선수들과 어깨를 나란히 하고 싸운 메리 케인의 모습에 우리는 경탄을 금치 못했다. 그들은 앨버토 살라사르가 그를 코치하고 싶어한다는 소문에 대해 내가 어떻게 생각하는지 궁금해했고, 나는 걱정스럽다고 말했다.

우리는 지난 몇 년 동안 스포츠계에서 사라진 최소 스물네 명의 젊은 스타를 나열했다. 살라사르의 나이키 오리건 프로젝트는 사춘기를 보내기에는 최악의 환경이었다. "살라사르는 메리를 부술 거예요." 내가 말했다. 앨버토는 한계를 뛰어넘게 하고 규칙을 강요했으며, 성장기 소녀에게 안전한 환경을 제공하는 방법을 전혀 알지 못했다. 그는 어린 소녀들을 포틀랜드에 격리했는데, 고도 3킬로미터의 밀폐된 집에서 고립되어 지내는 동안 한 명의 소녀는 섭식장애의 늪에 빠졌다. 당시 그 집에서 그와 함께 밤을 보낸 나는 엄마 곰의 마음으로 돕고 싶었지만 방법을 몰랐다. 앨버토에게 내가 본 설사약과 폭식에 대해 이야기하자 그는 고맙다며 자신이 도와주겠다고 말했다. 그가 무엇을 하고 무엇을 하지 않았는지는 모르겠지만, 나중에 합류한 선수들의 공개 증언을 들으면 그곳이 그 소녀에게 안전한 환경이었다고 생각하기 어렵다. 죽지 않으려면 헤엄치라는 사고방식으로 유명한 프로그램인 나이키 오리건 프로젝트에서는 큰 꿈을 꾼다는 명목으로 사람을 쓰고 버리는 존재로 취급했다. 앨버토가 돌보는 10대 소녀들에게 기회가 있을 리 만무했다.

"앨버토는 사춘기 소녀들을 코치하면 안 돼요." 나는 내 생각을 크게 말했다.

세라는 의학적인 관점에서 여성의 발달과 자연스러운 정체기에 대한 통찰을 제공했고, 우리는 어떻게 여성이 20대 후반부터 전성기를 맞이하는지 이야기했다. "자기가 얼마나 잘할 수 있는지 모르는 20대 초반 여자들을 생각해봐요." 그가 말했다.

"제가 스포츠 회사라면 다른 브랜드에서 간과하는 여성들을 채용할 거예요." 나는 과감하게 내 꿈을 이야기했다. "어렸을 때 재능이 있었지만, 그 재능을 살리지 못한 여자들요. 재능은 안 사라져요. 사춘기 시절 주변 환경이 맞지 않았을 수도 있죠. 좋지 않은 타이밍에 슬럼프에 빠져서 다른 사람들이 포기했을지도 모르고요. 한동안 몸과 싸우면서 회복할 시간을 충분히 갖지 못했을 수도 있죠. 그런 여자들이 바로 제가 채용하고 싶은 이들이에요."

"그룹을 직접 코치하는 걸 고려해보신 적이 있나요?" 세라가 물었다.

나는 웃었다. 두 사람은 웃지 않았다.

"경험이 없어요."

"남자들은 경험 없이도 하는데요." 밥의 말에 나는 미소를 지었다.

"글쎄요, 이제부터는 스스로를 코치할 계획이에요. 몇 년 후에는 다른 사람들을 코치할 준비가 되어 있을지도 모르죠."

"그렇게 자신을 믿는다면 다른 사람들을 코치할 수 있을 거예요. 당신은 훌륭한 멘토들을 만났잖아요. 세계 최고의 코치들이었고요." 세라가 말했다.

"맞아요."

밥은 신이 났다. "와젤이 후원할 수도 있겠네요! 완벽할 거예요."

"여자가 코치하는 여성 프로팀이라니. 그런 팀이 있나요?" 세라가 물었다.

우리는 조용히 이 아이디어의 가능성을 생각해보았다. 2004년부터 노트에 끄적거리던 훈련 센터 콘셉트에서 크게 벗어나지 않았지만, 나는 항상 코치를 고용하는 것을 상상해왔다(내 마음속 코치는 남성이었다). 샐리와 와젤을 떠올렸다. 회사와 팀이 여성을 중심에 두면 어떤 일이 가능할지 생각했다. 샐리와 와젤은 여성들이 몸의 변화에 좋은 기분을 느낄 수 있도록, 남의 시선을 의식하지 않아도 되는 옷을 만들었다. 스포츠에서도 이를 똑같이 적용하면 어떨까? 여성 선수를 중심으로 팀을 구성하고 방해 요소를 제거하기 위해 노력한다면 어떤 팀이 될까?

2012년 12월 31일, 샐리는 내 옆에 섰고, 우리는 계약서 앞에서 사진을 찍었다. 나는 임신 3개월이었다. 샐리는 처음부터 연봉을 많이 제시할 수는 없지만 점점 늘어날 것이고, 나를 동업자로 만들어주겠다고 했다. 나이키의 제안과는 비교할 수 없었다. 종이 위에 익숙한 곡선으로 쓰여지는 내 이름을 보면서 자꾸만 웃음이 나왔다.

그날 밤, 우리는 와젤 사람들과 가족, 친한 친구 몇 명과 함께 근처 술집 하나를 점령했다. 샐리의 남편 앨릭은 기타를 연주했고, 자정이 되자 제시와 나는 댄스 플로어에서 키스를 했다. 모든 것이 제자리를 찾은 듯한 기분이었다. 우리는 훈련과 생활을 위해 꿈에 그리던 장소인 벤드로 이사했다. 제시는 세계 최고의 프로 트라이애슬론 선수가 되기 위한 길을 가고 있었다. 피키바를 벤드로 이전하면 고향에 일자리를 창출할 수 있었는데, 그건 제시의 어릴 적 꿈이었다. 나는 신뢰하는 팀에 합류했고 새로운 시작을 앞두고 있었다. 여성 프로 선수가 공개적으로 임신한 상태에서 중요한 후원 계약을 체결한 것은 내가 최초였을 것이다. 진전처럼 느껴졌다. 1년 동안 내가 받는 지원에 대해 목소리를 내는 것이 업계에 모범이 되어 다른 사람들도 더 많은 것을 요구할 수 있으면 했다.

주드는 6월에 태어났다. 임신 기간 내내 열심히 운동을 했지만 출산하기 전까지 몸이 예전처럼 편안하진 않았다. 과학에 푹 빠진 나는 여성의 몸이 할 수 있는 일에, 즉 우유 기계로 변한 유방과 시도 때도 없이 젖을 분비하는 호르몬에 경탄했다. 이 모든 기적에 감사했지만, 주드와 4년 후 둘째 재디를 임신하고 출산한 경험은 다른 사람이 대신해줄 수 있었으면 하는 경험이었다. 아들을 사랑하지만 엄마의 역할에 충실하는 것은 어렵게 느껴졌고, 아이를 갖는다는 선택이 제시보다 내 삶에 훨씬 더 큰 영향을 미치는 것에 분개하기도 했다. 엄마가 되면서 여성이라는 사실이 인생의 중심에 놓였다. 제시와 나는 처음으로 고도로 양극화된 성 역할을 맡게 되었는데, 이는 시간이 지날수록 우리에게 큰 타격을 입혔다. 결국 재조정이 필요해졌다. 처음에는 제시가 트라이애슬론 경기와 훈련 캠프에 집중하고 나는 아기를 안은 채 모든 일정을 감당하는 데 의문을 품지 않았다. 다행히 와젤에는 아기를 안아줄 사람, 우유를 보관할 냉동고, 유모차나 베이비시터를 불러줄 숙련된 엄마가 많았다. 엄마가 되는 것을 생각할 때나 프로 선수 생활을 할 때는 상상도 못 했던 도움을 받았고 안전함을 느꼈다.

와젤과 함께한 첫 번째 출장은 뉴욕패션위크의 런웨이 쇼에 참가하는 것이었다. 산모 건강 운동가이자 슈퍼 모델인 크리스티 털링턴 번스가 생후 3개월 된 주드를 안고 런웨이 팁을 알려주는 동안, 우리 일행은 그의 앞에서 바닥에 길게 늘어진 마스킹 테이프를 따라 걸었다. "그냥 자연스럽게 걷기만 하라"는 것은 달리기 선수들이 따라 하기에는 어려운 지시였다.

운동선수를 에이전시 모델과 함께 런웨이에 세우고, 액티브웨어를 선보이면서 이야기를 전달하자는 아이디어였다. 선수는 모델이 아니었다. 러닝복은 '패션'이라는 말과는 딱히 어울리지 않았다. 하지만 스포츠에서 일상으로, 일상에서 다시 스포츠로 전환할 수 있게 고안된 와젤의 옷은 달랐다. 애슬레저athleisure 트렌드의 선두에 서 있었다.

쇼가 시작되기 전 대기실에 앉아 코코넛 워터를 한 모금씩 마시며 아침 샌드위치를 먹는 우리를 바라보던 에이전시 모델들을 잊을 수가 없다. 행사장에서 제공한 헤어 및 메이크업 공간을 돌아다니며 다양한 디자이너의 미학적 비전에 맞춰 예술 작품으로 변신하는 여성들의 모습도 기억에 남는다. 우리 차례가 되었고 즐거운 시간을 보냈다. 피날레에는 대회용 키트를 입고 런웨이를 걸었다. 이 행사는 업계에서 화제가 되면서 와젤에 대한 새로운 관심을 불러일으켰고, 『뉴욕타임스』는 우리의 다음 쇼를 취재하기도 했다.

육상 유니폼을 입은 내 사진은 대규모 여성 달리기 커뮤니티를 통해 퍼져나갔고 온라인에서 예상치 못한 반응을 불러일으켰다.

"세 달 전에 아기를 낳았다니 믿을 수가 없네요."

"이 사진을 보니 자괴감이 들어요."

"어떻게 이렇게 빨리 몸매를 되찾았지?"

"내 몸은 어떻게 된 거지?"

여성들은 흔적을 남기지 않은 캠핑처럼 임신을 넘겨야 한다는 엄청난 압박감에 시달린다. 임신했다는 증거를 신체에 일절 남기지 않는 게 목표인 것이다. 내 사진이 그런 이상에 힘을 실어준 것 같아 마음이 아팠다. 원하지 않던 일이었다.

나는 블로그에서 런웨이에 선 내 모습이 20초 동안 촬영된 수백 장의 사진 중 한 장이라는 사실을 사람들에게 상기시켰다. 사진은 조명과 각도 등 업계에서 중요하게 여기는 기준에 따라 선택되고 편집되었을 가능성이 높았다. 나는 런웨이 사진과 함께 집에서 비슷한 시기에 찍은 사진을 올렸다. 허리띠 위로 배가 말려 올라간 사진, 울퉁불퉁 살이 접히는 허벅지 사진이었다.

2013년만 해도 인터넷에 올릴 흔한 이미지가 아니었기 때문에 게시 버튼을 누르기가 두려웠다. 하지만 사진을 올리자 전 세계 백만 명이 넘는 사람이 내 블로그를 읽고 해시태그 #Keeping

ItReal과 함께 늘어진 뱃살, 충격으로 진동하는 허벅지 살, 타인의 시선을 신경쓰지 않는 맨얼굴, 아래로 내려갈 때 처지는 볼살 등이 담긴 사진을 올렸다. 사람들은 질려하지 않았다. 처음 얻은 한순간의 명성은 이런 사진들과 함께 완전히 바뀌었다. 사람들은 진실을 갈망하고 있으며 진실은 해방을 촉진한다는 사실을 다시 한번 상기시켜준 사건이었다.

　그 후 많은 기회가 생겼다. 내 블로그는 『러너스월드』의 '패스트 라이프'라는 월간 칼럼으로 확장되었고, 나는 표지 사진을 찍게 되었다. 촬영 중에 그들 나름의 기준에 따라 몸에 꼭 맞는 스판덱스 반바지를 입고 가슴을 노출해야 한다는 말을 들었다. 자신감을 얻은 나는 내게 가장 잘 어울리는 헐렁한 반바지를 입겠다고 주장했고, 처음에는 반대했던 『러너스월드』는 결국 내게 양보했다. 작은 승리였지만 많은 여성의 지지를 받을 때 저항도 훨씬 쉬워진다는 사실을 깨닫게 되었다.

　『러너스월드』가 나온 후 와젤로 돌아온 나는 세라와 샐리가 준비해준 테이블에 앉아 거대한 마닐라 봉투로 가득 찬 우편 상자 더미를 며칠 동안 뒤졌다. 우편 요금이 지불된 반송 봉투와 함께 『러너스월드』를 '둥지'에 보내면 사인을 해주겠다고 제안했더니 사람들이 잡지와 함께 개인적인 메시지를 보내온 것이다. 격려와 친절을 담아 간단한 편지를 보낸 사람도 있었는데, 부끄러운 동시에 뿌듯했다. 고등학생부터 베이비붐 세대까지 다양한 연령대의 사람들이 스포츠 및 몸과 관련한 어려움에 대해 솔직한 이야기를 쏟아낼 줄은 상상하지 못했다. 독자들은 엘리트 선수 출신이 아닌 여성으로서 겪은 트라우마, 자신의 스포츠 경험, 딸의 스포츠 경험 등을 털어놓았다. 이를 통해 나는 문제가 얼마나 광범위하고 뻔한지 알게 되었고 여성과 소녀들이 더 적극적으로 스포츠에 참여할 수 있도록 힘을 실어주는 환경을 만들어야겠다는 절박함을 느꼈다.

나는 마일스플릿이라는 고등학교 달리기 웹사이트에 '어릴 적 내게 보내는 편지'를 써서 스포츠의 그늘과 내가 직면하게 될 선택에 대해 경고하고, 자기애와 긴 안목을 가지고 몸의 변화를 받아들이라고 격려했다. 이 글은 온라인에서 폭발적인 반응을 불러일으켰고 아직도 돌아다니고 있다. 와젤은 이 글을 500부 인쇄해 전국의 고등학교 크로스컨트리 팀 코치들에게 우편으로 보냈다. 정책 변화에 어떻게 영향을 미칠지 확신할 수 없었지만, 나는 정직한 스토리텔링을 예방약으로, 소셜 미디어를 감기가 심해지기 전에 멈추게 하는 아연으로 활용하려 노력했다. 소셜 미디어의 영향력을 인정하는 시상식인 쇼티 어워즈에서 케빈 듀랜트 같은 훨씬 유명한 후보를 제치고 내가 최고의 프로 운동선수 상을 수상하게 된 것은 정말 놀라운 일이었다.

샐리, 레스코 부부와 나는 서로 잘 협력하며 업계의 변화를 위해 열정을 공유했다. 우리는 사설 기고, 미디어 노출, 직접적인 권리 옹호 활동을 통해 나이키와 USATF의 선수 착취와 비경쟁적 관행에 맞서 싸웠다. 나이키가 육상계를 재정적으로 장악하면서 여성 브랜드와 목소리를 내는 모든 이에게 적대적인 환경이 조성되었다. 나는 조직의 비축 자금을 선수들에게 배분하고 지도부의 책임을 강화하기 위해 선수 대표로 USATF 이사회에 출마했고, 결국 당선되었다. 정치적 뒷거래가 있는 유독한 문화로 인해 이사회 활동은 내 선수 생활 중 가장 비참한 경험이 되었지만, 선수들의 이익에 있어서는 여러 차례 승리를 거두었다.

나의 오랜 라이벌이자 나이키 최고의 스타 중 한 명인 카라 가우처는 내가 와젤로부터 어떤 지원을 받고 있는지 알게 된 후 2014년 와젤에 합류하고 싶다는 뜻을 밝혔다. 2008년에 내 간청을 거절했던 그를 좋아하지 않았기에 처음에는 반갑지 않았지만, 곰곰이 생각해보니 아깝게 올림픽을 놓친 뒤 아직 극복하지 못한 슬픔을 그의 탓으로 돌리고 있는 것 같았다. 몇 년 동안 그를 높이 평가하지 않았는데, 질투로 인해 생긴 오랜 상처가 부끄럽게 느껴졌다. 와젤에 대한 카라의 관심은 상황을 반전시킬 기회였고, 우리는 그에게 전화를 걸었다. 그에게 솔직하게 털어놓자 그 역시 내가 느꼈던 무력감에 공감했다. 우리는 함께 울고 말았다. 그가 앨버토와 나이키에 권력 남용에 대한 책임을 묻는 계획을 설명했을 때, 나는 목소리와 힘을 안전하게 표현할 수 있는 곳이 그에게 있었으면 좋겠다고 생각했다. 그도 와젤에 합류했다.

카라는 경기력 향상 약물 반대에 앞장서는 운동선수 중 한 명이 되었다. 그는 나이키와 살라사르의 반도핑 위반과 남용을 고발했으며, 미래 세대를 보호하기 위한 싸움에서 수년간의 증언과 법정 다툼, 항소를 견뎌냈다. 나는 그를 권리 옹호 활동가이자 팀 동료로서 존경했고, 활동으로 인해 치른 개인적인 대가를 지켜보면서 정신을 바짝 차렸다. 그가 와젤 대표로 올림픽 마라톤 선발전에 출전해 4위를 차지했을 때 옆에서 응원했고, 올림픽 출전이 좌절된 아픔에 울먹일 때는 함께 아파했다.

와젤은 완벽하지 않았다. 여성에 의해, 여성을 위해 활동한다 해도 사각지대는 여전히 많았고 해를 끼친 적도 있었다. 와젤과의 계약 직후 친구이자 전 코치였던 데나 에번스의 전화를 받았다. "와젤 반바지 정말 마음에 들어! 하는 일도 정말 좋은 일이고. 하지만 웹사이트는…… 상당히…… 백인 중심적이더라. 북유럽 쪽에 가까운 백인다움을 지향하는 것처럼 보여." 그 말을 듣고 나서 나는 와젤의 웹사이트가 부끄러워졌다. 그 점을 미처 눈치채지 못한 것도 부끄러웠다. 나는 데나가 해준 말을 샐리와 공유했다. 그러고 나서 상호교차성 페미니즘에 관해 배우기 시작했다. 지금까지 나와 비슷한 사람들을 중심으로 모든 활동을 해왔다는 사실을 깨달았다. 이전 세대의 백인 페미니스트들처럼, 나 역시 권력을 가진 사람들을 대면하는 것이 가장 중요하다고 믿었다. 백인 남성들이 가장 양보할 가능성이 높은 집단의 권리를 얻어내고 나면, 권리의 확장이 더 쉬워지거나 다른 사람들에게도 흘러가는 기적이 일어날 것이라고 믿었다. 이보다 큰 착각은 없었을 것이다. 백인 페미니즘은 의도적이든 아니든 인종주의와 결부되어 있다. 만약 내가 상호교차성 페미니즘을 옹호하는 사람으로서 마크 파커에게 접근했다면, 근육질의 여성뿐만 아니라 진정한 신체 다양성을 옹호했을 것이다. 인종차별과 분리의 유산으로 획일화된 커뮤니티에 속해 있던 탓에 내가 뭘 모르는지도 몰랐던 것이다.

와젤은 지난 몇 년간 스토리텔링, 채용, 플러스사이즈 시장에 대한 투자, 포용적인 커뮤니티 구축 등에 페미니즘을 적극적으로 반영해왔다. 하지만 러닝 및 스포츠 업계에서 가장 큰 목소리를 내며 페미니즘을 실천하는 브랜드인데도 아직 개선할 점이 많다. 지속적인 성장 또한 어려운 과제다. 페미니즘을 옹호하는 방식으로 사업을 운영하려면 자본주의와 부딪쳐야 한다. 투자 자본 세계의 꿈과는 거리가 멀기 때문이다. 장수를 목적으로 하면 상품 원가는 높아지고, 성장 목표는 매력을 잃는다. 스포츠계의 성소수자 혐오와 인종 차별에 반대하는 목소리를 내면 비판받고 고객을 잃기도 하지만, 사람들을 교육할 수 있고 고객을 얻기도 한다.

업계에서 소수자는 종종 선택의 기로에 서게 된다. 성공하고 나서 변화를 시도할 것인지, 아니면 목소리를 내고 성공 가능성을 위태롭게 만들지 결정해야 한다. 권리 옹호 활동은 지치는 일이다. 벌거벗은 채 숟가락으로 가시덤불을 헤치고 새로운 길을 개척하는 것 같은 날도 있다. 여러 소외된 정체성을 가진 사람들에게는 더욱 위험한 일임에 틀림없다. 그러나 그건 달리기와도 같다. 매일 하는 일에서의 성실함, 선두를 달릴 때의 짜릿함, 끝까지 완주했을 때의 만족감 등이 있다. 결승선이 계속 움직이더라도 말이다.

와젤과 동업자가 되었을 때 내 달리기 선수 인생과 직장 생활은 마침내 일치되었다. 나는 일체감을 느꼈다. '최고'가 되어야 한다는 강박관념을 좋은 선수가 되고자 하는 마음과 바꾸었다. 여기서 말하는 '좋은'이란 스포츠에서 일반적으로 말하는 '훌륭하지는 않지만 괜찮은 실력'을 의미하는 것이 아니다. 선량함에 대해 이야기하는 것이다. 나는 스포츠와 달리기가 더 선량해지기를 원했다. 선량함이 자연스럽게 받아들여지는 취미의 세계뿐만 아니라 프로 세계에서도 선량함을 찾을 수 있기를 바랐다. 코치를 한다면 내가 지도하는 선수들을 위해 선량한 스포츠의 코치를 하고 싶었다. 내가 어린 시절 원했던 것과 같은 경험을 설계할 필요가 있었다. 나는 어른이 되었지만, 누군가의 전인적인 지도를 바라는 소녀는 너무나 많았다.

레인 너머

첫 번째 선수로 영입한 멜 로런스가 벤드로 찾아왔을 때 나는 산후 6주째였다. 고등학교 4년 동안 풋로커에서 2, 2, 2, 5위를 차지하며 풋로커 대회 사상 최고의 선수로 이름을 날린 멜은 워싱턴대학에서 1년 동안 좋은 성적을 낸 뒤 4년 동안 부상에 시달렸다. 다시 말해, 재능과 추진력을 갖추고 있으며 재기를 노리는, 내가 멘토로 삼고 싶은 유형의 선수였다.

나는 2003년 풋로커에 참석해 멜의 지역 출신 선수들의 프로 선수 멘토로 활동한 적이 있었기에 그와 오래전부터 알고 지낸 사이였다. 당시 멜은 모든 사건과 어려운 환경 속에서도 매우 굳건했다. 수년간의 부상으로 스스로에 대한 믿음이 약해진 상태였지만, 여전히 강인했고, 불꽃이 튀었다. 나는 그에게 재능은 사라지지 않으며, 여성에게는 재능을 개발할 수 있는 더 긴 활주로와 건강한 환경이 필요할 뿐이라고 말했다. 나는 그가 세계 최고의 선수가 될 수 있다고 믿었다. 멜은 합류했다. 다른 재능 있는 어린 선수들도 마찬가지였다. 그렇게 나는 코치가 되었다.

와젤은 리틀윙애슬레틱스라는 팀의 스폰서였고, 레스코 부부와 나는 이 팀을 성공으로 이끌었다. 우리의 접근 방식은 건강에서 시작되었다. 저명한 물리치료사이자 생체역학 분석 전문가인 제이 디캐리는 선수들을 최첨단 포스플레이트 러닝머신에 올려놓고, 수년간 선수들이 겪어온 불균형과 부상의 근본 원인을 파악하고 걸음걸이의 대칭을 맞추기 위한 교정 운동을 처방했으며 정기적인 후속 검사도 실시했다. 매주 예방적 개인 훈련과 마사지를 받으라는 조언도 했다. 가정의학과 의사, 치과 의사, 산부인과 의사가 일반적인 의료 서비스를 제공했다. 영양사도 고용했다. 정신 건강 관리의 경우 처음에는 필요에 따라 제공했지만 몇 년 뒤에는 강력히 권장했다. 필요한 사람들에게는 숙소를 제공했다. 레스코 부부는 세계 최고의 지원군이었다. 그들은 팀에 자금을 지원했을 뿐만 아니라 나를 포함한 모든 사람을 정서적으로 지원하고 멘토링을 해주었다. 덕분에 나는 코치 일에만 집중할 수 있었다.

나는 우리 프로그램의 철학에 확신이 있었지만, 초기에는 자신감을 찾는 데 어려움을 겪었다. 전문 코치를 하는 여성이 거의 없었기 때문이다. 리틀윙이 시작되었을 때 레츠런닷컴의 뉴스 기사에서 제시를 코치로 잘못 소개할 정도로 여성 코치는 생소했다. 이 직업에서는 나보다 코치나 프로 달리기 경험이 전혀 없는 트라이애슬론 선수인 남편을 코치로 생각하기가 더 쉬웠다.

운동선수의 성공을 측정하는 업계의 기존 지표를 사용하지 않았기 때문에 외로움도 느꼈다. 나는 여성들이 세계 최고가 되도록 코치하고 싶었지만, 운동선수는 일회용이고 우승은 어떤 대가를 치르더라도 가치 있다는 지배적인 패러다임에 동의하지 않았다. 내게 성공이란 단순히 승리하는 선수가 아니라 역량이 강화된 선수를 육성하는 것이었다. 나는 선수들이 주요 의사 결정을 외부에 맡기지 않고 스스로를 신뢰하며 운전대를 잡고 자신의 달리기와 삶을 주도하는 것을 최우선으로 생각했다. 코치나 다른 사람을 기쁘게 하기 위해 자기 몸에서 나오는 신호를 무시할 필요가 없다는 것을 가르치고 싶었다. 나는 코치로서 선수들이 자기 몸에 귀기울이고, 몸의 소리를 존중하며, 그에 따라 행동하는 법을 배우는 것을 중요하게 생각했다. 스포츠를 통해 자신과 멀어지는 것이 아니라 가까워지길 바랐다.

나는 그런 환경이라야 선수들이 더 발전할 수 있고, 육상을 그만둘 때가 되어도 달리기에 대한 사랑을 잃지 않고 성공할 가능성이 더 높아질 것이라고 굳게 믿었다. 많은 선수가 힘든 시기를 겪고 합류했기 때문에 체력적인 측면은 물론이고 부상의 좌절감으로 잃어버린 스포츠에 대한 애정부터 다시 쌓아야 했다. 첫해를 건강하게 보내고, 좋은 습관을 기르고, 즐겁게 지내는 것이 목표였다. 나는 로드 레이스와 1만 미터에서 개인 최고 기록을 세우며 산후 복귀 후 만족스러운 시작을 했지만, 아킬레스건 통증으로 짧은 시즌만 활동했다. 어떤 면에서는 안도감이 들기도 했다. 코칭을 하려면 많은 에너지가 필요했다. 분석할 기록, 멘토링해줄 젊은 여자들, 실수로부터 배울 점이 많았다. 훈련과 경기에 대한 개인적인 경험은 유용했지만 충분하지는 않았다. 모든 선수가 하나의 사례 연구였기에 모두에게 주의를 기울여야 했다.

코치 첫해가 끝난 후 오프 시즌에는 '뮤즈 캠프'라는 주말 수련회에 참석했다. 여성과 소녀들이 사회 변화를 일으키도록 힘을 실어주는 비영리단체의 설립자 어맨다 스튜어머가 밴드에서 주최한 행사였다. 다양한 분야의 여성들이 모여, 여성으로서 개인적, 직업적, 창의적 가능성을 실현하기 위한 대화와 워크숍을 진행했다. 나는 성인이 된 후 처음으로 스포츠와 전혀 관련이 없는 행사에 참석하게 되었다.

글쓰기 워크숍에서는 일면식도 없는 사람들이 모성, 중독, 인종, 슬픔, 불확실성, 이루지 못한 희망에 대한 생생한 진실을 공유했다. 그들의 이야기를 들으니 마치 여성이라는 조건의 심층을 들여다보는 느낌이었다. 나는 그들 모두에게서 내 모습을 봤고, 예상치 못한 공감이 나를 뒤흔들었다. 나는 인생의 많은 시간을 다른 이들보다 더 나은 사람이 되어 스스로를 가치 있다고 느끼기 위해 노력하며 보냈고, 그것이 나를 다른 이들과 내 자신으로부터 분리시켰다.

마지막 수업은 신체 이미지에 관한 워크숍, 멜로디 무어 박사의 '사랑의 실천 운동'이었다. '모두를 위한 신체 해방'이라는 메시지가 담긴 설명이 약간은 흑인 영가 쿰바야kumbaya처럼 들렸다. 그때 갈색 머리를 한 텍사스 출신의 멜로디가 당당한 모습으로 천장이 높은 도서실 한가운데로 들어섰다. 그는 더할 나위 없이 매력적이고 명료했으며, 이런 워크숍을 주도한 경험이 풍부했다. 그는 나를 포함한 모든 이의 시선을 사로잡았다.

우리는 팀빌딩 교육에서 흔히 볼 수 있는, 줄을 서서 질문에 "예"라고 대답할 때마다 앞으로 나아가는 활동을 했다. 질문은 모두 음식, 체중, 신체 자신감과의 관계를 다루었다. 많은 사람이 체구나 체형에 관계없이 보편적으로 몸에 수치심을 느낀다는 사실을 알고 나니 가슴이 아팠다. 수영복을 입고 부끄러워하는 열두 살 아이들의 이야기는 전에도 들은 적 있는 우울한 이야기였지만, 여전히 자기 몸과 전쟁 중이라는 60대 여성들의 이야기는 나를 울렸다.

나무 마룻바닥에 크게 둘러앉아 있는 동안 멜로디가 인기 있는 잡지를 직접 살펴보면서 흑인, 원주민, 유색인종이거나 장애, 흉터, 여드름이 있는 사람, 혹은 몸집이 큰 사람들의 사진이 있는 페이지를 찢어 방 중앙에 놓으라고 했다. 많은 노력을 기울였지만 사진은 몇 되지 않았다. 그리고 신체 사이즈가 6보다 큰 사진에는 모두 체중 감량 카피가 붙어 있었다. 멜로디는 현재 5110억 달러에 달하는 글로벌 뷰티 산업의 경제학에 대해 알려주었다. 이 산업은 전적으로 자신의 신체가 잘못되었고 소비재와 서비스를 통해 고쳐야 한다고 느끼는 여성들에게 의존하고 있었다.

다음에는 두 사람씩 짝을 지어 외모에 대한 부정적인 생각, 즉 거울을 볼 때 나타나는 고통스러운 반응을 포스트잇에 적게 했다. 종이 위에 '허벅지가 너무 두꺼워'라는 문장을 적을 때는 몇 년 전 운동에 대한 불안감을 고백할 때와 마찬가지로 왠지 모를 씁쓸함을 느꼈다. 그 문장을 종이에 적어 넣는 것과 누군가에게 말하는 것은 전혀 다른 문제였다. 짝이 된 사람이 부정적인 자기 성찰을 큰 소리로 읽었을 때, 나는 흉골 아래에서 치밀어 오르는 감정을 누르며 목이 메었다.

나는 우리가 스스로에게 전하는 메시지들이 폭력적이라는 사실을 깨달았다. 멜로디는 우리를 다시 하나로 모은 뒤 행동으로 이끌었다. 나는 여성들이 심각하게 왜곡된 인센티브 시스템으로 인해 평생 동안 자기 몸 안에 존재하는 것만으로 느끼게 되는 모든 고통에 대해 생각했다. 그리고 전 세계의 선량한 사람들이 건강이라는 이름으로 다이어트 문화를 밀어붙이면서도 더 큰 규모로 건강을 해치는 일에 공모하고 있다는 사실을 깨닫지 못하는 것에 대해 생각했다.

나는 스포츠 시스템 자체가 여성의 필수적인 생리적 경험을 평가절하하거나 부정하고 잘못된 시기에 잘못된 우선순위를 강조함으로써 여성에게 막대한 해를 끼치고 있다는 사실을 깨달았다. 사춘기가 오는 것을 막기 위해 굶는 고등학생 달리기 선수들. 몸에 맞지 않는 체중에 도달하기 위해 식단을 제한하는 모든 여성. 뼈가 부러지고 힘줄이 찢어져 시간을 허비하는 모든 여성. 발전하지 못했다는 이유로 자신감과 자존감을 잃은 모든 여성. '자격을 얻지 못하면' 음식을 먹을 수 없고, 방종에 대한 속죄의 의미로 운동에 의지하는 모든 여성. 타이틀 나인이 참여의 문을 연 이래로 수많은 여성이 스포츠에서 겪은 상처를 안은 채 살아가고 있었다. 스포츠가 우리 문화에서 가장 큰 기관들 중 하나라고 생각해보니 한층 더 넓은 시각에서 스포츠가 하는 역할이 보였고, 우리가 더 잘할 수 있으며 더 잘해야 한다는 것을 알게 됐다.

나는 점점 더 새로운 관점으로 운동선수로서의 내 삶을 되돌아보게 되었다. 예전에는 섭식장애를 앓거나 건강 혹은 팀의 장래성을 해치는 선택을 하는 여성들에게 화가 났다. 이제는 진정으로 여성들을 위해 구축된 것이 아닌 시스템에서 성공하지 못했다는 이유로 수많은 여성과 소녀가 비난받는 것에 화가 났다. 담당 코치들에게도 화가 났다. 운동부도 마찬가지였다. 청소년 스타가 등장할 때마다 키워주고 그들이 추락하는 것을 지켜만 보는 미디어에 화가 났다. 그 후 다시는 소식을 들을 수 없었던 수많은 소녀의 이름이 떠올라 괴로웠다.

두 번째 코치 시즌이 한창이던 2015년 5월, 나는 처음으로 주드를 집에 두고 제시와 단둘이 로스앤젤레스로 날아갔다. 리틀윙 선수들이 옥시덴털대학에서 열린 육상 대회에 출전했고, 그날 저녁 아빠는 간 종양을 확인하기 위해 중요한 MRI 검사를 받았다. 아빠는 주드가 태어나기 직전에 간암 진단을 받았다. 치료법이 없었고 이식도 불가능해 예후가 좋지 않았지만 최근까지 항암치료를 잘 받고 있었다.

이 육상 대회는 미국 최고의 선수들이 예선 기준을 통과하기 위해 노력하는, 시즌 중반에 열려 관중이 적은 경기 중 하나였다. 분위기는 열광적이지도 않았고, 주요 미디어도 오지 않았으며, 입장에 자격 증명이나 접근 권한도 필요하지 않았다. 그곳에는 별로 매력적이지 않은 일을 하고 있는 우리 커뮤니티만 있었다. 나는 경기마다 다른 코치들처럼 조명 아래에서 경기장 안을 돌아다녔다. 여자 1500미터 선수들이 우리 주위로 타원을 그리며 달리는 동안, 떠오르는 신예 메리 케인이 오래된 경기장에서 뛰는 모습을 지켜보던 나는 그의 이름이 나올 때마다 그랬듯이 걱정스러운 마음이 들었다.

메리 케인은 나이키와 후원 계약을 체결하고 앨버토 살라사르와 함께 일하기 위해 오리건으로 이주했다. 미국 장거리 달리기에서 고등학교를 졸업하자마자 프로가 되는 것은 매우 드문 일이지만, 남자 선수 갤런 럽과 큰 성공을 거둔 앨버토는 메리와 함께 그 성공을 이어가고 싶어했다. 하지만 메리에게 좋은 상황은 아니었다. 나이키 오리건 프로젝트는 세계에서 가장 많은 자금을 지원받고 가장 권위 있는 프로 달리기 클럽으로 성장했다. 앨버토는 단 0.01퍼센트의 경기력 향상을 위해서도 어떤 일이든 마다하지 않는 미치광이로 명성을 쌓아가고 있었다. 앨버토 살라사르만큼 성과에 집착하는 사람은 없었다. 나는 그가 선수들을 얼마나 가혹하게 밀어붙이는지 알고 있었고, 선수들이 생존을 위해 어떻게 순응하는지도 봤다.

앨버토와 함께 일하는 모든 사람은 로봇처럼 그의 의사결정에 자신을 내맡기는 것 같았다. 어렸을 때 TV에서 봤던 케리 스트럭과 1996년 여자 체조 대표팀과 다를 게 없었다.

메리 케인이 2년 전보다 13초 느린 기록으로 11위를 차지하고 옥시덴털 대회 경기장을 빠져갈 때, 나는 그와 이야기를 나누며 전반적인 상태를 파악하고 원한다면 멘토링을 제공하기로 결심했다. 그를 향해 걸어가는데, 옆에 몇 년 전 함께 일했던 팀의 스포츠 심리학자 대런과 앨버토가 서 있었다. 두 사람은 스파이크화를 벗으며 눈물을 흘리기 직전인 메리를 에워싸고 있었다. 두 사람 중 누구도 위로를 건네지 않았다.

나는 나보다 나이 든 어시스턴트 코치 콜리어에게 말했다. "저 사람들 좀 봐요. 경기가 안 좋게 끝났는데 선수를 저렇게 차갑게 대하다니. 한 대 때려주고 싶네요."

콜리어는 내 말을 이해했다. "선수 안색이 안 좋아 보여요."

"혼자 있을 때 찾아가서 전화번호를 알려줘야겠어요. 도움을 청할 사람이 있다는 걸 알려주고 싶어요."

예고도 없이 번개가 치며 폭우가 쏟아졌다. 로스앤젤레스에 비가 내릴 때면 언제나 그랬고 우리는 모두 몸을 숨겼다. 모든 선수와 코치가 작은 텐트 아래 옹기종기 모였고, 나는 곧 앨버토와 메리에게 가까이 다가갈 수 있었다.

앨버토는 경기력 부진을 메리의 체중 탓으로 돌렸다. 텐트 안에 있던 그 누구도 메리를 옹호하지 않았다. 아무도 앨버토의 권력에 도전하지 않았다. 앨버토가 있는 동안 나는 너무 겁이 나서 아무 말도 하지 못했고, 지금까지도 그때 결단을 내리지 못한 내가 부끄럽고 후회된다. 2019년 메리가 『뉴욕타임스』의 다큐멘터리를 통해 폭로했을 때, 그 순간이 그에게 얼마나 암울한 순간이었는지 전 세계가 알게 되었다. 그 후 그는 자살을 고민하고 자해하기도 했다. 그가 오리건 프로젝트 코치로부터 언어적, 정서적 학대를 당한 것이 처음은 아니었지만, 그 일은 학대가 뚜렷하게 드러난 사건이었다. 폭로 이후의 침묵은 그가 겪은 일에 눈감으려는 업계의 모습을 드러냈다. 2021년 케인은 학대 혐의로 나이키와 살라사르를 상대로 2000만 달러의 소송을 제기했다. 또한 뉴욕에 건강하고 긍정적인 훈련 환경을 조성하는 동시에 소외된 지역 소녀들에게 멘토링을 제공하는 여성 엘리트 달리기 그룹 애틀랜터NYC를 설립했다. 하지만 그는 먼저 나이키 오리건 프로젝트에서 벗어나야 했다.

로스앤젤레스 고속도로를 타고 의료 영상 센터로 향하는

동안 나는 메리에 대해 생각했다. 그의 코치가 되고 싶다는 생각이 들었다. 메리는 열아홉 살이었고 아직 몸이 성장하는 중이었다. 메리의 성과 저하는 충분히 예상할 수 있는 일이었지만, 내가 목격했던 모든 상황과 마찬가지로 앨버토는 그것을 슬퍼해야 할 일, 즉 벌을 줘야 할 일로 보고 있었다. 앨버토는 메리를 결함이 있고 규율을 지키지 않는, 신경쓸 가치가 없는 사람처럼 취급하며, 메리 스스로 잘못된 점을 "고쳐야 한다"고 했다. 여성으로 성장해서는 안 된다는 말이나 마찬가지였다. 몇 년 후, 2019년에 발표된 『뉴욕타임스』 다큐멘터리에서 메리는 이렇게 말했다. "너무 무서웠고, 외로웠으며, 갇혀 있는 기분이었다." 그는 정상적인 여성의 신체 경험을 매우 적대시하는 환경에 있었다. 다름을 인정하고, 존중하고, 지원하고, 지지하는 환경을 절실히 필요로 하는 나이에 말이다. 그것은 성장기 여성 운동선수라면 마땅히 지원받아야 할 것들이다.

대기실에 있는 엄마를 만나기 위해 넓은 유리문을 통과하는 동안 의료 센터는 밤하늘 속에서 빛나고 있었다. 나는 휠체어를 보고 깜짝 놀랐다. 비니를 쓴 아빠는 비행기에서 잠든 사람처럼 축 늘어져 있었다. 간호사에게서 휠체어를 넘겨받을 때 헐렁한 티셔츠 목깃 위로 드러난 아빠의 등뼈를 보고 나는 충격받았다. 엄마는 아빠 앞에 무릎을 꿇고 앉았다.

"프랭크, 어떻게 됐어?"

"좋지 않아." 아빠는 눈을 삼은 채 말을 더듬었다.

엄마와 나는 눈빛을 주고받았다.

"집에 가자." 내가 말했다.

다음날 아침, 약을 주려 하는데 아빠가 깨어나지 않았다. 우리는 911에 전화했다. 응급구조팀이 집 안으로 들어왔다. 구급대원 한 명이 크게 외쳤다. "프랭크! 내 말 들려요? 프랭크!" 아빠가 "네, 선생님!"이라고 대답하자 나는 희망을 느꼈다. 구조대원이 "프랭크! 몇 살인가요?"라고 외치는 순간 나는 방으로 뛰어 들어갔다.

아빠는 여전히 눈을 감은 채로 "서른!"이라고 외쳤다. 이제 막 환갑이 된 아빠였다. 아빠는 다음 질문, 그다음 질문에도 대답하지 않았다.

24시간 후, 엄마와 여동생, 그리고 나는 아빠의 병실에서 손도 대지 않은 음식 쟁반 옆에 서서 구멍 뚫린 폐로 숨쉬려 애쓰는 아빠를 지켜봐야 했다. 의사는 아빠가 혼수상태라 고통스럽지 않을 거라고 우리를 안심시키려 했지만, 그 모습을 지켜보는 것은 끔찍했다. 아빠는 내가 아는 사람 중 가장 강한 사람이었다. 나와 여동생은 삼나무 뿌리처럼 단단히 자리를 잡고 있는 아빠 위로 올라가곤 했다. 아빠는 농장과 우주선, 소꿉놀이 집을 지어줬고 무엇이든 혼자서 옮겼다. 이렇게 쭈그러든 아빠의 모습을 보는 일은 육체적으로 고통스러웠다. 나는 어떻게든 아빠의 고통이 빨리 끝나기를 바라며 다가가 뼈만 남은 흉골에 머리를 대고 사랑한다고, 이제 가도 괜찮다고 말했다. 동생이 아빠에게 다가왔다. 나는 동생에게 자리를 내주었고, 동생은 힘들어하는 아빠를 끌어안고 울부짖었다. 엄마가 아빠에게 갔을 때 나는 숨이 차 일그러진 아빠의 얼굴을 보기 힘들어 두 눈을 가리고 싶었지만, 마지막으로 보는 아빠의 모습이라는 생각에 계속 지켜보았다. 끝내 아빠는 더 이상 숨을 들이마시지 못했다.

아빠의 형제와 친한 캠핑 친구 몇 명이 몇 시간 안에 우리 집 뒷마당에 모였다. 그들은 늦은 작별 인사를 하러 병원으로 가기 전에 모닥불을 피워놓고 아빠의 거칠었던 삶과 소박한 기쁨 등 아빠에 관한 이야기를 나누었다. 나는 소꿉친구 지나와 그의 아들 옆에 서서, 내 아들을 품에 안고 있었으면 좋겠다고 생각하며 이야기를 들었다.

약 1년 후인 2016년에 나는 공식적으로 은퇴를 선언했다. 은퇴를 선언했을 때 완전한 평온을 느꼈다. 남은 인생 동안 하는 모든 달리기는 전적으로 나만의 방식대로 하자고 다짐했다. 이제 나는 코치라는 직함을 온전히 받아들일 수 있었고, 페미니스트의 렌즈를 통해 가능한 한 많은 일을 걸러내게 되었다. 생리학뿐만 아니라 가부장제, 다이어트 문화, 인종차별, 트랜스포비아, 성적 학대, 그리고 여성에게 불균형하게 영향을 미치는 기타 사회적 힘에 대한 지식을 최대한 많이 흡수했다. 내 코치 활동은 여자들의 역량을 강화하는 데 초점이 맞춰져 있었다. 만약 내가 성공한다면, 나와 함께 일하는 선수들은 모두 자기 자신만이 될 수 있는 그런 선수로 거듭날 것이었다.

그 후 5년 동안 많은 시행착오를 거쳤다. 그러나 나를 가르쳤던 코치들과 전국에 흩어져 있는 전문가 및 리더들의 연구, 그리고 내 직관으로부터 배운 것들을 바탕으로 결국 내가 던졌던 질문에 대한 답을 찾았다. 여성을 중심에 두고 프로 선수의 대안적인 모델을 만들면 어떤 모습일까? 그렇게 하면서도 성공할 수 있을까? 나는 시간과 메달이라는 전통적인 기준으로 성공을 측정하지는 않지만, 전통적인 기준으로 따져도 대답은 '그렇다'였다. 물론 운도 따랐지만, 우리는 분명 좋은 결과를 얻을 수 있도록 잘 준비했다. 2021 시즌에 리틀윙의 육상 선수 여섯 명 모두 생애 최고 기록을 세웠고, 모두 올림픽 선발전에 출전할 자격을 얻었다. 더 중요한 것은 이들 중 누구도 돌이킬 수 없을 정도로 몸을 망가뜨리거나, 생식 능력과 골밀도를 위태롭게 하거나, 자해를 하거나, 달리기를 사랑하지 않게 된 선수가 없었다는 사실이다. 모든 선수가 자신을 더 깊이 이해하고, 자기 목소리에 귀 기울이고 그것을 활용하는 법을 배웠으며, 월경 주기를 되찾고, 신체를 긍정하는 환경에서 훈련하고, 삶에 영향을 미치는 결정에 적극적으로 참여했으며, 더 강한 사람이 되어 팀을 떠났다.

내 첫 선수였던 멜은 대학 시절 4년간의 부상을 딛고 일어나 USATF 선수권대회에서 3위에 오르고 세계 랭킹 20위권 안에 여러 차례 진입하는 등 8년 동안 세계적인 선수로 성장했다. 함께 일한 마지막 해인 2021년에 나는 그가 자기 커리어를 주도하며 팀의 젊은 선수들을 이끌고 올림픽 대표팀에 도전할 수 있는 위치에 올라서는 모습을 지켜보았다. 그러나 그는 올림픽에 출전하지 못하고 7위에 그쳤다. 외부에서는 성공에 대한 이분법적인 개념으로 보면 그렇게만 생각할 수도 있을 것이다. 하지만 나는 성취가 가능하다는 믿음으로 수년간 노력하고, 스스로에게 진정한 기회를 주기 위해 용기를 내고, 실망감을 느끼면서도 한 가지 결과에 얽매이지 않는 그의 성숙함을 보았으며 알고 있다.

나는 세계 최고의 코치가 아니며, 다른 코치와 함께했다면 멜은 더 많은 것을 성취했을지도 모른다. 나보다 더 뛰어난 생리학자, 운동의 귀재, 선수들에게 더 많은 시간을 할애할 수 있는 사람들이 있다. 다른 코치들처럼 내가 현장에서 무언가를 배우는 동안 나를 믿고 커리어를 맡겨준 모든 선수에게 감사하고 있다. 시스템과 내 안에서 망가진 것들을 고치려는 시도가 나를 코치의 세계로 이끌었다. 한 번도 만난 적 없는 낯선 사람들과 내가 사랑했던 팀원들에게 상처 입힌 것들을 바로잡기 위해서였다. 우리는 혼란 속에서 안전한 곳을 만들려고 노력했다. 그리고 해냈다. 하지만 내가 벤드라는 작은 공간에서 영원히 이 일을 하고, 여성에게 옳은 일을 하는 다른 모든 코치와 함께 뭉친다고 해도, 그것만으로는 충분하지 않다.

타이틀 나인은 50년 전에 이미 금기의 문을 열었다. 하지만 평등은 동등하게 경기할 권리에서 끝나지 않는다. 다른 산업과 마찬가지로 스포츠에서도 진정한 평등을 실현하려면 모두가 동등한 기회를 누릴 수 있도록 시스템을 재구축해야 한다. 나는 여성 운동선수의 구체적인 경험을 생생하게 전달하기 위해 이야기하는 한 사람에 불과하다. 나는 정책이나 NCAA 모범 사례집, 의료 가이드라인을 만들 수 없다. 하지만 어디서부터 시작해야 할지에 대한 아이디어는 몇 가지 가지고 있다.

뇌진탕 관련 정책과 같이 스포츠에서 여성 신체의 건강을 구체적으로 보호하는 정책이 필요하다. 여성생리학, 사춘기, 유방 발달, 월경 건강, 여성 선수의 성과 기복에 관한 교육을 의무화하는 공식 자격증을 만들어야 한다. 월경 건강을 모니터링하고 RED-S에 관한 교육을 실시해야 한다. 고등학교나 대학교, 또는 발달에 적합한 시기 이전에 경기 체중과 체성분이 중시되지 않도록 경계를 설정해야 한다. 섭식장애를 식별 및 예방하고 이야기할 수 있으려면 섭식장애에 대해 알아야 한다. 코치는 섭식장애를 자해와 같이 취급하여 고통받는 사람을 즉시 신고하고 전문가에게 의뢰해야 한다. 섭식장애에서 완전히 회복될 가능성은 개입 전 기간과 밀접한 관련이 있기 때문이다.

월경 건강, 부상 및 정신 건강 통계, 선수 만족도, 이탈률 등 학교 프로그램에서 실제로 중요한 항목을 측정하도록 해야 하며, 이를 기준으로 학교에 책임을 묻고 신입생에게 미래의 행복에 필수적인 정보를 제공하는 대안적인 스포츠 관련 대학 순위 시스템을 만들어야 한다.

코치 일이 자녀 출산과 양립할 수 있도록 개선하여 코치를 그만두는 여성이 없도록 하고 남자 코치도 여자 코치도 적극적인 파트너이자 부모가 될 수 있는 환경을 만들어야 한다.

유방에 관한 교육을 실시하고 원하는 모든 중학생에게 스포츠 브라를 무상으로 제공해야 한다. 성인이라면 음식과 신체에 관한 문제를 스스로 해결하고 자신이 돌보는 아동과 청소년에게 대물림하지 않아야 한다. 모든 스포츠의 규칙을 면밀히 검토하여 타인의 시선을 의식하게 만들고 신체 만족도를 낮추는 기존의 유니폼 의무화 규칙을 없애고, 움직임을 최적화하고 신체 자신감을 높이는 대안을 허용할 필요가 있다.

그 외에도 많은 것이 있지만, 이 모든 것은 여성을 성공할 만한 가치가 있는 인간으로 마주하려는 의지에서 시작된다. 여성과 소녀들이 직면하는 문제를 모두가 책임감을 가지고 바꿔야 할 인간의 문제로 인식해야 한다.

나는 의사도, 관리자도, 연구자도 아니다. 그러나 당신은 그중 하나일 수 있으며, 그렇다면 우리는 당신이 필요하다. 여성 스포츠가 향후 50년, 그리고 그 이후를 향해 나아가기 위해서는 모든 성별의 열정적인 리더가 필요하다. 하지만 이야기도 필요하다. 보이지 않는 것들과 금지된 것들, 그 수많은 이야기가 필요하다. 작은 것들이 모여 큰 변화를 만들어낸다.

아빠가 돌아가신 다음날 아침, 침실 벽 뒤에서 부엌 수납장이 여닫히는 소리에 깨어났다. 어린 시절 듣던 소리였다. 천천히 눈을 떠보니 레드윙 부츠에 청바지와 흰 티셔츠를 입은 젊은 시절의 날씬한 아빠가 옷장 문에 기댄 채로 햇살이 들어오는 방 안에 서 있었다. 나는 눈을 몇 번 깜빡인 뒤 아빠와 함께 미소 지었고, 어느 순간 아빠는 사라지고 없었다. 엄마에게 말했더니, 엄마도 어렸을 때 동생이 자살로 세상을 떠난 후 비슷한 일을 경험했다고 한다. 유령이라니 말도 안 되는 얘기였지만, 아빠 없는 첫날을 맞이하리라는 사실을 알고 있는 무의식이 아빠를 데려왔음을 받아들일 수밖에 없었다.

나는 러닝복을 입고 현관문을 나섰다. 일요일이라 아무도 없을 고등학교 운동장을 향해 3200미터를 달렸다. 익숙한 동네와 벽토 바른 집 등 변하지 않은 것들에서 평화를 찾으려고 노력했다. 달리기는 변하지 않았다. 달리기는 여전히 나만의 것이었다. 하지만 힘겨운 호흡이 전날 아빠의 호흡과 같은 리듬으로 바뀌면서 가슴이 급격히 죄어오자, 멈춰 서서 무릎에 손을 얹고 몸을 구부려 산소를 들이마셔야 했다. 인도 한가운데서 그렇게 한참을 흐느끼다 다시 달렸다.

그리고 천천히 트랙까지 올라간 다음 울타리를 뛰어넘었다. 8번 레인에서 중간에 잠깐씩 쉬면서 여덟 바퀴를 달렸다. 죽음 대신 아직 내게는 달리기가 있다는 사실을 상기시켜주는 단순하고 익숙한 움직임이었다. 하지만 두 번째 바퀴에서 숨이 가빠지기 시작했을 때 커브 끝 울타리에 기댄 아빠 모습이 보여 무릎을 꿇고 손으로 머리를 감쌌다. 나는 고무 트랙에 5센티미터 정도로 가까이 입술을 갖다 대고 속삭였다. "아빠 없이 이걸 어떻게 해?" 그 말에 나도 놀랐다. 더 이상 아빠를 위해 뭔가를 하고 있다고 생각하지 않았기 때문이다. 그런데 아빠를 위해 달리는 마음이 여전히 남아 있었다.

8학년 때 침대에 앉아 아빠가 술을 끊게 하려면 뭐라고 말해야 할지 고민하면서 재활용 노트에 편지를 쓰던 일이 기억났다. 나는 이렇게 편지를 마무리했다. '아빠, 정말 사랑해요. 나는 아빠가 나이 들어 손주랑 놀아줄 수 있을 때까지 살아 계셨으면 좋겠어요. 아빠 말처럼 정말 나를 세상 그 어떤 것보다 사랑한다면, 술을 끊어주세요.' 아빠가 잠자리에 들자 나는 아빠가 출근 전 새벽 4시 30분에 커피를 마시는 자리에 편지를 올려두었다. 학교에 가려고 일어났을 때 편지는 사라지고 없었다. 아빠는 답장을 쓰지 않았고 편지 얘기를 꺼낸 적도 없다. 나 역시 그 얘기를 두 번 다시 꺼내지 않았다. 아빠는 절대 술을 끊지 않았다.

내가 달리기를 했던 주된 이유는 아빠의 사랑을 느끼기 위해서였다. 하지만 대회에 나가 아빠의 격려를 들으며 이후 많이 성장했다. 깨닫고 인정하기까지 시간이 좀 걸렸지만, 나는 평생 다른 사람이 아닌 나를 위해 달리는 법을 배우기 위해 노력해왔다. 끊임없이 스스로에게서 멀어지게 하는 힘으로 가득한 세상에서 나에게로 돌아가는 방법을 배우고 또 배웠다. 그 지식을 굳게 지키고 싶었고, 더 강하게 전달하고 싶었다. 나는 트랙에서 일어나 집으로 달려가기 시작했다.

감사의 말

예상치 못한 세계적, 국가적, 개인적 상황으로 인해 책을 쓴 다는 것은 무척 힘든 일이었다. 이 책을 쓰기 시작했을 때만 해도 집에서 홈스쿨링을 하게 되고, 오랜 기간 육아에서 완전히 멀어지고, 코로나19로 격리되고, 하염없이 육상 대회가 연기될 줄은 몰랐다. 정신 건강에 위기가 찾아올 줄도 몰랐다. 하지만 지금 돌이켜보니 이해가 된다. 어쨌든 책은 책이기 때문에 힘들었을 것이다. 책을 쓰는 사람들은 항상 "주변의 도움 없이는 완성하지 못했을 것"이라고 말하지만, 나는 그 말을 믿지 않았던 것 같다. 하지만 정말 주변의 도움 없이는 완성하지 못하고 포기했을 것이다. 이 책을 완성하지 못했다면 나는 불행했을 것이다. 나는 다른 사람들뿐만 아니라 나를 위해서도 이 책을 써야 했기 때문이다. 이제 책을 완성했으니 마지막으로 얘기하고 싶은 것들이 있다.

이 책에 등장하는 사건들을 정확하게 묘사하기 위해 최선을 다했지만, 기억은 완벽하지 않으며 같은 사건에 대해 사람마다 기억하는 바가 다를 수 있다는 점을 인정한다. 일부 인물의 이름과 특징은 변경되었다. 대화는 정확히 일치하는 부분도 있지만, 실제 대화 내용을 바탕으로 즉흥적으로 만든 부분도 있다. 이 책에서 젠더 및 성별과 관련해 사용한 이분법적인 언어는 당시의 경험을 반영한 것이며, 젠더 언어가 문화적 맥락이나 정책에서 어떻게 사용되어야 한다는 것을 나타내는 것은 아니다.

정말 감사의 인사를 전하고 싶은 사람들이 있다. 내가 스포츠를 접할 수 있도록 길을 닦아준 수많은 옹호자와 초기 선구자들, 그리고 여성 스포츠에 참여하는 선수들을 위해 건강한 환경을 조성하려 노력하는 모든 연구자, 코치, 동료에게 먼저 감사드린다. 나는 이분들에게서 영감을 얻는다.

나의 에이전트인 러빈 그린버그 로스턴 리터러리 에이전시의 대니얼 그린버그는 내 열정적인 전화 한 통을 출간 제안서로 바꾸는 데 도움을 주었고 예리한 독자이자 신뢰할 수 있는 조언자이자 숙련된 협상가 역할까지 해주었다.

내게 적절한 질문을 던지고, 문학적 상상력을 자극하고, 자금을 투자해준 펭귄프레스의 앤 고도프, 스콧 모이어스, 에밀리 커닝햄에게도 깊은 감사를 전한다. 영국과 그 밖의 지역에서 이 책의 가능성을 보고 투자해준 비라고의 로즈 토마셰프스카와 팀원분들에게도 고맙다. 도움을 준 캐스피언 데니스에게도 감사드린다.

편집자 에밀리는 내가 건강하고 열정적이며 추진력 있고 체계적일 때 이 프로젝트를 맡았는데, 결국 나는 위기에 직면했다. 그는 내가 이 책을 옹호하지 못할 때 대신 씨워주었고, 과제가 무엇인지 언제나 정확히 알고 있었으며, 내가 필요로 할 때 적합한 기술과 위안을 주었고, 예상보다 진행이 두 배나 오래 걸렸는데도 내가 자랑스러워할 만한 결과물을 내놓을 것이라는 확신을 단 한 번도 잃지 않았다. 빅토리아 로페즈, 대니엘 플래프스키, 콜린 맥가비, 메건 뷰이아키, 칼라 벤턴, 린다 프리드너, 그리고 이 책을 진짜 책으로 만들고 독자를 찾는 데 중요한 역할을 한 나머지 팀원들 모두의 수고에 감사를 전한다.

이 책의 중요한 내용들과 관련해서 과학자와 의사들의 도움을 받았다. 수년간 여성 운동선수의 건강을 위한 최고의 의견을 제공하고 함께 활동해온 세라 레스코 박사는 나와 함께 수일 동안 연구 자료를 수집하고 내용을 구성했다. 트렌트 스텔링위프 박사, 커스티 엘리엇세일 박사, 케이트 애커먼 박사는 원고와 관련된 유용한 글과 의견을 제공해주었다. 레이첼 비샤노프는 타이틀 나인과 미디어의 미학에 관한 연구를 정리해주었고, 트레이시 카슨은 여성 선수들의 성과 기복을 뒷받침하는 연구 결과를 수집해주었다.

다른 작가들에게도 도움을 받았다. 책 코치였던 제니퍼 루든이 던져준 사다리 덕분에 수렁에서 빠져나올 수 있었고 내용도 세부적으로 나눌 수 있었다. 그는 초고를 반 정도 썼을 때 내가 앤 패칫이 아니라는 충격적인 깨달음으로부터 회복할 수 있게 도와주었고, 대부분의 작가가 쓰레기를 써내는 오랜 시간 동안 버티는 법을 배운다는 사실을 상기시켜주었다. 로리 와그너의 '거침없는 글쓰기' 연습은 글쓰기에 더 깊이 빠져들고 더 솔직해질 수 있도록 도와주었다. 메리앤 엘리엇은 달리기를 통해 배운 교훈을 글쓰기에 적용하는 방법을 알려주었다. 리즈 와일은 이야기 곡선에 대해 코치해주었고 지향할 만한 기준점을 제시해주었다. 에바 모스는 각본과 영화 제작에 대한 전문 지식을 바탕으로 긴장감을 더하는 데 도움을 주었다. 미셸 해밀턴과 릴리 래프 매컬루는 세라 시어와 함께 아낌없는 멘토링을 제공했고, 지역 글쓰기 커뮤니티의 놀라운 가치를 가르쳐주었다. 앞서 언급한 분들 외에도 이 책을 더 좋은 책으로 만들 수 있도록 피드백을 제공해준 제시 데일, 샐리 버게슨, 얼리시아 몬타뇨, 로라 윈베리, 멜로디 무어 박사에게도 감사의 말을 전하고 싶다.

우리 가족은 힘든 시절도 있었지만, 성장하면서 가족의 사랑과 지원을 받을 수 있었으니 내가 정말 복이 많은 사람이라는 점에는 의심의 여지가 없다. 이 책은 달리기에 관한 책이기 때문에 엄마와 여동생에 관한 이야기는 많이 하지 않았다. 당시에는 방법을 몰라서 엄마와 여동생을 내 육상 세계로 들여보내지 않았다. 하지만 아빠와 마찬가지로 두 사람의 사랑 역시 내 삶의 면면에 흐르고 있으며, 나는 가족과 우리가 함께한 모험을 그 무엇과도 바꾸지 않을 것이다. 엄마는 프라이버시를 중시하는 사람이기 때문에 이 책에서 언급되면 불편해하겠지만, 그래도 말해야 하는 중요한 부분이 있다. 항상 인생의 주도권이 내게 있다고 느끼도록 온화한 안내자 역할을 해준 엄마에게 감사하다는 말씀을 드리고 싶다.

내 코치들은 인생에 가장 많은 영향을 미친 사람들이다. 들롱, 매컬리, 빈, 데나, 테런스, 마크 등 나를 지원해준 모든 분이 스스로와 세상을 비리보는 관점에 중요한 역할을 했다. 자신이 직접 쓰지 않은 이야기의 일부가 되는 데는 취약성이 따르기 마련이다. 책에 등장하는 다른 모든 사람에게, 인간애를 포함해 모든 것을 가르쳐주어 고맙다는 말을 전한다. 코치들은 늘 배우고 있는데, 나는 책을 쓰는 것은 배움을 한 단계 더 강화한다는 사실을 깨달았다. 리틀윙을 통해 코치했던 선수들에게 감사의 인사를 전하고 싶다. 여러분 한 명 한 명을 정말 존경한다고. 나를 믿어주고, 코치 일에 보람을 느끼게 해주고, 내가 실수했을 때 말해줘서 고맙다고. 실수 용인하기, 새로운 정보 얻기, 책임감 갖기, 마음과 행동 바꾸기 같은 것은 나의 코치들에게서 배운 것이다. 이렇게 행동하는 사람이 많다면 그 어떤 정책보다 더 빠르게 여성과 소녀들을 위한 스포츠를 변화시킬 수 있다.

인생에서 가장 의미 있는 추억과 경험을 만들어준 팀원들에게 감사의 인사를 전하고 싶다. 추억과 경험, 성찰을 공유해준 분들께 특별히 감사드린다. 정말 많은 도움이 되었다. 사고에 대한 내용을 공유해주고 달리기 외적으로도 더욱 존경하는 사람이 된 줄리아, 힘을 주는 인생관을 보여준 것에 그에게도 고맙다.

이 책은 주로 여자 선수들의 고군분투에 초점이 맞춰져 있지만, 기쁨과 모험에 대해 쓴 책도 얼마든지 많다. 책에 등장하는 모든 사람에 대해 온전히 설명할 수 없어 마음이 불편하지만, 그것이 회고록의 본질이다. 팀원들과 직접 만나는 일은 드물지만 경력, 취미, 관심사, 아이 이름, 선호도 등 내 인생 곳곳에서 팀원들의 흔적을 찾아볼 수 있다. 어떤 면에서 나는 그들이고 그들은 나인 셈이다.

우리 부부의 육아를 도와준 분들이 없었다면 이 일은 해낼 수 없었을 것이다. 코로나 때 '격리팀guaranteam'이라고 불렸던 여러 이웃, 많은 시간 육아와 가사를 도와준 베일리와 메건, 그리고 틈틈이 도와주신 조부모님, 조이스, 캐럴, 제프, 게리, 재나에게 감사드린다.

내 이야기에 귀기울여주고, 관심을 가져주고, 지지를 보내준 가족과 친구들에게 감사를 전한다. 가장 힘든 시기에 헌신적인 파트너십을 보여준 와젤, 살로몬, 레어드에 감사드린다. 다양한 방식으로 깊은 사랑과 관심을 표현해준 샐리, 세라, 제시, 앨런, 니콜, 스테퍼니, 크리스틴, 메러디스에게 특별히 감사드린다. 내 인생에 밝은 빛이 되어주고 내가 가장 필요로 할 때 강한 자아를 되찾을 수 있도록 도와준 에바에게, 나의 치료사인 라이버루딕과 웰버트린에게 감사드린다. 커피와 아침 식사 배달, 포옹, 격려 등 어린 나이에도 놀랄 정도로 이 책을 지지해준 우리 주드와 재디에게 고맙다. 그리고 내 평생의 팀 동료이자 배우자, 공동부모, 동업자, 독자이자 귀염둥이인 제시에게도 감사를 전한다. 지난 몇 년 동안 우리가 짊어져야 할 짐이 너무 무거웠는데, 나와 아이들을 위해 항상 곁에 있어주었다. 당신이 트라이애슬론 프로 선수로 활동할 때 내가 얻은 '가장 든든한 배우자' 타이틀은 영원히 뺏기지 않을 줄 알았는데, 당신이 나를 넘어선 것 같아. 사랑해.

그리고 여러분.

그래요, 독자 여러분도 읽어주셔서 고맙습니다. 사랑합니다.

책을 쓰면서 개인적인 경험과 다른 사람들의 이야기, 공교육, 많은 연구자, 작가, 단체의 연구에 의존했다. 더 많은 것을 배우고 싶은 분들을 위해 내 생각에 영향을 준 자료와 출처를 주제별로 정리하여 공유하고자 한다. 물론 모든 훌륭한 연구가 이 책에 다 소개되어 있는 것은 아니다.

2016년 포츠머스대학에서 신체 발달과 여학생의 스포츠 참여를 주제로 11~17세 여학생 2000여 명을 대상으로 실시한 종합 설문조사는 유방 발달에 대한 중요한 통찰력을 생생히 경험하게 해주었다. 브라스 포 걸스Bras for Girls는 여중생에게 유방 교육과 스포츠 브래지어를 제공하는 비영리단체다. 간단한 개입으로도 큰 영향을 미칠 수 있다. 스포츠 브라는 중학교에 입학하는 모든 학생에게 무상으로 제공되어야 한다. 여학생의 스포츠 참여에 대한 종합적인 정보를 원한다면 여성스포츠재단Women's Sports Foundation이 큰 도움이 될 것이다. 재단은 연구, 권리 옹호 활동, 지역사회 영향력을 통해 여학생의 스포츠 참여를 극대화하고, 장벽이 무엇인지 파악하고 있다.

사춘기 남녀 운동선수의 운동 능력 발달에 대한 분석은 에

스펜 퇴네센 등이 이해하기 쉽게 제시했다. 퇴네센 등이 2015년 『플로스 원PLOS One』에 게재한 논문 「연령, 성별, 스포츠 종목에 따른 청소년 육상 선수의 운동 능력 발달Performance Development in Adolescent Track and Field Athletes According to Age, Sex and Sport Discipline」은 운동 능력의 경로가 갈라지는 시기, 이유, 기간에 대한 데이터를 제공한다. 이 논문의 차트는 2장과 3장에서 내가 경험한 것을 시각적으로 표현하고 있다. 스테이시 심스 박사의 저서 『포효Roar』는 여성 선수의 성과를 결정하는 변수에 관한 놀라운 설명을 제공한다. 스포츠와 활동 전반에서 성별에 따른 수행 능력 차이에 대한 구체적인 비율은 『스포츠의학 저널Sports Medicine』에 게재된 엠마 힐턴과 토미 룬드버그의 2021년 논문 「여성 스포츠 카테고리의 트랜스젠더 여성: 테스토스테론 억제 및 운동 능력 향상에 대한 고찰Transgender Women in the Female Category of Sport: Perspectives on Testosterone Suppression and Performance Advantage」에서 확인할 수 있다.

사춘기 동안 테스토스테론 노출과 관련된 성별에 따른 차이에 대한 과학적 근거는 사실로 널리 받아들여지고 있지만, 이것이 트랜스젠더 운동선수의 배제를 정당화하는 근거는 아니다. 리베카 조던영과 카트리나 카카지스는 2019년 『사이언티픽 아메리칸Scientific American』에 「테스토스테론에 관한 네 가지 오해」라는 제목으로 테스토스테론이 스포츠 정책에서 잘못 해석되고 오용되는 방식을 강조하는 멋진 글을 기고했다.

월경 주기와 여성 운동선수의 건강 및 운동 능력은 역시적으로 많이 연구되어왔지만, 최근 흥미로운 새 연구 결과들이 발표되고 있다. 여성 월경과 스포츠의 진화에 대한 역사적 맥락을 알아보려면 메리 퍼트넘 재커비의 「월경 중 여성의 휴식 문제: 1876년 하버드대학 보일스턴상 수상 에세이The Question of Rest for Women During Menstruation: The Boylston Prize Essay of Harvard University for 1876」를 참조하라. 커스티 엘리엇세일 박사는 월경, 여성의 생식기관, 운동 능력의 교차점에 대해 최근 엄청난 양의 연구를 수행했으며, 이 책에 사용된 많은 논문을 공동 집필했다. 2020년 『스포츠와 운동과학자The Sport and Exercise Scientist』에 게재된 「여성 운동선수 기반 연구 수행 및 실행에 관한 BASES 전문가 성명서The BASES Expert Statement on Conducting and Implementing Female Athlete…Based Research」, 2018년 『국제 스포츠생리학 및 성과 저널International Journal of Sports Physiology and Performance』에 발표된 「엘리트 운동선수의 호르몬 피임약 사용과 월경 주기의 유병률 및 인지된 부작용Period Prevalence and Perceived Side Effects of Hormonal Contraceptive Use and the Menstrual Cycle in Elite Athletes」, 2022년 『스포츠의학 저널』에 게재된 「진화생물학과 운동과학의 만남: 운동선수의 저에너지 가용성 연구에 대한 생활사 이론의 적용에 대한 논평Evolutionary Biology Meets Exercise Science: A Comment on the Application of Life History Theory to the Study of Low Energy Availability in Athletes」 등이 그 예다. 오브리 아먼토 등이 2021년 『선수 훈련 저널Journal of Athletic Training』에 발표한 「고등학교 여자 운동선수의 월경 기능 장애의 실태 및 인식과 관련 삶의 질 측정Presence and Perceptions of Menstrual Dysfunction and Associated Quality of Life Measures Among High School Female Athletes」이라는 논문은 월경 중단을 '정상'으로 여기는 청소년 운동선수가 매우 많으며 월경 기능 이상이 불안, 피로, 통증으로 인한 장애와 관련이 있음을 보여준

다. 난소 기능 장애와 운동 능력 저하 사이의 연관성은 2014년 『스포츠의학 및 과학 저널Medicine & Science in Sports & Exercise』에 게재된 「난소 억제가 주니어 엘리트 여성 수영 선수의 스포츠 능력을 손상시킨다Ovarian Suppression Impairs Sport Performance in Junior Elite Female Swimmers」라는 논문에서 제이시 밴히스트 등이 설명한 바 있다. 9장과 10장에서 설명한 것처럼 월경불순을 무시하는 것은 경기력을 개선한다는 코치와 선수의 목표에 어긋나며, 이러한 논문들은 앞으로 문제의 해결 방법을 고려하는 데 중요한 자료가 될 것이다.

페이지 스코세스 등이 2020년에 『정형외과 스포츠의학 저널Orthopaedic Journal of Sports Medicine』에 발표한 논문 「고등학교 여성 장거리 달리기 선수의 삼중 위험 유병률과 철분 보충제: 삼중 위험 선별 도구로 측정한 결과Prevalence of Female Athlete Triad Risk Factors and Iron Supplementation Among High School Distance Runners: Results From a Triad Risk Screening Tool」에 따르면 고등학생 선수들의 월경 기능 장애, 골다공증, 섭식장애가 우려했던 것보다 훨씬 심각한 수준인 것으로 나타났다. 캐서린 리존은 2017년 『선수 훈련 저널』에 「대학생 운동선수의 피로골절 역학, 2004~2005년부터 2013~2014학년도까지The Epidemiology of Stress Fractures in Collegiate Student-Athletes, 2004-2005 Through 2013-2014 Academic Years」라는 제목의 논문을 발표하여 여성과 남성의 피로골절 유병률에 대한 통계를 제공했다.

앤 룩스는 RED-S와 월경 기능 장애의 위험이 나이에 영향을 받는다는 내 생각에 영향을 주었고, 여성 운동선수를 보호해야 한다는 주장을 강화했다. 그의 2006년 논문 「5일간의 낮은 에너지 가용성에 대한 황체형성호르몬의 박동성 반응은 14세에 이르면 사라진다The Response of Luteinizing Hormone Pulsatility to 5 Days of Low Energy Availability Disappears by 14 Years of Gynecological Age」는 『임상내분비학 및 대사 저널Journal of Clinical Endocrinology and Metabolism』에 실렸다. 2013년 『마투리타스Maturitas』에 실린 질 테인 니슨바움의 논문 「여성 운동선수 삼중고의 장기적 결과Long Term Consequences of the Female Athlete Triad」는 섭식장애, 월경 기능 장애, RED-S에 대한 NCAA의 적절한 조치 부족이 뇌진탕과 유사하게 수년 후 만성 외상성 뇌병증으로 이어질 수 있다고 생각하게 된 계기 중 하나였다.

RED-S 및 낮은 에너지 가용성과 관련하여 캐서린 애커먼과 트렌트 스텔링워프의 연구와 통찰력은 내 경력 전체를 되돌아보는 방식을 완전히 바꾸어놓았다. 이들의 연구는 정책 변화와 새로운 모범 사례의 기초가 될 것이다. 엘리엇세일, 에이미 발첼, 메리 케인, 카라 가우처, 마고 마운트조이와 내가 공동 집필하고 2020년에 『영국 스포츠의학 저널British Journal of Sports Medicine』에 발표한 「#REDS: 선수의 건강과 경기력 향상을 위한 스포츠 문화와 시스템의 혁명이 필요한 때#REDS: Time for a Revolution in Sports Culture and Systems to Improve Athlete Health and Performance」라는 제목의 논문은 미래를 위한 확고한 선언이다.

2018년 『국제 스포츠 영양 및 운동 대사 저널International Journal of Sport Nutrition and Exercise Metabolism』에 실린 헤이쿠라 이다 등이 발표한 논문 「낮은 에너지 가용성은 평가하기 어렵지만 엘리트 장거리 선수의 뼈 부상률에 큰 영향을 미친다Low Energy Availability

Is Difficult to Assess but Outcomes Have Large Impact on Bone Injury Rates in Elite Distance Athletes」와 국제 영양학 저널 『뉴트리언츠Nutrients』에 게재된 대니엘 로그 등의 2020년 논문 「운동선수의 낮은 에너지 가용성 2020: 유병률, 위험, 하루 중 에너지 균형, 지식 및 스포츠 수행 능력에 미치는 영향에 대한 비체계적 고찰Low Energy Availability in Athletes 2020: An Updated Narrative Review of Prevalence, Risk, WithinDay Energy Balance, Knowledge, and Impact on Sports Performance」도 참고했다.

운동선수의 정신 건강에 대한 지원 또는 지원 부족에 대한 이해를 강화하는 데는 2021년에 발표된 「운동선수의 정신 건강 문제에 관한 미국스포츠의학회 성명서The American College of Sports Medicine Statement on Mental Health Challenges for Athletes」를 참고했다.

NCAA의 실패는 『글로벌 스포츠 매터스Global Sport Matters』에 실린 웬델 반하우스의 「NCAA, 학생 운동선수의 정신 건강 관리를 위한 힘겨운 싸움에 직면하다」라는 제목의 기사에서 잘 다루어졌다. NCAA의 웹사이트에는 사명 선언문과 선수의 건강을 책임지는 내규가 포함되어 있다.

NCAA 웹사이트에는 「정신, 신체 그리고 스포츠: 섭식장애Mind, Body and Sport: Eating Disorders」라는 기사가 게재되어 있다. 이 기사는 학생 운동선수의 정신 건강을 이해하고 지원하기 위한 스포츠과학연구소Sport Science Institute의 가이드에서 발췌한 것이다. 론 톰프슨이 작성한 가이드는 기본적으로 모범 사례 및 정책의 출발점이다.

온라인으로도 제공되는 NCAA의 '뇌진탕 안전 프로토콜 체크리스트Concussion Safety Protocol Checklist'는 향후 여성 운동선수를 위한 건강 관련 법안에 참고할 수 있는 훌륭한 자료다. NCAA 회칙 3.2.4.17: 뇌진탕 관리 계획과 16.4.2: 정신 건강 서비스 및 자원은 이 책에서 다루는 문제에 가장 가까운 회칙이지만 적절하게 이행되지 않고 있다.

여성성과 스포츠에 관련해서는 데버라 브레이크, 퍼트리샤 클레이슨, 메리 조 케인 등에게 영향을 받았다. 다나 볼커와 트레트 페트리는 '움직이는 몸Bodies in Motion' 프로그램에서 여성 운동선수의 상반된 정체성이 건강에 미치는 영향을 집중 조명했다. 스포츠학자인 레슬리 헤이우드와 샤리 드워킨이 『승리를 위하여: 문화 아이콘으로서의 여성 운동선수Built to Win: The Female Athlete as Cultural Icon』에서 다룬 '베이브 팩터babe factor'에 관한 내용은 내게 강한 인상을 남겼다. 크리스 모지어, 슐러 베일러, 니키 스미스, 알렉스 쇼어먼, 조애나 하퍼는 스포츠가 시스젠더 여성 이외의 사람들에게 성별 정체성을 확인하는 중요한 공간이라는 점과 트랜스젠더 운동선수뿐만 아니라 모든 사람에게 배제의 대가가 얼마나 큰지 이해할 수 있게 도와주었다.

이 책의 핵심은 여성에 대한 남성들의 편향이 여성의 삶에 미치는 영향이다. 캐럴라인 크리아도 페레스의 책 『보이지 않는 여자들』은 현대 사회에서 얼마나 많은 부분이 남성에 기반해 있는지, 어쩌다 그렇게 되었는지, 그리고 이것이 여성의 삶에 얼마나 큰 영향을 미치는지 이해하는 데 유용하다. 엘리노어 클레그헌의 『건강하지 못한 여성들Unwell Women』은 이러한 현상이 의료시스템과 여성 건강에서 어떻게 나타나고 있는지 상세히 다루고 있다. 두 책 모두 스포츠에 초점을 맞추고 있지는 않지만, 평등권 쟁취를 위한 여성 운동의 핵심 전략이었던 동일성 가정이 어떤 결과를 가져오는지 명확하게 보여준다. 페미니즘 역사를 더욱 폭넓게 이해하는 데 도움이 된 사상가로는 케이트 만, 킴벌리 크렌쇼, 벨 훅스, 메리 비어드, 미키 켄들 등이 있다.

정치적으로 격변의 시기였던 타이틀 나인 도입 초기뿐만 아니라 여성 스포츠의 역사를 연구하는 것은 내 연구에서 필수적인 부분이었다. 제이미 슐츠, 루실 애드킨스, 데버라 브레이크, 웰치 서그스, 빅토리아 잭슨, 앨리슨 메리엘라 데지르, 아미라 로즈 데이비스에 대한 역사적 분석은 더 큰 여성 운동, 민권 운동, 여성 스포츠 운동 사이의 교차점과 지워지는 이야기들에 대한 생각에 영향을 미쳤다. 데이비스는 '꼭 필요한 페미니스트 스포츠 팟캐스트'라 자칭하는 스포츠 및 문화 팟캐스트인 '번 잇 올 다운Burn It All Down'의 진행자 중 한 명이다. 낸시 호그헤드마카르는 타이틀 나인 규정 준수를 주제로 운동선수들을 위한 법적 옹호 활동을 훌륭하게 수행하며 우리가 아직 가야 할 길이 얼마나 먼지를 보여주고 있다. 2015년 『애틀랜틱』에 실린 알리아 윙의 기사 「여학생들이 고등학교 스포츠에서 놓치고 있는 곳 Where Girls Are Missing Out on HighSchool Sports」은 미국 내 타이틀 나인 준수 지역과 미준수 지역의 지리적 위치를, 그리고 그것이 인종과 어떻게 교차하는지를 보여준다.

미네소타대학의 터커여성스포츠선수연구센터는 코치와 행정에서의 젠더에 관한 자료를 제공하는 곳이다. 2015년 『애틀랜틱』에 실린 테런스 로스의 「대학 스포츠에서 성 불평등의 모습What Gender Inequality Looks Like in Collegiate Sports」은 코치 불평등에 대해 훌륭한 정보를 제공한다. 여자 체조 선수 학대를 다룬 『선수 A Athlete A』는 놀라운 다큐멘터리였다. 『뉴욕타임스』에 실린 메리 케인의 단편 다큐멘터리, 앨버토 살라사르와 나이키 오리건 프로젝트에 관한 여러 기사도 중요한 자료였다. 미국세이프스포츠센터는 선수의 안전과 학대 사례와 관련한 중요한 출처다.

스포츠에서의 신체 이미지에 대한 이해를 돕기 위해 2015년 『심리학 저널 Journal of Psychology』에 실린 필링 콩과 린 해리스의 논문 「스포츠 신체: 마른 체형 중심 스포츠와 마르지 않은 체형 중심 스포츠 선수의 신체 이미지와 섭식장애 증상 The Sporting Body: Body Image and Eating Disorder Symptomatology Among Female Athletes from Leanness Focused and Nonleanness Focused Sports」에 따르면 여성 운동선수는 비운동선수보다 더 나쁜 신체 이미지를 가지고 있으며, 이는 마른 체형 중심의 스포츠에만 국한된 문제가 아닌 것으로 나타났다. 여자 운동선수의 60퍼센트가 코치로부터 체형에 대한 압박을 경험한다고 한다.

스포츠 외적으로 여성의 신체 자신감에 영향을 미치는 요인에 대해서는 소냐 르네 테일러의 저서 『몸은 사과할 필요가 없다 The Body Is Not an Apology』가 환상적인 읽을거리를 제공해주었고, 브러네이 브라운의 팟캐스트 '잠금 해제하기 Unlocking Us'의 인터뷰가 귀를 즐겁게 해주었다. 진 킬본의 TED 강연 '우리를 부드럽게 죽이는 것들 Killing Us Softly'은 미디어에서 표상하는 유해한 성별 차이를 단 몇 분으로 압축하여 훌륭하게 설명하고 있다. 멜로디 무어 박사와 나는 부정적인 신체 이미지와 섭식장애를 줄이는 스포츠 환경을 조성하려는 모든 사람에게 유용한 줄리아 핸런의 팟캐스트 '러닝 온 옴Running on Om'에서 중요한 토론을 했다.

미국섭식장애협회NEDA는 중요한 온라인 출처이며, 나는 협회 사이트에 링크된 많은 학술 논문을 자세히 살펴봤다. 섭식장애로 어려움을 겪고 있는 부모, 코치, 운동선수에게 가장 먼저 추천하는 곳이며, 자신의 식습관과 신체 이미지에 대해 궁금해하는 사람도 참고하기 좋은 웹사이트다. eatingdisordersreview.com은 운동선수들 사이에서 충격적일 정도로 높은 섭식장애 비율에 관한 온라인 자료를 제공한다. 운동선수의 약 70퍼센트가 섭식장애를 겪고 있다는 연구 결과는 내가 스포츠 문화를 경험하면서 느꼈던 바를 확인시켜주었다.

캐럴라인 트레드웨이 감독의 뛰어난 다큐멘터리『빛Light』은 스포츠 클라이밍에서의 섭식장애를 다루고 있다. 섭식장애로 고통받는 사람들의 행동을 이해하는 데 영감을 주는 제니퍼 가우디아니 박사의 훌륭한 통찰을 담고 있으며, 이러한 이해는 섭식장애를 식별하고 예방하고자 하는 모든 사람에게 절대적으로 중요하다. 체중계의 숫자가 가족, 신, 삶 그 자체보다 더 중요해진다는 가우디아니 박사의 말이 너무 인상 깊고 친숙해서 6장에 포함시켰다. 스포츠 문화가 정신 건강에 미치는 영향을 강조하는 다른 책으로는 조앤 라이언의『예쁜 상자에 담긴 어린 소녀들Little Girls in Pretty Boxes』, 프랭크 머피의『먼 거리의 침묵The Silence of Great Distance』, 케이트 페이건의『매디가 달리게 된 이유What Made Maddy Run』, 앨리슨 메리엘라 데지르의『흑인의 달리기Running While Black』등이 있다.

여자치고 잘 뛰네

초판인쇄 2024년 3월 20일
초판발행 2024년 3월 28일

지은이 로런 플레시먼
옮긴이 이윤정
펴낸이 강성민
편집장 이은혜
책임편집 진상원
마케팅 정민호 박치우 한민아 이민경 박진희 정유선 황승현
브랜딩 함유지 함근아 고보미 박민재 김희숙 박다솔 조다현 정승민 배진성
제작 강신은 김동욱 이순호

펴낸곳 (주)글항아리 출판등록 2009년 1월 19일 제406-2009-000002호

주소 10881 경기도 파주시 심학산로 10 3층
전자우편 bookpot@hanmail.net
전화번호 031-955-8869(마케팅) 031-941-5159(편집부)
팩스 031-941-5163

ISBN 979-11-6909-219-7 03810

잘못된 책은 구입하신 서점에서 교환해드립니다.
기타 교환 문의 031-955-2661, 3580

www.geulhangari.com